··· 大象塔 · 寻风
Seeking the wind at the Elephant Tower

总有人的存在，不能用萨特的存在主义来解释。
她一下想起了那个给自己挡球的少年
然后由此开去，想起很多人
常说十七岁的灵魂孤单寂寞，是花季，也是雨季，
但是她并没有在大雨夜踽踽独行的疲惫和苍凉。
她身边那么多人
他们都如此鲜活和独特
每一个都是存在主义的例外。

有爱的青春陪伴者

大象塔·寻凤

Xun Feng

江苏凤凰文艺出版社

图书在版编目（CIP）数据

大象塔·寻风 / 萧墨颜著. -- 南京 : 江苏凤凰文艺出版社, 2025.5. -- ISBN 978-7-5594-9540-2

Ⅰ. I247.5

中国国家版本馆CIP数据核字第2025QJ4634号

大象塔·寻风

萧墨颜 著

责任编辑	王昕宁
特约编辑	周丽萍
出版发行	江苏凤凰文艺出版社
	南京市中央路165号，邮编：210009
网　　址	http://www.jswenyi.com
印　　刷	天津睿和印艺科技有限公司
开　　本	880mm×1230mm 1/32
印　　张	11.5
字　　数	450千字
版　　次	2025年5月第1版
印　　次	2025年5月第1次印刷
书　　号	ISBN 978-7-5594-9540-2
定　　价	45.80元

江苏凤凰文艺版图书凡印刷、装订错误，可向出版社调换，联系电话025-83280257

目录

序	起风	001
第 一 章	生存游戏？	004
第 二 章	怎么叫你爹呢？	014
第 三 章	卖火柴的小女孩	023
第 四 章	新年快乐	031
第 五 章	雪糕和篮球	041
第 六 章	往事	053
第 七 章	再遇见是三班	066
第 八 章	上限	075
第 九 章	你会成为怎样的大人？	083
第 十 章	小学生才玩QQ空间	096
第十一章	期中	106
第十二章	大联欢	116
第十三章	年年岁岁，烟花相似	125
第十四章	大地的掌握者	137
第十五章	人潮自会推开黑夜	148
第十六章	意外	160
第十七章	大小姐和大少爷的故事	167

目录
CONTENTS

第十八章	你的历史	177
第十九章	不要温和地走进那个良夜	189
第二十章	长夜缦缦	204
第二十一章	市容市貌改建工作	213
第二十二章	战士的骄傲	220
第二十三章	红底四叶草	232
第二十四章	回忆是车水马龙	240
第二十五章	大象塔	251
第二十六章	就让这大雨全部落下	258
第二十七章	世上只有一种英雄主义	264
第二十八章	黄粱一梦	277
第二十九章	人间水火	287
第三十章	每个人都有后来的故事	300
第三十一章	Your Heart	310
第三十二章	回望大象塔	322
第三十三章	好久不见	331
第三十四章	你是我年少做梦时寻的风	344
番　　外	云江十年,见字如面	353
后　　记	风会再走八万里	361

序
起风

　　小舟荡进草海的时候，就好像荡进了泸沽湖晚霞的最深处。
　　绵延的石灰岩山描着断断续续的斑白，其下是漫无边际的芦苇，其上是原本浑然一色的长空。可是紫红色的云霞一路蔓延开去，随着云层起伏波澜，最后渐渐变为金黄和橙红。像干净画布上涂抹的色块，肆意泼洒，泼得芦苇满身金光，不见原色。
　　长空低头，不知是算温柔，还是算怜悯。总之，酣畅淋漓比婀娜多姿更适合形容此时的风景。
　　怎么都望不到尽头。
　　暮春初夏，草海里的游船并不多。华兰叮嘱划船的师傅搁下桨，托着"阿尔帕"开始调焦。身后的丁宁也有一搭没一搭地闲扯："小心点，别像我那台一样英勇牺牲。"
　　"牺牲了好，下辈子换个地方投胎。"华兰轻轻回了一句，不断调整，想用一个独特的角度将这"黔地万里风云"尽收相框。可没别好的碎发不听话地垂下来，手里的阿尔帕死沉，让华兰愈加烦躁。
　　"石灰地貌还得是亲眼看。"丁宁点着头，"我们来得巧。昨天夜里过路雨，水汽刚刚好，晚霞的成色也刚刚好。深了、淡了都没这种味道。"
　　"找到角度了吗？"说着，丁宁舒服地往船里一靠，眼里亮亮的，"看晚霞还得是泸沽，这辈子没见过比这更好看的。上回在橘子洲拍的片没那么辽阔，总还差点什么。阿伟那群人要上高原拍。这玩意儿又不是地势越高越好看，你说是不是？"
　　华兰回了句"也许"，皱着眉转过去又转回来，构图怎么都不如意。她不是学摄影出身，如果现在给她天气数据让她分析晚霞的成因和几点会散去，她倒是可以讲得头头是道。不知是谁当初脑袋一热参加了地理杂志的拍摄实习，拿着上手没半年的阿尔帕在一群有自己作品集的同期实习生里强装镇定。
　　晚霞其实就四个字——大气散射。真理总是简单的，不断描绘的表象才繁华而诱人。就像高中时解了很久的方程式最后得出的 X 若是过于简单，就会无比怀念解题的过程。

如丁宁所说，晚霞当然不是地势越高越好看，客观意义上主要取决于大气的水汽和杂质，如果达到微妙的平衡，自然会美不胜收，比如眼前。

泸沽湖开阔的水面是神来之笔，这里的晚霞确实比橘子洲头的更让人尽兴。

但都不是华兰见过的最好看的晚霞。

"师傅，麻烦再往前划一点。这里角度不好。"

船又缓缓动起来，阿尔帕的镜头被一根苇草轻轻拂过。这回除了远山，还将草海上其他的游船拍了进来，倒是比只拍晚霞更有感觉。

"停！"

华兰转动焦圈，画面里的长天和着水色的潋滟笼了小舟。小舟上的人因为恰到好处的光影镀上金光，后面的黑影拖得老长老长，似乎有一种"神祇的悲悯和眷顾"。

这个词突然蹦出来，也不知从前在哪里看过。

"找着了？"

"嗯。"华兰飞快地按着快门。

"我看看？"丁宁好奇地凑过来，却看见华兰眉睫动了动，回避着她，将相机往后抬了抬。

华兰飞快地按着缩放，接着又抬起镜头，对着不远处的小舟，将焦圈一转到底。

华兰放下相机，神色又恢复成淡淡的，说："师傅，走吧。我拍好了。"

船又动起来，就要往草海里开。华兰连忙叫停："往外头去吧，师傅。我想收个大远景。"

"进去再出来就是了。"丁宁狐疑，"草海里仰拍石灰岩山肯定角度更好啊。"

华兰摇头，坚持让师傅把船退出去。

"里面又没有水怪，你刚才看见什么了？"丁宁奇怪。

"没什么。"华兰淡淡地道，"现在拍大远景好看，一会儿等颜色更深再进去拍。"

一如往常。

只不过是华兰想起"神祇的悲悯与眷顾"一开始是出现在谁的作文里，后来又被谁拿去不知轻重地夸她。她眼里的草海像被调小了焦距，一点点远去，连同在草海里那只小船和船上的人。他像自己颈上的黑痣一样，变成小小的一点。

华兰轻轻舒了一口气，躺了下来，无视丁宁的发问，静静盯着橙黄色的云一点点飘动，光影一点点折过来，又折过去。

这的确不是她见过的最美的晚霞。

以前川中的体育场也辽阔得一望无际,那晚霞连校外的大楼都拦不住。或者是在教学楼走廊上看过的晚霞,柱子分割了天空,但看起来很完整。

怎么都望不到尽头。

八年前,她第一次踏进川中的校园,就知道这一点。后来她离家太远,有些记忆一点点被时间剥落,以至于她真的以为自己忘了。

哪能呢,这又不是侵蚀作用。

第一章
生存游戏？

2019年是厄尔尼诺年，浙南本就温和的冬天比以前更温和。中考前的提前招生结束了，安川中学把全市初三的小屁孩里最聪明的一群提前半年集中到高中来学习。等正式开学后，再从里面挑出有竞赛天分的冲竞赛自招，剩下的冲高考省前。

云层很厚，天空有点灰蒙蒙的，但"安川中学"那几个鎏金辉煌的大字似乎比老天爷还要有面子，开车老远就能看到。学校地标川中碑更是高耸入云，如果是从后面高架上开车下来，远远地就能瞧见。

好像东方明珠——安川明珠。

或者，也许是因为看的人心情好——他们不用中考，不用面对接下来半年的心态焦虑和起伏，提前成为安川中学的学生。

华妈妈涂了口红，明明今天只是来替华兰收拾宿舍的，但打扮得好像去公司开年会。

家长的车可以直接开进学校，停到学生宿舍楼下。

早上九点，学生宿舍楼下已经挤得满满当当，家长们跑上跑下，脸上看不见疲惫。那些招上的天之骄子，面上是看得见的兴奋，有的拎着被子或是水桶打打闹闹，还被宿管阿姨呵斥了一番。

"你们去教学楼里看看，哪个川中生有你们这样吵！"

被训斥的几个男生收敛了些，不敢再闹了。"川中生"这个名号一盖过来就跟紧箍咒似的，他们好像应该有规矩的形状，有看起来就适合读书和考上好大学的样子。

以及，跟其他高中的孩子不一样。

不过，有个眉眼张扬的男生提着水桶"叮叮当当"地过去，似乎故意在宿管阿姨面前晃了一圈，接着笑嘻嘻地道："不好意思，阿姨，不锈钢的水桶有点儿吵，还好中间还隔着几幢楼呢，传不到教学区。"

他身后那几个嗓声的男生"扑哧"笑了出来，也学着他的样子吊儿郎当地晃进去了。

"展哥，哪个宿舍啊展哥？"

"展哥，我好像住你隔壁啊。"

他们又开始勾肩搭背了。

"哎，兰兰，那是苏展是不是？"华妈妈也看见了，转过来问华兰。

华兰淡淡地点了点头，拎起自己的水桶，往自己的宿舍楼里去。她的宿舍是122，一楼最右边的那间。她一面打量，一面慢慢挪过去。

有两个女生手里抬着箱子，从华兰身边经过，边走边念叨："我听之前提前招的学长学姐说，提前招两周考一次，要排名呢。如果成绩差，正式开学的时候就不能留在前面的班级了。"

"好烦啊。大家肯定都很厉害，被淘汰了就……"

她们转角上了二楼，声音已经听不见了。华兰知道提前招的孩子大多数相互认识，因为都是各自初中的佼佼者，总归在招生之前一起被各自的学校安排在一起集训过。

市里有些初中的教育实力比较强悍，一个学校就考上五十多人，占了总招生的四分之一，比如新区实验中学。刚才经过的女生还穿着实验中学的校服，一下子从初中跃入高中。

华兰先前所在的老区初中还用着原始的名字"安川第二初级中学"，成绩比新区实验中学差远了，一同考上提前招的也不过个位数，先前在一起集训过，相互之间也认得。

好像稍微有点天分的人都要被集中催着长大。从小学开始挤破头上成绩好的初中，初中通过考试排名再把这些人汇聚到一个班级，进不了这个班的孩子哭哭啼啼，让家长找老师也要把自己送进去。

"怎么非得进去啊？"

"如果不进去就考不上川中了，普通平行班只能考一两个。"

考不上川中就考不上好大学，没有好大学怎么找到好工作过上喜欢的生活。逻辑链条就这样推演下去，整个安川都知道。

而真正成为川中人后，也摆脱不了这样的逻辑链条。就像刚才走过去的女生说的那样，得全力留在"前面的班级"，否则就别想考上最好的大学了。

人总是想要好的，之后想要更好的。

华兰深深地吸了一口气，皱着眉头走进122。进门前，她顺着宿舍走廊望出去，是一株极大的铁树。那钢针似的叶子戳进走廊来，风狠狠地将旁边玉兰花树的叶子吹掉，却吹不动它。

起风了。

不是一年胜过一年的高考成绩，不是安川人的赞不绝口，不是操场旁地标一样的川中碑，而是这一阵风，让华兰开始真正意识到自己身在川中。

她其实没那么高兴，也没那么焦虑。也许有的人很羡慕，但她能感受到的，只不过是换了个地方学新的东西。

她也需要面对很多人所说的"波澜壮阔的三年"。

后来的华兰一提起川中，就想起那阵风和吹不动的铁树叶。

不知道为什么。

华兰走进122，里面已经有一对父母和一个短发的女孩。

"你好啊！"他们热情地打了招呼。

华兰也礼貌地笑笑，随后华妈妈就走进门接下招呼，顺理成章地接下了场面人的工作。

"你家孩子之前哪儿的啊？"

"二中的。你家呢？"

"实验中学的呀。"

"哦哦，还是实验中学好啊，我看这次都考了五十多个进来。你家的孩子肯定读书也是很好的吧？"

"哎呀，川中的孩子都是好的。"

"咱们孩子是不是都在乙班来着？"

"是的，是的。"

…………

四个人的宿舍，带独立卫生间和阳台，这条件在高中里算很好了——这也是那些初中生心心念念要考川中的原因之一。

华兰一边把宿舍上上下下打量了一遍，一边默默听着家长的寒暄，甚至能替他们接出下一句——无非是这些话。

她们的阳台正对着河，还是套"河景房"。

"我是余倩倩，就是那个佳人的'倩'字。咱俩上下铺呢。"那个短发女孩叫住她，眼睛亮亮的。

华兰愣了一下，把手伸过去，说："我是华兰，兰花的兰。"

"你的名字好好听噢。"

余倩倩短发，脸上的婴儿肥很明显，双颊像旧日历画报上抱鲤鱼的福娃。华兰看见余倩倩的第一眼就想，啊，这就是老一辈说的那种"很有福气"的孩子，经常被用来举例教育她要多吃饭，省得看起来病恹恹的。

大约半个小时后，对床两个同学与各自的家长也来了。上铺的叫卓依缦，从实验中学考过来的，和余倩倩认识，是个身材娇小的姑娘，皮肤是令人羡慕的白。下铺的叫李丹妮，头发带了点儿天然卷，先前是老区三中的。

提前招的学生必须在下午一点半之前整理好宿舍内务，然后正式开始上课。几个家长帮忙打扫了卫生，互相留了联系方式便匆匆退场，走之前一齐叮嘱四个女孩要相互照顾，关系看起来比她们还好。

四个人去食堂的时候正赶上用餐高峰，白青色的校服涌进来，像大海涨潮一样将食堂的一楼、二楼、三楼通通淹没。

嘈杂声如同巨浪将华兰拍在岸上。

她们怯生生的，好不容易把自己"接"在了窗口长长的队伍的尾端，等着缓慢移动。她们还没穿上川中的校服，在人群里看起来格外显眼。旁边不认识的学姐看着她们，心中便了然了。

"新一年的提前招进来了？"

"烦死了，这半年又多一群人跟我们抢饭吃。"

"哎，你看那边那个，挺高的一个男生，长得也挺帅。"

"哪个？"

"面条窗口那个。"

华兰顺着学姐的目光看过去，看到仍旧笑嘻嘻模样的苏展，便又把目光收了回来。

"唉，咱们这三年半每天不会都要这样抢饭吃吧？"李丹妮看着遥遥无期的队伍叹道，"已经开始累了。"

"川中高三好像提前五分钟下课，可以最早吃饭。"余倩倩笑道，"到时候你就不用抢饭了。"

打上饭、挤过人群、挤回人群、找到空位……在川中的第一顿饭，可以用"兵荒马乱"来形容。华兰被余倩倩推着将剩饭残羹倒进泔水桶的时候，竟然长长地舒了一口气。

在这个食堂吃饭跟争分夺秒打仗似的。

提前招班级不跟正式班级在一块儿。学校在最外面的行政楼二楼另外启用了四个教室，编号甲、乙、丙、丁，作为提前招上课使用。

她们走进乙班的时候，人已经来了一半，不过都不发一声。余倩倩赶快拉着华兰在角落里的空位坐下了，并吐了吐舌头表示自己好烦这种场合——一群不熟的人坐在一起，都没人跟她说笑。

"刚刚从走廊过来，我看到好几个之前实验中学的大佬。"余倩倩趴在桌上，"跟他们在一起……天哪……在这几个班我就垫底吧。"

华兰笑一笑，把这句话当好学生之间惯有的谦虚。

"你不也挺厉害的吗？实验中学竞争压力肯定很大吧。"华兰笑道。

"不不不，我跟他们不一样。我是压分进的。"余倩倩摇头，"我纯粹算命运女神小小地偏心了一下。先前实验中学的竞赛集训都是年级前一百名，我就没几次考过前五十。"

"实验中学前十名那些人，把《钱塘甬真》当基础题做，各个培优竞赛的教辅都要做烂了。最后没题做，就做浙北那边拿过来的卷子，你懂的。"余倩倩撇了撇嘴。

这意味着，在接下来的教学考试里，实验中学的学生会更有优势。华兰不知不觉地感受到这一点，或许比起紧赶慢赶的一些人来说，已经太晚了。

在二中散漫惯了，而有些东西随着她进入川中，就已经发生了改变。

正说着话，一个身材瘦高、脑门锃光瓦亮的男老师一本正经地走进来，手里拿着点名册。华兰发现自己看不出他的年龄——说他已经四十多了吧，感觉也不像；说他二十多岁吧，人家早早秃顶。

余倩倩立刻和华兰打赌他多少岁。

"同学们啊，恭喜你们通过提前招生，来到我们川中啊。"男老师一开口，还是一道相当年轻的声音。

余倩倩立刻对华兰挤眉弄眼。

男老师介绍说他叫陈彬，是现在高三大文班的班主任，教政治。今年的浙江一考结束了，高三的政治组压力比较小，学校就让他来当提前招乙班的临时班主任，引导大家适应高中生活。

陈彬从晚清时期川中建校开始一直侃到今年川中政治组的首考成绩，又把浙北各个名校的成绩通通对比一遍，直到底下的同学们已经面露为难之色，才发现自己扯得太远了。

陈彬露出一个不好意思的笑容，说话的语气仍是那样抑扬顿挫："我说这么多呢，是希望大家马上转变初中生的思维方式，我们在生活上要向高中生靠拢。至于学习上嘛，大家学数理化生，我是文科老师，不给大家上课，也不能让大家背书。但是……"

他还没"但是"完，余倩倩已然"扑哧"笑了出来，这声笑绵延开去，大家笑作一团。陈彬越是板着脸，大家就笑得越厉害，笑得陈彬端不住架子，赶紧把后排的几个男生叫出去搬校服和书本。

"他真的好话痨啊。"余倩倩小声跟华兰吐槽。

华兰也乐不可支。她觉得陈彬很可爱，让她刚刚有些不知所措的心情瞬间安定许多。安川中学不乏年轻有为的教师，整个教学气氛青春活力。比起原先"老气沉沉"的二中来说，华兰竟然更喜欢这里的氛围。

陈彬接下来有意抑制自己的话痨本性。分发完校服和书本以后，他象征性地按身高调换了几个人的座位，又宣布了数理化生老师安排的自习任务，要他们自习高一必修的内容，明天按课程表有老师来上课。

他们的作息跟正式的高中部一样：早上六点起床，大课间跑操，十二点午休，下午六点晚自习，晚上九点半下晚自习，晚上十点熄灯。

一天被塞得满满当当。

"来川中第一件事，学会安静。"陈彬做了个"安静"的手势，最后发了一张表格，就让大家自习了。

是一张需要大家填自己中小学曾担任的职务、有什么特长等的表格，余倩倩几笔就把表格填完，却看华兰一字未动，静静地把表格收起来，压到一堆书下面。

"你不填表格吗？"余倩倩问。

"没特长，没什么好填的。"华兰说。这样的表格大抵是为了选临时班委，她才不想管事，让别人管去好了。

一桌子红红蓝蓝的书，华兰选择先从数学下手，然后再是物化生。

第一次见面，老师留的预习都还算简单，翻翻概念做做例题，也就懂了。一下午的时间过去，华兰就完成了老师布置的所有内容。晚饭后，华兰被余倩倩拉去逛学校，绕着最外面的绿道走过体育馆爬了一趟后山，被冬天干枯的枝丫戳了脑袋，才回来上晚自习。

华兰有明显感觉，也许是因为预习内容都完成了，晚自习大家就不如下午专注了。有的和同学窃窃私语，有的拿了课外书在下面偷偷翻，教室里到处是蚊子般的嗡嗡声。华兰百无聊赖地把数学书接着往下翻，一路翻到函数。

突然，教室后门闪进一个身材矮小的男人。他动作迅猛，在后排随便扯了两下，就收上来两本课外书。

不知他是何方领导，全班瞬间安静下来。

"刚才在甲班抓到两个打球上晚自习迟到的，乙班就有看课外书的。"男人腆着略微发福的肚子，严厉道，"自习课严禁迟到、严禁看课外书！"

"高中部这样的事，发生一次就通报批评，发生两次就要请家长了。"男人扫了一眼教室，全班不敢出一点声音，"以后，这种事，不要让我看到第二次！"

他简短地扔下这句话，把刚刚被他没收书的一男一女叫走。全班都低着头，再不敢跟旁边的同学说一句话，只敢让自己的笔和纸亲切交流。

安静了几分钟，余倩倩伸出两根手指，偷偷对华兰说："这也太严厉了——两次就请家长。"

"而且他走路是真没声，一点都没听到。从后门神不知鬼不觉地摸进来，"余倩倩顿了顿，"在川中生活，怎么跟玩生存游戏一样？"

华兰也一愣一愣的，刚刚还在庆幸无聊的函数救了她大命，听到余倩倩这种比喻，无声地笑了一下。

确实，跟玩生存游戏一样，冷不丁就有未知的"敌人"从后面出现。

过了一会儿，被叫出去批评的两位同学回来了。女孩还是低着头，大约是不想让大家看到她脸上的泪痕。

男生表情凝重，缓缓开口，无精打采地向大家道："刚才程敏老师说，让大家把水杯放在教室外面的新杯架上。上自习课不准喝水。"

啊？华兰一愣。

全班"啊"声一片，同学们面面相觑，却不得不服从，赶紧安静下来，生怕程敏杀个回马枪。

华兰起身放完水杯，便听见坐她后面的两个男生说道：

"我说怪不得呢，原来是程敏。"

"程敏怎么了？"

"程敏呀，是个……魔鬼段长，带现在这届高三，以后应该要带我们。骂他的帖子在川中的贴吧里有几百层楼。"

华兰心有戚戚地看了一眼余倩倩，觉得生存游戏的难度等级又增加了。

对华兰来说，这生存游戏她能适应得不错。虽然规则多，但说简单也简单，上课听懂，题会做，其他时间遵守那该死的纪律——或者悄悄违反而不被发现。

"不在教室喝水，首先是表达对上课老师的尊重。其次，即使是自习，经常喝水也不利于专注学习。所以水杯统一放外面。"陈彬传达了程敏的指示。

在看到后桌和前桌在教室喝水被游击的程敏突袭以后，华兰准备了两个水杯，其中一个放在教室里偷偷喝，这是她对那该死纪律最后的倔强。

数理化生的老师都是分别从高一高二抽调过来的，上课细致，除了课本内容，当然还有意地带入一些竞赛内容，还有自编的竞赛拓展试卷。

华兰能转着笔，处理掉书上的大部分问题，拓展试卷虽然有难题，但跟余倩倩讨论一下总能想通。

华兰发现，余倩倩有个坏毛病，就是喜欢上课找她讲话，不能专心听课。华兰几番踌躇，还是柔着声告诉她："倩倩，以后上课再找我讲话，我可就不理你了。"

余倩倩识趣地安静了。

就是这么一安静，让华兰发现，余倩倩还是很谦虚的——她的思路很快，尤其是生物。她看见试卷上的细胞结构图就兴奋，乐此不疲地在做对一道道生物题后把它们都画成小人。生物老师没两天就记住了满卷子全对却都是鬼画符的这个女孩子了。

不知道她所说的"吊车尾成绩"是不是以前在实验中学摸鱼摸出来的。

同桌俩每节自习课的效率都很高，上课讲解时也跟得比较轻松。就这么持续了几天，旁边的同学都知道了谁是大腿，碰到问题便过来和华兰讨论。几个男生开始欠欠地喊她"兰姐"，被余倩倩吐槽好像电视剧里夜总会领班的常用名。

"哎呀，兰姐肯定不会在意啊，兰姐一看就是成大事的人，不会在意这种细枝末节。"后桌的男生自来熟地摆摆手，指着化学拓展试卷的最后一道问华兰这怎么配平。

"这个……"华兰不太擅长拒绝，加上后桌已经这么卖力搞笑了，她觉得有必要给他解答一下。

她还没出声，一本化学书凭空被抛在了后桌的桌上，把后桌脸上堆着的笑脸一下碾了回去。

"徐志超，你又跟我拿错书了，把我的书还来。"

说话的女孩坐在华兰的斜后方，叫林君玉。华兰第一天下午就注意到她了，因为她属于那种让人看了第一眼就会忍不住看第二眼的女孩子——她非常非常之漂亮。

林君玉的漂亮是不用任何发卡或耳钉修饰的，干干净净，清清爽爽，让华兰看一眼就想把自己曾经鄙夷的"校花"二字洗干净送给她。

林君玉自习的时候有种专注的好看。有时候，华兰把题写完了，余光瞟瞟教室其他地方，就不知不觉被林君玉美好的侧颜吸引过去。

连坐在前面的华兰都尚且如此，更何况跟林君玉就隔了一条过道的徐志超。他这几天总是借着讨论化学题目的由头到林君玉桌前去，三天不到，第三次拿错林君玉的书了。

徐志超将自己的化学书翻过来，发现是林君玉的名字，恍然大悟似的道歉道："不好意思，又拿错你的书了。"

华兰都替他尴尬。

余倩倩看热闹不嫌事大，火上浇油："这也能拿错？小徐，太不小心了吧。书上没有笔记吗？你俩的字差别那么大。"

一个清秀，一个跟狗爬似的。

徐志超做什么表情都不是，华兰好心给他一个台阶："这道题大概是这样，你应该是忽略了一个条件……"

林君玉突然脆生生地开口："这道题我也不会，华兰，你能教我吗？"

华兰示意林君玉过来，把试卷往她的方向扯了扯，又开始从头讲。林君玉理解得有点慢，华兰便换了角度又讲了一遍，林君玉便听得频频点头。

林君玉一边拿红笔在自己卷子上记，一边真心夸道："华兰，你题讲得真好。我化学最差了，没那个脑子，这都能让你教会。"

她笑了一下，华兰都觉得有些不好意思了，连忙摆手道："没有没有……"

"叫'兰姐'太土了，是徐志超太不懂事。"林君玉看着她，笑得更灿烂了，"华兰，你初中的好朋友叫你什么？"

华兰愣了一下。

"就，叫名字啊。"华兰犹豫着回答。

初中的时候华兰话很少，朋友不多，交流比较多的几个女生是后来在集训时认识的。提前招结果公布以后，她们笑着告别华兰，接着就没什么联系了。

"没意思,叫你'花哥'好不好?"林君玉耸耸肩。
"'花哥'?"
林君玉拿过自己桌上的课外书,斗大的字写着"京华烟云"。
"女主角叫姚木兰。华兰也可以是华木兰。我小时候可喜欢迪士尼动画里的花木兰了,正巧是谐音。谁能教做题谁是大哥。"她解释道。
徐志超立刻一抱拳,拍案正色道:"谁说女子不如男!从今天起,您就是我花哥!"
小时候幼儿园有个作业,让大家弄清楚自己名字的寓意。有很多小朋友说自己的名字是父母翻遍了《新华字典》,取了什么什么意思,总之好大的来头。华兰记得自己妈妈回答的是:
"你五行缺木,取个植物名补一补。"
"那为什么别的小朋友的名字都有三个字,就我是两个字?"
"为了让你以后写名字写得快。"
小华兰无言。
眼前的林君玉温温柔柔的,华兰真不想拒绝她。
虽然没人这么叫过她,但花木兰嘛,也挺好的。

不知不觉,后排就形成一个小圈子。华兰领头学习,徐志超玩笑搞怪、活跃气氛,林君玉下了课就来和华兰、余倩倩一起聊天,几个人氛围很好。
林君玉很喜欢看书,而且阅读速度很快——华兰常看她中午午休和晚上自习拿的都不是同一本书。上下册的《京华烟云》刚刚看完,上中下的《三体》就搬了上来。林君玉在椅子下面放了个小箱子,满满的都是书。
提前招班级不上政史地的文科课程,但是有语文课和英语课,语文侧重于语基积累、议论文的拆解和写作,英语侧重阅读和积累写作,也是抽调老师来上,但课时少。
林君玉的作文总能拿高分,她的英语发音也漂亮,两位文科老师格外喜欢她。
徐志超苦苦哀求,林君玉才不好意思地把作文拿出来,在小圈子里传阅着学习。
太厉害了。华兰只能用贫乏的词汇量这样形容,觉得自己到高三也写不成这样。
或许是这样的原因,在两周一结的综合小测里,这群人都取得了不错的成绩。小测考一部分英语和语文的内容,大头是数理化生。
华兰总分排名乙班第三,两百号人里排第十。余倩倩、徐志超都在乙班前十五名,最差的林君玉都在中游以上。
"给我花哥跪了。"徐志超拿着华兰的成绩条翻来覆去地看,一边看一边啧啧，"花哥以后就是竞赛的种子选手，重点人才。"

"嘘！"华兰皱了一下眉，"别乱说！"

"别不好意思啊花哥，"徐志超笑嘻嘻，并不把成绩条还给她，"这才第十，还有上升空间。"

华兰满脸黑线。

"我帮你打听清楚了啊。"徐志超故作认真，"考第一那小子是甲班的林屿，第二名是他们班苏展。他们班这次可强了，前十名有四个。其他两个我记不住名字，反正你努力一把应该也好拿下。就这林屿和苏展……"

林君玉笑徐志超："超儿，原来你大课间跑完操直奔办公室是在偷看年级大榜啊，我说你怎么匆匆忙忙就过去了呢。"

"我这不是帮我们花哥规划嘛！"徐志超振振有词，"陈彬都说了，高中生活规划很重要，要早下合理化目标。考第一压力太大，我看花哥可以先考个第二玩玩，以那个苏展为目标就很合适。"

"苏展很厉害的。"余倩倩补充说，"林屿我不认识。但我跟苏展之前都是实验中学的，他集训的时候就很厉害。我们集训最后阶段四次大型模拟，他有两次都拿了第一。"

"但他初中时综合成绩不算特别拔尖，实验中学的年级第一他从来没考过，但拓展和竞赛特别牛，也有可能是文科占比小的缘故。"

"他的文科不好吗？"林君玉问。

华兰原本低着的头抬了抬。

"反正肯定没那种顶尖水平……"

余倩倩讲得正兴奋，却被门口一声呼唤打断了。

"华兰！"有人在门口喊华兰，"陈彬让你去趟办公室。"

第二章
怎么叫你爹呢？

华兰在办公室门口看了一眼就明白了，这不是陈彬叫她，是程敏叫她。

准确来讲，是他们——第一次小测的年级前三十的集合。办公室很小，因而显得乌泱泱一片。华兰安静地缩在角落里，旁边是一个不认识的女孩子。这样的角落总是给她安全感。

不知道是不是商量好了，最前面挤的都是身材高大的男生。在华兰这个角度只有踮起脚才能看到矮墩墩的程敏。

程敏还是板着脸，宣布学校想以他们为基础开设竞赛课程，要在晚自习给他们上课。

"刚刚开始，理化生各一节，数学两节，每节一个小时。"

数理化生的竞赛，最后绝大多数人只能选一个方向，学校想让这批人接触更深些，先确认自己的方向。

事情说完，乌泱泱的人头又从小小的办公室挤出去，华兰站在角落里，自然被人潮落在后头了。她往外挪，却听见旁边有人叫她。

"华兰。"

她转头，苏展不知道什么时候凑到她旁边来了。

"嗯。"

"你现在是在乙班吗？"

"对。"

"今天化学试卷最后一题你会做吗？"

华兰这才正式抬头看了他一眼。苏展的眸子带了点琥珀色，她以前问过他是不是被抱错了的混血小孩。

但这个人，怎么看起来越来越傻了。

"苏展。"她道，"不要没话找话说。"

"哪能啊，我这不是找成绩好的同学探讨学习经验嘛。"苏展稍稍侧身，笑道，"你化学单科考第一，化学老师特意在我们班夸你呢，说你试卷上基本就没挑出错。"

真是谢谢他啊！华兰心里浮现出化学老师那张国字脸。

不知道从什么时候起，她开始不习惯这种当众表扬，面对大家的掌声会觉得很羞耻，恨不得把脸捂上。她一想到跟她素未相识的甲班同学交头接耳过她的名字，她就紧张得想钻地缝。

"你的脸怎么红红的？"

好死不死，苏展还问了一句。

别看了。华兰在心里骂道。

"冬天天气冷，皮肤太干了，发红。"她故作冷静。

"是吗？"

不知道是不是华兰多想，她总觉得苏展的声音有点不怀好意。

"嗯。"

"苏展，你跟化学大佬认识啊？"苏展身边的那个男生突然问他。

"别这么叫。"华兰本能地回绝，看了那男生一眼，"到底谁是第一？"

那是个小麦色皮肤的男生，眼睛挺深邃，大概就是那个考第一的林屿。

"没有没有，论化学还是你厉害。"林屿摆摆手，又笑着拍了拍苏展，"你这朋友好有意思，我说'大佬'两个字确实是在夸她呢，怎么她跟赶脏东西似的。"

"你也没说错啊，"苏展嘴角有若隐若现的笑意，坦然道，"她确实很有意思，但你也确实是脏东西啊。"

"你小子！"

"怎么叫你爹呢？"

林屿一巴掌拍上苏展的后脑勺，苏展反手来捯林屿的脑袋，两个人都往前跌撞了几步，笑闹着惊动了走在前面的人，他们都转过头来看第一和第二上演的"爱恨情仇"。

华兰抿着嘴低头往墙边走了几步，装作不认识。

快走快走。

华兰脚步慢下来的时候，恰好走到乙班门口。她匆匆往后瞥了一眼，刚刚那两个打闹的身影大摇大摆地走过来，她便义无反顾地冲进教室了。

加入竞赛课程后，一天的时间骤然变得紧凑。华兰本来不愿意在嘈杂的课间写作业，可现在被逼无奈只能见缝插针。徐志超天天在她耳边叭叭："花哥怎么又在暗推啊，给人压力也太大了。"

各个班的临时班主任并不提倡下课待在教室写作业，有时候会来教室赶人，让他们该喝水的去走廊把水喝了。不知道什么时候开始，"暗推"这个说法就流传在年级里，专说那些下课不出去偷偷待在教室里写作业的同学。

华兰不计较这个，她才没空理徐志超呢。

再说她哪里暗推了，明明是明推。这是合理的需求啊，再不推她就推不完了，难道晚上熄了灯在宿舍开夜车吗？

不过122确实有人开夜车。大约两个星期前开始，卓依缦晚上会闷在被窝里亮灯半个小时。李丹妮侧面问过，卓依缦似乎是因为写题太慢，必须晚上补这半个小时，不然就交不上作业。

"晚上还好，她动作小，没什么声音。"李丹妮课间跑来跟华兰、余倩倩闲聊，似是不经意提起，"但是她那个早上的闹钟也太吵了吧。"

卓依缦早起，据说还是为了补作业。坦白来讲，因为华兰睡的是下铺，对床上铺的卓依缦晚上在干什么对她影响其实很小。卓依缦关闹钟的动作很快，而华兰睡眠质量不错又没有起床气，早上那个"很吵"的闹钟其实她就听到过一次。

于是，华兰沉默了片刻，诚实地道："我听到过一次。"

"可能你睡眠好，我真羡慕。"李丹妮眼睛亮了亮，"我几乎每天五点都要被吵醒，但我又不好意思跟她说。"

是啊，确实不好说。卓依缦早起的动作已经很轻了，摁闹钟的动作也很快，显然想尽量不打扰别人。既然人家作业写不完，你也不能不让她早起学习。

而闹钟的音量嘛，见仁见智，华兰几乎不会被吵到，余倩倩偶尔会受影响，李丹妮天天被吵醒，也没有什么绝对的理由让卓依缦换一个闹钟。

"倩倩，你之前和她一个学校的，你觉得该怎么和她说呢？"李丹妮用祈求的眼神看着余倩倩。

余倩倩说卓依缦初中跟苏展是一个班的，自己和卓依缦之前仅限于相互认识脸，不清楚她是怎么样的人。

"而且她平时也安静。"余倩倩说，"快一个月了，我们同寝每天都说不了几句话。"

的确，卓依缦平时很安静。华兰的话已经很少了，卓依缦比她还少。122最话痨的是李丹妮和余倩倩，她们晚上熄灯后有时能就一个话题夜聊好久，直到被值班的宿管阿姨敲门警告。前两天，她们刚刚因为这事被陈彬叫出去说了一顿，近日有所改善。

觉得话题有趣，华兰有时候会参与一两句。但卓依缦真的从来不理她们，熄了灯就沉浸在自己的世界里。

"唉，我都不知道怎么办，花哥——"李丹妮把眼神转向了华兰。

自从华兰一战成名，"花哥"这个称呼已经是乙班共同的黑话了，乙班同学找华兰讲题都喊"花哥"，华兰也不好意思拒绝。李丹妮现在也这么喊。

"花哥，要不你帮我跟她说说？"李丹妮眨了眨眼，"你知道我性格太直接了，她又安静，我真怕我哪句话说重了让她难受。"

"而且,"李丹妮小心道,"我和倩倩前两天不是因为夜聊的事情被批了嘛,好像也没什么资格去指责她。"

"我?"华兰是很不爱管事的,但一时也说不出有条理的理由来拒绝。

她尴尬地笑了片刻,上课铃响了,像是上天派来解围的。

随着生物老师走进教室,李丹妮马上起身准备撤退,走之前又拽着华兰的胳膊使劲儿摇了两下,楚楚可怜。

"真的,求你了,花哥。你没拒绝我就当你答应了啊。"

"啊?"华兰满脑袋黑线,她"啧"了一声,想着怎么把李丹妮叫回来。但下课和午休被找她讲题的同学耽搁了,一耽搁她就蹉跎这事,一拖就拖到晚上。而宿舍里四个人都在,骤然提一提也奇怪,华兰怎么也找不到机会。

第二天,华兰意识到自己这机会也不用找了。

早自习刚下课,华兰被余倩倩拉着到走廊上活动。还没走两步路,迎面就撞上来两个满脸怒色的女生。

"你是住122吗?"其中一个女生开口问,在华兰听来语气不善。

余倩倩握了握华兰的手,脸上写着"她们是谁啊"。

华兰脸上写着"不认识",但出于礼貌先点了头。

"你们宿舍早上那个闹钟也太吵了吧?"另一个女生皱着眉头环抱着手,"要不要在意一下别的宿舍的感受啊?我们宿舍已经连续三天五点被吵醒了,五点啊,让不让人活了?"

"本来宿舍楼隔音就差,这么早的闹钟是要闹哪样啊?"

"想要学习你们也不能这样学啊!"

这两个女生连珠炮似的说了一串,明显还带着早上被吵醒的怨气。

她们住隔壁121,是丙班的。大概从两周前开始,她们就间歇性听到隔壁五点的闹钟声。本来想着忍一忍,没想到这三天被连续吵醒,大早上昏昏欲睡,早自习都上不下去。

宿舍门上是有统一贴好班级姓名的,她们看了以后就去找乙班认识的同学打听。那位"认识的同学"告诉她们122住了大佬,学习氛围可好了,课间都在暗推。早起的闹钟说不定就是统一起来学习的。

"统一起来学习?"余倩倩笑了一声,"造谣。"

早自习下课大家都昏昏欲睡,走廊上没什么人。这两位女生这么一闹,华兰感觉到那几道目光都聚集过来,教室里也有人出来看热闹。

甲班门口有人探头探脑。

华兰迅速抓住了两位丙班女生的手,两三步把她们拉到无人的楼梯间。

华兰平静地告诉两位女生,自己很愿意有效沟通来解决问题,希望她们也能好好说话。听到两人答应后,华兰才让余倩倩去教室把卓依缦叫出来。

卓依缦还是那样静静的，低着头，听说自己的闹钟把邻居连续吵醒了三天，很是错愕。余倩倩隐晦地提了提自己和李丹妮有时候也被吵到，卓依缦就更难受了，连连道歉，感觉下一秒就要哭出来。

华兰感觉到卓依缦尾音里的颤抖，心叹这女孩的胆子也太小了，于是及时搂住她的肩，语气轻松地安慰道："没事，你看人家也没怪你。咱要不以后换个声音小的电子钟？"

"好。"卓依缦颤着声又道了一次歉，"我马上换个声音小的电子钟。"

两个丙班的女生是脾气来得快去得也快的"性情中人"，被华兰稳定了情绪，又看见娇娇小小的卓依缦，顿时不好意思起来，道歉自己起床气太大了给大家造成了麻烦，又反过来开始安慰卓依缦，让她千万别哭，她们没有要欺负她的意思。

"那事情就这样解决了啊，要是再有被吵到，大家记得一定和平沟通。"华兰看解决得差不多了，舒了口气，又对卓依缦说，"依缦，没事，小事情。"

余倩倩扯了扯华兰的衣角，对她做了个"回去吧"的口型。华兰刚要跟上，又想起什么，回过身来，巧笑着问道："你们刚刚说找了我们班同学问122的情况，能告诉我到底是哪个同学吗？"

两个丙班的女生愣了一瞬，连忙摆手说："没什么，我估计他也就随便说说，他可能有点夸张，只是想表达对你们的崇拜。当然更可能是我们过度理解了。这点是我们不对，刚才在气头上，还得跟你们道歉。"

华兰笑眯眯地说了"没事"，跟着余倩倩回班了。

刚一进教室，华兰就注意到一大圈人的注意力都在她身上，包括李丹妮。

华兰淡定地冲李丹妮笑了一下，说："下节是数学课，别看着我哦，我可不讲数学题。"

所有听到的人都笑了，笑着笑着就把头转回去了。

"花哥，你之前是不是经历过这种事啊？"刚坐下，余倩倩就小声对她说。

"为什么这么说？"华兰一边翻书一边问。

"是我的话刚刚就冲那两个丙班女生发火了，因为她们一开始态度那么差。"余倩倩吐吐舌头，"现在想想刚才要是真吵起来就会很难看，还是你比较冷静。"

华兰翻书的手顿了一瞬，发现自己不知道翻到哪里去了，又慢慢翻回来。

"她们刚开始那么咄咄逼人，其实就是起床气没消要发泄，跟她们计较这件事没有意义的，我怕丢脸倒是真的。"

"可你刚刚真的很淡定，我都看呆了。你什么时候能说这么多话了？平时你多说一句话都嫌多。"余倩倩接着说，"还有，最后你竟然还记得问一下到底是哪个同学说的我们宿舍，我整个给忘了。你在处理这些事情上，真的很有……很有……"余倩倩蹙着眉想了半天，最后眼睛一亮，道，"大将之风！"

华兰听到这个词的时候，终于找到了今天数学老师要讲的内容，她狠狠地压了两下书边，让它平整地摊开。

确实有人这么说过她，不过那已经是小学的事情了。大队部那个年轻的指导老师曾经拍着她的肩，说她遇事镇定，有大将之风。

她还跟苏展炫耀，说彭老师夸自己了，她肯定中意自己当下一任大队长。

苏展说，得了吧，彭老师谁都夸。等华兰一瞪眼，他又别别扭扭地承认，不过确实只夸过她一个人有大将之风。

初中好像把人从头到尾洗了一遭，把三年前的事情全部洗干净，让人一想小学就觉得已经太久远了，那些记忆放在老城弯弯曲曲的巷子里，时光的风将边缘侵蚀，岁月的流沙却不能完全带走。

主动去回想，只能想起来一片空白。有人不经意地提醒，回忆便如山海般涌来。

华兰想起自己那个时候天真甚至带着点蠢的笑，口无遮拦，天下第一。

确实很自信，有那么一点点怀念。

"小学的时候做过一段时间大队委，可能当和事佬已经成习惯了。"华兰最后这样回答余倩倩。

"初中呢？"

"不爱管事。"

"我就觉得你是合适的，那选临时班委的时候，你一定要……"

余倩倩还想说什么，却被华兰打断："要上课啦。"

"这个有没有配出来的？"国字脸的化学老师推一推眼镜。

鸦雀无声，他又不甘心地再问了一句："真的没有吗？"

比鸦雀无声还鸦雀无声。

"华兰？"化学老师叫道。

华兰犹豫一下："第一个系数是 5 吗？"

化学老师像挖到金子似的点了点头，用鼓励的目光看着她。

华兰便放心大胆地说了，化学老师连连点头，最后说："你就别考虑别的方向了，留在化竞吧。"

大家都开始"哇哦哇哦"地起哄，那些眼神灼热到华兰用右手掩着半张脸，目光偷偷在化学老师的国字脸上刮了三刀。她坐下的时候，渐渐发觉在所有人的起哄当中，只有一个男生背对着她，自始至终没有起哄过。

不知道为什么，华兰特别感谢那个男生。

"你来讲吧。"化学老师肯定地道。

华兰脑海里缓缓打出一个问号，如果眼神能杀人，国字脸已经死了千百次了。她想拒绝，但喉咙里发不出一个完整的音节，只能硬着头皮走上讲台，捡起粉笔，把自己的思路讲了一遍。

"这个、这个我们这样想……"

在写下最后一个数字后，华兰的神经放松下来，竟然觉得自己讲得还不错——如果她的腿没有微微发抖的话。

她缓缓转过身来，就听到化学老师问："华老师讲完了，你们听懂了吗？"底下沉默了片刻。

不会吧？不会真没人听懂吧？华兰觉得自己想要杀了国字脸的眼神渐渐软了下去，变成了"请您下次没事别点我"的祈求。

"听懂了。"突然有人说话，竟然是刚才那个没有起哄的男生。他坐在第二排，一个人。华兰在回味的时候，才发觉这个声音很好听。

一听就是很温柔的人。

华兰更感谢他了。

"听懂了。"华兰向后看去，是苏展。正当她眼里汪了点儿感激时，便听苏展含笑又补了一句，"如果华老师下次讲题的时候能看一眼我们，就更好了。"

华兰这才意识到自己刚刚讲题的时候一直在黑板上疯狂写字，一眼也没看身后的人，肯定听得出来她很紧张。

苏展，你真行！她的手又很自然地捂住了脸。

"看你干什么，程敏都嫌你晦气。"林屿在旁很自然地搭了一句，全班立刻哄堂大笑，学着程敏的语气，"晦气""晦气"地指来指去。

那一瞬间，华兰觉得苏展才是脏东西，真真是太晦气了，见着他总要出糗。

化学老师也笑了，国字脸上的眉毛笑得一跳一跳。他挥了挥手，让华兰下去了。

谢天谢地。

"大家看下一张试卷。"

那节晚自习，化学老师拖了五分钟的堂，华兰回教室收拾东西的时候，全班都已经在下课铃响后跑得差不多了。她看到桌上一沓作业本里夹着一角白，才发现今天的英语单词还没背。

她看看时间，再背个十分钟回宿舍，应该还能赶得上宿管阿姨锁门。

"花哥，还没走呢？"徐志超慢悠悠的声音从后面传过来，吓得华兰一激灵，她回过头才发现在放得乱七八糟的书本后面藏了个徐志超。

"化竟老师拖堂了，今天英语单词还没背呢。"她勉强笑了一下，便回过身继续背。

"你说你理科都快考满了，英语要是再提提分，那几个考年级前几的，什么林屿、苏展、江潼，也轮不到他们第一。"

华兰蹙一蹙眉，她不知道徐志超是不会说话还是怎么的，明明是肯定却听起来令人不适，好像在阴阳怪气。

华兰懒得跟他计较，继续专注于单词表。

"写不完呀写不完！"徐志超"啪"地把练习册往桌上一放，把桌子上散乱的卷子横垛垛竖垛垛，弄出好大动静。

"花哥，我走了，你还不走啊？"

华兰正背到"restless"，心情就跟这个单词一样烦躁。你走就走呗，关我什么事啊？通知我干吗？

"她写不完是因为多了几张竞赛试卷，我也写不完，很正常。"徐志超正理着东西，后门传来一个声音，爽朗笑道，"哥们儿，你写不完就有点慢了，明天试试看怎么样才能效率高点。"

华兰诧异地转过头。

苏展倚着后门框，手里攥了一张卷子，正笑着看她，琥珀色的眸子被头顶的灯照得雾蒙蒙的。

"苏展？"徐志超愣了一下，"你来做什么？"

"找你们花哥问题目啊。"苏展一脸无辜，扬扬手中的卷子，"老师钦点的化竞种子，难道只许你们乙班问，不允许她造福苍生啊？"

徐志超才反应过来他方才话里的意思，想发火却发不出来。他把笔盖重重一合，冷冷道一声"回了"，便头也不回地走出教室。

苏展目送他消失在视线范围内，随后"扑哧"一声笑出来道："瞧他那样，真无聊。"

"你更无聊。"华兰撇撇嘴，"你真有题目不会？"

"还能有假？华老师指导一下。"苏展好声好气的，恢复了那副轻松的样子，指了指卷子。

华兰一看，原来还是那道配平题。

"你不是说你听懂了吗？"

"那不是怕华老师尴尬嘛。但当天的问题还是要当天解决——程敏说的。"

他笑眯眯的，华兰伸手不打笑脸人，心想今天单词是注定背不成了，于是拿起笔，在他卷子上圈圈画画，又理了一遍思路。

"这回听懂了？"

苏展"嗯嗯"地点头，罢了拿起试卷，道："这真是我这段时间笔记最多的试卷。"

"得了吧。"

"我说真的，我平时懒，能少写几个字就少写几个字。"

华兰开始收东西，被苏展这么一耽搁，不仅单词背不了，再不抓紧回去就要被宿管阿姨关在门外了。

苏展看着动作利落的华兰，沉默了一会儿，开口道："华兰。"

"嗯。"

"他经常这么为难你吗?"

华兰手里的动作顿了一瞬,偏头撞上了那双认真的琥珀色眸子。

认真得让人熟悉。

第三章
卖火柴的小女孩

华兰也很想对徐志超说,没必要一天天这么关注她。如果真觉得面对她感觉到压力,那么更应该投入精力提升自己。

华兰无意中听到他和同桌的对话,好像他对数竞志在必得。

徐志超的数学成绩不错,思路很快,据说初二的时候参与市级联赛还拿了一等奖,确实是个苗子。

不过竞赛的资格要自己争取。在川中,什么东西都要自己争取。如果一味盯着别人有没有,迟早会心态失衡的。

华兰不在乎徐志超的嘴欠,因为她早就明白这个道理。徐志超平常近乎"阴阳怪气"的话对她来说,左耳进右耳出。她随便笑笑就过去了,根本留不下什么压力,所以多一事不如少一事,不和他计较那些有的没的。

今天徐志超是作死,非得烦她这十分钟的背单词时间,所以华兰有点烦躁。

"没事,他就是嘴欠,"华兰把饭卡装进兜里,轻快地道,"我平时懒得浪费时间跟他说这些。"

"还有事吗?"华兰示意苏展赶紧走,"五十五分,宿管就锁门了。"

"还有些事情想问你,"苏展道,"顺路,送你到宿舍楼下?"

华兰不置可否,关好教室的灯,才说一句"走吧"。

其他三个班的灯都已经关了,只剩走廊上昏黄的廊灯,好像黑夜窥视的眼睛。川中冬天的夜很静,除非大风吹过带来奇怪的共振声。那种声音要么出现在下午,要么出现在晚上,"咻呼咻呼"的声音从校园这头传到那头,还怪吓人的。

行政楼离宿舍区远,他们要跨过一座桥,穿过一整个教学区。路上只有零星的学生,那散落的身影有些黑影幢幢的意味,让华兰心里有点儿发慌。

太黑太空旷的地方,她有点害怕。

华兰把校服冬大袍的领子拉得严严实实的,半张脸埋在高领毛衣里。

苏展紧紧跟在她左边,挡住了廊上令人抵触的闪烁。华兰安心下来,脑袋开始放空。

"他们现在为什么叫你'花哥'啊？"苏展问。

"有个好朋友喜欢这么叫，我也就随她咯。"

"你喜欢吗？"苏展问，"我以为你会更喜欢'小花'或者'兰兰'之类的。"毕竟小时候大家确实这样叫她。

华兰想了想，道："昵称嘛，代号而已。朋友叫起来顺就行。"

说罢，她补充了一句："他们把我当大哥呢，也挺好的。"

他们穿过昏暗的大桥，进入路灯较多的教学区。暖黄色的灯光照在钟楼上，投下指针斜长的影子。教学楼的红墙在灯光里错换了西方油画的印象，驱赶冬风里的湿冷。

路灯泛着暖融的光，好像安徒生写的那个小女孩卖的火柴——拉长了立在路边。

从黑影幢幢的世界，走进了火柴映照出的幻梦。华兰想到这里，心颤了一下——或许从刚才苏展侧身挡住行政楼奇怪闪烁的灯光开始，她就已经走进了火柴制造的幻梦中。

苏展没有说话。他们俩的影子被路灯拉成了怪异的形状，像单峰凸起的假山挨在一块儿。

于是，华兰往外走了一步，"假山"就这样断裂了。

"今天早上，是怎么回事？"苏展还是主动开口问。

"今天早上？"华兰学了一天的脑子有点发晕，刚刚才开始放空，差点想不起来苏展指的是什么。

"你看到了？"

"那两个女生跟要掀了你们班房顶似的，吵到我睡觉了。"苏展道。他靠近华兰，冬大袍的袖子摩擦一下，发出只有梭织面料才会发出的响声。

那断裂的"假山"又重合了。

"就出来看了两眼，正好看到你把她们拉走了。后来卓依缦也出去了，回来的时候红着眼睛。"他偏偏头，"她们凶你们了？"

华兰想起之前倩倩说苏展和卓依缦初中是一个班的，"唔"了一声，又道："也还好，一点误会，解开了就好了。"

"什么误会啊？"

苏展刨根问底，跟八婆似的，华兰也只能把闹钟的事情告诉他。

苏展听完，似笑非笑了一声："你现在脾气可真好。"

"你可真闲，关注这些。"华兰不咸不淡地回了一句。

"这件事从头到尾跟你没什么关系，你室友觉得吵就自己去说，干吗让你夹在中间难做人啊。一开始就拒绝咯，怎么，'不'字说不出口？"苏展尾音上扬，玩笑道。

"对。"华兰说完便诧异了,自己竟承认得这么痛快。

是啊,她这个人就是不会拒绝,但是很懂得怎样承认。

苏展被噎住了,他也想不到华兰承认得这么痛快。华兰的这声"对"把他好多想说的话噎回去了,比如他想问她,"花哥"这个称号她到底喜不喜欢?现在乙班同学这么围着她转,她开心吗?还有徐志超对她说的那些话,她是真不在意还是委曲求全?

如果不是他今天一句话把徐志超呛岔气了,她还可以忍这种无聊的揶揄多久?

但他终究没有问出口,犹豫良久,等到教学区的火柴路灯都被落在身后,两座"假山"也一并没入黑夜,他才慢慢说道:"华兰,不要做让自己不开心的事情。"

越接近宿舍楼,嘈杂声便越明显。渐渐地,梭织面料摩擦的声音遁入黑夜,在人声鼎沸里彻底消解。

"你哪里看出我不开心?"华兰转过来看他,缺少了路灯的映照,看不清他脸上什么表情。

好在,他同样也看不清她的。

"我的情绪一直很稳定。"她淡淡地掩饰内心的不快。她也不知道为什么,苏展一提这事,她就想对他发火——即使她自己也说了,她的情绪很稳定,甚至有些稳定过了头。她很少发火,很少跟人生气,很少因为什么事不开心。

因为什么事情都不被她放在心上。

大家都以为她性格内敛沉稳,她也乐得装作其中,能不主动就不主动,能不说话就不说话。

她缩在自己的小角落里,只要拿得出成绩,就没有人会来烦她。

但是苏展知道,她以前不是这样的。她很怕苏展接着问下去,问她怎么一点不爱笑不爱闹了。

这就像你披了一件精美的斗篷,为了遮盖住自己身上的伤疤。大家都以为你有绝妙的时尚品位,和这件斗篷天作之合,但有人知道你的伤疤有多恐怖。

华兰可以和试图扯下她斗篷的人爆发第三次世界大战,但是没有办法让见过伤疤的人彻底忘记。

她没有像那些偶像剧里的女生一样,倨傲地说:"你以为你有多了解我,别妄自猜测了,浑蛋。"

这也太狗血了,不适合她。

她只是淡淡地告诉苏展,没有任何人任何事让她不高兴。

她不需要他来关心。

黑暗里,少年的喉结动了一下。他们终于走到宿舍楼下,宿舍楼里的灯光让他们看得清彼此的神情,像卖火柴的小女孩一下子点燃了手里所有的火柴,

· 025 ·

无尽灯火，通天透亮。

令华兰意外的是，苏展一如既往，笑眯眯的。

他琥珀色的眼睛眯成缝，对她说："情绪稳定好啊，不像早上那两个女生一样，弄得大家都很尴尬。"

华兰顺水推舟，低头看了一眼表，说："五十二分了，我先进去了。"

"等等。"苏展叫住她，笑道，"还有三分钟，我最后问一个问题。"

"化学问题明天再问。"华兰松松垮垮地把手一抱，迈上几级台阶，回过身来俯视着站在低处的苏展，"我脑子疼得很。"

"不。"苏展摇摇头，"现在我是林屿。"

"啊？"华兰皱了皱眉，不懂他的意思。

"我再问一次，'苏展，你和化学大佬认识啊'，你希望苏展回答什么？"

也许是苏展的神情太诚恳了，或者是橙黄的灯影和台阶给了一点氛围的施舍，让华兰不忍保持高高在上的姿态，把到嘴边的那句"有病"咽了下去，想了一想，轻轻道："你告诉他，我们是小学同学，所以认识。"虽然她知道还有很多种答法，但她就是选了这种。

最合理、最常见，也最普通。

他礼貌地说了一声"好"，接着说："如果林屿下次真的问你，你别用这个答案。"

"你说我们是朋友。"

华兰蹙一蹙眉，本能地想回绝。但苏展打断她："你都跟冲你大吼大叫的人做好朋友了，为什么不跟理性点的人做朋友？"

"我肯定不会对你大吼大叫的。"

他说得很是诚恳，但怎么看起来蠢蠢的？华兰心里莫名有这种想法。宿舍楼的灯光和黑夜泾渭分明，但在苏展的身上交融，他一半笼在暖黄色的灯光里，一半被黑夜割去。

"快回去吧，华兰。"苏展挥挥手，唱了一句"友谊地久天长"，跑调不知跑到哪里去了，把华兰吓了个激灵。在身后宿管阿姨"关门关门"的催促声中，她赶紧走进了宿舍楼。

刚刚逃进来，身后便有人勾上她的脖子，用吹风机抵上她的腰，故作严厉："我刚刚看到了啊。"是余倩倩。

华兰无奈地笑了一下，一边感慨运气真是太差了，正好碰上余倩倩在大门旁边的插座吹头发，一边拨开了她的手。

"看见什么了看见？别乱说啊。"

"你跟苏展什么时候认识的？"余倩倩语气暧昧。

华兰"呵"了一声，果断回道："他太蠢了，配个方程式都配不出来，我给他讲到现在——你们实验中学都是这种水平？"

"你们讨论一道题能讨论到宿舍门口？"

"是我骂他蠢骂到宿舍门口。"

余倩倩一脸狐疑，却问不出任何下文，一直到熄灯得到的都是她觉得模棱两可的答案。

"别吵了，再吵宿管又要来了。"

余倩倩哼唧一下，只能偃旗息鼓。

五分钟后，宿管阿姨经过122门口，很满意今天这个宿舍终于知道悔改了，于是抬手关了走廊上的灯。

华兰看着外面的灯被灭掉，像小女孩手里点燃的火柴被彻底熄灭。整个川中终于沉入了彻底的黑暗，所有诞生于火柴的橙黄色幻梦，估计睡一觉，也会被彻底遗忘。

第二天也没有什么两样，因为大家都有自己的学习生活和节奏，没有人会贸然改变。华兰在写数学题的时候用笔抵住了自己的下巴，忽然这样想。

同学们来问她问题的时候还是叫她花哥。那两位咄咄逼人的丙班女生在走廊上遇见的时候会跟她友好地打招呼，仿佛那个早上的尴尬真的没有发生过。

徐志超有时候还是会揶揄华兰，只是不再那么刻意和阴阳怪气。偶尔他上赶着去和林君玉没话找话，林君玉会嫌他吵，甩他一个白眼，然后拿着课外书到华兰这儿来。

生活像流水一样淌过去，在学习、吃饭、休息的规则里反复被塑造，终到东海。后来的华兰回望自己的高中，发觉大概是从那个时间点开始，自己真的有点喜欢这个充满作业压力和学习竞争的地方了。因为川中带来的很多变化冲击着她惯有的平衡，但同时也以全新的平衡，接纳着她。

程敏一直强调"节奏、习惯、规律"，之前还让学长学姐来分享过学习方法。来做分享的是高二的学长学姐，他们从文科讲到理科，面面俱到细致入微。那节课是对乙班同学格外重要的自习，本来大家都低着头，面前摊着卷子，练就了一心二用的本领，但听着听着就都把笔放下了——学长学姐都很幽默，而且分享的都是干货。

但这些干货，华兰都没怎么听进去，给她留下印象最深刻的，是几位学长学姐优秀的台风。她像沉浸一场完美的演讲，全然忘神了。

用余倩倩的话来说，收放自如，控场能力极强，一个字都没口糊过。

"很专业。"

华兰对接受大家目光的汇聚有着几乎骨子里的回避，对"万众瞩目"的事情非常不屑。但不可否认的是，自从上次老师让她上讲台讲题开始，她就开始对"如何能在讲台上自如讲话"在意起来。

或许是为了下次在讲台上的时候，不那么丢脸。

有一位学姐讲："形成自己的节奏、习惯、规律是高中三年最主要的事情，而学校的日常规定给你框定了一个基本的框架，你们所要做的，是在这个框架里添柴加木，从而把自己很好地安放进去。"

华兰迟疑着——如他们所说的"规矩"和"框架"，真的能诞生出像他们这样的人吗？

这两个词是在川中生活的向度和遵循。华兰在形容这种情况的时候，想起语文老师给他们发的两张高三范文。那两张纸仿佛林君玉的神谕，给她打开了一个新的世界。她拿着荧光笔把两张纸画得花花绿绿的，再把那些词语摘录在自己的活页纸上。

"规则在某种角度上是意义的一种向度，善于构建普遍认同的人类务必创造和遵循规则，以便使世界在恒久不变中恒久变化。"

那天听完学长学姐的讲话以后，林君玉对着华兰读了这样一句话，恰好来自陈彬带的那个大文班的某位学姐。

听起来很厉害。

从进入这个生存游戏的第一天起，她就在遵守规则。

大部分人都是。

但确实有人对此不屑一顾。

竞赛课没有固定位置，苏展和林屿会坐在华兰的后面。如果林屿没来，苏展就顺其自然地要求和华兰坐一个小时的同桌。

华兰让他适可而止，甲班又不止来了他们俩，非得来乙班求政治避难？

"我和他坐一起老师早就看不惯了，以为我们每节课都要语不惊人死不休。你形象好，让我避难一下，不然老师老要点我。"苏展对她双手合十，真的在求政治避难。

华兰暗自腹诽你也知道啊，时不时出来拆个台，老师都怕了你们了。

"林屿去哪儿了？大佬怎么想翘课就翘课啊，都这么随心所欲的吗？"

"林狗说，懂了的东西再花时间来听就是浪费时间。"苏展对此这么回答，"伟人说过，浪费时间无异于谋财害命。他这是在保命。"

华兰对这种男生之间的小爱称满脸黑线。这样相比之下，"花哥"这个称呼竟然显得礼貌很多。

"他是翘课出去玩了吗？"华兰这样问。

苏展沉默了一下，问："你……特别好奇他去哪儿了？"

"我只是想知道，他真的不怕程敏来抓吗？"华兰淡淡地回道。

"他不在乎这个的，他觉得程敏的条条框框都是神经。"苏展的语气忽然变得很坚毅。华兰那个时候没有看他，但她猜目光也是。

"其实我也觉得。但他逃是因为他都懂，我要走了，下节课可能就跟不上了。"苏展的语气恢复平淡，很坦诚。

但华兰从这个回答里听出了一种无端端的辛酸。

看吧，也许他们都已经是很厉害的人，但人外有人天外有天。你无从避免，所以只能在接受之后，始终仰望。

对此，你要保持平衡，因为这就是在川中生存的规则。

林屿的强大，可以让他在这个规则之外，保持着自己的自留地。

确实，林屿的翘课并不影响他在年前最后一次小测里蝉联第一的头衔，保持理科近乎满分。

那时的华兰并不知道，这个自留地有多大，又能保持多久。

大多数人像她和苏展这样，厌恶程敏苛刻的规则和框架，又害怕林屿这样孤注一掷的自由。

他们都拼死拼活，才能赖在自己喜欢的名次上。有的人甚至更惨，只能退步。

年前的最后一次小测，华兰还在年级第十，苏展在第五，第二的位置新皇登基，是丙班的江潼。前十洗牌，大部分都变成了她不认识的人名。

风水轮流转。

程敏大手一挥，让他们与高一同等待遇，拥有两个星期的寒假和无数张试卷。

白花花的试卷飞下来，徐志超在后面唱着"雪花飘飘，北风萧萧"，格外应景，平添凄凉。

"徐志超你别号了。"余倩倩狠狠道，"本来整理试卷就烦，你还在这儿雪上加霜。"

林君玉将试卷分门别类一张张归类，开始数，越数脸上的惨笑越明显："三十五，三十六……"

"四十一张。"华兰提前点完，周遭瞬间爆发出哀叹。

"平均一天三张不到，各科老师还是手下留情了。"陈彬看着满脸哀戚的众人，笑眯眯地走过来，"高三只放四天假，你们两个星期呢，偷着乐吧。"

"问：凌迟和斩首哪个更痛苦？"徐志超举手，故作深沉。

"反正都得死，结果一样。"陈彬抱着手，笑道，"所以你们要想办法活下来。"

大家"扑哧"一声笑出来，仿佛手上四十一张试卷不是什么了不起的东西。

华兰那时候想到一个词，从小到大被用烂了——以乐景衬哀情。

陈彬少有地没有进行长篇大论的教育，简单强调了一下注意事项以后就让他们安静自习了。

他朝华兰招了一下手，示意她出来。

陈彬把她带到办公室，很客气地请她坐。

华兰满腹狐疑地坐下，无端地觉出一阵紧张。

"华兰啊，我们提前招虽然都是临时班级，但还是需要管理。"陈彬搓搓手，"特别是二月份这个年过完以后，回来是更高强度的学习和训练，直到六月份重新分班。这段时间撞上高三最后冲刺，老师到时候大部分时间都会待在那边，肯定分身乏术了。"

不好的预感涌上华兰心头。

"所以，按照段长的意思，这边要选一个临时班长，平时管管纪律什么的。"

太不妙了。

"这一个多月的学习生活下来，老师觉得你还是个比较稳重的孩子。"陈彬向她投来赞许和期待的目光，"你来当这个班长好不好？"

华兰暗骂一句，真是中大奖了。

华兰沉默着，脑海里闪过了一百种拒绝理由，最后淡定地缓缓开口："老师，班长这个东西，不是要大家选吗？"

陈彬，再怎么样你也不能搞独裁吧？你得民主选举啊，你不是教政治的吗？

"一般来说是这样。"陈彬仿佛有读心术，"我是教政治的，当然知道要民主选举。

"班长在学习生活上都要起带头作用。可是就选班长一个位置，一来怕大家都不愿参选，二来是怕参选的都是段长重点关注的对象。"

华兰明白陈彬的意思。

要找一个成绩又好平时看起来又听话的人，让程敏放心。

但是这样的人又不止她华兰一个，陈彬为什么找到她了呢？

"老师，我初中没有担任任何职务，我觉得自己能力不够。"华兰转变了策略。

陈彬不是刚开学的时候就让他们填了张表格吗？她可是故意不填的啊，陈彬怎么不按照表格来找人？

"初中是初中，高中是高中。来到川中，干吗不挑战一些新事物？"陈彬拍了拍她的肩膀，"我觉得你还是很有能力的。"

这事情就像蝴蝶效应，她也没想到给林君玉讲的那道题，最后把她自己逼上梁山。陈彬的意思很坚决了，他已经用他聪明的脑瓜观察选择过了——非她不可。

她沉默了一会儿，艰难地开口："我试试。"

走出办公室的时候，华兰那一时的冲动慢慢消退下来。她说不清楚自己为什么会答应陈彬，如果是初中的她，宁可反复拒绝也不想管这些事。

和以前相比，确实有东西发生了改变。

沉默的那几秒里，说不清是什么起了作用。

也许是规则，这就是安放她自己的规则。

第四章
新年快乐

很早开始,华兰就不喜欢过年了。

她尤其烦年夜饭和走亲戚。

年夜饭是在外婆家吃的。外婆有三个子女,妈妈是最小的那个女儿。大舅家的表哥比华兰大六岁,二舅结婚晚,但和二舅妈前两年生了二胎,目前儿女双全,一个刚上小学,一个上幼儿园。

大舅妈常常感慨,就是没赶上时候。二胎政策开放的时候,大舅妈已经不适合生育了,否则她也得给景诚添个弟弟或者妹妹,让这个家孩子更多一点。

华兰自私地想,幸好是这样。小表弟、小表妹处于熊孩子阶段,表哥又臭毛病一堆,再多个哭哭啼啼的小婴儿,这个年不过也罢。

陈景诚是华兰的表哥。

她不喜欢这个表哥,表哥也并不喜欢她。因为六岁的年龄差,华兰还在幼儿园拍皮球的时候,陈景诚就已经是戴着红领巾的小学生了。

小学生,特别是戴了红领巾的小学生,对幼儿园有一种天然的鄙视。

那种感觉就像,喊,怎么还在滑滑梯啊,我们都已经在算数学题了。

或者,怎么还算不清加减法啊,我们已经引入未知数了。

他忽视了年龄差距的存在,不知道自己作业本上那些"高深"的符号总有一天会转移到华兰的作业本上,不知道那时候的华兰得到的红钩是不是比自己多。

对这个世界知道得越少越无畏。那时候的陈景诚完全没意识到自己的无知,所以胆子大得出奇,只是鄙视知道得比自己少的华兰。

华兰小时候还是个挺爱闹腾的小姑娘,精力旺盛。大舅家和她家住得很近,但陈景诚从来没带她玩过,他羞于让自己这个什么都不懂的小表妹见到自己的朋友。

"带她干什么?我们去看《钢铁侠》,让她坐在旁边玩芭比娃娃?"

陈景诚小时候的优越感来自很多方面,比如说他是这个家最大的孩子,拥有最出色的成绩，最后考进了安川中学，完美地继承了曾祖的衣钵。

陈景诚的曾祖，就是华兰的曾外祖，是陈家极具传奇性的一个人物。若把安川历史往前倒到建国以前，陈家怎么也算个地方乡绅家庭。那时候安川郊区的一片田野全归陈家所有，陈老太爷正当年少，考进了安川中学的前身——安川地方初等学堂，之后一路又考进了中国航空航天大学。

故事到这儿，演变出了好几种版本。有说曾外祖为中国航天事业做出过贡献的，有说曾外祖曾跟黄埔军校或者某位张姓军阀有关系的……总之都用庄重的历史为他增写了传奇。

华兰不知道哪一种说法可信，其实大家也只是在众说纷纭的传奇里用老一辈的光辉岁月聊以自慰。但大家都知道最后的结局——1949年的时候陈老太爷没有选择南迁，而是留在了浙南小城安川务农。特殊历史时期当中，陈家的土地被没收，再也没有当年乡绅的辉煌。

后来改革开放，新区建立，安川经济转型，彻底把这个旧时代的乡绅家庭抛在了后头，留在了老城区烟土的回忆里。

航天的英雄事迹不可追，保守的陈家人也没有全然从经济转型里受益。安川与陈家最紧密的联系，竟然是安川中学。

后来的华兰也确实在校史馆里，翻到过自己曾外祖的名字：陈象武。

陈家每一代人，都有川中生。

华兰犹记，六年前陈景诚被安川中学录取的时候，有多么耀武扬威。曾外祖那时还神志清醒，包了好大一个红包给他。陈景诚平时就对华兰冷冷的，那时天天拿着红包跟她炫耀，恨不得用鼻孔对着她。

华兰很不高兴，求妈妈主持公道。

妈妈只是笑着回答："你景诚哥哥考上川中了，你以后要多跟他学习。"

只可惜学习着学习着，华兰就全面超越了陈景诚。陈景诚从小就认识不到年龄差带来的区别，六年的年龄差意味着很多事情。

比如说浙江高考改革从老高考变成了新高考，不进行文理分科而是七选三，开始按照排名赋分。

比如说安川中学乘着高考转型的东风，教学水平全面提升，直接与地级市叫板。

比如说安川中学的竞赛骤而增强，清华、北大录取人数噌噌上涨，而华兰考上了提前招生，现在就要成为竞赛生了。

今年过年，不是华兰的妈妈指着陈景诚说，让华兰多学景诚哥哥，而是二舅妈指着小表弟、小表妹说，要多学习兰兰姐姐啊。

华兰对这样的夸奖，心里觉得尴尬，总是一笑置之。她越淡定，当时鼻孔朝天的陈景诚就有多幼稚。

如今在南部某 211 读大三的陈景诚认识到,家族里的关系发生了微妙的变化,自己不再是那个唯一了。

今年的年夜饭像是为华兰而摆,外婆买了华兰最喜欢的胖头鱼和大闸蟹。

大舅、二舅众星拱月似的带华兰去见曾外祖——时隔六年,曾外祖的身体已经大不如前,从前拄着拐杖笑呵呵给陈景诚发红包的他,现在一年有大半时间躺在床上,分不清楚几个小辈。

他的头发花白稀少,厚重的眼袋拖着下眼皮,上眼皮也跟着无力地向下坠着,双眼的轮廓挤成三角形。他看见华兰的时候挣扎着坐起来,左手摁在床板上,几条青筋一瞬凸起。

像不合时宜的小丘在贫瘠的平原上凸起。

曾外祖的眼神蒙蒙眬眬,大舅告诉他,这是晓静的女儿。

他缓缓开口,模模糊糊地叫了一句"晓静"。

二舅立马纠正他,是晓静的女儿,兰兰。

"兰兰,兰兰……"他喃喃几声,迟钝地回忆着,才把华兰想起来,"华兰啊!"

"哎!"华兰局促不安地答应着,笑道,"阿太。"

"今年提前招上了川中呢!"大舅高兴道。

"啊?"曾外祖没有听懂。

"我说,兰兰,今年,"大舅照顾着曾外祖的耳背,一字一句用土话说道,"考上,川中!"

"川中!"二舅强调。

"噢!好!"曾外祖眼里亮一亮,带着苍老的笑意,终于听懂了。他枯瘦的手拉住了华兰,"川中好!"

"兰兰,有出息……"他看着华兰的小脸,慢慢停下来,"就是,命苦……阿太给你个大红包啊……"

华兰的手微微一僵。

大舅和二舅立刻听出不对劲来,上前搀扶试图起床的曾外祖,让他好生歇着,说自己来拿。

"兰兰到外头去啊,到外头去。二舅妈让你去厨房看看,去厨房看看。"二舅脸上讪讪笑了笑,结巴着扯了个很蹩脚的理由。

华兰笑着,说:"阿太您好好休息。"三两步退了出去。

华兰当然不会去厨房看着了,于是窝在沙发的角落里,百无聊赖地拿着手机刷朋友圈,面前的电视里是小表妹点播的动画片。

小表妹兴奋地在沙发上上蹿下跳,华兰将身体缩成一团,努力不成为她的落地目标。

但她还是想着，好吵。

突然，餐桌那边大舅妈"哎哟"了一声，接着皱眉埋怨坐在小凳子上玩手机的陈景诚："你懂不懂事？"

"怎么了？"陈景诚不耐烦地抬起头。

大舅妈上前一步走到陈景诚跟前，几乎咬牙切齿道："你看看你这碗筷是怎么摆的！"

声音很小，近乎窃窃，但华兰还是听到了，听得一清二楚。她从沙发上探出头，注视着争执的两人。

陈景诚愣了愣，站起来，围着桌子走了一圈，无辜道："我觉得挺整齐的啊。"

"你是不是缺心眼儿，陈景诚？"大舅妈做了个口型，"你看看几副？"

"十二副啊。"陈景诚还没回过味来，"加上还没回来的姑姑，不就十二个人吗？"

大舅妈彻底对自己的儿子无语了。

"你姑父不用吃饭了？"

陈景诚大梦初醒，这才想起来，陈家是给小姑父留筷子的。

是给华兰的父亲留筷子的。

陈景诚去年去了北方同学家过年，今年就把这事忘了一干二净了。

但这是华兰的父亲死的，第五个年头了。

"放在那儿吧，正对着电视机旁边的位置，我要坐在那里吃饭，可以看电视。"华兰静静地开口，把陈景诚和大舅妈吓了一跳。

小学五年级以来，华兰每年的年夜饭都坐在一个空空的位置旁边，看着无聊的春晚，忍受着有意或者无意的冒犯。

比如小表弟、小表妹不懂事的时候，一直在问那个多出来的位置是给谁的，然后被二舅妈狠狠地打一下，做出噤声的手势。小表妹哭闹，说妈妈坏，要姐姐要姐姐。

华兰还得忍住脾气去哄她。

比如有一次，二舅喝得太多了，硬要给他这已经过世的妹夫满上，满嘴胡话说什么天寒地冻山高水远，妹夫当初就不该做那份工作。他喝红了眼睛，让华兰代父敬酒。

二舅妈见状况不对，把二舅拉走了。剩下的大人尴尬地对华兰笑说，你别跟你二舅舅计较，他喝多了没有脑子的。

这一回，陈景诚连给她父亲摆碗筷这件事都忘了。

"兰兰啊，兰兰，舅妈知道你是最懂事的。"大舅妈紧张地搓了搓说，"你别跟你景诚哥哥计较，他没有脑子的。"末了，还补了一句，"他没有那个意思啊，舅妈替你教育他。"

我怎么和他计较？他没有哪个意思？怎么大家都没有脑子？华兰心里翻

涌,是啊,她是最懂事的,她不会大哭大闹,不会歇斯底里,她只会淡淡地说一句"我知道"。

"我知道。"所以这一次,也是这样。华兰看舅妈的神情一下放松许多,勉强笑了一下,缩回了沙发。

父亲死后,妈妈为了给华兰更好的条件,工作更忙了。华兰按部就班地学习,从不做什么出格的事情,也不和任何人起争执,惹什么麻烦。

家里的亲戚都觉得她最明理懂事,在父亲死后一下子长大了。

华兰的事例在七大姑八大姨家流传,用来教育小辈。他们用同情的口吻向小孩子阐述华兰姐姐的身世,再教育他们像她一样听话懂事。

"别计较这个计较那个的,兰兰姐姐都这么大度。"

亲戚们可以把任何品质往她身上安,比如大度、坚强、文静、聪明,只要加上她死了父亲的前提。

但是,那些小孩确实可以自私、幼稚、吵闹、脆弱,因为他们没有失去自己的父亲。

很久以后的华兰依然觉得,中国家长总是喜欢让孩子长成苦大仇深以后才能有的样子。

陈家这些人,说到底并不坏——只是没有顾着她的感受罢了。

她确实不计较,不知道什么时候开始,她对什么都不计较了。

就像妈妈在晚上六点才回到家,她还是能神色如常地对妈妈说:"妈妈辛苦了,快坐下来一起吃年夜饭吧。"

"大家新年快乐。"

年夜饭、走亲戚,华兰本来可以跟往年一样,糊里糊涂地把日子过下去。

但是,好像有哪里不一样。说不上来哪里不同,亲戚们的车轱辘话一年年都这样滚,但今年华兰就是特别烦躁。

不想再教亲戚家的小孩,不想再回答那些关于川中的问题,不想和那些搞不清楚竞赛和高考差别的长辈说话。

她忽然分外想回去上学,即使不能睡懒觉,不能带手机,得遵循好多神经规定。但她就是想返校,想坐在教室里写题。

清静,没人来烦她。

妈妈又不知在和哪家亲戚闲聊,华兰乖顺地刷着手机。

突然,微信上来了一条消息,问她试卷写多少了。

是苏展。

华兰回答:没多少。

年三十以后都在串这些无聊的亲戚。

小学的时候，华兰还没有自己的手机，偶尔用电脑上QQ，后来初中有了自己的手机，才有了微信账号，不过也就是偶尔玩玩。

苏展就不一样了，从小上网冲浪，三年级的时候就纵横空间和贴吧。

所以在2013年微信火爆的时候成了第一批原住民。

寒假前，苏展在川中门口，死乞白赖地把华兰微信好友加上了。

加的时候，他还在感慨，小学的缘分还算没断。

华兰给他一个白眼。

苏展回复：哈哈，我也是。最近都在干什么呢？

华兰：走亲戚。

苏展：我想也是。

一阵沉默。

"对方正在输入"了好久。

华兰换了个别的界面，那边又发过来：你不高兴吗？

说不高兴，其实也没有，只是烦，烦也烦了好几年了，也就这样。但华兰更奇怪的是，苏展是怎么看出来的？

华兰回复：为什么这么说？

苏展：不知道，就是感觉你好像兴致不高。

华兰想了想，没有提过年的事情，就说：陈彬让我过完年回去当班长。

苏展回了一个"大哥以后罩着我"的表情，说：马上去你们班上课。

华兰扣了个问号。

苏展说：感觉你能把你们班管得很好，应该会蛮开心的。

华兰想了想，最后还是发了一个"谢谢"的表情。

苏展又说：那个试卷我也没写多少。在家里写不下去，效率太低。

华兰看了一眼面前东拉西扯的亲戚和围着她转圈圈的小孩，叹了一口气。

她回复：确实，在家里写不下去。

即使她知道，苏展所说的"在家里写不下去"和她说的，应该完全是两个情况。

苏少爷大抵是觉得享福太多会折寿，她是在历劫。

苏展秒回：要不回学校去？

华兰疑惑：可以回去吗？

苏展：高三放了三十、初一、初二、初三这四天就回来了，学校里有人，食堂和宿舍都开着，为什么不能回？

华兰看了看妈妈，迟疑了一下。

苏展又发来消息：我们有同学去问老师了，说可以回来，而且程敏鼓励回来自习，我们班好多同学都打算回去。

甲班也太能推了。

也是,他们班上竞赛课的人多,除了那四十一张试卷,还有额外的练习要写。

华兰立马跟妈妈说,要回学校自习。

亲戚阿姨投来诧异的目光,说"哎呀兰兰,在家里多玩几天嘛",转头对着她妈妈说:"你家兰兰真努力啊。"

自习的生活,是华兰最喜欢的那种生活,简单、节奏自如、无人打扰,什么都不用管,只用写试卷就可以了。

生活在试卷里,一下就被写掉好几天。

华兰观察起人少的川中。环山抱水的地方,还是很好看的。总有人神秘兮兮地说,当初肯定花了很多钱选好了风水。

有时候,华兰会和苏展在走廊遇到,扯两句有的没的。试卷她想写就写,学不下去了就在后山上找个地方坐坐。后山背后就是高架和国道,望下去视野很开阔。

饱受学习压力的川中学子曾经规划过翻越后山的逃学路线。这个路线一届一届传下来,在每一届学生的想法里被不断优化,大家都把它当成了支撑自己再学一会儿的精神支柱——

再学不起来就翻后山了。

但从来没听说有人真的这么干过。

华兰在后山闲坐的时候偷偷观察过,可行。

顺着小路往山上跑,翻过年久失修的栅栏,有一百种方式能逃学——但是她一点都不想逃。

时间在这种舒服的节奏中一溜烟逃走,很快,三个年级全部返校。川中又恢复了那种有规则的吵闹。华兰这个临时班长走马上任,一开始还有点局促不安,但是乙班同学竟然都很配合,让她心里的包袱卸下来不少。

她的工作,其实也很简单。自习开始前清点人数,上自习课坐在讲台上写作业,如果有同学讨论题目太大声了就提醒他们小声点。

跑操的铃响的时候,华兰督促大家赶紧放下手中的笔,去操场集合。

年段若有通知,华兰需要代为转达等等。

他们不是正式的高中部,平时没有学校里的任务,华兰这个临时班长当得还是很轻松的。乙班同学平时比较专注学习,绝大部分人都对竞赛有点想法,所以自习课的时候纪律一向比较好,华兰也轻松。

她小时候就不是那种会端"官架子"的班干,现在"重操旧业",出人意料地随和,加上原先就跟余倩倩、林君玉这圈人处得好,管事的时候总有人带头配合。

她好像真如苏展所说,"能把乙班管得很好,应该会蛮开心的"。

甲班就不一样了。甲班比较能闹，经常有人踩着上课铃从篮球场或者书店回来。程敏经常偷袭，刚开始的时候一抓一个准，但后来，用苏展的话说，甲班后排都已经被逼出和程敏的心灵感应了，比程敏儿子还懂他心里在想什么。

甲班班长被搞得没办法了，身先士卒，每节自习都在门口盯梢。

但说来也怪，两周一次的小测，甲班的均分一直是四个班里最高的，高分选手一直占尽年段前十的半壁江山。

华兰的成绩比较稳定，没有甲班那些神龙摆尾的大佬那么出挑，但也一直没有掉出三十个人的竞赛集训。

年后开春，竞赛课程强度逐步加大，参与竞赛集训的队伍也从原来的三十人，扩大到了八十人。

这八十人由各次小测的平均排名先后决出，华兰平均名次二十。

七八月开始，数理化生的省级联赛就要分别展开。川中会让届时预备高一的他们都去试一试，尽管那个时候有许多内容他们甚至连见都没见过，拿到名次的概率微乎其微。

但怎么都算一种历练。

怎么都是一种陪跑。华兰腹诽。

这第一次联赛被学长学姐戏称为"门槛"。这八十人经历这几个月的训练，会对竞赛战场的残酷性有初步的认识。在高一，一般只会有不到半数选择继续坚持。最后这半数里能拿到好名次的，每年也不过一只手能数过来。

川中每届都是这样，八十人的浪头打在联赛的礁石上。每个人都是面目模糊的水，有的一遭遇就滑入大海，剩下的被烈日蒸烤，最后只剩几滴不会被蒸发。

最终熬出头。

时间进入四月，全部竞赛生敲定了自己的方向，数理化生分班上课。华兰命中注定和国字脸老师继续孽缘，余倩倩选择生竞，徐志超如愿进入了数竞。

苏展和林屿走上了物竞的不归路。

为什么说是不归路呢？浙南的竞赛毕竟不如浙北，物竞水平差距尤其大。联赛的出题老师和教练资源堆叠在杭城，呈放射状向外辐射，辐射到浙南已经不剩什么了。

物竞金牌，川中从没有人拿过。

人间四月天，让人又爱又恨的时段。

小学的时候，老师教大家"六月的天就是娃娃的脸，说变就变"这个句式，好多人争先恐后地用到自己的作文里。

华兰一直觉得主语应该换成"南方的倒春寒"，会在三到五月中不定期进行突袭的倒春寒。

这期间，有些人一周的衣服穿得乱七八糟，有些人一周的成绩乱七八糟，有些人一周的心情乱七八糟。

川中的作息制度是每两周回一次家。用余倩倩的话说，像每两周被假释出狱一次，获得二十个小时的自由身，接着继续回来坐牢。

提前招正式划为两个部分，竞赛生们虽然知道暑期联赛是飞蛾扑火，但还是昏天暗地地写试卷。

剩下的普通生构成就比较复杂，有还想试图一搏在联赛结束后申请竞赛名额的，有努力学习试图在大佬们忙竞赛的同时实现名次突破的，还有看破红尘摆烂的。

这个学期结束以后，按照平时测验排名，大概有七十人无法留在前面的三个实验班，他们会被平均分到后面的两个创新班，进行高一上的学习。在那之后统一按照七选三选科进入平行组合班。

在华兰这圈朋友当中，林君玉对这件事情认识得最清楚，所以也就活得最潇洒自在。

过完年，林君玉就带了一台相机来上课，课间拍拍花草和走廊，顺便记录身边人的生活。华兰和倩倩写题写累了，她就端着相机展示她的成果。

对她来说，这个三月的倒春寒并不讨厌。

偶尔的阴雨是恰到好处的水分，后山上空的晚霞格外好看，云烟奔涌。

教学区到宿舍区的白玉兰开得烂漫，体育馆旁边的茶花园一日好似一日。

高三迎来四月份的成人礼，学校把红毯从操场铺到高三教学楼前，锣鼓喧天，祝他们在六月份鹏程万里。

那天下午的成人仪式前，教学区放了鞭炮。课间无心写试卷的华兰趴在栏杆前，看那些穿着白青校服的高三生走过"鱼跃龙门"。

距离太远，她看不清他们脸上的神情。但林君玉调整焦距，就能马上随机记录下几个人的笑颜。

"他们好开心啊。"华兰看着林君玉的相机。

"到时候校长给你戴成人章你也开心。"林君玉笑道，回顾着刚才的照片，"太有面子了。"

"开心吗……"华兰不知为何，摇摇头，"我不知道。"

"嗯？"

"因为成人要面对很多……我也许不喜欢的事情。"

成人意味着承担自己的责任，这对十五岁的华兰来说还太遥远。

在家里，她承担不给母亲惹麻烦的责任。可对于给她办成人礼的川中，除了竞赛和高考，她还要承担什么？

不可名状的期望，过于突然的工作，自己被动熟络的人群？

华兰忽然很羡慕林君玉——她身上总有种坦然和淡定，好像事情都在她的掌握之中。

她非常清楚自己要什么。

她可以很冷静地面对五十几分的化学试卷，然后选取一部分问华兰。华兰发现，她只要能完全做对这部分题，就不至于不及格。所以，她就只求做对那部分题，多余的东西不强求，每天该看课外书还是看课外书。

林君玉笑了，像后山开的桃花一样灿烂。

她说："花哥，成年了，就是可以选择不做自己不喜欢的事情了。"

她捧着相机，进教室拿出了自己的素描本。

第五章
雪糕和篮球

五月下旬的时候，程敏说，要组织一场篮球赛。

高一的篮球赛在五月上旬打完，华兰被余倩倩拉去看过几眼。华兰没什么运动细胞，从小到大的运动会，都荣膺后勤啦啦队。

程敏把各个班的临时班长和临时体委叫到办公室里，语重心长地传递了自己这一指示的精神。

"我知道你们肯定都在底下骂我呢，过不到一个月就要分班了。七月份，竞赛那八十几个人还要参加联赛。所有人的学习压力都很大，抽不出时间。再加上天气这么热，更不想到空调房外面了。"

"这种思想很不对。越有压力的时候就越要放松，要通过运动等等方式合理宣泄自己学习的压力。这就是为什么高三的跑操跑得比其他两个年级都多。"

川中学生大课间跑操，高一高二在操场，分一三五、二四六轮休。高三环校园跑，除了大课间，下午下课后也要跑。

"历届提前招，都会办这么一次活动。不光为了发泄，也是为了纪念。毕竟分了班，一些好朋友啊好同学啊，就不那么容易见面了。这一点上，学校还是很有人情味的。"

"我们这个比赛的时间段暂定在下午下课后到晚自习之前。年段的要求是，打篮球的打篮球，不打的同学负责后勤或者啦啦队，总之都不能在教室里坐着。"

这是把人都赶出去呗。

乙班的体委是个个子高大的男生，叫刘一天，出了办公室就问华兰："班长，我觉得不太好弄。"

乙班平时就有一些人屁股粘在凳子上不愿抬起来，大课间跑操集合速度比其他三个班都慢，上个星期刚被程敏骂过"作风稀拉，分不清主次"。

晚饭结束到晚自习开始前有一个半小时的时间，有些人要吃饭洗澡，还有些人恨不得就在教室啃个面包然后继续写题，要他们去看比赛，难。

其实，华兰一开始也想着太晒了。不过程敏的意思很明显，为了集体放松和团结统一嘛。加上提前招本来就没有活动，篮球赛是传统，应该还是好组织的吧？"

"学校也是，要想让我们打球赛放松，干吗不放掉两节课啊，那样谁都愿意去看。"华兰呵呵一笑，"偏偏要用原本就是我们自己的时间。"

"强买强卖。"刘一天点评，但还是说，"男生那边找几个打球的同学还是好找的，但后勤组织还是要拜托班长。球赛有时候打的就是气势，如果到时候别的班人山人海，咱们班……"

华兰给了他一个"OK"的手势。

球赛的组织总体来说比较顺利。大家埋怨两句天热以后，就开始兴奋地聊。球员的积极性就更高了，有十来个男生抢着想上。

比赛是三人篮球打半场，各班之间先两两交手积分，最后积分高的两个班打决赛。一个班最少也要打三场，刘一天这两天兴致勃勃，想着怎么给班级男生排个组别，让他们交替上场。

为了争取"首发"，刘一天带着乙班男生事先在篮球场比了一场，之后每天训练半个小时。其他三个班听说了，大骂乙班打个球还要暗推，接着自己班也到篮球场大推特推。

那天，华兰到篮球场慰问自己班辛苦的球员们，看见甲班和丙班在打友谊赛。苏展在旁边看着，看见华兰走过来，远远地便抬手招呼。

"哟，你们班还打上友谊赛了？"华兰笑道，"你怎么不上去打啊？"

"哪能这么早把自己底牌亮出来啊。"苏展抱着手，"也就随便骗骗丙班什么水平。"

华兰抿着嘴，对苏展实际上的王婆卖瓜一言不发。她看着半场的另一端，有一个跟苏展一样抱着手笑眯眯的男生。

华兰认出来，那是那天化竞课帮她解围的那个声音温柔的男孩。

她"喊"出一声，对苏展道："你觉得有没有可能，丙班也是在骗你们呢？"

那个笑着的男生似乎知道华兰在和苏展说什么，笑得更甚了，偏头跟身边的同学私语起来。

"套路太多了，一点都不真诚，"苏展拖着长音，换了个语气，"太欺负人了。华兰，要不你跟你们班男生说一下，我们组个友谊赛？甲乙一家亲——"

"少来！"华兰笑了一声，转头走到自己班男生那儿，道，"都好好练，杀爆甲班！"

"那肯定嘎嘎乱杀！"

第二周，造势了一个星期的篮球赛终于拉开序幕，一共七场，每天两场，最后一场决赛第四天打。

"据说都赢了，一场没输，也就我们班聪明不跟他们打。"余倩倩盼篮球赛像盼星星般盼了一个星期，一早便碎碎念起来。她一会儿说隔壁甲班上周组织了几场友谊赛，把丙班、丁班底裤都骗光了，一会儿又说丁班有个以前打过市级篮球联赛的，估计才是最强劲的对手。

林君玉问她怎么个具体骗法，余倩倩便招呼她一起去买雪糕，路上详细讲给她听。

"花哥，你要不要？"林君玉问。

"要！你赶紧把她领走，她属狗仔队的，从上个星期开始我就听过她无数的爆料了。"华兰背对她们挥了挥手。五月底天真热。

余倩倩凭空抡了两拳，最后给华兰带回来一根巧乐兹。

下午下课铃一响，华兰带着乙班集体喊"加油"，把这群男生喊得不好意思起来，一边笑一边跟着刘一天跑步去篮球场。华兰让余倩倩和林君玉先去，自己则叫了几个没有参与球赛的男生去年段办公室领水——程敏大发慈悲大手一挥，给每个班级都买了水，让班长带人去领。

"十二，十四，十六……"华兰蹲下身来，却感觉身体不对劲，身下凉凉的。她一下反应过来，又想起今天早上被余倩倩投喂的那根巧乐兹，心里大骂一句该死。

她的生理期一直不是很稳定，有时候两个月也不来一次例假，有时候来一次能痛死。她很怕这次也朝着大出血痛死的方向发展，于是连忙数完急急起身，交代身后几个男生先搬水，借口自己有些东西落在教室了，回去取一下。

"你们要有拿不下的放地上给我，我等会儿来拿。"

华兰回到教室，发现教室里还坐着两个人。这一对同桌等她换完卫生巾，还坐在位置上岿然不动。

"怎么还不走啊？"华兰笑眯眯地劝，"咱班大部队已经走啦，还有程敏请的水呢。"

这对同桌一个叫王瑶瑶，一个叫陆子琳。她们正属于华兰先前担心的不服气自己时间被占、不想看球赛的同学。华兰对她们印象很深，因为到哪儿都能看见这对同桌黏在一起，好得跟连体婴一样。

她们的脸型甚至还有些像。学习习惯和学习成绩亦然，都属于班级排名中游靠后的同学，很可能会在分班的时候掉出实验班。

学习是每个人自己的事，不需要别人来指点。华兰很能理解陆子琳和王瑶瑶努力学习的原因和焦虑不已的心态，这几十分钟可能真的很能让她们的心理得到安慰。

但是程敏那头压着令呢，不许有人留在教室。而且，她事先已经声明过程敏的意思，大家要是发现有人没去，岂不是都觉得不公平吗？或者有样学样，第二天这个教室人就越坐越多了，难免让打球的同学心寒。

王瑶瑶和陆子琳本来低着头写卷子，看到她来，神情尴尬了一瞬，还是笑道："班长，你怎么也还没走呢？"

自从华兰当班长后，她发现一件事。这个班凡是后来从"花哥"改口叫"班长"的，一律平常跟她算不上太熟，依然坚持叫她"花哥"的，都是当初和林君玉、徐志超一起问她问题的那群死鬼。

虽然她对称呼这件事无所谓，但仍能感知出称呼所代表的关系亲疏。

"我刚刚在办公室数水来着，现在已经让男生抬过去了。"华兰忍着小腹的疼痛，大方道。

"这样啊……"王瑶瑶看着她，"班长，可今天作业好多哦。"

言下之意，我今天写不完了，你别拉我。

"你还剩啥？"

"语文、数学、生物。"

"语文就一篇二十分钟的阅读，另外两门科目一整个晚自习写很足够啦。"华兰歪头，"我整个晚二都没了呢，但是进度跟你们也一样，别急嘛，肯定写得完的。"

王瑶瑶看了陆子琳一眼，那眼神好像在说"要不去吧"。

陆子琳说："班长，大家都去了，要加油也不少我们俩……"

"你们这样想就不对了，"华兰道，"正是因为集体活动，所以缺哪一个都不完整。所有人都是不可缺少的，你们不在，大家肯定会觉得少了点什么的。"

"琳琳，要不咱们走？"王瑶瑶小声问陆子琳。

"要去你去。"陆子琳撇撇嘴，脸垮下来，"我今天拓展题还没想出来呢。"

"我也没想出来。"王瑶瑶扯扯陆子琳的衣袖，语气软下来，"走嘛，我不要一个人去。"

华兰隐隐感觉到了这对同桌之间的诡异气氛。非得啥都保持一致吗？保持一致可能是因为关系好，也可能是因为这样就可以保证对方跟自己学的时间一样，同频不至于超过自己。

余倩倩有时候也会看着自己的进度说，花哥咋做得这么快，别丢下我。在焦虑紧张的学习氛围下，比照身边人的学习进度，受到影响很正常。

但这样就有点过度和病态了。

捆绑在一起，自己进步不了也不让别人进步，或者大家一起进步不了，有什么意义吗？

华兰想不通，但还是友善地拉着陆子琳说："走嘛，你们都不会是一个人的。我们仨一起过去吧。"

两人终于都起身了。

今天乙班交手丁班，到的时候，那个据说打过市级联赛的丁班男生正好投进一个空心球,整个小篮球场尖叫起来,大喊"费博无敌,费博无敌"。

华兰踮起脚,看到刘一天脸上面露一丝难色,又在身边众人的话语里捕捉到只言片语。

"刚开场,丁班就领先了两个球……"

"那费博球风太猛了,根本拦不住……"

丁班士气太盛了。华兰连忙拉着王瑶瑶和陆子琳挤入人群,找到自己人,开始声嘶力竭地呐喊。

她看得出来自己班的男生已经在尽最大努力,三个人努力不让丁班抢到篮板球和篮板位置,但奈何费博的准头和手感太好,不用摸篮板也能进球。

费博每进一个球,丁班就排山倒海般欢呼起来。

乙班三位球员心态不错,没有垂头丧气,刘一天更是奋力抢下三个篮板球。在进球时,乙班铆足了劲儿鼓掌,誓要在气势上先逼退丁班。

他们今天喊疯了,平时一个个上课回答问题的时候被老师吐槽隔一米就听不到,没想到爆发力这么强,旁边的树都在抖。华兰一用力大喊,脖子就容易泛红,眼下已经红了一圈。

"班长,你不舒服吗?"旁边那个女孩子问她。

"天热,热的。"华兰一边捂着小腹,一边尴尬地笑道,"我皮肤差。"

只可惜到中场休息的时候,比分还是15:21,乙班落后整整三个球。裁判吹哨的时候,丁班"呜呼"欢呼,掌声动天。但令人有点儿不适的是,这巴掌声似乎并不单纯,混杂着口哨声。

"疯了吧他们,号什么号啊,"余倩倩皱眉,"欢呼自己班就好了,干吗给别的班喝倒彩啊?"

"不鬼叫跟不会打球了一样。"另一个女孩说,"搞别人心态。"

高中生的篮球赛打到最后,打的不仅是两方的球技,也是两方的气势。但气势过剩,双方不爆发个肢体冲突都难。就算没打架,至少也要说对手班级坏话说上好几天。

华兰连忙叫倩倩去跟她发水,每个人一瓶,先起点儿物理作用,让大家消消火。

几个球员和替补当然最先拿到。刘一天郑重其事地对男生们说,下半场继续努力,不要辜负班长,还有程敏好不容易请的水,说得华兰挺不好意思。

"还是按之前说的,等会儿专门放个人去盯着那个费博,然后剩下两个……"

正说话的那个球员接过华兰递过来的水,便换了话头说:"你看我们上周训练的时候别的班班长谁来啊,就花哥来看我们,还给我们送水。"

"就是就是。丁班哪有这待遇?难不成还真能输给他们?"

"三个球而已……"

华兰感觉自己脖子烫烫的,已经分不清楚是刚才喊的还是现在弄的。她佯装洒脱镇定地对这帮男生说道："训练那水是拿班费买的，大家出的钱，你们好好打噢。"

接着在大家"得令得令"的高呼声中，她大步转头离去。

她回过身的时候，嘴角抑制不住地上扬，想着这个背影肯定帅呆了，后知后觉连自己的痛经都减轻了不少——噢，原是乐的。

从被陈彬推上任后，华兰一直对自己能否成为一个得人心的班长心存疑虑。现下看来，也许，她混得还不错？

她回忆平时和乙班同学相处的点点滴滴，虽然大家平时多数时间都在各自学习，但是课间也会有人亲热地来问她问题，路上遇见会高兴地跑过来拍着她的肩喊"花哥"，领卷子的时候经常有人连她那份一起领回来放在她桌上——好几回了，她根本不知道是谁。

她忽然感觉到，那种被人信任、依赖、包围的感觉又回来了。

是的，又回来了，阔别已久。

像很小的时候那样。

她拿着最后一瓶水，回到原来的地方，休息时间还剩两分钟，乙班男生已经在擦汗准备上场了。她不知为何跟着紧张起来，正准备拧开水，身旁却有人走过来，冷冷地道："班长，你这水怎么发的啊？"

是陆子琳和王瑶瑶。

华兰本能地将拧开一半的瓶盖重新拧紧，问她们怎么了。

"我和瑶瑶都没分到水。"陆子琳不轻不重地"哼"了一声，余倩倩在华兰旁边，跟着皱了一下眉，却听她说，"晒死了，来看球赛连水都没有喝的吗？"

"怎么会？我明明点好的。"华兰回头看了一眼树下放水的地方，空空如也。她这才突然想起，自己跟搬水的几个男生说如果拿不下，就放在办公室等她一会儿去的时候带过去。

她刚才只顾着拉王瑶瑶和陆子琳了，把这件事忘了。

"不好意思啊，刚才走得急，应该是还有水落在办公室了。"华兰赶紧道歉，连忙把自己的水递给陆子琳，"这瓶我还没喝过，你喝我的吧。"

陆子琳伸出手接过去，不知道为什么，华兰总觉得她的动作有些不情不愿。

"那瑶瑶呢？"陆子琳慢条斯理地拧着瓶盖，用手肘捅了一下王瑶瑶。

"这……"华兰尴尬地笑了一下，求助般看了看余倩倩。

余倩倩倒也很给力，本来皱着的眉头很快舒展，把水递给王瑶瑶，道："我的也还没喝呢，给瑶瑶吧。"

陆子琳复又笑道："那你们不就没水喝了吗？这怎么行啊，像我们抢了你们的水一样。要被别人看见问起来，我们怎么说啊？"

华兰感觉自己的小腹又开始疼了。她很确定，自己小学三年级学"似笑非笑"这个词语的时候，老师就是这样笑的。

"谁会无聊来问这个啊，放心大胆喝你的水吧，哈哈。"余倩倩笑出几声。

华兰感觉她应该是想说"别废话，爱喝不喝，不喝还我，无聊不无聊"。

陆子琳脸上的笑僵了僵，之后终于拧开了瓶盖，喝了口水。

"多喝点啊，程敏请的，他上次请我喝水还是在年段办公室呢。"余倩倩抵着下巴，又说。

林君玉凑过来，把头搁在华兰肩上，说："花哥，我也没拿到这个水哎。"

"嗯？少三瓶？"华兰觉得右肩一沉，知道是哪个美女靠过来了。她抬手戳了一下林君玉的脸，不好意思道，"那我给你看看……"

"不用麻烦啦，我不渴，感觉也没有很热。"林君玉把头抬起来，换了相机搁在华兰肩上，"借你肩膀用一下哈，这里角度好。"

也不知道林君玉是有心还是无意，余倩倩抿着嘴，差点儿笑出来，转过头就能看见陆子琳精彩纷呈的表情。

华兰努力保持不动，余光却瞥见另一边挤过来个男生，正好是刚刚搬水的其中一个。

于是，她问他刚刚办公室地上是不是剩了几瓶水。

男生想了想，说："好像没有吧，地上有的全搬走了。"

"啊？"华兰愣了，难道是自己数错了？但她是按两个一组数的，要少也只会少偶数，怎么会少奇数啊？

"班长，你是不是数错了啊？"陆子琳忽然笑出声，"不过你数学这么好，不会犯这种低级错误的，还是，这三瓶被你偷偷喝掉了？"

华兰脸色一僵。

这三瓶水是不是被你偷偷喝掉了啊？

那些钱是不是被你偷偷私吞掉了啊？

她不可置信地看了一眼陆子琳，陆子琳眼角眉梢分明写着嘲笑。

"程敏要知道他请的水这么好喝，一定高兴坏了，下次还能多请我们几次呢，哈哈。"陆子琳不咸不淡地添了一句。

"程敏的水不好喝的，上次考倒数叫到办公室，我都不敢喝一口。"林君玉笑着拍了拍华兰，又问，"倩倩上次不是因为考倒数被叫的，你说好不好喝？"

"别提了好嘛，我跑操在外面系鞋带系了一圈，好死不死被程敏看到了，才被叫的。你说那水我敢喝吗？我怕里面给下毒了！"余倩倩打了林君玉一下。

陆子琳捏着手里的矿泉水瓶，把矿泉水瓶捏得变形，就像她青一阵白一阵的脸一样扭曲。上次程敏把小测倒数的四十位同学都叫去了年段办公室，无非是让他们好好考虑一下，正式开学后实验班的教学节奏会很快，按照他们的理解和吸收能力，也许并不适合他们。

这四十人里，包括林君玉，也包括陆子琳和王瑶瑶。

能考上提前招的孩子，都是市里初中的佼佼者。但是来到川中以后，名次和成绩，都在重新洗牌。

陆子琳和王瑶瑶费尽心思掩饰的事情，林君玉却能坦坦荡荡地说出来。

她真的不在乎吗？还是装的？呵，少来了。

谁也没注意到，华兰的双手握成拳头，紧紧扣着的指节泛着大片的白。

她半偏着头，看见王瑶瑶在陆子琳身后，轻轻拉了一下陆子琳，摇着头。

"呀，华兰，在这儿呢。"华兰猛地回头，发现是苏展从人群中匆匆挤过来。他没穿球衣，今天似乎没上场。斜射过来的夕阳映在他琥珀色的眸子里，眨一下似乎就过去了一轮春秋。

他怀里抱了三瓶水，对华兰歉意地笑道："我们班多出来三瓶水。我刚刚问了搬水的同学，点水的时候在你们班旁边，应该是拿错你们班的了。"

"是不是？"他一只手夹了三瓶水，问她。

"……嗯，对，是我们班的。"华兰愣了一瞬，应道。

她把水接过来，往倩倩和君玉手里各塞一瓶，末了，对苏展说："谢了，还专门来一趟。你们那边也应该快开始了吧？快回去吧。"

"我今天没上。打丙班嘛，林狗去打打就行了。"苏展笑道，"好不容易挤过来的，甲乙一家亲，我留下来看看你们班也行。"

"少来，赶紧走吧。"华兰僵着的脸色这会儿总算缓和下来，她往苏展肩上推了一把，"你哪里是为了看我们班，你分明是想偷看费博怎么打的！"

苏展对她做了个"嘘"的手势，说："这你就不懂了，读书人的事情，怎么能叫作偷呢？

"学习，学习一下。"他语重心长，在华兰身旁站定。

他往前半步，抬手挡住了斜照过来的夕阳，把华兰留在阴影里。林君玉的相机又架上华兰的肩头，不知道在拍什么。

不知道为什么，华兰格外感谢那个时候站到她身边的苏展和林君玉架到她肩上的相机，那似乎像先前乙班球员们的话一样令人感动。

告诉她，没关系，和小时候不一样，这次有人和你站在一起。

陆子琳看着他们这个方向，看着苏展的侧颜笼在夕阳里，林君玉高端黑的单反被刷上一层金。她止不住想，林狗是指那个经常考第一的林屿吗？他们原来都认识？他们从来没来乙班找过华兰，也不是一个初中的，到底是怎么认识的呢？

陆子琳忽然觉得，受到了少有的屈辱。

乙班最后还是没有打赢丁班，经历过三场比赛后积分落后，最后打进决赛的是甲班和丁班。

华兰一连好几天放学泡在篮球场，在听到积分结果后，为乙班没有闯进决赛深深惋惜。

明明她没出什么力，但是一想到刘一天他们的努力训练，总感觉心里空落落的。

一群人趁着斜阳三三两两地往教室走。

"你们明明都打得很好的！"华兰这样安慰最后没有出线的几个球员，"我们只是差点儿运气。"

"裁判是不是对丁班有什么偏好啊？之前他们是不是认识费博来着？"刘一天说，"我总觉得丁班有些犯规很明显，但他们就是不吹。"

自从第一场交手以后，乙班和丁班这梁子算是结下了。乙班觉得丁班搞小动作，丁班觉得乙班无中生有。双方在篮球场见到一向没什么好脸色，板上钉钉要站到对面阵营摇旗呐喊——敌人的敌人就是朋友嘛。

"我现在是真不想看到丁班那些人，他们恨不得鼻孔朝天走。"刘一天边走边晃脑袋，把大家都逗笑了，"那个费博，跟坏掉了的路灯似的，我都怕他脑袋掉下来。"

"很形象。"华兰点评，"这个周末小测了，咱们班可以用成绩狠狠压他们班一头。"

"丁班还能考过我们？不可能的好嘛，花哥一个人拉起全班。"

"有花哥我安心拖后腿。"

华兰阴森森地笑了一下。

"花哥别打我，我说着玩的。"

"花哥我什么都没说，你打他俩就可以了，不要误伤我。"

…………

一群人打打闹闹的，方才那点不爽全抛到九霄云外去了，几步就到了教室。晚自习开始前教室总是有谈笑声，可今日不同——他们一进教室那谈笑声便停下了，大家纷纷开始翻书写题。

"怎么了这是？"余倩倩悄悄跟华兰说，"怎么感觉哪里怪怪的？"

华兰耸耸肩，不明所以，收拾好试卷本子，一如往常到讲台上去坐班。

但今天的乙班真的很不一样，总感觉哪里有说不出的怪——华兰坐在讲台上，感觉总有人的目光在自己身上瞟来瞟去。她觉得有人在窃窃私语，抬头看，又找不出来是谁，大家好像在刻意回避她的目光。抬头了几次，她也就发现李丹妮和徐志超一脸骇然地看着她，又在接触到她的目光以后低下头去。

怎么回事啊？第二节晚自习，华兰上化竞，她满腹疑虑地拿上笔和卷子走出教室，在饮水机旁边遇到了李丹妮，于是拦了李丹妮问。

"你怎么一直看着我，我脸上有脏东西吗？"华兰不解，"而且感觉好多人都看着我。"

"啊……不是不是。"没想到，李丹妮紧张得结巴了，她摆了摆手，又认真看了华兰一眼，最后竟说，"我相信你的。"

"相信我什么？"华兰满头雾水。

"你还不知道他们说你什么？"这下轮到李丹妮惊讶了，"你真不知道？"

华兰摇头，她完全不知道李丹妮指的是什么。但是，相较这个而言，她更在意李丹妮说的"他们"到底是谁。

"我也是听说的，而且我从一开始就觉得荒谬。"李丹妮把她拉到旁边，小声说，"有人说你小学的时候也是班长，偷偷拿了班里的班费去花。

"拿了整整两千块钱呢！"

华兰脑袋里霎时一片空白。

为什么？

华兰的大脑稍稍从空白恢复清醒，冒出来的第一个问题就是"为什么"。

为什么有人莫名其妙还是想跟她过不去？

为什么这个无聊的谣言隔了三年还是在纠缠她？

为什么这三年她已然无欲无求，却在再次听到这个谣言的时候还是觉得窒息？

一股逆血直冲华兰的太阳穴，她喘过来一口气，呼吸不困难了，只是胸口疼。

"花哥？"李丹妮意识到她的不对劲，晃了晃她的胳膊。

华兰终于缓缓开口："你信了？"

"当然不会！"李丹妮猛地摆手，"我刚才不是跟你说了吗？我让他们别乱说，我觉得这事很离谱！"

"……他们，是谁？"华兰看不到，自己的右手一直用力握着，因为太用力，而沁出一道红痕来。

"他们，就是，呃，就是他们。"李丹妮没想到华兰这么问，支支吾吾解释不清，"反正这两天下午看完球赛回班吧，总有人三三两两地聚在一起说这件事，谁先说的我也不知道。我是今天下午才知道的，我同桌跟我讲的，当时徐志超也在旁边。"

"但我是真的不相信你做过这种事，我当时狠狠说了我同桌，让他别乱说。"李丹妮搭过华兰的肩，拍了拍她，那好看的卷马尾蹭到了华兰的脸。

华兰回想李丹妮的同桌，是一个皮肤有点儿黑的男生，跟徐志超似乎来自同一所初中。但是仔细回想他的面目，竟然那么模糊。

好多好多人的脸，都变得模糊，然后重合。

华兰小学的班主任和李丹妮拥有同样一头靓丽的鬈发，前者并非天然，她小时候一直觉得那很时尚很好看，一直嚷嚷成年以后要烫一头跟唐老师一样的鬈发。

直到那天，唐老师看着眼泪汪汪的她，迟疑地问了一句："你真的没拿班里的班费吧?"

唐老师教数学,华兰从小数学就好,三年级就开始接触奥数,在小学生的联赛里一直接连不断地拿奖。唐老师很喜欢她,说她是自己见过的最优秀的孩子之一。

但放在华兰那里的两千块班费不翼而飞之后,唐老师的第一感觉还是怀疑她。

后来,华兰再也不觉得鬈发好看了。

她抬手把李丹妮的马尾辫从脸庞拨开,可没办法,李丹妮的脸还是与多年前的唐老师重合。

她知道,她现在是在川中晚自习下课的昏暗走廊上,她已经比小时候长高稳重了许多,但她还是像多年前在那间弄堂小学白炽灯透亮的办公室里一样,一字一句地说这句最坚定也最无力的辩驳。

——"我从来没有做过这种事。"

——"你有什么办法证明吗?"

——"没有。"

一如既往,那么庄严。

"你们班谁传的这种谣言?"苏展听完余倩倩的话,脸色不悦,尾音沉下去。很奇怪,走廊明明很昏暗,但余倩倩却能看到他额角跳动的青筋。

他真生气了啊。

"刚刚晚自习我们班怪怪的。"余倩倩道。

第二节晚自习刚上课,余倩倩偷溜到甲班,把苏展叫出来——今天化竞和数竞上课,班里空的位置挺多,应该看不出来少了两个人。

余倩倩关心则乱,把苏展带到走廊没人的大拐角,小声问他:"我就问我跟花哥那后桌,徐志超。他就说了这些,他说,给他讲这件事的同学说,是花哥的小学同学讲的,说得有鼻子有眼的。"

"我就说怎么可能,华兰绝对不可能做这种事的。"余倩倩解释,"但显然这件事已经在我们班传得尽人皆知了,对她很不好。我想知道之前具体发生了什么,这样才好帮她辟谣,这才来找你的。"

余倩倩眨了眨眼睛,想着面前这位大哥感觉下一秒就要冲出去打人了。她知道苏展和华兰是小学同学——这是她上次费尽心思从华兰嘴里套出来的唯一有用的信息。

"我觉得你和华兰吧,看起来肯定是比徐志超说的那个小学同学要好多了,所以你说的应该比较可信。"

苏展本来神色凝重,听到余倩倩这句话以后,突然笑了一下,点头道:"对,你说得没错,我是比他们对她要好多了。"

"哈？"余倩倩有点没反应过来。

不是，大哥，你这句话什么意思？

"还有，华兰确实没有做过任何那种你们班传得乌七八糟的事情。"苏展恢复了严肃。

他沉默了一会儿，又道："谣言止于智者，你们最多也才认识几个月吧？你能信任她，我很感动。"

"你什么意思？"余倩倩不解，"那这件事是怎么凭空被捏造出来的？"

"也不是凭空，只是……"苏展皱着眉，欲言又止，"你真的想帮她？"

余倩倩向来没什么耐心，苏展言语中的犹豫把她彻底惹火了："怎么，你还觉得我有别的心思吗？我要真的像那些听风就是雨的人一样，我还会晚自习就把你火急火燎地叫出来？我只会下课到你那里问东问西！"

"她上化竞课去了，现在应该什么都不知道。"余倩倩语气平缓下来，"如果我能早点弄清楚原委来帮她，当然是最好的。"

"……我没有不信任你的意思，只是从前有很多……不信任她的人。"苏展脸上有点挂不住，他犹豫了一刻，终于一字一句地道来，"小学的时候电子支付还不流行，为了文艺晚会，每人收了五十块钱现金去买服装道具。

"她当时是班长，上午钱交齐了就放在她那儿，让她下午转交给班主任。"

苏展缓缓道："两千块，对一个小孩来说是巨款了。她也不敢放在包里，怕走着走着掉哪里去，总之担心有很多。所以就买了一个铁盒，带锁的那种，把钱放在里面，锁起来。中午回家吃饭，下午过来，连盒带钱不翼而飞。"

"盒子也没了？"余倩倩瞪大了眼，"没有监控吗？"

"对。我们小学是个弄堂小学，硬件设施很差，监控很少。而且就算监控有拍到，偷钱的人往包里一塞，你怎么知道他拿钱了没有？有人建议查包，老师当时查了每个人的包。你说有什么用呢？中午拿的钱，傻子才不转移。

"都不是真正在帮她。"

苏展的声音带了点儿凉薄。

第六章
往事

华兰听到化学老师叫她名字的时候,化学试卷已经快被她用红笔戳烂了。事实上,化学老师已经叫了她三次了,还是因为旁边的同学戳了她一下,她才反应过来。

"14题。"同学提醒她。

华兰轻轻报出一个"C",又被问解题思路。她自顾自讲了一半,发现系数差倍了,应该是D才对,于是赶紧更换了答案。而"D"甫一报出,她又注意到题头的限制条件,连忙又摇摇头,说:"不对,还是C。"

后排爆发出轻轻的笑声。老师皱眉总结道:"我说过的,这种题就是看审题仔细。华兰,你今天上课怎么不太专心啊?"

华兰只好回道:"不好意思,老师,我今天身体有点不舒服。"

老师向来喜欢她,哪怕发现她坐下后眼神还是空洞无物,也没有再故意把她叫起来过。

华兰提着笔,撩了一下汗津津的刘海。今天竞赛教室的空调坏掉了,只剩电风扇卖力地吹,"吱嘎吱嘎",她忽然很怕它下一秒就会掉下来。

她那硬件设施极差的弄堂小学,没有空调,隔壁班的电风扇真的在某一个夏天掉下来过——把一个同学的脸割到毁容,后来整个学校都新换了外带金属罩的那种高级风扇。

也就是在那个夏天,学校得到了省教育厅的消息——今年竟然有两个学生在全省的中小学生艺术节获得了一等奖。这是从未有过的大喜事,学校当即决定增加一次夏季的文艺会演。

学校的校舍很小,礼堂只有一间半教室那么大。平时的活动很少,即使有活动,各班甚至只能派几个代表。为了这次会演,学校在操场上搭了临时舞台,把所有学生会集到操场。

学校让每个班都各出一个节目,大队部和各班班委一下子忙碌起来。

更小一点的时候,华兰一直很喜欢和小伙伴在舞台上唱歌跳舞,那时候她浑然不觉自己有点儿五音不全，合唱队的老师教她"大声唱，唱大声就是好的"。

华兰一直努力大声唱歌，虽然她本身的嗓子偏细。她是那种老师很喜欢的孩子，因为明知做不到某些事情，也会一再努力去做。

唐老师一直夸她，说她就没有做不出来的数学题。同学们夸她，说她就没有不拿"全面优秀生"的学期。

"全面优秀生"像别的学校的"三好生"或者"阳光少年"一样，是这所弄堂小学每个学期颁给学生的最高荣誉，一个班三个，华兰一直是"钉子户"。

全面优秀，等于没有不优秀的地方，等于能做任何事。

有很多学生都相信这件事，包括华兰自己。

所以，在父亲亡故不足一个月的那个夏天，她还是强打精神做大队部交代下来的工作，还是像以前一样拿着开违纪罚单的小本本到处跑。

她以为她做得到，但其实没有。

她后知后觉自己弄反了三年级和四年级的节目单；清理电脑的时候删掉了学习部留在里面的晚会主持稿；差点儿把这次晚会的横幅当作之前留下来的垃圾，指给后勤阿姨说这个可以扔掉。

学习部委员的脸色很难看，眼泪差点儿掉下来，走的时候不知道有心还是无意踩了她一脚。大队辅导员彭老师问她怎么回事，怎么人看起来不如从前机灵了。她说不知道，但就是没注意到。

她没有说，她经常能看到很多的白云，下面成片的草原，最后变成了泥水。

之后，她陷进泥水。

那几天，因为筹办晚会而忙得焦头烂额的彭老师经常对人冷声冷语，即便是从前她很肯定的华兰也被她骂得不留情面。

不过这些都是小事，是彭老师不满意就可以交给别人做的小事。真正的大事，是被偷了的那两千块钱。

华兰怕这些钱放在自己的书包里，会和前几天一样，因为一些莫名其妙的原因被她弄丢。比起信任她自己来说，她选择信任了一个带锁的铁盒子。

但那个铁盒子，就是不翼而飞了。她收获了数不清的眼泪和唐老师的盘问，以及无济于事的搜包盘查。

华兰没有办法了，只好打电话给她更焦头烂额的妈妈。妈妈一向对唐老师很尊敬，但听出唐老师"小孩子是不是不懂事，把钱落在家里"的这一问里包含着的"小孩子是不是一时不懂事，把钱偷偷拿走了"的意思以后，语气骤然冷了下来。

"唐老师，您放心，兰兰这孩子怎么样我很清楚。她很懂事，她不给自己积德，也会给她那刚没了的爹积德！"

在只有唐老师和华兰两个人的办公室，电话没有按免提，但是华兰听得一清二楚。

"后来那两千块钱怎么办了？"余倩倩问苏展。

"她妈妈说，是华兰不小心弄丢了，那就家长来赔。"苏展说，"但她赔是因为华兰弄丢了钱，不是因为华兰拿了钱。"

后来这笔钱就这么被补上了。唐老师拉苏展一起演了一场戏，说是华兰让他把铁盒放到了老师桌上，而老师以为是个普通文具，就收起来了，后来才发现。

小苏展安慰小华兰，没事啦，都过去了，吃一堑长一智，下次还是随身带着吧。

华兰也以为都过去了，是自己做事不小心。唐老师和彭老师之后都把原本属于她的工作分摊给了别人，她安安静静地坐在自己的位置上，翻着练习本，看别人为夏季文艺会演忙碌。

华兰很失落，不知道是因为失去了父亲，还是因为弄丢了钱，抑或是别人因为她丧父、丢钱而可怜同情她。

"可有人就是觉得华兰拿了钱。"苏展冷冷地说。

小学的时候围在她身边的小女孩太多了，大家都喜欢活泼可爱的班长华兰。她回家的路跟几个小女孩顺路，跟她们关系也就更好一些。

老实说，华兰忘记了很多小时候的事情，但是记得清楚她们每一个人的名字和模样，以及她们是怎么撒着娇让她给她们买小卖部里好看的本子的。

华兰不解这帮人是怎么了，平时她们也不这样，各自都有零花钱。

华兰拒绝她们，于是她们的语气骤然冷淡下来。有个叫卢安琪的女孩子对她"哼"了一声，说："别以为我们不知道。"

"知道什么？"华兰一头雾水。

"你可有钱了。"

"什么？"

"那笔班费是不是让你偷偷拿走花掉了？"她继续问。

"没有的事。"华兰讶异地否认，"苏展和唐老师已经说了怎么回事。"

"别装了，苏展和你什么关系？他肯定愿意帮你隐瞒。唐老师怎么可能以为铁盒是普通文具啊，她之前都要搜我们的包。是不是她对你好，所以愿意帮你把钱补上？还是拿了之前我们固定交的班费？"

她们笑吟吟地问华兰，脸上看不出一点恶意。是的，后来的华兰想起这件事，还是觉得她们脸上的笑容只有十岁孩子的童真。

可是，她们怎么能说出这种毫无根据的揣测？

华兰不知道怎么解释，也无法解释。她很想怒吼，很想用她所知最脏的脏话来骂这些女孩子。

但她没有，她只是冷冷地说了一句："你们真恶心。"

后来，她就再也没有跟这群女孩子结伴回过家。

自那个时候起，华兰就明白了一个道理——人们只愿意相信他们愿意相信的。解释很累，往往只会越描越黑。

华兰发现，大家依靠关于她的流言，形成了一个"高贵"的圈子。不包括她的高贵圈子。

一开始，华兰面对这些谣言会生气，这样的生气持续了半年多以后，她变得沉默。她沉默着离开了女生圈子的中心，同时，她离开了很多东西。

比如那个学期的"全面优秀生"评选，那个称号她一直到毕业也没再拿到。

比如她曾经志在必得的大队长职位，后来学习部那个委员成为大队长，华兰记不起她的名字了。

人们一旦接受了你的优秀，就会对你格外苛刻。一旦你从高处跌下，他们中的大部分都会落井下石。

这是当时的华兰知道的另一个道理。

华兰知道卢安琪后来在背后嘲笑她，从嘲笑她不诚实，到嘲笑她啥都评不上。她拿没拿钱这件事情已经不重要了，重要的是，华兰确确实实没有曾经的光环了。

这是多好笑的一件事情啊。

"所以一直到毕业，华兰和我们班同学的关系都很奇怪。"苏展的嗓子已经有些沙哑了，"我也是，我因为她……"

"打过人。"

苏展靠着走廊的墙，看向行政楼外寂静的夜空，淡淡吐出这句话。

他甚至记不清楚自己到底打了哪个乱传谣言的同学了。应该不是卢安琪，他还不至于打女生。应该是哪个平时跟他一起玩的但特别无聊的小男孩，是谁不重要，重要的是，对方一直喋喋不休地在他耳边说"华兰拿了班级的钱"。

小学生打架当然说不上有多帅，冲动是真的，下死手是真的，打得很丑陋应该也是真的。

但是，华兰当时是不是看着他哭了？

他也不知道，回忆起来记不得疼。

要疼也是心疼。

心疼她。

"花哥当时一直这么没精打采吗？"余倩倩问，"她妈妈没带她去看看心理医生什么的吗？或者跟你们那唐老师沟通一下？"

"当时没人想到心理医生这一层吧？都觉得小孩子嘛，哪能真的有什么心理问题。"苏展道，"再加上她妈妈当时也没空管她，因为……"

苏展忽然止住了，这黑夜让他太随心所欲，他说错话了。

"因为什么？"余倩倩问。

"因为她刚刚死了丈夫。"走廊的另一端，有个不轻不重的声音传过来，"我死了父亲。"

廊灯昏暗，华兰有一半的眉眼被笼在黑暗里。她面无表情，看着苏展和余倩倩。

"华兰？"

他们慌得异曲同工，化竞课还没下课，华兰怎么就回来了？

"你别误会，我是……"

华兰走过去，站在苏展对面。她说不清自己什么心情，惊慌、愤怒、失望？她很难受。

她有过一段非常难熬的时光，于是刻意回避与之相关的所有人。

但是那个陷落她的流言，还是莫名其妙传了回来。

她身边还是有知道她伤疤长什么样的人。

"我知道。"华兰走近几步，冷冷地看着苏展，"但你管得太多了，苏展。"

华兰缓缓道："如果你是觉得欠我，那大可不必。我从没那么觉得。

"谢谢你关心我，以后不用了。"

华兰说出这话的时候，没有看苏展的眼，有种说不清的残忍。

她在幼时一次又一次的解释和愤怒里已经精疲力竭。既然清白，又何须解释？解释是一种弥补，但无论怎样弥补都不能复原如初。即使事情完全澄清，她也只是一个"曾经被质疑偷拿过钱的孩子"。

脏水就会像一团印记，根本洗不干净。

反正，她一直都有最差的打算。她经历过的，再熟悉不过。

但她还是有一瞬间的心痛，来之不易的友谊和大家对她的喜爱，又要像几年前一样失去。

这一次的卢安琪还没有出现，她已经开始有点不舍。

闷热的初夏夜里，余倩倩觉得自己被冬天湿冷的北风割了两刀，应该立刻离开这个是非之地。

奈何事情也算是她惹出来的，要不是她非得跟苏展死缠烂打，就不会出现这个尴尬的局面。她来不及细想华兰和苏展之间到底发生过什么才让华兰说出这两句话，赶紧打圆场："花哥，这件事情不能怪苏展。是我听见徐志超说……"

"我偏要。"

谁知，余倩倩还没说完，苏展便打断了她的话。

他的声音不大，可以说跟华兰一样淡淡的，却莫名很张扬。

那个瞬间，华兰愣了一下，第一感觉竟然不是生气，是空白。

"你是不是要跟上次忍徐志超一样忍着这些流言？"苏展望着她，眸子里意味不明，"我知道你现在脾气好，可以忍那些有的没的。但我脾气不好，我受不了一个我明知道是谣言的事情在我耳边传来传去。"

"谁说我能忍了？"华兰竟脱口而出，针尖对麦芒。

"呵，大小姐。"苏展不再倚在墙上，缓缓上前两步，略弯了腰，看清楚了她的眉眼，"我对你的这句话保持怀疑啊。"

没看出哭过、难堪，但是倔强。

苏展："小学的时候那什么琪把话说得这么难听你都不争辩了，还有其他的同学，那可是六年的友谊啊，你说不在乎就不在乎了。现在这帮人你才认识几个月啊？"

"现在这帮人不一样。"她剜了一眼他，不知为何，这样说。

"哪里不一样？"

"他们都已经不是听风就是雨的小孩了，他们更……"华兰顿了一下，不知从哪里挖掘出这个形容，"更有规则。"

"从何说起？"

"他们都还……还挺喜欢我的。"华兰顿了一下，说话声音不知为何弱了下去。

等等，这句话她怎么就这么说出口了？她后知后觉地看了一眼苏展，看到他眼里满是狡黠，深深吸了一口气——狗东西，三十六计竟让他玩明白了一计，孙武在上，这么有慧根的学生，您不收走？

"大家是挺喜欢你的呀。"余倩倩赶紧上来揽住她的肩，"你要是不招人喜欢，陈彬也不会让你当班长了。"

苏展"扑哧"笑出来，接着认真地道："这几天我在篮球场就看出来了，乙班的人确实挺喜欢你的。而且是经过相处和思考以后的喜欢，跟以前那些人不一样，你可以自信一点。"

"其实说实话，我觉得这种谣言传出来也就传出来，有点脑子的人根本不会信的。"余倩倩缓缓地道，"我是从徐志超那儿听到的。但是徐志超自己也说不敢相信，君玉让他少妖言惑众……我们那圈人就当听了个无聊的传闻，没人真信。

"至于全班嘛，估计都知道了，但是我觉得他们不会那么蠢。"

"……哦。"华兰方才还紧绷的心弦稍稍松开，她的视线散漫开来，"我想想，怎么公开解释……"

昏暗的廊灯，寂静的长夜，远处点着大灯的操场。

冥冥之中，确实有些东西跟以前不一样了。

她差点儿忘了，化学实验的对照条件已经变了，这里是川中，不是那个弄堂小学。

她身上也有东西在改变，不管是年龄，还是心境。

如苏展所说，她确实可以自信一点。

"公开什么呀?"苏展抱着手,"本来就是别人传起来的无稽之谈,没那么严重,你认真回应就是你输了。你现在最重要的,应该是找到是谁传出这种话的。"

华兰想了想,跟余倩倩确认了一下眼神,说:"我可能知道是谁。"

"我也知道。"余倩倩点点头。

"那就赶紧回去吧,二位?"苏展道,"你今天逃化竟是因为心情不好还是都会了?还回去吗?"

"当然是都会了。"华兰"哼"了一声,想起自己突然站起来跟老师说自己想去医务室的时候,老师那强装淡定的表情。

但华兰还是说:"你们先回去吧,我在空教室坐到下课好了,这样回去好奇怪。"

"行,你明天记得来看我打球,我给你解决。"苏展憋住不笑,正经地对华兰说。

"哈?"华兰皱眉。

"我说,你明天来看我打球——事情就解决了。"

苏展和余倩倩一前一后地往教室方向走去,余倩倩对他大为震惊。

她隐隐约约地,确认了一些事情。

这种事情当局者华兰可能迷糊,旁观者余倩倩可就清楚了。

余倩倩暂时还没有勇气去问苏展什么居心,但是嘴角抑制不住地往上翘。为了防止自己真的笑出声来,她叫住苏展:"她小时候也这么别扭吗?"

苏展顿了一下,说:"是……也不是。

"对别人脾气一直很好,对我脾气一直很臭。"

救命啊,大哥,你干脆昭告天下吧。

第二天下午,华兰最后还是出现在了篮球场——拉了余倩倩。

决赛的下午,小篮球场人山人海。甲班和丁班的决战,围着的却不止这两个班的人。经过前两天的竞争,同学们都想知道到底是友谊赛神通更大,还是费博更能绝杀。就算淘汰了乙班和丙班,也都围得里三层外三层,还意外地吸引了一些跑操结束的高年级学长学姐。

仍是夕阳斜射,篮球场上的少年跟天气一样焦灼。丁班费博仍然球风又猛又狠,甲班上了林屿和苏展。苏展跟林屿的身高相差无几,但还是被费博压了半个头,正面打还是很有压力。

但是,苏展进攻特别奇怪,也许是这两天他各个场子观察费博,摸清了费博的弱点——费博似乎左肘的力量格外弱。可能是以前打球的时候受过伤,因而一直回避别人撞到这个部位。

盯防费博的同学专从左侧防守,确实让费博束手束脚。

林屿和苏展接抢篮板，节奏竟然打得比丁班还凶。

双方几个来回，比分仍然持平。华兰竟少有地感觉出了紧张。

她问倩倩："上次甲班和丁班的小组赛，是谁赢了来着？"

"丁班。不过差距很小，就三分。"余倩倩答道。

余倩倩顿一下，接着不怀好意地笑起来："你是不是很想甲班赢啊？"

"废话，敌人的敌人是朋友。"华兰戳了她一下，继续看比赛。

金色的阳光照在少年的鼻翼上，照出一层短短的绒毛，汗顺着他的脸流下来，脖颈上已经密密一层。

华兰那个时候有点明白了，为什么小时候电视上放的那些青春偶像剧这么喜欢拍男孩子打篮球。宽大的运动型校服可以没有，上课和刷题的戏份可以一减再减，但好像没有篮球赛就拍不下去校园剧情一样。

因为真的，可以把人衬得很美好。

这个场子上，不知道有多少人是在盯球，又有多少人是在盯人。

她已经听到很多"大佬成绩好球也打得好"的议论了。

声音刻意压抑着，却听得出兴奋。既怕人发现，又想让人发现。

华兰脸上不自觉地勾起了笑，偏头发现，余倩倩跟她笑的弧度一模一样。

但她们笑的事情完全不一样。

比赛仍在紧张地进行，比分你追我赶，相差不超过两个球。裁判吹了中场休息，林屿和苏展匆匆接下自己班同学递来的毛巾和水。林屿仰头喝起来，苏展却没有。

他转身向华兰这个方向走过来，叫了一声"班长"。

旁边的同学一脸疑惑，华兰什么时候兼管了甲班的职务？

"中考结束后是不是有小学同学聚会啊？"苏展笑着问。

"啊？"华兰满脑袋问号。

"我说，中考以后是不是有小学同学聚会，大家去年就想聚了。但是想要班长你牵头！"苏展冲她眨了眨眼，华兰这才明白他的意思。

原来说的办法，就是这个。

有小学同学亲自澄清，一切揣测当然不攻自破。

华兰顿了一下，随之绽开笑脸，对他说："有，但是今天这场不赢，我就不叫你。"

虽然她说这句话的时候，想的是，这辈子都别见了。

"那我非赢不可。"

少年的眼角眉梢恣意张扬，竟然那么好看。

接着，他对她做了个口型："有水吗？"

华兰指指他的右手，翻了个白眼，意为"你手里不是拿着一瓶吗，白痴"。

苏展耸耸肩，真没意思，来看人打球不带水。

那一刹那很漫长，很寂静。华兰听不到身边的人在谈论些什么，她背着光，正好只能看见站在光里的他。

后半场，苏展和林屿疯狂上分，追平比分。而苏展在压哨的时候投进一个关键的两分球，居然真的成功将丁班斩于马下。

整个篮球场爆发出铺天盖地的欢呼声。

里面也有华兰的尖叫。

恭喜他们的人太多，不喜欢拥挤的华兰只能转身，向班级的方向走去。一路上，遇到好多从篮球场出来的乙班同学，他们拉着华兰激动地尖叫"丁班输了丁班输了"。徐志超和刘一天拉着她一起转圈圈，最后问："今天晚自习踩点会被你提醒吗班长？"

"跑得比我快点，先到教室，就不会。"她笑了笑，跟他们打招呼。

"花哥，您走慢点！"

"花哥，我先替您回班看看情况。"

…………

一切又一如往常。

华兰和余倩倩走到大桥的时候，后面有人气喘吁吁地追上来。

苏展满头大汗，问："怎么样？"

"什么怎么样？"

"我的戏怎么样？"

"还可以，明年试着冲击一下小金人。"

华兰好不容易说了句好听的，看着满脸汗水的他，忍不住又说："赶紧回去擦擦吧。"

少年的心底闪过一丝悸动，短促地挤出一个"好"字。

华兰走在他前面，马尾辫一甩一甩。

自从她来到川中，不可名状的期望、知道她伤疤的人、过于突然的工作、被动结交的人群、充满恶意的谣言，这些她不喜欢的东西，都被强塞给她。

她被迫与它们熟络，被迫情绪起伏，紧接着就自己脱下了那件精心挑选的披风，凝视着伤疤的形状。

那里藏着从前的自己。

篮球赛后，日子一下变得紧巴巴的。五月底六月初，大家一边准备最后的期末考和一个多月以后的理科竞赛。

大家的课外精力在此前的篮球赛被消耗干净，除了学习，只能给跑操匀出一点力气。程敏在给高三做最后的考前关怀，不怎么来行政楼，行政楼的纪律却比想象的好。

那有关华兰的谣言不攻自破，像火柴被风吹一下，就彻底灭掉了。

浙江高考从6月7日考到6月10日，整个学校都放了高考假。全省的中考又集中在高考的两周后，全市高中都做考场，学生又有中考假可放。最后六月底七月初，学考举行，高一高二的学生为考"A"忙碌。因而对于浙江高中生来说，整个六月都支离破碎。

程敏见缝插针，把他们的期末考试放在中考前的三天，正好让他们回去给初中同学送考。

华兰意外地收到了初中老师的邀请，让她穿上二中发的红T恤——作为已经录取的川中生，回去当个吉祥物。

二中学生的考场在老区的一所普高。老区的高中都修得很早，硬件设施很陈旧，又要时时忍受安川早期糟糕交通规划的直接冲击，每次组织统一考试就跟历劫一样。要提前一周公放喇叭组织私家车改道，提醒临近公园的广场舞阿姨们别跳了。

老城的一切，好像都有一股陈旧的烟火味。那种味道好像腌制入味，怎么都洗不掉。华兰觉得，很适合穿着脏了的校服在老城的街道里游走，因为会和四轮铁板车的烟味、店铺外的大喇叭声以及又窄又坑坑洼洼的小巷子充分相融，整个人放松下来。

在这一点上，华兰很习惯老城，有种走进去就可以驼着背的松弛感。

同样来自老城，在这点上，华兰和李丹妮完全不一样。李丹妮的爸妈在国外做生意，意大利、西班牙和荷兰来来回回地转，给李丹妮带回来很多外国货。整个宿舍就她的护肤品最多，每一瓶上面都写着不同的外文。

李丹妮说，要不是小学毕业的时候，他们家在新区买的学区房还没满实验中学要求的年限，她早搬去新区住了，谁天天窝在早高峰堵成狗的地方。

李丹妮逃离未遂。华兰想一想，当初她那群小学同学毕业以后，也有许多人着急忙慌往新区跑。

是不是和李丹妮一样，要争先恐后地甩掉身上灰尘飘洒的烟土气？

还是放弃一些曾经重要的，进而选择未来更重要的？

她的脑海里浮现出一张脸，不再想下去。

"华兰！华兰啊！"华兰起了个大早，在考场外被自己初中的班主任一眼认出来。

那是个微胖、看起来很亲切的语文老师。

"你跟老师们一块儿。"她拉着华兰的手，亲切地打量华兰，"你看你，我觉得都瘦了！我以前的学生都说川中伙食好，怎么光你一个人瘦了啊？不吃饭呢？"

"走的时候穿着棉袄呢，现在是夏天，当然看起来瘦了。"华兰笑一下，以为老师是客气。

"哪有？你看你，初中的时候老师拉住你的右手腕，要用一整只手，现在你看，多出来这么一截儿！"陈老师认真地道，又拉起来她的手。

华兰愣住了。她想不起来陈老师什么时候亲昵地拉过她的手腕。初中时，她刻意疏远人群，不争先不争优，能拿得出手的只有成绩。她原以为老师只是把她当作一个普通的好学生对待，过去了也就过去了，没想到——

她冷眼旁观、自我封闭的那三年，拒绝的很多事情，可能都是自以为是。

"这孩子就是安静，沉得住气，以为老师什么都不知道呢，其实老师什么都看得出来。小陈，你们班那时候不好多去集训的吗？最后也不是只有华兰一个考上了？"科学老师走过来，那个看起来刻薄的小老头，拍了拍华兰的脑袋。

华兰想起来，初二的时候，她想偷课间操的懒，就躲在办公室写科学试卷。被小老头迎面撞到，她很慌张，可小老头却没有赶她，大手一招让她坐，还给她面前放了一根棒棒糖。

当时华兰觉得也许是从他小孙子那儿没收来的糖，但她还是无耻地叼着糖翘掉了整个课间操。

"哎呀，老师！"华兰的语气里终于有了点撒娇的意味。

她自己都没意识到，她的情绪越来越丰富了。

陆陆续续有华兰的初中同学经过，她惊讶地发现他们要跟她握手拥抱。她笑着一个个熊抱过去，说"考试顺利"。

她此时，确实全心全意、无比真诚地，祝他们每道题都能做对。

即使是只说过一句话的同学。

为了你们曾经也许对我释放，但我一直拒之千里的善意。

离第一场语文开考只剩五分钟了，考场外空荡荡的。有个扎着发箍的男生骑着山地车，连看都没看送考的老师一眼，疾驰而过，顺溜停进了对面车棚，拿着个透明文件袋就跑没影了。期间，他将手中的牛奶瓶往旁边的垃圾桶一扔，"哐啷"正中三分。

准得连华兰都想为他高呼，好险，但是好球。

篮球赛留下来的后遗症。

"那是不是张老师他们班那谁？"陈老师忽然紧张起来，"这孩子，怎么这么匆忙？"

"本来就特立独行的，没想到中考也这样。"另一个老师皱着眉叹气，"算了，都进去了。"

老师们于是又都围着华兰。

"华兰现在跟以前好不一样啊，"小老头搭着她的肩，"才过了半年，我感觉你整个人都活泼了很多啊。"

"是啊，被迫活泼的。"华兰吐了吐舌头，"被老师逼着当班长。"

"班长好啊，初中的时候我就觉得你太安静了。"

"新的同学相处得好吗？"
…………
有些东西已经错过，那就好好珍惜未来的所有。浙南六月的太阳，已经很毒了。华兰抬手挡住炽热的太阳光，却没法挡住像那一样炽热的未来。

"哎哟，终于起风了。这里站着都热死。"陈老师说。

那阵风撩起了华兰的刘海，六月的天这样蓝。

2019年的中考，川中向整个安川统招五百二十名学生，其中包括安川下属经济落后村镇定向生近三十名。加上提前招生的两百名，共计七百二十名学生。

彼时，他们中间循规蹈矩者有之，调皮顽劣者有之，懵懂无知者有之，谦逊有礼者亦有之。

那时候的他们，还对自己三年后的模样一无所知。

他们在一个星期后看见自己的中考成绩时无一例外地疯狂尖叫，接着又在疯玩一个星期以后被川中圈起来提前上课——仅仅只有一个星期暑假。

高二搬入高三楼，他们正式拥有了自己的教室。

三个实验班在中考成绩出来之前就已经分好。

华兰在乙班最后一项工作是给同学们发期末考试的成绩条。她很注重保护同学们的个人隐私，发成绩条的时候会在姓名那一栏后折一折，看清楚姓名后再把整张字条翻过来空白朝上分发。如果发到的同学不在位置上，就拿个东西压一压，免得被风吹走正面朝上，有"曝尸荒野"的风险。

绝不看别人的成绩，也不能让别人的成绩被别人看。

大家就是喜欢华兰这点，想得周到。

她发到陆子琳的成绩条时，陆子琳在跟后桌讲话，注意到成绩条来了，便猛地转回来，不留神把反面朝上的字条扫到了地上，那字条偏偏正面朝上落在华兰的鞋子前面——差点被华兰一脚踩上去。

陆子琳本能地想伸手去够，但意识到这个动作似乎很屈辱，手便顿在半空中，紧张地看着华兰。

华兰从容地蹲下来捡起，自然地递给她——反面朝上。

递完后，华兰径直走开，给其他同学送成绩条，没有看一眼陆子琳。

她径直离开了那纠缠了自己几年的谎言，她发觉自己已经不在乎缘由，嫉妒也好仇恨也罢，都跟谎言本身一样无聊。

她径直从行政楼离开，把东西搬到高一（3）班，这个由物化生竞同学共同组成的班级。数竞的同学被平分到了一班和二班，另外综合成绩最好的五十名同学，也被他们瓜分。

华兰本来以为一起住了一个学期的室友也要重组，结果没搞竞赛去了二班的李丹妮因为二班、三班床位调配的问题留了下来。

按原本的成绩，卓依缦本不在竞赛行列之内。但听余倩倩说，卓依缦非常想学生竞，她拉着程敏的衣角哭了好久，程敏才答应让她留下来。

六月的风吹过去，吹过卓依缦苍白的小脸，吹出一副笑脸来。

华兰主动跟她说："又可以在一起啦。"

卓依缦笑着猛地点头。

风吹过六月，吹走一群人吹来一群人，依然热。

第七章
再遇见是三班

华兰看了一眼表,六点一十五分,还早。她慢悠悠地走到一楼饮水机旁边,准备在这里把水换了再上楼。因为楼层水压问题,三楼的饮水机常常出水很小,这个点可能要开始人挤人了。

一楼饮水机,出水大,人少。

但显然不止华兰这么聪明。

她看到了本该出现在二楼的某位美女的侧脸。

"花哥!"林君玉"重击"了她一下,"你七月份的联赛成绩出来没有?"

"所有联赛都出完了。"华兰对她摇摇头,"全军覆没,陪跑。"

"也正常,这种人才只有浙北能出一两个。本来就只当经验和锻炼嘛。"林君玉看她神色如常,"嘿嘿"一笑,换了话题,"程敏昨天晚上在十五班发疯,你知不知道?"

"他现在每天发疯的频率不是很高嘛。"

可供巡视的范围一下从四个班扩大到了十六个班,从军训结束到现在的每一天,程敏几乎都要弄出点什么动静来。他似乎对"悄悄出现在班级后门窥视"这件事情情有独钟,每每出现还一定得手——总有倒霉蛋会因为偷吃小零食、偷偷在教室喝水、和同桌讲话这种事情被叫出去训话。

各种奇葩规定再次严抓严打,"生存游戏"危机又周期性爆发了。

大概三天前吧,程敏午休的时候查到八班,发现八班留在教室里做题午休的人特别少。一问缘由,因为八班有两名选手参加辩论赛,所以好多人去看校辩队组织的新生辩论赛了。程敏为此大发牢骚,在课间的时候用统一广播对所有同学说:"辩论是一项好活动。但是,每天的学习日程都很重要。不能捡了芝麻丢了西瓜……之后学校里也有很多活动,比如学生会和社团招新,大家要量力而行。年段不建议综合排名在五百名以后和一百名以前的同学,去参加这些活动……"

听说上次他在说这些话的时候,八班有勇士直接把班级广播拔了,说吵到他睡觉了。

华兰听了以后很佩服,吾辈楷模。

"昨天晚上不一样。"林君玉继续说,"他晚自习的时候到十五班,看到有个女孩子低着头在看课外书,就当场把书抽过来撕了,然后准备开始那种长篇大论的教育。"

"啊,撕了?"华兰皱皱眉。程敏疯得有点厉害啊,像上次在乙班把书收了也就算了,怎么还撕了呢?

"结果你猜怎么着?那个女生看的是统一订的《乡土中国》,语文老师要求看的那个。"

"那程敏还不得赔她本书?"

"巧了!"林君玉兴奋地说,"整件事有趣就有趣在这里。那个女生很淡定,也没哭。她很冷静地把她同桌桌上的《乡土中国》拿过来,告诉程敏是语文老师的要求书目,程敏属于恶意破坏他人私人财产,她也不多要求,就让他原价赔,把程敏的脸说得青一阵白一阵的。最后,程敏说让她下课后来年段办公室就走了。"

"后续呢?"

"我不知道啊,我刚刚在这儿倒水听一楼同学说的。程敏好不容易吃瘪,大家都可开心了。"

华兰顿了一下,缓缓开口:"不过那个女生真的很淡定。程敏那个气势,我觉得换其他人可能当场吓哭了。"

她想起上次的八班,觉得这个年段自己佩服的人又多了一位。

华兰打完水,和林君玉一起上楼。大美女小声跟她吐槽:"花哥,陆子琳让人每天爆炸一百遍。"

"她又怎么你了?"

分班以后,林君玉和陆子琳一起被分到了五班,还住到了同一个宿舍。听林君玉讲,陆子琳读书十分刻苦,也属于卓依缦那种早起晚睡型的。但区别在于,卓依缦不会打扰别人,而陆子琳则是唯恐别人不被打扰,早起推门动静很大,晚上开夜车又点了个很亮的灯,亮得对床的林君玉睡不着觉。

最让林君玉无法忍受的是,有一天,她还有一点数学题没写完,所以也想闷在床上开个夜车。她才借着微弱的闹钟光补了一半,对床懒洋洋的声音就传过来:"大美女也开夜车呢?不是怕晚睡冒痘痘吗?要是把眼睛看坏了要戴眼镜了,变丑怎么办啊?"

本来补作业就补到烦躁的林君玉,要不是有涵养,能上去把她的嘴撕下来。

"她又和别人打电话打到熄灯以后啊,而且熄了灯也不知道要把声音放小一点,别让宿管听见了。"林君玉耸耸肩,"她好像压力一大就喜欢往校外打电话,她有个朋友,好像叫什么安琪。打电话无所谓,重要的是她上次已经被宿管抓住扣分一次了,就是不懂收敛。"

华兰眼神一动,一些事情有了缘由。好像很久以前的故事突然写好结局,仓促得有点不适应。

但很合理。

新生的人会新生,不放过她的人始终不放过她。

只是她已经不在乎了。

她摸摸林君玉的头,安慰林君玉只用忍一个学期,选科分班后跟陆子琳在一起的人才是真惨。

两个人在五班门口站了一会儿,看见一个矮墩墩的身影从七班后门出来,又麻利地摸到六班的后门。

两人对视一眼,大事不妙,打游击的来了。

华兰迅速闪身上楼。刚进三班,她就被一架纸飞机击中了脑袋。她抬起头,看见了正站着的林屿和苏展,表情瞬间笑里藏刀起来。

她问早来的卓侬缦:"是林狗,还是那个晦气东西?"

卓侬缦红着小脸,低声说没看见。

"晦气东西"满脸黑线。林屿愣愣地看看苏展,又看看华兰,一副不太聪明的样子。

林屿和苏展最开始安分同桌了一个暑期,但很快就暴露了本性——他俩坐在一起,就是问题本身。一个星期前,他们沉迷研究纸飞机,热衷于试出能支持最大飞行距离的纸张类型和折法。

如果不是晚自习的时候,林屿那架"歼20"在试飞的时候正好命中了来巡逻的金炫,他们还可以继续研发走在科研水平前列的第六代战斗机。

金炫是三班的班主任,很年轻。即使他教物理,却表示对这项科学工作爱莫能助,只能把两位科研工作者叫去他办公室喝茶以表慰问。苏展和林屿回来的时候,就已经带着"朋友再见"的表情了。

金炫把林屿和苏展调开,各自安排上了性格沉稳安静的同学。

只是没想到,他们还是对未竟的事业锲而不舍。

"别玩了。"华兰对他们摆了摆手,"程敏快杀到五班了,等会儿上来就是我们班。"

轻轻一句话,炸开一地雷。大家迅速坐定,着急忙慌翻出英语书。

被华兰误伤的林屿坐下来,从自己垒叠如山的课本里抽出一本,抛给了他正往讲台上走的同桌。

"Turn to page 112.(请翻到112页。)"好听的英式发音响起来,男孩对华兰温柔地笑笑,一边小声对她说,"刚安静了一会儿,他们就又闹起来了。还好程敏杀上来了。"

"快去领读吧。"华兰也对他笑。

这就是江潼，戴了一副金框眼镜，白净斯文，声音温柔。

华兰在三班报到那天就注意到了他。其实他们早该认识了，只是一直没正式和对方打过招呼。

化竞课，国字脸老师喜欢的两个学生，一个是华兰，另一个就是江潼。

江潼和他同桌林屿完全不一样，确实安静沉稳。江潼长了一副好看的皮囊，声音好听，平时说话又彬彬有礼，时常能让全班仅有的八个女生集体心花怒放，说他很有绅士风度。

一个暑期过去以后，江潼荣膺"妇女之友"的称呼和被女生们叫"姐妹"的资格。

金炫试图通过这种连坐制度，把林屿这个顽劣分子给感化了。目前没看出很大效果，倒是林屿的感化能力比较强，时常能看到江潼嘴角抽搐。

程敏来的时候，在三班琅琅书声里摸不着头脑地转了一圈，愣是挑不出一点错，只能在走的时候，指着地上的纸飞机说："垃圾，垃圾一定要捡起来，卫生要搞好。"

后来，听说班主任金炫同志在早上的教师会议里得了两句夸奖。

金炫在大课间跑完操后又来了班级，笑呵呵地说："一个暑假过去了，这个周四班会课，可以把班委班子选出来了，希望各位帅哥靓女给点面子，积极参与。"

私下里，金炫又找到仅有的几朵金花，说："我们班男生多，也皮，一个个看起来管事也不太靠谱，主要还是希望各位靓女给面子。"

"班长呢，华兰之前在乙班的时候就当过。这个，是吧，我们这个班级是要一起度过三年的……"金炫憨憨地笑了笑，"还有纪委，跟班长接触会比较多，主要管管班级纪律，也很重要。你们女孩嘛，说话有分寸，男生们也听……"

几朵金花一边点头，一边看风景。

华兰和余倩倩在憋笑。

金炫的小会散了以后，苏展找到华兰，笑得不怀好意："炫哥找你们说什么了？是不是关于班委的事情？"

"顺风耳？哪里偷听来的？"

"看一眼就知道呗，嫌我们男生靠不住。"苏展收放自如，问道，"你还想当班长吗？"

"也不一定，随缘吧。"华兰打发他，"题这么多，还得管你们，谁乐意啊。"

苏展欠欠地道："我们大老爷们乐意被你管，你以前在乙班那个好风评我们都知道。你去选班长，我给你当副班。"

"你当副班？你当副班不是给班长制造麻烦吗？"华兰"扑哧"笑出来。

"那我走个过场，但你可千万去选啊，记得。"苏展的语气认真，等到眼前人点了点头，他琥珀色的眼底复又染上笑意。

周三下午，华兰洗完衣服，准备去上晚自习，却看到宿舍楼下小广场人头攒动，原是校学生会招新摆摊了。

川中的学生会组织还挺有名的，时间长历史久，得过不少奖项，一直被川中当作"素质教育"的特色项目给省里报送。军训的时候，学校就批准了学生会接在一个军事讲座后面进行宣讲。

那一次宣讲，让华兰印象最深的是一个叫李清凡的学姐。

李清凡也是化竞生，成绩优秀，据说去年的联赛拿了省二，是纪检部的部长。团委老师自豪地用"全能"来形容她。

华兰本来对学生会没什么兴趣，学校里事情又多又忙，竞赛压力很大。对他们这群竞赛生来说，学校的很多特色活动他们都享受不到。

比如每周二下午的最后一节课是社团活动，他们不能参加，得用来上竞赛课。下午的自习课也是，星期三固定被占，其他时候偶尔幸运掉落竞赛课。

但华兰还是很好奇，事情这么多的李清凡，到底是怎么平衡自己的时间的，又是怎样把所有事情都做到极致的。

华兰来到纪检的摊位旁边，看到许多人围着的李清凡。她扎着低马尾，眉眼弯弯，看起来很文静，但说话清楚利落，很是干练。她旁边的副部，正一脸坏笑地跟那些围成一圈的新生宣传："别去其他部门了，就来纪检，来纪检你们部长还能带着你们五排。"

"真的？"众人意外。

"清凡师姐全能，只要放假必会冲分，有三四个市标呢。玩累了就吃鸡，大吉大利。"

"你瞎说什么啊，不要教坏学弟学妹。"李清凡佯装正经，"人家来了解纪检，你教人家打游戏。"

随之，她又话锋一转，神秘地笑道："不过只要大家来纪检，如果有空，这都是合理团建范围以内的事情。"

众人小声欢呼，纷纷拿了报名表。

那一群人散了以后，华兰走上前，还没说话呢，便听旁边学习部部长啧啧叹道："你们纪检太赖皮了，怎么还让清凡带着打游戏吸引新生的？"

"清凡本来就有成绩优势，你让我们怎么招嘛。"

"你要不服，自己去打几个市标回来，然后再把成绩稳定在前三十。"李清凡笑眯眯地打趣他。

"同学，你有兴趣了解一下纪检吗？"李清凡注意到摊位前的华兰，连忙拿起一张报名表。

"学姐,我学习时间比较紧。"华兰不好意思道,"我是这一届竞赛的……"

"竞赛好啊!"李清凡眼前一亮,"你是什么竞赛?"

"化竞。"

李清凡的眼睛更亮了:"还是化竞的嫡系学妹啊。其实学生会跟学习的冲突并不大,能锻炼更多的能力,思考问题的方式也会很不一样。我就是在参加工作的时候悟出来怎样学习更高效,我相信对你也会很有帮助。"

"我确实是很好奇,学姐到底怎么把这么多事情做到极致的。"华兰小心地开口,"上次在老师那儿看到,学姐九月初的省复赛还拿了二等奖呢,好羡慕。"

李清凡笑了一声:"化竞这种事情嘛,你到明年的时候说不定比我考得还好呢。难的是进全国决赛。川中年年没有,年年还是要让学生考。其实不管是竞赛还是平行班的学习,都不是死坐在那儿刷题就能刷出成绩来的,你如果来啊,我们还可以交流交流学习经验呢。"

李清凡的眼睛很有神,每眨一下都能让华兰对她的好感倍增,让她自然而然说出一个"好"字。

李清凡顺理成章地把报名表塞到她手里,提醒她周五中午面试,记得带着表格来。

"对了,我们给来逛的新生们都准备了明信片,你也抽一张吧。"李清凡指指桌面上铺开的花花绿绿的明信片。

华兰捡起背景是埃菲尔铁塔的那一张,只见上面用娟秀的字体写着"你生来优秀,记得去尝试种种可能"。

李清凡"呀"了一声:"这是我写的呢。我们真有缘,到时候一定要来面试啊,小学妹。"

周四下午,金炫做足了前期工作的班委选举开始了,气氛还挺热烈。

苏展最早上场,正经地说自己初中的时候也还有那么点管理班级的经验,希望大家选他。

另外上场的几个男生,也都说得有鼻子有眼。选体委的几个男生为了争取女生的选票,甚至说愿意跟江潼一样做女生的姐妹。

几朵金花也没拂金炫的面子,参选了好几个。连看着最内向的卓依缦也在最后上台,努力大着声告诉大家,她想选纪律委员。

"我一直……比较内向。到了川中,我的很多初中同学都发生了改变。有实验班的……也有竞赛班的。所以我觉得,我也应该改变一下我自己。纪律委员可能跟大家交流会比较多吧。希望大家能给我这个机会。"

金炫似乎特别意外她能站出来,也看出了她的紧张,于是带头鼓掌,说"非常好"。

有了金炫的带头，卓依缦得到的掌声空前热烈。华兰能很明显地看出来，卓依缦没有像平常那样低着头，她的眼睛里有了别样的神采。

那种，像李清凡的神采。

真好，华兰也想。谁能想到那个今年年初在走廊里被为难到掉眼泪的女生，能这样站在台上呢？

川中在让她发生改变的时候，确实也在让所有人发生改变。

华兰很慎重地在选票里勾了卓依缦的名字，想了想，把苏展的名字也钩起来了。

他这个性格，确实也会是个好班长。

最后，苏展虽然竞选的是副班长，但由于人缘好高票中选，就顺位成了班长。卓依缦也圆梦了。三班的新体委是在先前就在乙班担任体委的刘一天。金炫看着新选出来的班委班子，感觉颇为合意——除了华兰没有参选。

他看着苏展没有笑意的脸，又喜又忧，又怎么了这是？前两天还在研究纸飞机的这臭小子行不行啊？

晚上，华兰去办公室问物理问题，金炫特意还把她叫住，问她怎么没有参选。

"是学习太紧张了吗？我看你最近测试的名次都不算拔尖。"金炫问，"你是有能力的呀，不用这么焦虑。"

华兰怎么好意思告诉他，自己被一个全能学姐三分钟拐走了魂，填了学生会的申请表，而且明天就要去面试了呢？

她合理权衡了一下两项工作和学习的强度，总得放弃一项，那就只能班委不选了。

很奇怪，有些东西就是能几分钟之内改变你的心意。她和李清凡并不认识，仅仅是几分钟的交流就让她对李清凡产生了比很多人都要多的好感。

或许是因为李清凡真的很讨人喜欢，或许是因为一种叫直觉或者眼缘的玄学。

竞赛也好，生活也罢。她直觉她能从这位学姐身上学到很多东西。

她告诉余倩倩这件事情的时候，余倩倩用无奈的眼神打量她，说："你这个人，欣赏帅哥品位一般，欣赏美女倒是一套一套的。"

华兰反驳道："美女谁不喜欢！"

"我准备参加学生会的纪检部，加上班级的工作会压力太大了。"华兰乖巧地笑一下，"化竟我很努力，但也还没到焦虑的地步。"

金炫若有所思地点点头，本来还想说一句，段长不建议年级前一百名的同学去参与校活动，但是终究止住了。

因为华兰到底看着比那个臭小子苏展靠谱很多，属于心里有数的学生。

"那老师我走啦。"

"嗯，回去吧，有问题再来问。"

072

华兰才走到走廊上,身后便有人追上来,拍了一下她的肩。

来人的语气吊儿郎当,漫不经心:"哪个学长把我们大小姐的魂勾走了?"

华兰偏头,看到苏展那副说不上是淡漠还是戏谑的表情。

"什么学长?"她皱眉。

"你不是要去学生会吗?"他偏头问。

"那是个学姐。"华兰淡淡回道,"高二学化竞的,刚拿了省二,很厉害。"她顿一顿,又问:"你刚刚猫在办公室哪个角落呢?我怎么没看到你?"

"强哥那儿。"苏展轻声回道,"我在问化学问题。"

强哥是三班的化学老师,一个教学经验丰富的老头,上课很有特点,从来不用PPT,一支粉笔从黑板这头写到黑板那头,思路清晰效率极高,只有一点不好——值日的同学最烦擦这节课的黑板。

他的办公桌在另一头的角落里,怪不得没看见。

真有趣,物竞生在问化学问题,化竞生在问物理问题。

他们明明可以问彼此。

"你是不是忘了,周一答应我什么事?"苏展又说,语气有点冷。

"你就是来问这个的?"华兰负手,看着少年眼底的那一丝凛冽,诚恳道,"当时没想清楚,不知道之后有变数。确实是我考虑不周,跟你道歉。"

"可是……"苏展方一开口,便什么也说不出来了。

"怎么了?"她仰头问。

"……没什么。"苏展眼底那丝不悦很快就被掩饰下去,"一切都好。你跟学姐……多学点东西吧。"

没办法,她解释了,自己一点办法都没有。

做不到对她凶巴巴地质问。

但华兰听得出,他的语气有点失落。

"你又不是因为我才竞选的。"华兰拍拍他,"你交际能力这么好,大部分男生都跟你熟,女生也觉得你挺好的。你肯定可以做好班长的。"

华兰觉得她说的话,就像当时苏展发给她"觉得你带乙班肯定会挺开心的"一样令人感动。

苏展落下一个简短的"好",没再说话。

他们走过备用教室和一班、二班,教室里明亮的灯光透出来,照在华兰脸上,然后又被墙体挡住,随之脸也暗下去。

苏展看着华兰的侧脸,总觉得事情每一刻都在变。

其实有些事情非常简单,苏展想。

就像你那么快就因为一个学姐决定参加学生会的工作,我也确实是因为你才参选。

走到三班前门的时候,一直在华兰身边走着的苏展没有跟她同时进门。
华兰讶异地往身后看了一眼,苏展气鼓鼓地小声说了一句"道不同不相为谋",就径直走向后门。
华兰满头问号。
这是个留校周,周日她就收到了李清凡送来的另一张明信片:

　　欢迎加入纪检,亲爱的华兰学妹。希望你在化竞上取得比我更多的成绩。我看一眼你就知道,你确实天生优秀,优秀到可以尝试一切你好奇的东西。

部长李清凡

第八章
/ 上限

"你这道题结构图怎么画的？"华兰摁着圆珠笔，走到最后一排问江潼。

江潼把自己的《普通化学原理》推到她前面，又看了一眼她画的，说道："我跟你差个环哎。"

"我觉得这个环有的。"华兰圈了一下自己的草稿，"你看这个硼都是三配位，就这样画上去。"

"但你画到后面会发现这里就没有二聚，只有三聚，所以到后面应该是没有多一个环的。"江潼"嘶"了一声，又说道。

"只有二聚？"华兰皱眉，看了看题干，研究了一下自己的草稿，发现确实如江潼所说。她"噢"了一声，笑着说了声"谢了"，一边低头在书上标记，一边往回走。

她刚迈出去两步就迎面踩到了一个人的鞋，抬头就看到苏展似笑非笑的脸。

这个年纪的男生，似乎都很在意自己的鞋被踩吧。华兰想起，前两天跑操的时候，林屿的鞋被别的班的同学踩了一脚，可心疼了。

于是，她尴尬地笑一下，往后退一步："对不起啊。"

"没事，一般同一个人踩第三次的时候我才发火。"苏展又面无表情了，"不过看你现在来后排的频率，很快就要攒满三次了。"

"谁让大佬在后面呢？"华兰笑道，"我们前排化竞生也很想念跟姐妹讨论问题的日子啊，你让林狗平时别逆着炫哥来，放我们姐妹回来吧。"

八个女生，一半生竞，一半化竞。男生里也有十来个化竞生。这么多人加在一起，竟然没有一个能在化竞测试里考过江潼。

自从提前招生的第一次考试后，华兰拿到化学单科第一的次数屈指可数。

"那我们就更不能放他走了。"林屿笑起来，"金炫可呵护你们八朵金花了，把他放回去岂不等于放虎归山？"

"你们化竞这么缺人才啊？"苏展对华兰说，又指指林屿，"要么我跟林狗转化竞得了，强哥肯定很开心。"

"不必——金炫稀罕着你们呢,"华兰白了他一眼,"本来物竞就没几个,再走两个,他找谁说理去?"

"还有,化竞不缺人才。"华兰想扔给他一句"姐就是"。

她说:"你们要真来了,追几个月进度就能把你们追得不人不鬼。"

江潼只是笑,斯文的脸上没有半分不悦,修长的指节在桌上敲一下,示意林屿和苏展适可而止。

华兰倒不是欣赏江潼这副好皮囊,她只是觉得江潼的修养很好,为人很低调。她最羡慕的是江潼的脑子,确实好使——当初在化竞班的时候没有那么多接触,现在才知道他思维有多快、理解能力有多强。

华兰偷偷观察过,竞赛课江潼一般只听一半,剩下一半把老师那天布置的题库做了,然后拿出厚厚的《有机化学》自习。

看他一页页往下翻"有化",华兰就越来越觉得触目惊心。按江潼这个刷题量,就算每天再多给华兰两节自习,也刷不过江潼。

更何况,这边强哥"有机大化"才刚刚开始细讲,那边江潼就不知道深挖到哪里去了,进度早比所有化竞生都要快。

华兰跟"有机大化"不对付,《有机化学》在八月竞赛联考之前粗粗过了一遍,竞赛题还没来得及做多少。初赛那张卷子,华兰对大部分有机题束手无策,无机做顶天了也救不回来。

川中的化竞成绩一直不稳定,有两年连着出了两个省队选手,也有好几年连一个拿省一的都没有。华兰冥冥之中总有种感觉,如果他们这一届能出一个进省队的,那一定是江潼,而不是她。

她坐回位置,给旁边另一个学化竞的女生讲了这道题,方讲完,便听余倩倩说:"你有没有觉得,后面这三个男的,气氛好奇怪。"

华兰在纪检每周例会开完的时候和李清凡提起"有机大化",叹了好大一口气。

"我一开始有机也摸不透。高考内容是好学的,但是有机大化千奇百怪。但后来我想通了,这个东西,别当作化学来学,要当作生物学。"李清凡一边整理交上来的罚单,一边说。

"学姐,"华兰正色道,"怎么个学法?"

"大多数是大学两三年的内容,知识点很多很杂。都是依据实验结果出的题目,很多东西其实你只要知道结果就可以无脑解题。"李清凡说,"功利点的话,就多记几遍。"

李清凡开始整理另一堆文件:"化竞跟他们数竞物竞不一样,知识点太多了,连全国初赛的知识都涉及十几本大学教材。用我们老师的话来讲,快速学习的能力太重要了。"

李清凡问："你们肯定有发川中祖传的'三大本'吧？"

川中祖传"三大本"，合订了国初需要的所有大学教材，内容顺序竞赛老师重新整理编排过。

华兰点头。

"那个东西，建议你当作课外书一样，就往下看，看完一遍再看一遍。"李清凡说，"至于题目，先按时做老师布置的，过几个月学校就给你们请教练了。如果自己有多的时间，蓝皮书反复看——我是这样的，跟很多刷题选手相比，我的题做的确实不如他们多。"

华兰提起江潼。

"题量这个东西嘛，分人。有人做本蓝皮国初就能拿省一，有人'高无结'（《高等无机结构化学》）、March（高等有机化学）、'傅献彩'都啃过一遍还过不了初赛。"李清凡耸耸肩，又换了语气，"还有啊，同学之间横向的对比是不可避免的，但是你千万别执着于这件事，心态会爆炸的。"

"竞赛能熬到最后的那些人，不仅脑子好，而且心脏也比一般人强很多。因为你面对的不只是这十几本教材，还有浙北那些从初中就开始学这些教材的竞赛恐怖分子。"李清凡叹了口气，"安川毕竟太小了，哪个竞赛教练愿意来？都是重金从杭州宁波挖来的，每年也就教这么几个月。"

"省复赛的时候，你才知道真正的修罗场是什么样的。"李清凡把所有文件都收好，"我们起跑就比浙北要晚，资源也不如人家，只能拼命学咯。"

华兰的眉眼有些黯淡。

"所以'地球不爆炸，川中不放假，宇宙不停止，我们不休息'嘛。"李清凡拍拍她，"虽然我们平时都骂年段不做人，但其实我们也都知道这是考过浙北的最好办法了。"

李清凡话锋一转，问她："上周的纪检行事历呢？"

"昨天团委老师来办公室，我就直接送给她盖章了。"华兰道，"下午应该就拿回来了。"

李清凡点点头，夸她上个星期的表单都写得很清楚。

"这两天我没时间，等运动会的时候吧，你把你的错题本啊什么的，拿来给我看看。"李清凡又说，"我要是没法指导你，我就去问问我们班考省一的大佬。"

"谢谢学姐！"

在所有理科竞赛当中，化竞确实是对记忆力要求最强的，知识点广而杂。强哥说过，你们可以去问问那些文科好的同学怎么记东西的，有这个能力对你们来说没坏处。

很多化竞生对于学理科竞赛还要记东西这件事情相当不齿，但确实是悟透这一层以后,成绩才有了跃迁。

简单点说,什么时候认清楚事实,什么时候进步。什么时候对事实有更深的把握,什么时候才有质的变化。

华兰深有感触。和很多决定留在化竞的同学不同,她不是那种对化学兴趣浓厚、非学不可的孩子。只是因为当初理化生里她的化学成绩最稳定,和那道谁都没有配出来的配平题以及国字脸老师那句"你就留在化竞吧",她才决定留在化竞。

所以在那之后,华兰一直有点懒散,保持着综合成绩稳定,却没有想着怎么钻研化学单科的深度,近几次测试的名次也没有那么漂亮。

她的"三大本",完整的一遍还没过完呢。

化竞单科的第一捏在江潼手里好几次了,次次都和第二拉开很大分差,无懈可击。

华兰想这也许因为热爱,自己可能确实比不了江潼。

但也远不止这个水平。

九月底运动会之前,还有一次竞赛测试。这半个月,华兰把自己几个月都没翻完的"三大本"从头到尾过了两遍,上课看下课也在看,睡前还要带一本放在床边。这让来三班串门的林君玉啧啧称奇,说这种盛况只会发生在自己看小说的时候。

"她怎么了?"林君玉问余倩倩。

"谁知道呢,化竞内容本来就多,学姐可能传授秘籍了吧。"余倩倩摇摇头,"记忆量比生竞还大。"

事实证明,华兰不再执着于"有化"小山似的题目,反而在考试的时候做有机做得更顺手。

运动会前的那次小测,华兰重回了第二的位置,只跟第一的江潼差了三分,是近几次小测以来和江潼差距最小的第二名。

华兰复盘她的试卷,没有一道做错的题是不该做错的,也就是说,她确实把自己能力范围内的题目都做对了。

"你竟然没有很遗憾吗?"李清凡知道了这件事以后,这样问她。

"没有。"华兰诚实答道,"我确实把我所有会做的都做对了。我跟江潼差三分,确实是因为实力差距。但我们也确实只差三分,而不是像以前一样差五分、十分。"

华兰笑道:"我为什么要觉得慌呢?该慌的是第一名啊,有一个这么厉害的第二名在追赶他。"

我知道自己的上限在哪里了。华兰想,所以未来的一切都只是朝着突破上限努力。

"你已经上道了。"李清凡欣慰地看着她,"竞赛就是这样,所有人都只是在突破自己的天花板，而不是在想别人的天花板在哪里。"

"你运动会有排项目吗？"李清凡问，"我好排纪检的值班表。"

"我们班还没报起来……不过我应该没什么要参加的。"华兰俏皮地摇摇头，"我当初考提前招，就是因为提前招不用体育中考。"

仅仅是这么简单。

"每人最多报两项，每项最多两个人。"

刘一天拿着运动会报名表转过来的时候，一脸讨好。

"各位姐妹，啊，炫哥的指示，你们一定要给点面子啊。"他笑道，"咱班男生能报的都报了，名额还不够呢，现在可想套上裙子加入你们了。"

几朵金花头摇得跟拨浪鼓似的。

"别的能报就报，真不能报就算了，但那个4×100接力一定要报上去，团队项目。"体委又说，"姐妹们看看……"

八个女生面面相觑，交代了一下自己初中体测时50米跑的成绩，发现除了特别快的两个和特别慢的两个，剩下都差不多。于是，他们通过严谨的可能性比较和排列组合，最后贡献出四个人。

很不幸，余倩倩就被排上了。

"不对，我觉得这个算法有问题啊，怎么我就排上了？"余倩倩目瞪口呆，拿起草稿纸质疑算法，被华兰敲了敲脑袋。

"没问题啊，按快慢交替原则，要最接近上次56秒冠军的办法不就是上你咯，倩倩。"华兰"咯咯"坏笑，"而且你最好是跑弯道。"

"没错没错。"刘一天很满意，一边填表格一边说，"不要有压力，友谊第一比赛第二，咱班男生能抗的，姐妹们不要有压力。这几天放学可以操场上练练交接棒，我可以教你们。"

"那麻烦你啦，一天。"

刘一天在竞选的时候说的"愿意跟咱班女生当姐妹"的承诺差不多实现了一半——现在全班男生确实就他和江潼能跟八个女生都聊得来。

江潼胜在修养好，刘一天胜在确确实实为姐妹们做事——跑操排位置的时候，刘一天特意让八个女生站第一排，限制后面男生的速度，不要跑太快跟得辛苦。

"姐妹们，你们这个接力都填上了，那100米和200米也就顺便填一下嘛，就当跑接力之前热热身好了。"刘一天搓搓手，瞟了一眼几朵金花，"剩下的姐妹们跳跳远、扔扔实心球啥的，也不费力气嘛。"

经过刘一天的软磨硬泡，除了有学生会工作的华兰，其他女生都报了一两项。

"哎，小天儿，潼哥和我的项目换一下。"苏展过来对刘一天说，"不知道他受什么刺激了非得上5000米,他原本那个1000米就归我跑咯。"

"这样啊。"刘一天还没动手改上表呢,却听旁边女生们炸开了锅:"江潼要跑5000米啊?"

"姐妹这么全能呢?"

"你还真别说,我之前看到他下午下课后在操场跑圈。"

"各位姐妹,"苏展帮刘一天改完表,佯装认真道,"3000米和5000米是有陪跑志愿者的,你们要是真想看他,可以去问问他能不能当他的陪跑志愿者。"

"还有陪跑志愿者?"华兰皱皱眉,想起之前在纪检开会的时候好像没提到有这个设置啊,班级如果有陪同志愿者,那应该有对应的袖章啊。

"怎么,你真想去报?"苏展挑眉。

"我只是在想,所有的志愿者袖章都是纪检管理的,我印象里没有班级陪同志愿者这个说法。"华兰抬头看了一眼他。

不知道为什么,对面有松了一口气的感觉。

"好像到时候可以直接跟着班主任进去的,所以没有袖章。"刘一天想了想。

"咱花哥是什么都没报?"苏展看了一眼表格。

"运动会给学校打工三天,你来替我打工,我去报项目。"华兰耸耸肩,"到时候在场内维护秩序,或者在主席台上放广播。"

"那你岂不是就能看比赛了?"卓依缦羡慕道,"我们都只能在观众席上。"

"确实是一种福利吧。"华兰"嗯"了一声,笑道,"到时候只要有空,你们的比赛我都会去的,想要水什么的就跟我说。"

"那你一定要记得来啊。"

"好。"华兰眉眼盈盈。

川中第88届校运会在9月28日上午开幕。红旗招展,人山人海,地方电视台还派了记者转播这一盛况。

第一天华兰在场内机动,借了林君玉的相机,遇见三班的同学就拍。期间,被宣传部派来的场内志愿者林君玉对华兰的拍照技术忍无可忍,在场边教了她半个小时摄影的基本技巧,才准许她接着去拍。

"花哥,你的拍照技术比你的化学要烂很多。"林君玉在她身边默默摇了摇头。

华兰理所当然地道:"化竞才是我安身立命的本事。"

她在林君玉的指导下,缓慢地转动焦圈。看着相框里的人,她愣了两秒。

"怎么了?"林君玉问。

"刚刚过去的这是、是江潼啊!"华兰说,"现在是在跑……"

"在跑1500米。"林君玉看向跑道,一群人匀速从她眼前冲过去,有一个穿着蓝T恤的少年格外亮眼。

"江潼是不是那个特别白的?"林君玉问,"我听到那边观众台上好多女生都在喊他的名字哎。"

"江潼加油!"

"潼哥加油!"

"喊'潼哥'的都是我们班的。"华兰笑了笑,看着成群结队的女生,"喊其他的嘛,就不知道是哪个班的了。"

"我之前有听我们班女生说过,说三班有个男生很帅。"林君玉"咯咯"笑,"之前是丙班的,我有印象,但一直不认识。我倒没觉得很好看。"

"大美女,谁入得了你的法眼啊。"华兰托着相机,给江潼"咔咔"照了好几张,但都糊掉了。

她撇了下嘴。

"我倒是无所谓,重要的是你啊,近水楼台先得月哦。"林君玉的尾音格外旖旎。

"我?"华兰搡了她一下,"他是我问鼎化竞第一的唯一绊脚石,我恨不得给他逐出川中。"

林君玉"嘶"了一声,又道:"化竞不行,还有物竞啊,思路打开,问题马上解决。"

"林君玉,你闲的啊,创新班太好混了是吧?"华兰嘘她,"回来学竞赛!"

林君玉认真地点了点头,道:"如你所言。花哥,没了你们,数学我都考第一了。明明学习态度也不怎么端正,让我总觉得愧疚。"

华兰无奈。她回看了刚才闲扯的时候拍的几张照片,竟然没一张好看的。

赛场上,跑在第一位的体育生几乎套了后面的运动员一整圈,早早结束了比赛等着领金牌。后面的选手紧跟着进入了1500米的最后冲刺,跑在第二位的男生与后面拉开了一段距离,看样子也很稳。江潼和另外两个男生的身位很近,一时间不分胜负。

"去终点,快,去终点。"林君玉拉着华兰,跑到终点旁边。

"潼哥——"

"加油——"

终点附近的看台被三班的观众淹没,呼声滔天,像海浪一般吞没过来。

江潼不负众望,在最后一百米冲刺的时候占据了优势,最后成功拿下铜牌。

大家欢呼起来。

这样的欢呼持续了一整天,主角换了一个又一个。

第一天的收尾是跳高的结束,虽然三班选手卓依缦没能冲击到前八名,但大家还是聚在她身边鼓掌,排面比人家冲第一的都要大。

金炫说，一个班只有八个女生，女生比赛必须有人观看。

三班男生很给力地全程围观。

"华兰，快回主席台，部长说要最后清点了。"同部门的同学喊华兰。

"就来。"华兰将操场上所有志愿者的袖章收回来，走向主席台，天已经黑尽了，操场前的白色大灯亮起来。

主席台上不止站着李清凡，有另外几个部门的部长，也有其他部门的部员。怎么还有人在哭呢？她想着。

有一个不认识的小部员抽抽搭搭的。

"部长，我这里十二只袖章。"华兰把袖章放入箱子，打量着这场面。

"一共少三只啊。"李清凡点点头，声音听不出情绪，"每年都是这样，袖章越收越少。"

"你们都记住，这个袖章，千万不能因为关系好就借给自己班同学让他们进来看比赛。"另一个男部长严肃道，"今天因为有人私借袖章，进来的普通同学因为不懂规则，110米栏差点发生事故。"

"是我的部员，这里给大家诚恳道歉，是我没有传达到位，我已经重新传达过了。"男部长继续说，"希望在场所有部门都引以为戒。"

"秦浩，你别把话说太重了。"李清凡拍拍他，"事情不明朗，大家现在都知道袖章不能外借就可以了。晚自习也开始了，把他们放回去吧。"

另外几个部长也点点头。

"明天不要再少袖章了。"那被叫作秦浩的男部长叹了口气，挥手让大家散了。

"那个，我可能知道三个袖章怎么没的。"华兰觉得他面相有点凶，但还是鼓起勇气，"中午纪检有个同学请假回家了，他忘了把袖章给我，明天应该会带过来。宣传部和组织部好像也有这样的同学——我今天碰到他们负责收袖章的同学了。"

"哦？还有这样的事情。我去确认一下，谢谢你啊。"秦浩点点头，终于带了一点笑意，"清凡，还是你们纪检比较细致。"

"你快去确认吧——在团委老师知道之前。"李清凡笑他，一面拉了华兰，"可以回去了，我跟你去你们班把你错题本拿来吧。"

082

第九章
你会成为怎样的大人？

华兰回班的时候，黑板上已经写满了字。左边是明天的参赛人员和项目，右边是今日的获奖人员。

下边还用彩色粉笔画了一丛依稀可辨的"花"和"大拇指"。

华兰汗颜，三班男生水平确实有限。

她仔细打量，有两条白字被框上了红框框，好像当事人已经英勇阵亡了。

左边"9:45 100米决赛苏展"，右边"苏展100米预赛第四名"。

"倩倩，"华兰小声问，"怎么板书还有区别对待的？"

"因为我们班男生短跑和110米栏集体阵亡预赛，就剩了苏展一枝独秀。"余倩倩摇摇头，"体育特长生太猛了。"

华兰点点头，又问："你在写什么？"

"炫哥的人文关怀咯，看见其他班主任给运动员写加油明信片，也让我们写。"余倩倩摇摇手中的明信片，"咱班女生明天没项目。我给丹妮写，她明天还有跳远呢。"

余倩倩问她："明天要不要去看苏展比赛啊？保不齐还有个奖牌拿。"

"明天在主席台。"华兰叹气，"其实所有人的比赛我都会看的，只要条件允许。"

华兰打算等会儿给所有明天比赛的运动员写张明信片，自己作为少数几个没项目的人之一，当啦啦队还是要到位的。

"我跟你说，今天我回来的时候，江潼桌上的加油明信片已经堆成小山了。"余倩倩抿着嘴憋笑，"都是别的班的女生放的。"

"嗯哼？"

"后来让他同桌扔到苏展桌上了。"余倩倩憋笑憋得很艰难，"那些明信片没有署名又不好意思直接写江潼的名字，苏展真的以为是女生写给他的。"

华兰能想象到，也许写的都是"你今天跑步好帅啊""明天继续加油"这样的，怪不得会看不出来。

苏展说不定还偷着乐呢,估计在课桌下面一张张偷偷摸摸认真看了一遍。

她想象了一下,画面应该还挺搞笑的,努力没有笑出来。

华兰想不出丰富的祝福语,干脆将写了几个字的明信片扔到垃圾袋里,然后统一写上各自的名字和"心怀三班,勇往直前,比赛加油!!!"。

其实主席台的位置说好也好,能"居高临下"纵观全局,看圈数多的长跑还是非常舒服的——女生3000米的观感就非常好,她在心里替李丹妮加油了全程。

但出于距离原因,短跑和一些田赛,就看不了。

华兰对着秩序册掐着时间,给三班同学精神支援。

又有广播稿和表格送过来,她动笔抄完,看了一眼时间。

9:45。

一声发令枪响,她一激灵,抬头看向角度原因只能看到一半的一百米跑道。

他在第几道来着?她烦躁地将乱了页的秩序册抛下,抬头的时候运动员们已经相继冲线了。

她看到裁判掐着秒表在宣读名次,一个熟悉的黑衣身影一蹦老高。

应该还不错?华兰的眼睛闪了一下,心情明朗起来。

她想,真棒,苏展。

中午将近十一点半的时候,文体部将上午的比赛奖项结果送过来,让广播台宣读。

"在场的同学和老师们,本届校运会第三个半日的比赛结果已经核算完毕。"身边的同学宣读起来,"高一组女生……"

宣读到男生的时候,华兰对他做了个口型:"让我来可以吗?"

他小声问:"有你们班同学啊?"

华兰猛地点点头,接过了话筒和纸。

她这才看清楚苏展的名次。

"高一男生组,一百米决赛,第三名,高一(3)班,苏展。"

有一阵风吹过了主席台,拂起她的碎发。

第二天赛程结束的时候,华兰把纪检所有的袖章都回收好,一个不少。

其他部门还在就袖章去向纠缠不清的时候,李清凡已经可以拉着华兰提早溜了。

华兰看到那个秦浩部长还是黑着脸,便忍不住感慨:"还好我在纪检。"

"你说秦浩?"李清凡道,"我挺佩服他的。有时候文体犯错,团委老师怪下来,他都自己把责任扛了。训人训得狠,但刀口婆心。"

李清凡笑眯眯地道:"所以他们部门的人可喜欢他了。这是他们文体一直的特色,特别活泼,也特别团结。我们纪检部如其名,历来都很守规则,风评好。"

李清凡缓缓道:"人一旦产生交错,简单的事情就会变复杂,这就是规则的意义。每张简单的打分表,其实都会经过复杂过程才能完成。我不像秦浩有魄力,只能教你们,所做的每一步都要做好。"

华兰之前非常讨厌管事,来川中以后却一直阴错阳差地摊上各种事。

余倩倩"中二"地说,这是命运在召唤,她活该。

华兰会想起之前的痛苦回忆,无奈地笑一下,躲了三年,还是躲不掉。

但小时候当班长的那一套实在太幼稚了,他们都长大了。或者说,处于一种长大了一点,但还没完全长大的时段。

急于摆脱小孩子幼稚的思维,小心翼翼地向成人阶段靠拢,可又怕自己成为那种,无聊的大人。

我会成为怎样的大人?华兰第一次思考这个问题。

她不知道。

但不论是秦浩还是李清凡,他们都比华兰要更清楚这个答案,并且朝着那个方向靠近。

她还有很多要学的。

第二节晚自习下课的时候,华兰准备把自己装满碎纸的垃圾袋拿到后门的垃圾桶扔掉,却在中途差点儿再次踩上一双自己熟悉的鞋。

"第二次了啊。"

她抬头看见苏展笑着的脸。

"我都没踩上去,怎么能算啊?"她让他赶紧让开,别挡着自己扔垃圾。

谁知道这人竟趁着自己的脚抬起来的时候,把鞋伸到她的脚底下,她避让不及,就踩了上去。

"怎么不算?"苏展理直气壮,"这不是踩着了吗?"

"你学什么不好,学人家碰瓷?"华兰目瞪口呆,"有你这样的吗?"

"你别管了花哥。"刘一天插话道,"他今天一百米跟踩了风火轮一样——只有两个体特生跑得比他快。大概是跑步的时候把脑子一起跑坏掉了。"

"这可是我拿季军的鞋啊。"苏展"嘿嘿"笑了两声,"别人还踩不到呢。"

"那我很荣幸——可以让开了吗?"

苏展给她腾出道来,淡淡地说了一句:"谢谢你的明信片。"

"不客气——还想要的话,我再给你写两张。"华兰道。

"可以啊,写得文采这么好,不要白不要。"

"才几个字啊,能看出什么文采?"

苏展脸上的笑意止住,神色一僵。他叫住华兰,从抽屉里众多的明信片里抽出一张，缓缓出声问她："这不是你写的？"

华兰看了看，上面写着：你冲刺到底的样子像《火影忍者》里的鸣人，"中二"之余又燃又帅，展翅飞翔之际，是那片我们都向往的蔚蓝天空。对！是那片是那片，蔚蓝天空。

文字真诚，没有落款，但字确实像她的。

华兰摇摇头，道："我今天看到你的时候，你线都冲完了，确实没看见你冲刺是什么样子的。"

"也可能确实像鸣人，迷住哪个女孩子了？"她一面笑着往外走，一面说，"你这两天不是明信片收得很多嘛。"

她才把垃圾袋送进垃圾桶，回头就差点又踩上那双鞋。还好反应快，她止住了。

这是学会忍术了？闪现？

她抬头看，他的脸色阴沉。

华兰本能地往后退了一步，道："我可没踩第三次啊。"

"真不是你写的？"苏展哑着嗓子问。

"不是啊。"华兰道，"你回去找找看，有张写着'心怀三班，勇往直前，比赛加油！！！'的，那才是我写的。"

"你今天没来看我比赛？"他顿了一下，又问。

"我今天在主席台值班，一百米跑道正好被挡住了。"华兰认真地告诉他，"我看到的时候你已经冲线了，但你确实表现得很好。"

他看着她澄澈的双眸，眼里的阴郁淡了许多，欲言又止。

"你想说什么？"华兰蹙眉。

"没事。"半响，他淡淡开口，听不出情绪，"你还记得吗？我们小时候经常在一起看《火影忍者》的，我那个时候很喜欢鸣人。所以我以为，那张明信片是你写的。"

他没有说，我以为，你一定会想办法看到的。因为你答应过，要来看所有人比赛。

我以为那里一定包括我。

"我记得，但确实不是我写的。"

淡淡的，她同样淡淡的。但苏展喜欢鸣人这件事情对她来说无疑是深刻的记忆，受他的影响自己把《火影忍者》的全集也看了个七七八八。

五代火影纲手说，人因为有难忘的记忆而变得坚强，这就是所谓的成长吧。

华兰已经有了难忘的记忆，但她并不觉得自己有所成长——她并不坚强。

她有点生气，不知道为什么。

苏展似乎在怪她，但他没理由这样。他们确实是朋友，但是朋友之间也需要体谅。她确实也不是故意不去看他比赛的，不是吗？

这样真是太过幼稚了。

她从不发这种火，面对陆子琳那样无礼的人她也不发火。

但苏展这样，她就是生气。

她告诉自己要冷静，同时也把"召唤鸣人揍你""我的字你还能认错啊"这样类似撒娇的怪罪，以及"今天你获奖的名次是我宣读的"这样的解释，一并收了回去。

她是那样的性格，做多说少，因为觉得难为情。

他选择说"没事"的时候，她也何尝不是选择说"没事"。

"上课了，回去吧。"

两个影子有一瞬间重叠，然后又分开。

男子5000米安排在第三天早上九点，太阳直照跑道。华兰戴了余倩倩的鸭舌帽，涂了李丹妮的防晒霜，站在内圈以内，全程只能小心翼翼地保持一个姿势，作为工作人员给运动员递水。

林屿跑过去，她小声对他说："林屿，加油。"

5000米要跑将近十三圈，华兰想想就觉得煎熬。她怕三班这两位选手倒在跑道上——事实证明她多虑了，林屿经过她的时候甚至还有力气微笑致意，然后再跟观众席挥手。

三班观众席瞬间爆发出一阵掌声。刘一天拿着不知道从哪里顺来的喇叭，领头大喊。

"屿哥冲啊——"

江潼比林屿慢一些，但跑过来的时候显得游刃有余、面不改色，白皙的皮肤甚至没有泛红。

"姐妹加油！"华兰说。

"潼哥，冲！"身边突然多出来一个熟悉的声音，是苏展。

"你怎么在这儿？"华兰问。

"陪同啊，他们要是真的有牺牲的风险，我还可以把他们抬出去。"苏展优哉游哉地站在她旁边，"指望你啊？"

"你陪同哪个？"华兰问。

苏展沉默了一下，道："我也不清楚。"

"啊？"

"他们俩没吵出结果，反正最后只跟炫哥报了我一个人。"苏展抱着手，"都说自己不可能倒在跑道上。"

"好幼稚。"华兰评价。

"我也觉得——"苏展话锋一转，"你今天不用在主席台值班？"

"对。"华兰被太阳晒到枯萎，真想把手上递给运动员喝的水自己喝了，"今天被安排了场内机动。"

"真可惜。"苏展尾音似乎是故作洒脱,"只有我比赛的时候,你在主席台值班。"

华兰愣了一下,随后竟然脱口而出:"你很委屈吗,苏展?"

她自己也没想到。

苏展很意外她的直白,沉默了几秒,缓缓地道:"委屈谈不上,顶多有点难过吧。"

"我觉得,你变了好多。不知道是不是我的错觉,我总觉得你对我不如小时候那么好了,华兰。"他佯作轻松,"从小我答应你的事都鞍前马后,你没答应过我什么。就算来川中以后你答应过一些事情,最后也都没放在心上。"

你说,跟我一起选班委,一转头就跟着学姐去纪检了。

你说,来看我比赛,结果最后连影子都没见到。

就连那张我最喜欢的明信片,也不是你写的。

我知道你不是故意的,可是我就是难过。

我们确实是朋友,但也只是朋友。你对我并非不好,只是和对别人一样好。

我们不像小时候,是那么重要的朋友。重要到我可以为你跟别的小男孩打架,你会看着我哭,然后对我说,走吧,我们去街吃煎饺。

"小时候?"华兰仰起头,阳光刺眼,没有看清他的脸。苏展的话拂起她心里一阵冷意,她道,"苏展,你比他们还幼稚。"

你又不是不知道发生过什么。

我可以不再自我封闭,我可以跟那个生活在谣言里的小女孩和解,但不代表我能完全恢复如初。

你怎么就不明白呢?

她重新打量身边这个人。是的,她和他确实从小就认识,而且从小就不一样。苏展的烦恼一直很少,而她则早早从无忧无虑的童年里退场,直面了生死之后,很少再有纯粹的快乐。

他们那个时候玩得这么好,让华兰几乎都快忘了,他们从一开始就不一样。

"华兰,如果因为朋友出尔反尔这件事而……难过,是幼稚的话,那我确实很幼稚。"华兰的冷挑动了他的神经。情感上,他很想好好跟她讲讲道理,但久浸题海的那份理智提醒着他别不知好歹。

他硬生生地把"生气"二字咽下去,换上了"难过"。

又何止?或许用失望更能形容他此时的心情。

"出尔反尔?"华兰笑了一声,听不出悲喜。

眼前的少年身材颀长,眉眼张扬。他的身影拢在秋天的阳光里,那阳光不像暮春初夏那场篮球赛那么令人忘乎所以,更多的是南方秋天给人绵长的余热与疲倦。

如果从小时候开始算起,她很想和他算算账——那些她本来都不在乎了的旧账。

"最开始出尔反尔的不是你吗,苏展?"

"我什么时候……"苏展正欲争辩,却被华兰打断。

"你说,初一那年会来陪我过生日。"华兰抬手,挡住了刺眼的阳光,平静地说,"我等了你很久。"

然而你却没有来。

苏展瞳仁霎时一缩,半响,才开口唤道:"兰兰。"

华兰没有听到那声带着愧疚的呼唤。她从无忧无虑的童年里草草退场,之后变得坚强,很少有情绪起伏,不再为什么事情而难过。

但若是说起什么难忘的事情,她确实先想起这件事。

我是因为难忘的事情而变得坚强的吗?

纲手,我不知道啊。所以我也不清楚,我到底有没有长大。

"一会儿回去好好休息吧,下午是最后的接力赛了。"华兰的神情又恢复淡漠,"林屿也是。刚跑完5000米就要上4×100。"

2016年的夏天对于华兰来说,应该是解脱。她在那个无聊的谣言里苟延残喘了一年多,和班级同学面和心不和了一年多,在卢安琪自以为是的闲话里沉默了一年多。

那些与她不和的孩子大多数将去另外的施教区读初中,她还可以在老城的烟火里厮混三年。

那场包了老区最豪华酒店整层一楼的毕业晚会,她第一个抽身离开。

可是母亲没有按约定的时间来接她,她只好一个人回家。

家里没有一个人。大抵是母亲工作忙,又有账目核对不清楚了,否则怎么会忘了接她呢?

母亲是一位会计。在父亲死后,为了给她更好的生活条件,母亲一个人接好几个公司的账,常常很晚回家,或在家敲电脑到半夜。

后来华兰知道,母亲可以再婚,那样她不用这么辛苦。

但母亲没有,所以那些乱七八糟的关系也没有被带到华兰身上。

母亲工作忙的时候,华兰会去对门苏展家里写作业,或者被母亲托付到外公外婆或舅舅家。

那并不远,但绝大多数情况下,她是不愿意过去的。一是因为会见到讨厌的陈景诚,二是因为明显和从小玩到大的苏展待在一起更开心。

她用家里的老座机打母亲的电话,打不通。

也许母亲在忙。

半个小时后,她第二次拨打。

还是打不通。

她隐隐感觉有点不对劲，打了大舅的电话。

接电话的大舅听起来有点慌乱，问她："兰兰，你现在在哪儿呢？"

"我在家啊。"

"你怎么在家呢，你不是参加毕业晚会吗？舅舅到这里接你没找到你，问你同学，都说没看见。舅舅找你找得可着急了！"

大舅的语气很急迫。

华兰那不好的预感愈加强烈。

"怎么回事？舅舅，怎么是你来接我？妈妈呢？"

"你在家好好待着啊，舅舅马上来接你去舅舅家。"大舅答非所问。

华兰从那个时候开始知道，一般大人答非所问的时候，就代表着他们不想回答你的问题，而通常这个时候，你的问题有不好的答案。

现在的华兰可以用平静的话来叙说整件事情：

她的母亲陈晓静，卷入了一桩境外洗钱案件，在她毕业晚会那天晚上被警察带走调查。后来的调查持续了一个月，母亲所接众多公司中的一个存在阴阳账本现象。该公司提供了一堆无意义的数字，把阳账的结算服务外包给母亲，同时在公司法定财务代表人那一栏，填上了母亲的名字。

陈家自特殊年代以后，从未和官司扯上任何关系。陈家大舅在知道妹妹被带走以后，连魂都吓走了一半。那天晚上在大舅家，所有人把可用的人脉全部盘了一遍，才在安川找出信得过的专攻经济法的律师。

"我妹妹糊涂啊，她女儿已经没了爹，她要真的进去了，这孩子可怎么活啊！徐律师，你一定要帮帮我们家啊……"

小华兰待在陈景诚的房间里，透过门缝看大舅拿着电话几乎是气急败坏地吼。陈景诚一边玩着电脑，一边说风凉话。

"姑姑要真犯了事，你不会要住我们家吧？我才高考完，能不能让我安生几天？"

华兰不知道自己当时怎么会有这么大的力气，一把揪住了陈景诚的头发，生生拽下一块来。

陈景诚捂着头，惨叫声很大，成功让大舅放下电话，赶来查看自己的儿子。

华兰一手拽着带了点血的头发，一手指着陈景诚，气都没喘一下："你少惹我！再乱说，我先把你嘴缝起来！"

一米六没到的华兰，在快一米八的陈景诚看起来，精神失常，真的狠到家了。

他那个时候知道，自己这小表妹骨子里应该是个疯的。第二天，他就卷铺盖去他同学家了，一个月没再回来。

那一个月里走的人，还有苏展。

华兰死了父亲的那个夏天,苏展的父亲依靠外贸生意,给苏展在新区挣出了一套实验中学的学区房,暑假正好带着全家搬过去,迎接接下来的初一。

苏展去敲华兰家的门,没有人应。后来听了风言风语,苏展兜兜转转找到她舅舅家,才能告诉她,他要搬走了。

"兰兰,我真的没办法。"苏展蹲在她面前,不敢正眼看她,"但我真的要搬走了。"

他只能离开遍地烟火的老城,离开十几年来所体会的,真正人间。

华兰几乎没有任何波澜地接受了这件事。也许是因为,这是她面对所有事情里最不痛苦的一件。也许,是因为她知道,不接受,苏展也还是会走。

不怪他。

那时她没有读过《雷雨》,不知道曹禺戏剧里的第九个人叫作命运。然而她已经冥冥之中感觉到了那股神秘力量的存在,它陷她于生命最底端的时候,他正迈向新生。

命运,是出尔反尔的好手。

"我知道,不怪你啊。"她伸手抹掉蹲在自己跟前的小男孩脸上的泪,笑得像个天使,"又不是见不到了。QQ 联系吧。还有啊,明年我生日的时候,你要来哦。"

"好。"他像童话里的王子一样,坚定地做出了这个承诺。

事实证明,陈家亲戚热心有余,法律意识却很淡薄。母亲作为其中法律意识最强的一位,当初并没有在法定财务职位的合同上签字。

仅仅只用证明这一点,就足以让母亲安全归来。

但那兵荒马乱、无人依靠、无颜见人的一个月,确实是华兰生命里最黑暗的一个月。

而苏展,确实曾经在她生命最低谷的时候,离开了她。

华兰的公历生日是 2 月 5 日,一般总会赶上寒假。但保守的陈家人延续老旧的习俗,小辈的生日一般只过农历。

2004 年 2 月 5 日的农历日子好,正巧是正月十五元宵节。华兰记得,爸爸还在的时候,那天家里得做好几桌菜,或者在附近的酒店摆几桌酒——连同新年的分岁酒一起摆了。

来的亲戚很多,很热闹。但都是大人的热闹,和小华兰无关。她只在最后蛋糕抬出来的时候暂时充当主角的身份,在给一桌桌敬完酒递上蛋糕后重新乖乖坐好。

华兰小时候很享受那种被大人围着说吉祥话的感觉,因为这样会被夸"懂事""老成",会让爸爸妈妈喜笑颜开。

父亲走了以后,第二年置办元宵酒席的母亲就显得很辛苦。她强打精神,应付亲戚，左右交谈。

华兰见此不免心事重重，敬酒的时候兴致缺缺，忽然一个阿姨对她说："兰兰怎么不如以前爱笑了？今天是你生日哦，笑一个！"

那个瞬间，华兰对这项自己坚持了多年的"工作"突然产生了厌恶。她觉得很没意思，并从这个陈家构建了多年的谎言中幡然醒悟——明明是自己的生日，她应该和好朋友一起吃大餐一起逛游乐园，为什么最后变成了家里亲戚的团建？

那年她十二岁，之后她对妈妈说，以后这天都别摆酒了，她要自己跟同学过公历的生日。

初一那年的2月5日之前，苏展很早就跟她说好，一早就骑车带着蛋糕来给她过生日。华兰不想出门，就让苏展来她家。

大人都去上班了，家里没人。

华兰提前跟妈妈说过，苏展要来。妈妈很乐意地把冰箱填满孩子爱吃的饮料小吃，让她看着弄。

"下次多叫点朋友来啊。"妈妈出门前这样叮嘱。

华兰嘴上答应，可是按照当时冷淡的性子，整个初中都交不出一个能带回家一起过生日的好朋友。

她在家里那台旧电脑上挂着QQ，穿着最喜欢的那条裙子，从早上就开始等苏展。

十点钟了，门铃还一点动静都没有。

她敲着桌子，开始催他。

对面半个小时后才发来一条：不好意思兰兰，我得今天下午才能来。

华兰家在老城中心一个老旧的居民小区里。现在看来，这个小区的人员构成成分很复杂，要么是安川最老的原住民，要么是外来的打工仔。新区的崛起带走了很多小康的安川家庭。毕竟，有崭新的欧式小区，谁还愿意在上世纪修的老旧居民楼里买房子呢？

居民楼也不负众望地一年比一年脏，完全看不出刚落成时的香槟色。外头名叫"长虹路"的大街早就不长虹了，有名的商圈都落户新区，那里的空气每天弥漫着糖炒栗子、廉价烧烤和臭豆腐的味道。

有关部门煞有介事地大修大挖三个月，把大街的路做宽，以为那能成为老城衰弱的遮羞布。可原本的熙熙攘攘被三三两两取代，更加冷清。新浇的沥青也盖不住从人心里飞出的尘埃与木屑。

从华兰家的小阳台看出去，半条长虹路尽收眼底，是苏展来的必经路线。

对面苏家的老房子已经租出去了，新的租户她没见过几面，希望苏展回来的时候不要敲错门了。

她等到下午，给苏展发了好多条消息，可是他都回复得含糊其词。直到天色渐暗，长虹路的路灯闪闪烁烁地点起来，到了老城"万家灯火"最好看的时候，她也没有从那条路的尽头看到骑着山地车带着蛋糕过来的苏展。

她捂着被风吹得有些冻红的小脸从阳台上下来，电脑又"嘀嘀"作响。她没等来那句"对不起，我来晚了"。

只等到前三个字。

对不起。

几分钟后，大段大段的原因开始发上来。苏展把"对不起"前前后后说了无数遍，有用的理由用几句话就可以解释清楚：

苏展父亲的小外贸公司接待了一位从意大利来的外籍客户，客户没赶上新年，希望这几天能在安川体会一下中国年。由于对方还带着小孩，坚持要让苏展陪他们一起玩。

本来白天就结束了。可苏展不配合的态度让他爸大发雷霆，父子俩大吵一架，目前正被他爸锁在家里。

华兰看到这里，长长地叹了一口气，说不清楚什么心情。

一下午在阳台的眺望，让她几次恍惚，觉得自己跟温庭筠词里面那个"过尽千帆皆不是"凭栏独倚的女子没差别。

她应该生气的，应该问他为什么不提早协调好，为什么出尔反尔。

她想告诉他，等别人一天的滋味不好受。

但她只回了三个字。

知道了。

没有哭。

苏展的爽约让她清楚地认识到，他们确实走上了完全不同的人生道路。

童年已经退场。

那个"光阴在老旧居民楼的格子间里悄悄爬过，毫不在意其中的灰尘和长虹路上传来车水马龙的喧嚣声。画面泛黄空间逼仄，谁也听不见谁的声音。她可以一直躲在里面，和苏展其乐融融"的童年，已经退场。

为她遮风挡雨的人深埋黄泉，辛苦抚养她的人曾遇无妄之灾，"来我家看电视打游戏吧"这样先前最重要的约定可以为别的原因而被辜负。

她的神思飘得很远很远，不知道有什么东西堵在胸口，但忘了悲伤。

门突然被叩响。

她不得不承认自己当时很兴奋，有那么一瞬间，她希望来的是苏展，刚刚只是在开玩笑。

她打开门，是陈景诚。

他去大学待了一年，看上去沉静了很多，但怎么看起来还是这么讨厌。

陈景诚察觉出开门的华兰情绪有些不对，准备好的开场白一下变得磕磕巴巴："姑姑……姑姑说今天你和同学在家过生日，让我来看看，看看情况。我爸妈,有事情。顺便,顺便让我蹭个饭。"

但华兰站在那儿,像个罗刹。

鉴于上次被拔头发的经历,看到华兰这副样子,陈景诚不敢妄动。他小心翼翼地往里面看了一眼,发现不像有人的样子。

"你同学走了吗?"他再次谨慎地开口。

华兰半晌都没说话。

那沉默的空气让陈景诚很心慌,觉得她下一秒就要暴走了,上次受难的头皮隐隐作痛。

就在他寻思要不要直接转身离开的时候,华兰让出一条道来。

"进来吧。"她说。

"他没来过。"她又说。

华兰走进厨房,打开冰箱,然后又叉着腰走回来,红着眼圈看陈景诚:"你吃饱了赶紧走,什么都别跟我妈说。"

只要你不说,我还可以以为我和他是玩得很好的。

"好,好。"陈景诚觉得自己好像撞破小女孩的烦心事了,觉得自己这样坐着实在有点太危险,于是试探着开口,"兰兰,你是不是还没吃生日蛋糕?"

沉默了一阵,华兰发出一个"嗯"字。

"哥哥给你买蛋糕去啊,别着急啊,你慢慢弄。"

陈景诚给华兰带回来一个街对面蛋糕店的小寸蛋糕,临时喷了年龄和生日快乐的祝福,看起来很匆忙。

投桃报李,反正也没什么好留恋的。华兰就把原来准备招待苏展的东西,鸡翅、比萨、可乐、布丁……通通用来招待陈景诚。

陈景诚一边吃,一边被她盯得发毛。

这是吃,还是不吃?

"兰兰,你不吃吗?"他讪讪地笑了两下,问道。

"你多吃点。"华兰答非所问,用目光逼迫陈景诚吃得一点不剩。

压迫感太强了,一个初一的小孩。

陈景诚选择风卷残云,吃完退场。

"兰兰,哥哥走了啊。"

"不送。"

陈景诚想着,太好了,你最好是不送。

华兰看着那个自己只吃了两口的蛋糕,在陈景诚走后,把它全部倒进了垃圾桶里。

她讨厌厚厚的奶油。苏展肯定不会给她买奶油层那么厚的东西。

那天以后,华兰很少再上网聊天,虽然有了自己的手机,但也不怎么上网。

她觉得这世界上的一切，都不再像小时候那么纯粹了。

唯一纯粹的东西，是课本和练习题。所以，她只跟它们交朋友，因为这些东西只要多做，就一定会反应在考试成绩上，水涨船高，从不骗人。

她不会再在乎别人说她死读书，说她性格冷漠孤僻，说她只会讨老师喜欢。因为她都不在乎了。

苏展爽约这件事，她也慢慢淡忘，记不清楚其中的细节。说实话，她已经不怪苏展了，她能理解他已经很努力了，只是他们太小了，他们的约定不会被大人当一回事，在大人的世界里有些东西说改就改、说变就变。

而他们不知道什么时候会成为大人，也许已经在被这种规则影响了——毕竟他们生活在一个大人主导的世界里。

她斩断了自己的社交通信，同时也斩断了和苏展交流的唯一渠道。两年多，他们一句话都没有说。

他"出走"新区，家门口就是灯火通明的商圈，她留在老城的烟火里，吃着后街上的炒年糕。

直到她来到川中，在走出那个小办公室的时候，苏展搭着林屿，上来问："华兰，你现在是在乙班吗？今天化学最后一道题你会写吗？"

她那个时候那么平静，没有一点波澜，她确实已经彻底不生气了。

在苏展跟她说"记得别人问起来，就说我们是朋友"的时候，她也很平静。面对他跑调的歌声，还可以自然地加个白眼。

一开始，她本能地抵触他这个知道自己曾经伤疤的人，见了他别扭。后来，她不得不承认，篮球场的事情让她很感动，自己没有办法拒绝他和小时候一样的关心。

于是，她不抗拒再跟他做朋友。但他们确实没办法再像以前，是那么好的朋友了。

5000米结束的时候，华兰和其他志愿者一起回到主席台，等着最后的汇总。她的背影很坚决，驱赶着一个眼神无奈又绝望的少年。

苏展再一次体会到了他离开老城那天的情感——那大概是他这十几年所经历的，最复杂的情感。

那是他最难忘的事，不知是否因此，而变得坚强。

第十章
小学生才玩QQ空间

运动会衔接着国庆假期，这样学校就能很自然地少给几天假期。

高一放三天半，高二放三天，高三两天半。

老师们统一的话术是：知足吧，运动会开了三天，再加三天半，你们都玩了一个星期了。

大家反应过来的时候，好像有哪里不对。明明运动会的时候有一大堆作业，看比赛的时候还有人在观众席赶作业，晚自习也是被各科老师的作业占满。最后几天假期，有十八张试卷，还是换个地方写作业。

"学校和学生是周瑜打黄盖，一个愿打一个愿挨。"余倩倩总结。

竞赛班已经挨打挨惯了，放假也没有很激动。楼下的平行班从一天前就开始蠢蠢欲动，已经向着校门的方向望眼欲穿了。

一楼走廊被行李箱大军攻占，下午四点的铃一响，千军万马奔腾而出，拥向已经堵得水泄不通的南大门，上演大型人类纪录片——"逃离川中"。

华兰翻着清凡师姐送回来的错题本，里面多了很多索引纸和便笺。华兰一向用的是活页，这样就可以把错字多或者写得不好的那页直接撕掉，不用像线装本那样担心后面对称的那页是不是要掉下来。

小时候在学校门口的便利店里，大部分线装本的封面都比活页要好看，女孩子们更喜欢买前者。然而自从华兰很喜欢的一个本子因为撕页的原因瘪下去，她就告别了线装。

对华兰来说，比起把美好的东西买来毁掉，她还是更希望让它们待在货架上。

这一凑巧，华兰提早悟出了一种高效学习的方式——用活页本，随时可以放入新的活页，一块一块内容分别用隔离页隔开，构建合理的知识体系。

小学、初中和初级竞赛的内容不难，学习习惯和效率几乎是最重要的原因，华兰依靠一本本活页就能把江山打下来。

李清凡送回来的本子贴了密密麻麻的建议。头一条就是，把这个本子变薄至少三分之一。

"你要知道哪些是你会的，哪些是你还犹豫或者不会的。会了的赶紧撤，撤到其他本子上去，即使觉得'啊，这页自己写得太精美'了，也要撤掉，不要舍不得。

"这样你就可以编出自己的题库了，按编号精华程度依次递减，考前看的时候比较有方向。竞赛和高考的内容记得分开。"

华兰一想到要把本子砍三分之一，心里就开始滴血。李清凡正中她的命门，她有些舍不得把自己的本子变薄，因为每一页她都写得很整齐。华兰有点排版狂魔和强迫症的属性，要是从试卷或者本子上剪下来的题目没贴整齐，她会觉得哪儿哪儿都不对劲，然后跑去办公室偷偷复印一道新的。

"化竞知识太多了，你不能只把本子变厚，有些东西你最开始清楚，知识多了就学杂了。"

那些索引纸，就是在提醒她有些题型重复，保留一道就行。另外，提醒她该细分板块，比如不要把有机结构和无机结构混着放。

有些熟练与不熟练的题目混在一页上，那这页怎么处置？剪了再贴？那别扭死了。

华兰翻过来，再翻过去，狠不下心。

"花哥，怎么还不走？"余倩倩背上包，准备加入回家大军。

"门口现在肯定堵死了。我过会儿坐公交车回去，不急。"华兰说，"晚高峰，说不定我到家跟你到家是一个时间呢。"

川中的位置在老城的西北角。门口那条窄窄的破路遭遇上下班高峰，都会堵死。

余倩倩朝她"略略略"了一下，刚走出去两步，又折回来拿东西，磨磨蹭蹭还不走。

这回轮到华兰问她了："怎么还不走？"

"花哥，有件事我不知当说不当说。"余倩倩认真地看着她，"我觉得化学试卷有点难，写完了你能不能QQ上跟我对。"

"你不是有我微信吗？QQ我好久没上过了。"华兰用笔抵着下巴，"小时候玩的东西。"

"今天有人跟我说QQ上对生物答案，我也这么跟他说。"余倩倩"嘿嘿"一笑，凑过来，"你猜这个人是谁？"

"猜不着。"

余倩倩意味深长地看了她一眼，说："我跟苏展说，就他小学生还在发QQ空间。"

说完，她很潇洒地转身离开了。

华兰眨了眨眼，后知后觉地感觉有哪里不对。她把无处下手的活页本放进书包里，把试卷收好，决定回家。

华兰打开了那台好久不用的台式机——开机速度特别慢，妈妈舍弃了它，工作的时候带着轻薄的笔记本电脑。失去了华兰这个唯一用户，老电脑一年都开不了几次机，系统还是老系统。

华兰点开那只企鹅，输入密码，登录。

QQ一登录上就好多乱七八糟的消息，像突然打开好久没清理的阁楼，一点动作就能让扑面而来的灰尘呛个半死。

她忽略好多莫名其妙的账号和消息，径直打开和苏展的聊天界面，那些古早的聊天记录已经被自动删除，界面一片空白。

她退出来，打开空间，看到自己好几年前发的说说，简直要被自己尴尬死，反手想锁掉空间。

就在这时，她看到众多红点点中的一个，是留言板。

这是个记录不会被删的地方。

所以，华兰就看到了苏展锲而不舍地给她的留言，从2017年开始，最近的一条是在今年九月初。

从下往上翻，先是"兰兰，真的对不起"。

他道歉道了一个星期，然后沉默了好久。

后来，他下定决心似的发：聊天你也不回，留言板你也不回，我就当你没看见好啦。你看见了不回也没有关系。以后我想说的话都在这里说好啦，不会被清理，你什么时候想回就回一下。

一开始，他没什么话好说，断断续续地向她汇报自己的考试成绩，吐槽学校的安排。

2017-04-18：这次月考没考到年级前十，失误了。就是那道数学题不严谨，我找老师讨论，成功把他驳倒。整个年级怎么就没有一个跟我一样能发现考题出错的人？无语。

2017-05-19：这次月考是新区三校联考，难度一般，没有我们学校自己命题那么难。三校排名第二。可惜，目前还没有跟老区联考的机会，好想知道现在我们的数学谁更好一点。

2017-05-23：绝了，学校把我们教学楼旁边那棵树给砍了。我真不懂砍它干吗，夏能遮阳冬能挡风。没了它，我睡觉都变得困难了。

…………

后来，他什么都开始絮叨。

2017-06-01：老师说我们已经不是儿童了，不能过儿童节，但她体谅我们，所以今天作业少布置一点——从四张卷子变成了三张半。我真谢谢她。

2017-06-23：暑假作业准备随便做做，去上一个竞赛教练带的竞赛班。听说他之前一直带川中的学生。我想你肯定能考上川中，多半是提前招生进去，所以我也得努力一下。

2017-09-24：打篮球，中了好几个三分。

…………

有时候，他单单留几个字。"生气了""今天心情巨差"，好像华兰看见了就会回他一句"怎么了"一样。

显然华兰没有，但这样的留言一直都有，他把她这儿当树洞了。

从他爱吸鼻子到处乱扔纸巾的前桌，到他说话声音细细小小、他怕自己声音一重都会让人家掉眼泪的同桌，还有他们班的数学天团，以及他们班那个因为只有一米五所以天天踩着高跟鞋但在讲台上压迫感极强的数学老师……

2018年6月开始，他应该是全力在冲刺川中的提前招生了。也许是有时候压力大吧，就给她留一些絮叨：

△《钱塘甬真》数学第103页那道题真没意思，不就是纯靠计算吗？一点思维含量都没有。

△今天老师把浙北名校提前招的试卷拿来给我们做，不得不说，浙北就是浙北啊。

…………

他零零散散、断断续续地，跟她说尽了自己初中所有。他似乎很坚持，很坚持这些年没在一个地方上学，她也是他不可忽视的好朋友。

华兰闭眼想一想，脑海里甚至有了他那些同学的形象。自己也有这样的初中同学呀，只是她初中的时候游离在外，从来不留心罢了。

那些人她素未谋面，却又好像久别重逢。

那个初中时的苏展也一样。

她说不清自己是什么心情，看到这些留言以后，无端端轻松了许多。

覆水难收的约定，原来可以用其他方式弥补吗？她想。

人有好多不得已。

2019年初，留言开始变少——他们开始在川中"坐牢"了，两周回家二十个小时，所以留言板也两周才更新一次。

△今天看到你了。

△你怎么看起来不开心啊？我都不敢随便说话，还好你化学好，我可以问你化学问题。

△不知道你是不是真心笑的，但希望你每天都这么开心。

…………

2019年6月以后，分班。

△快来问我物理问题！

△当妇女之友地位这么高吗？高的话我也当。

…………
本来停留在九月初的留言板在刚刚刷新。
△我的错,你别生气。
华兰的眼睫动了一动。
她确实没有生气,她只是有点着急和难过。
所以,她不自觉地敲下回复:我没生气。
一分钟的沉默。
苏展说:是你本人???
华兰说:是啊。
苏展说:你不是不上QQ的吗?你怎么突然冒出来了???
华兰说:今天忽然想上来看一下。
那端的苏展几乎想以头抢地,尴尬死了。
他们也许觉得在留言板这样互相回复很奇怪,于是换到了私聊界面。
华兰问:怎么,你找倩倩问什么了?
苏展说:没什么啊,就随便聊聊。
华兰心想:随便聊聊,聊她不用QQ?
苏展又不放心地问:你真的不生气了?
华兰说:本来有点难过,但看到你的留言,感觉你也挺辛苦的,就没那么生气了。
苏展问:真的?
华兰说:嗯。有些事情过去了就过去了,老想着徒增烦恼。
两分钟以后,苏展问:你现在在家吗?
华兰有点奇怪,但还是说:在啊,怎么了?
苏展没有回。

半个小时后,华兰发了一条:我在你家楼下。
华兰不得不承认,看到这行字的时候,自己的心跳重了两拍。
她走到阳台上,往下看去,正好看见那个骑在山地车上气喘吁吁的少年。半边天已经黑尽,橙黄色的路灯亮起来,老城又将近"万家灯火"最好看的时候。
光逆着照过来,他显得很朦胧。
朦胧得有些不真实。
华兰的眼睫微微颤着,看着少年冲自己招手,然后笑着骑到后面的单元门。
三分钟后,门铃被按响。
开门,她见苏展手里抱着一只布偶熊,幼稚地拿它挡住了自己的脸。
"当当当!"

接着，他摇了两下那只熊，换了种语调，扁声扁气地说："我是小熊——抱歉，晚了快三年才来见你。"

"你好幼稚啊，苏展。"华兰叉腰。

苏展揉了揉头发，不好意思地说："本来之前你生日那天就应该给你，但是后来……我给你发消息你也不回，留言也不回，我以为你一直生我气呢，就不敢给你了。"

说着，他把那只熊递到华兰手里，用微不可闻的声音说了一句："生日快乐……你永远要快乐。"

迟到好久的"生日快乐"。

她低头，看看那只熊，又看看苏展："你专门来给我送这只熊？"

"倒也不是专门。"苏展愣了一下，"我妈要吃王大和，打发我来老区买。我本来还不愿意呢，想着有东西一起要送，我就来了。"

有些东西新区带不走，比如整个安川只开了一家的老手艺炊糕店。

华兰也很爱吃。

她看着苏展磕磕绊绊的样子，终于露了一丝笑，她戳了戳小熊的鼻子，道："你的审美就这么点儿？"

"啊？"

华兰举起小熊，认真地说了一句："好丑。"

"……你、你再看看？"苏展瞪大了眼，似乎感觉很受侮辱，但随之恢复了平素里那副漫不经心的样子，"你好好看看。"

华兰晃了晃它，说："看多少次也不好看啊。"

"你看的时候，就没点什么特殊的感觉？"他倚着门，笑容中带了点不怀好意。

"特殊的感觉？"

"嗯。"苏展认真地点了点头，"照镜子的感觉。"

华兰愣了一秒，反应过来这人是在骂她，又一秒后，手里的熊变成了武器，用来捶爆苏展。

"女侠饶命。"苏展一面挡，一面忍俊不禁，"打得很痛，下次别打了。"

"我说真的——我那个时候就是觉得它像你啊，我才买的。"他双手合十，"看在缘分的份上你放开它吧，别拿它打我了。"

"像我？"华兰长舒一口气，保持冷静，看看这只熊塌塌的鼻子、小小的眼睛——哪里像她？

"你是想说我胖，还是想说我丑？"她抬眼，压迫感一下子上来了。

"都不是。"苏展顶着这满级压迫，淡定地道，"我是觉得它神态像你。玩具熊都毛茸茸的，胖胖的，整体看上去比较憨。就这只，看上去很清醒。"

"像你。"他补充了两个字。

"……哦。"她又看了一会儿，感觉他的话还算那么回事，于是慢慢把熊抱紧，摸了两下它的脑袋，歪头说，"还有事吗？"

"没……"苏展正打算嘻嘻哈哈告个别，突然又严肃起来，"我先前对你说的话，说你变了好多什么的，是我说话不过脑子。哪个人不是一边长大一边变化啊？"

"其实我也变了很多。"苏展道，"但是没关系，真正坚固的情谊，是能经得起这些变化的。"

只要我们的关系不变就好了，不管你是什么样。

开朗也好，孤僻也罢。上进也好，颓废也罢。

你只要是你就好，至于怎么处，让我来想办法。

华兰认真地看了他一会儿，笑出来："我说了，我现在不难过了，我自我调节的能力是很强的。"

就是怕你这种能力太强了，什么委屈都敢受着。苏展想。

"人嘛，总有'不得不'的时候。"她说，"我能理解，总是有人又迟钝又傻的。"

好吧，苏展选择把心里方才的想法抹去，华大小姐，一点委屈都不受他的，很自然地就把场子找回来了。

"那，我们还是跟从前一样的好朋友吗？"苏展终于这样问。

虽然他想问的是，我们是不是跟别人不一样的朋友。

好难回答的问题啊。华兰想。

一开始她觉得，他们不可能再像以前那么好了，他们从小就不一样。在经历了众多苦难以后，华兰应该很清楚地认识到，有些情感本来就不属于她，本来就不能被她留住。

如若不对之抱有希望，她就不会无奈和伤心。

但是，面对这个人的关心，面对他固执孤独地写了这么久的留言板，面对他的小心翼翼、踌躇谨慎，她竟然觉得，他们还有重修旧好的可能。

那段有着离开与背弃的情谊，还能有重修旧好的可能。

原本也不能全怪他呀。

她想到这里，微微点了一下头，又戳了戳小熊的塌鼻子："看在小熊的面子上。"

苏展觉得自己高兴得快要跳起来了。

"那好，那我就先走了。"他装得十分淡定，"我妈等着吃呢。"

"慢着。"这回轮到华兰漫不经心了，她问，"你是怎么知道我初中的情况的？"

"什么怎么知道的？"

"比如我成绩好不好，比如我能不能考上川中。"

"猜的呗，你就这样。"他摸摸鼻子，"什么都不关心了，就只能学习了。按照你的脑子，怎么也能考个提前招。"

"少来！"她抬手打了一下他。

他眉开眼笑，伸出修长的手指，做了个嘘声的手势，道："秘密。"然后头也不回地下楼了。

华兰没好气地关上门，回房间对付自己的化竞错题本。

在下定决心撕第一页之前，华兰给余倩倩发了一条消息：倩倩，你好大的胆子！

国庆假期以后，十月下旬，是整个浙南地区省重点高中联考的期中考试。

高一九门课，技术还没开课，排得满满当当。

竞赛生已经滚完一遍各自领域的高考内容，除了语文，其他科目的进度都要比平行班快出很多，已经到了高二的水平。

期中考试划的范围，对他们来说，不是新知识，是复习。

竞赛课会仁慈地停一个星期，留给他们一个星期自救。虽然对他们来说，更重要的是竞赛成绩，但是如果这种大型考试的名次掉出前一百五十名，他们得等着程敏的约谈。

所以那个星期，三班的学习氛围分外诡异。一般来说，三班的课间该吵吵该闹闹，三楼就数三班男生最多，平时课间扔个纸飞机、在走廊上打羽毛球，做一些威胁三楼天花板安全的事情——都很正常。

但这个星期，那些上蹿下跳、午休用班级电脑玩扫雷、羽毛球发球砸程敏脑门的男生都缩在位置上，面前摊开政治书和历史书。

九门学科，一百五十分的语数英保留原始分数，物化生政史地按名次赋分，三分一档，满分一百。

物化生都还好，他们老早学完了。只是期中考试内容比较少，会考得比较细。不过往前翻一翻书，做几张卷子，手感也就回来了。

政史地就不一样了，纯靠高一这半个学期上的课，平时作业也就那么几道题。他们平时又不背书，只能这会儿背多少算多少——那三百分不能不要啊。

高一的第一次期中考试会影响很多事情，比如大家对七选三各科的看法。

川中高一上学期结束就会把整个年级按照七选三选科再分一次班。这个组合班是最后的分班结果，陪同学生直到高考结束。

三个实验班的同学不能选文科，如果参加高考，物化生技任选三门即可。所以他们文科的死活没人管，只能自求多福。

自从经历"三大本"的磨难之后，华兰觉得自己的记忆力都好了很多。她本以为自己背起来会比别人要轻松一点，然而并没有。

理科的记法，和文科不一样。

这天下午，华兰在走廊上背书，背了半天也翻不了几页，越看橙色的《历史必修一》，越想把它扔到楼下去。

"花哥，记什么呢？"林君玉倒完水走过来，看见她背历史，很是稀奇。

"你背这段干什么啊？鸦片战争的背景原因，这两句，你划好了记一下就行了。"林君玉说。

"那些东西不重点，人家选考生才可能会挖。"林君玉"嘘"了她一下，"你不想继续学化竟了？"

华兰如梦初醒，道："这样吗？我都抓不住重点，五个单元，太多了，怎么背得完啊。"

"期中考试不会很难的。"林君玉摆摆手，"你把书上那些结论性的句子背一下，知道他们讲的是原因还是意义就行，大题考到了你就往上默写。"

"小题嘛，稍微看一下事件发生的时间，理一下，不至于记成'秦始皇实行分封制'就可以。"林君玉转了转水杯，"这才五个单元你就记不住了，我以后可是要背六本书呢。"

"你要学历史啊？"华兰问。

"历史比物化生有意思多了。"林君玉点点头，"不想再做题了，还是背书去算了。"

林君玉一向知道自己要什么。

"祝你文科门门赋100。"华兰没有很惊讶，只是搭着她的肩。

林君玉让华兰有时间就理个时间轴，没时间就算了，反正文科的分赋得高，要拖后腿也拖不了多少。

花一节自习课理好时间线后，华兰觉得自己整个人都轻松了。

下课的时候，她看着后排把书翻得哗啦响，却还是搞不清楚中美建交是1972年还是1979年的男生们，心情莫名地好。

"亚非会议几几年？"刘一天考苏展，"又称什么会议、会议意义是什么，背一下。"

"这个、这个……"苏展一脸便秘的表情，"叫什么来着？"

"1955年，召开于印度尼西亚万隆，所以又称万隆会议。是新中国第一次以大国身份参加的重要国际会议。会议讨论结果结束了法国在印度支那地区长达八年的殖民战争，缓和了亚洲和世界的紧张局势……"

华兰轻轻松松背出来。

苏展感觉自己受到了一种来自"读书人"的嘲讽。

背书背得很顺莫名就有一种压迫感是怎么回事？

刘一天眼睛都看直了。

"花哥考试的时候能给我传字条吗？"

"你跟她分到一个考场再说吧。"苏展抬手赶他,"要抄也是我先抄,你往后排着吧。"

"凭什么,先来后到懂不懂啊?"刘一天跟苏展互掐。

"那也是我先来的。"苏展大声道。

第十一章
期中

华兰跟苏展的关系,好像又回到了小时候,能就一道奥数题吵得天翻地覆。

"你这个函数画得不对,它没过这个点的。"华兰皱了皱眉头,她把草稿上那一段涂掉,"这个区间开的,然后这一段是要分类讨论的。"

"那这样就选 B 了。"苏展点点头。

"这个 C 也没错啊,你看这个它不是趋向无穷吗,所以……"余倩倩用食指在试卷上抠了一下,却被凑过来的刘一天打断:

"你们盘到哪张卷子了?"

"都没做呢,也就看看填空、选择和倒数两道题。"苏展道,"这个是 D 卷。"

"一共就五张,你们都第四张了?"刘一天痛心疾首,"展哥,你抛弃我们后排兄弟上了姐妹们的车,你还想不想回后排了?"

"又不要交,你急什么?"苏展笑他。

数学老师也没有进行专题的复习,只是发了几张自编的卷子让他们自己回顾,有比较难的题目上课提一下就当复习了。

卷子也不用交,因为大部分人不会做完,只是挑选自己不熟悉或有疑惑的地方反复练习,重心还是在各自的学习节奏上。

三班统一订了很多的教辅资料,除了规定几本需要统一上交,另外的教辅自己挑着做,选与自己薄弱方向相符的板块反复练。

"全做完的才是傻瓜。"金炫说,"这些教辅给你们是让你们刷题,但不是让你们无脑刷,是给你们自己构建知识体系用的。"

三班学习自主性一直很强,每个人都很清楚自己的大方向和薄弱点,早早规避了盲目的题海战术。

初中的时候,成绩好的学生之间大多会看看对方用什么课外教辅,然后自己也去搞一本来。到了川中之后,这件事显得很没有必要。

川中的书吧里有几乎市面上所有教辅,只要你有时间,随便你刷。

教辅又不是什么武林秘籍,多做一本就天下无敌。初中的知识少,硬刷题也能刷出一片天来，但高中就不一样了。

程敏也跟他们强调，我不需要知道你这道题正确与否，我只想知道你对这道题目的看法。

说到底，还是知识体系的构建和理解能力。这个东西说起来很玄乎，老师领进门，修行靠个人。

"啧啧啧。"余倩倩对刘一天说，"你还想他回后排呢？他都在这儿乐不思蜀了。我觉得可以直接荣膺第三位妇女之友。"

华兰和苏展对了一眼，华兰先笑出来。

"不思蜀。"苏展勾住刘一天的脖子，"之前我不懂事，跟林狗一起。他的节奏特别奇怪，也就潼哥能适应。你瞧瞧，林狗现在还在写'大物'呢，我心没他那么大，我得先看看期中考内容。"

每个人都有自己的学习节奏，所有人停下来复习期中考试的时候，确实也有像林屿这样毫不在意、继续埋头学竞赛的。

"你跟着他们混，纯纯的冤种。"苏展对刘一天说，"你能闷头学完生竞上期中考场？"

刘一天留下一个"鄙人明白了"的眼神，回去拿来了卷子。

考试考场随机抽取，由于每个班只放三十五个座位，有一部分同学被抽调到比较远的行政楼七楼大教室考试。

华兰很幸运地中奖了，一起中奖的还有林君玉和卓依缦。

她们在拥挤的电梯前看到了彼此，露出了不死不活的惨笑。

"还是爬楼吧。"林君玉摇了摇头，"强烈建议行政楼多装一部电梯。"

"你考完试别跟我对答案噢。"华兰戳了戳她。

"谁对谁是小狗。"

然而面对出其不意的浙南联考，从第一门语文开始，她们考完的讨论就没停下过。

或者说，就算她们不讨论，从七楼下来的时候，也会被这一路人海中别人报出的答案击中。

耳朵长在那儿，如果听到跟自己答题卡上不一样的，那必然心下会漏掉一拍，然后几经踌躇，小声试探着问对方："刚才那个人的话是不是有问题？"

"刚才那个人在胡说吧？我觉得那个字应该解释成'通往'，很明显哎。"

"物理那个计算题不是那个答案吧？"

"化学最后一道题应该是 C 吧？"

得到对方肯定的眼神以后，才能放下心来，并且留下一个天知地知你知我知的眼神——这可不是我们主动要对的答案，好姐妹，外部环境太恶劣，只能在你这儿寻找认同了。

人，都是双标的。

比起这种楼梯上来路不明的答案，她们还是比较愿意相信对方的智商。

华兰和林君玉小声私语的时候，卓依缦通常只在旁边安静地听着。

当她俩出现分歧的时候，会征求一下卓依缦的意见。

卓依缦通常会小声地说一句自己的选项，但不描述思路，抱歉地看着她俩的炯炯眼神。

这样的对话持续到了最后一场考试——数学。

试卷题头写着"出卷：安川中学"。

多少人看见这个题头两眼发光，以为这把稳了。

没想到川中数学组打定主意连自己的学生也不放过，出的卷子，一言难尽。

华兰在做卷子的时候，就觉得试卷还挺特别的，有很多题目出得很新颖。填空题和选择题大部分都埋了坑，基础不牢肯定要掉分。最后的函数题，前前后后分了五类讨论，答题卡都写不下。

果然，收卷铃一响，整个考场就爆发出一阵前所未有的哀叹。

有人大喊一声："程敏！"

拿你狗命来！

程敏教数学，虽然不是组长，但一定会被首先集中火力攻击。

下楼梯的时候，大多数人在讨论这道题是不是自己数学老师的风格，怒斥川中数学组这种"难倒别的学校的学生，自己学校的学生也做不出来"的出题行为。

"有意思吗？为了难倒清一中，我们的分也不要了？"

"我们的分不是分？"

安川上属地级市清州，两者的关系在教育方面一直很微妙——清一中一直以来都是清州和浙南教育的龙头。但是近年来川中迅猛发展，在前几届高考完成了对清一中的持平甚至超越。

所以清州的老大到底是谁呢？清一中说是清一中，川中说川中。

整个浙南其他学校，坐山观虎斗。

"学校对我们是不是太自信了一点啊？"

"到时候分数出来我们学校的比清一中低，数学组还不得悬梁自尽？"

没有人敢大声地报自己的答案，都在与同伴窃窃私语。

也许这就是数学的威力吧——联盟为了照顾考生情绪，特地把数学排到了最后一门。

华兰和林君玉看着对方摇了摇头。

"你感觉咋样？"林君玉问她。

"就那样，其实学校出题有点超乎我的意料。"华兰撇了撇嘴，"你感觉还好吗，缦缦？"

"是有一点难度在。"卓依缦轻轻说,"我觉得最后那个选择题跟你们上次讨论的那道,思路有点像,都是分段右边趋向无限,会被一个选项误导。"

华兰很惊讶,这是卓依缦这几天第一次主动提起考试题目。

但她有点想不起来了,上次讨论是指?

"什么讨论啊?"华兰问。

"就是上次,你跟倩倩和苏展、刘一天他们一起讨论的那道题,D卷上的。"卓依缦看着她。

"……噢,那道题啊,原来你有听到啊。"华兰想了想,才想起来那天苏展和刘一天的插科打诨。卓依缦坐得离她不算近,居然也听到了吗?

"嗯。我总觉得你们讨论蛮热闹的,有时候说的题我也不会。"卓依缦点点头,声音小小的,"莫名其妙地听到了,就懂了。"

华兰不好意思地笑笑:"可能我们当时讨论得太激动了,会不会吵到你啊?下次你可以一起来啊。"

"没有没有,我就随便听到的。"不知为何,卓依缦的脸又微微泛红,然后低下。

"依缦,你特别像一个人。"林君玉看看她,笑了。

"谁啊?"卓依缦侧过脸。

"我前段时间看张爱玲的《倾城之恋》,里面的白流苏是一个古典传统的中国女人,穿月牙白的旗袍。"林君玉神秘地笑了笑,"男主角对她说'你的特长是低头'。

"有的人善于说话,有的人善于笑,有的人善于管家,白流苏善于低头。就是这抹低头,抓住了范柳原的心,得到了圆满的收场。"

林君玉眨了眨眼:"会低头的人都有大智慧,像我们依缦一样,没什么不好的。"

"……我?"卓依缦有些愣。

华兰笑林君玉:"你写作文写魔怔了吧?到哪儿都引经据典的。"

"你别说,我作文里真有这个例证。"

期中成绩条发到每个人手里之后的三天,一楼的红榜贴了出来,表彰年级前两百名。

课间一楼全是人,从没这么热闹过。

在被学生戏称为"安川第一监狱"的川中,电子设备严令禁止,娱乐资源严重匮乏,每日新闻的获取甚至只能依靠食堂的电视和班级门口的电子班牌,大榜的热度可想而知。

有很多人在这张榜下看到了人和神的差距。

"998……太恐怖了。"

"他是只有文科扣分了吗?"

事实证明,林屿确实是神人,在这样的复习节奏之下,还能坐上年级第一的位置,名字孤独地写在大榜第一位。

华兰看过林屿的成绩条。

他数学就扣了三分,理化生全部赋满,语文、英语也不差,地理顺手还赋了个满分,稍稍落后的政史,也不能把他从第一的位置上拽下来。

也有人在这张榜下面,围观实验班大佬的"爱恨情仇"。

"听说江潼是不是数学没上一百四啊?"

"听说我们年段数学最高分是149,好像在二班?"

江潼第五,和林屿中间夹了几个一班和二班的大佬。江潼数学考砸了,只有132分,但由于均衡的硬实力,没给别人多少机会。

平行班也有很多横空出世的新晋大佬。

三班没有人掉出"程敏喝茶约谈警告线"。

有人在这张榜下比较自己和别人的差距。

比如华兰和苏展的名字,分别在这张大榜的第十八位和第十九位。

物化生的赋分他们大差不差。苏展的数学拉了华兰六分——根据复盘,最后一题的分类他全分出来了,华兰误判了两个分类区间。

但是苏展的文科自寻死路,背点历史书跟要了他半条命似的。他的政治、历史比班级平均分还差,稍稍拖了点后腿,最后总分比华兰少三分,排在后一位。

"该说你俩有缘呢,还是有缘呢?"李丹妮站在华兰和余倩倩旁边,露出了一个意味不明的笑容。

"一定是平时一起讨论问题的福分,修来这种大榜上名次挨着的机会。"李丹妮把话说得分外旖旎缱绻,让华兰听了直起一身鸡皮疙瘩。

李丹妮从篮球赛开始看华兰和苏展就戴了有色眼镜。复习的那一周,她替强哥来三班拿落下的教案,正巧看到苏展站在华兰的位置旁边。

回了122之后,华兰免不了被"严刑拷打"一番。

华兰说:"我们小时候是很好的朋友。"

李丹妮逼问:"那现在呢?"

"跟小时候一样的关系咯。"

李丹妮见她油盐不进,便掉转矛头,问余倩倩和卓依缦:"她说的都是真的吗?"

卓依缦一边为难一边看戏地笑着,说自己不清楚。

李丹妮也习惯了她这样,主要矛头对准了余倩倩,一把勾住她:"可恶啊,一个宿舍的家人啊,余倩倩,你还记得我们一起因为夜聊被抓的情分吗?"

李丹妮声泪俱下。

余倩倩毫不落后。

"要真有什么，我肯定夜聊的时候忍不住跟你透露了啊。"余倩倩说得大义凛然，"事实是，她说的确实都是真的。"

余倩倩那一刻觉得，明年小金人不颁给自己是没有道理的。

"丹妮，我听说那个英语考145分的是平行班的。"华兰摇摇头，她有其他办法治李丹妮，"这次英语怎么失手了？"

"那是那小子运气好。"

话题瞬间被转移，李丹妮受不了别人提这个，自然卷的头发有点气直的迹象。她小时候跟着爸妈在欧洲做生意，在那儿念了两年小学才回国读书，英语底子比绝大多数人都好。

在乙班的时候，她一直霸占着英语的头名，把英语单科第一当作囊中之物。谁知年级第一次期中考试就被人取而代之。

看她这样子，是把对方的身份信息都搞清楚了。

"你知道具体是谁了？"华兰惊讶道。

"对啊。我就稍微打听了一下，是楼下十班一个男生。我初中同学的小学同学，我随便问一下就清楚了。"李丹妮"喊"了一声，一脸满不在乎，"据说小时候各种外语口语班轮着上，之前在他们初中就一直是英语第一。据说还拿了很多奖，什么中学生英语能力竞赛全国一等奖，那玩意儿我初二的时候就拿到了。"李丹妮接着说，"这次算我让他。"

华兰忍俊不禁，李丹妮的工作效率堪比军情六处。

"姑奶奶，你加油。"余倩倩一脸严肃地对她说，"捍卫我们实验班的尊严，还是要靠你李丹妮啊。"

一群人胡侃的时候，华兰被人拍了拍肩。

"华兰，你第十八啊，真厉害！"

拍她的女孩留着一头跟余倩倩一样的短发，别了一枚星星发卡，眉目清秀，整张有点偏黄的小脸因此显得很有灵气。

是秘书处的肖子怀，先前因为学生会工作的事情相互认识了。

华兰从一开始对她就挺有好感的，因为她的工作交接得很清楚，写了书面文件。不像有的部门派的人，只会口头跟她说一下，讲得含含糊糊，最后又反过来问她"这个一开始不是说过了吗"。

"第一名才厉害呢。"华兰已经贯通了这种大家在商业互吹的时候转移火力的办法，在心里默念了一句"林狗对不住了"，"我们班的大佬，期中考前还一直在做竞赛，最后还是甩我们一大截。"

"脑子天生的，羡慕不来。"肖子怀叹为观止。

十二月，学校会举办社团节和嘉年华，在那之后对学生会的部长进行换届。每个部的部长会有自己倾向培养的小部员，被叫作自留签。

李清凡跟华兰明确表示过希望她留下的意愿。

　　从运动会以后，华兰有时候会想，自己到底会成为怎样的大人。

　　华兰现在专注于化竞，以后如果在化竞拿到相关的名次，也许会念相关的专业。但说实话，她确实不像江潼一样，对此怀有满腔的热爱。

　　考个好成绩，不论是竞赛还是高考，都是为了一个好大学，好未来。

　　但那个被所有人描绘的光辉灿烂的未来，在她眼里，终究是模糊而不确定的。她只能铆足劲儿，往上冲，走一步，算一步。

　　她很羡慕李清凡或者秦浩，还有林君玉，他们都是有明确方向的人。

　　她想，如果李清凡师姐是在纪检找到关于自己未来的答案，她愿意留下试一试。

　　"好。"华兰回答。

　　华兰脸上淡淡的笑容一直维持到她回到三班，一进门撞到苏展。

　　"什么事这么高兴啊，华小姐？"苏展声音里有笑意，"你看榜去了？名字印得高级吗？"

　　"高级，一看就是花了钱的。"华兰收神，这样回答。

　　"那我就放心了。"苏展点点头，"以后我会保持的。"

　　"保持什么？"

　　"保持名次跟你挨着呗。"苏展道，"这样你看榜的时候就可以顺便看下我的，要是名字被程敏印丑了，你还能及时告诉我。"

　　"那不必了，苏少爷，您还是自己下去看吧。因为本小姐下次打算冲击第一名，第十九的位置太远了，看不到。"华兰笑眯眯地甩给他一个白眼。

　　"这简单，我考第二就行了。"

　　"等下等下，这箱道具的标签贴错了，不是十三班的，是五班的。"

　　"话剧社说他们要换背景音乐，还有灯光备注要改一下。"

…………

　　学生中心里不断有人走过来走过去，由于拥挤，一直听得到冬季校服面料摩擦的声音。十二月的寒风知趣地在门外打了个圈就走了，没来招惹这些忙得焦头烂额的学生干部。

　　"社团节·大联欢"是川中一年中最后的活动，可以邀请外校同学前来观礼。

　　川中传统，节日设在一个回家周的周六，绝不用上课一点时间。

　　下午四点，各个社团先在操场摆摊，展示学期成果和社团文化，即"社团节"。

　　晚上七点，经过前期筛选的优秀社团、优秀班级会在体育大馆联合表演，许多校领导和市领导会来观看，扬我川中学子的多彩风姿，是为"大联欢"。

　　这场川中盛会今年的主题叫"少年逐梦，星海启航"，从十一月中旬就开始准备前期工作。

比较特殊的是,这次准备工作没有部长们牵头。因为活动结束后的第二天,就要进行学生会换届选举。部长们完全放手,自己排练大联欢最后的部长节目去了,提前进入"养老"生活。

所以各部的自留签变得很忙,既要牵头,又要分配工作,还得带头干得最苦最累。

这半个多月,华兰都不知道自己怎么过的,动不动就错过饭点,每天的作业和练习写得快到飞起,踩着课代表前来索要的点上交。

"七点是主持人开场,第一个节目艺术团合唱,搬梯子的时间最多预留一分钟……"华兰面前左边放着节目单,右边放着纪检的秩序册。

由于可以邀请外校同学,现场纪律和秩序的工作比较重,纪检的七名部员全部出动,还得向隔壁生活部和文体部借人。

华兰为了把最少的人手发挥最极致的作用,已经把值班的秩序册修了好几次了。

"喏,给你,试试。"肖子怀敲敲她,搬来一盒对讲机,接着负手道,"这可是姐拉的投资给你们换的新的。"

秘书处前期的准备工作主要是拉投资。虽说是拉,但是那些投资的当地民企一直以来都给川中捐教育奖学金,每年的学生秘书长去洽谈其实也就是代表学校表示感谢,顺便再要点活动资金。

上一届留下来的对讲机杂声很大,已经用不了了,今年的预算草案里就多了一批对讲机。

对讲机当然是给维护秩序的冤种纪检用了。

华兰调试一下,众人好奇的目光纷纷投过来。

"好帅啊这个,华兰,给我玩玩?"有人跃跃欲试。

"明天别在衣服上,肯定帅死了。"肖子怀对自己捧回来的对讲机爱不释手,"我们检票,可无聊了,真想加入你们。"

"肖老板,还有一堆文件要你盖公章。"华兰及时戳破了她的幻想泡泡。

秘书处,钱袋子,历届部长都会被叫作"老板"。肖子怀愤愤地戳了戳她,认命地开始盖公章。

这次需要盖的文件是各个社团班级的演出公示和经费报销申请,格外多。

"快一百张纸了,我这章都快盖没色了。"肖子怀摸了摸公章的水晶座。

华兰瞥了一眼她面前摊开的文件,感觉有哪里不对。

"等等!"

华兰从众多文件里捡出一张。这张纸的抬头和落款格式与其他文件如出一辙,但标题却没有写着"××社社团节·大联欢演出申请"或者"××社社团节·大联欢演出活动经费报销申请"。

而是"高一年段违禁品领回申请单"。

学生自备篮球、MP4等属于川中学生违禁物，被老师查收以后放在学生会的仓库里。

是否归还看段长是否做人，像程敏这种，一般学期结束能签个单子让你去拿就很好了。

"有点早了吧？"肖子怀蹙眉，"程敏什么时候对我们这么好了？"

"嘶——"华兰疑道，"他找人登记过没有啊，就让我们盖章？"

她们分头拿来纪检和秘书处的公章使用登记表，一条条核对下来，不仅发现高一年段没有登记过，而且纪检和秘书处之前有一条记录对不上。

11月17日，篮协申请拿回因为同学私藏而被当作自备球没收的篮球。这条记录出现在秘书处的记录里，却没有出现在纪检的记录里。

华兰感觉自己后颈上冒了一层汗。

"你给他们盖章了？"华兰问。

肖子怀摇摇头："我记不清楚了，一般没有这么多文件的时候我看得都很仔细。我印象里没这件事情啊。"

她看看华兰："但是，你记不记得我上次给你说……"

有些人不待见纪检，但这种涉及是否为违禁品的单子，纪检一般都很谨慎，怕被三个年级的段长炮轰，所以都很谨慎，会跟他们核实。

所以这章到底盖过没有？

"这个高一段的就先别盖了。"华兰缓过神，"等问问程敏再看。"

"那个篮协的事情，等明天结束了我们去仓库看看，如果少球了……"肖子怀脸色有点难看，"我们不仅要挨部长的骂，还要挨程敏的骂。"

"好，先把明天社团节的事情安排好。"华兰的头也有点痛，她把那张凭空冒出来的单子收好，决定勇冲程敏，"别担心。反正也是我们两个人一起挨骂。"

"喂，我是华兰，所有人员都到位了吗？"华兰一手把包抛进学生中心，一手拿着对讲机，开始布置调度。

环大操场一圈，各个社团的旗子已经高高飘起。

因为这次节日涉及优秀社团评选，所以所有摊位安排得都公平妥当。

但还是会有一些相互看不爽的事情发生。比如艺术团唱歌、乐器社打鼓，被旁边社团投诉声音太大等。

这时候就需要这些手拿对讲机的纪检去调解维护。

学生会会提前给高一各班发校外人员通行卡，用来邀请外校同学。历来这天川中的门卫管理很松，所以会有很多同学浑水摸鱼进来。

内部的意思是，混进来玩玩也行，但是秩序得好，不能打扰到教学区想要留校学习的同学。

所以又有一拨人在操场和教学区的中间维持秩序。

华兰的第一轮巡逻在东操场,逛了一圈,没什么异常情况,倒是看到了熟人。

"苏展?"华兰道,"你怎么在这儿呢?"

那正准备坐下下棋的少年抬起眼,见了她笑道:"哟,你这川中FBI(美国联邦调查局)啊,还有对讲机。"

"帅不帅?"华兰一时兴起,这样问。

"这里你最帅。"苏展眼里泛了点狡黠,落下黑棋第一颗子,"如果我不在这里的话。"

他浑身散发着一种"跟爷比你还是差点"的气质。

华兰就知道这厮狗嘴里吐不出象牙来。

"这是我初中隔壁班的周知遇。"他介绍坐在他对面的男孩,"现在应该算棋社社长吧?"

"换届以后,"周知遇谦虚道,"现在不敢说这种'谋朝篡位'的事情。"

"今天棋社摆摊,叫我来凑热闹。"苏展道,"我初中的时候就经常跟他下棋。"

华兰走上来,周知遇的白子落定。他皮肤冷白,让华兰一下想起很多人都说是自己"童年男神"的江流儿。

"他可厉害了,上次期中考英语考145分的就是他。"苏展做作地拱了拱手。

嚯,原来李丹妮想打想杀的就是这位啊。

"这是华兰。"苏展跟周知遇说,"她太厉害了,化竞大佬,上次期中考比我高一位。"

周知遇笑得很礼貌,道:"就您排名黏着的那姑娘?"

华兰心里打了个大大的问号。

就您排名黏着的那姑娘?

你要不要听听你的形容有多诡异啊?

苏展璨然道:"人家凭借实力超过我的,我一点办法都没有,还要冲击第一呢。"

"那你排名的压力有点大。"周知遇淡定地道。

我的母语是无语。华兰心里对"江流儿"没什么好印象,想着果然跟苏展蛇鼠一窝的都是些狐朋狗友,没一个好东西。

丹妮,我支持你杀爆他。

她转身向下一个巡逻点去。

第十二章
大联欢

华兰本来想找现在在摄影社负责工作的林君玉，看了一阵没找到人影，对讲机里又喊乐团这边需要人，就急急抽身出来。

下一秒，冷不丁被人喊了名字。

"华兰！"

华兰转过身，手中的对讲机还在"呼叫华部"。

华兰看到了陆子琳，还有她身边跟着的一个外校女生。

"呀，这是华兰吗？"那个外校女生开口道。

华兰一开始甚至没认出对方来。女生比小时候长得要高些，戴了眼镜，穿着安川另一所高中的校服，她脸型的变化倒是不大，从小就是令人羡慕的瓜子脸、尖下巴。

是卢安琪。

看样子，应该是陆子琳邀请她进来的？

华兰没有什么感觉，她从前以为自己见到卢安琪会抑制不住地愤怒，像揪住陈景诚的头发一样揪住卢安琪的头发，跟卢安琪大打一场才会解恨。

但她竟然没有什么感觉，也没有想象中的生气。

她只是觉得，之前的想法真是太小学生了。

她冲陆子琳和卢安琪点一点头，拿起对讲机说："我就来。"

"你这么忙啊？"卢安琪笑问，"是在管理这个社团节吗？"

"对。"华兰亦报以微笑，"好久不见，我在执勤，你们玩得开心。"

"哇，好棒哦。"卢安琪一脸惊羡地赞叹，"我之前一直不知道你有能力参与管理这些事情呢。"

"琪琪，你不知道，之前提前招刚进来的时候，华兰还是我们班班长呢。"陆子琳对她说，"老师都很喜欢她。"

"小学的时候，刚开始老师也很喜欢她呀。"卢安琪掩嘴笑，"果然还是川中好啊，什么人都有机会呢。"

卢安琪的重音落在"刚开始"和"什么人都有"。

华兰眼底动了动。

华兰没有因为卢安琪的阴阳怪气而恼火。她第一个想法竟然是,卢安琪为什么这么无聊呢?将近四年过去了,她也不是不懂事的小孩子了,为什么还要抓着一个自己编造的谣言不放?

难道谣言传着传着,她自己也深信其中吗?

看着卢安琪,华兰明白了一个道理。所谓谣言止于智者,最相信谣言的不是听众,而是传谣的人,好像这样能挫败他人,让自己获得优越感一样。

她好可怜啊!华兰想,自己已然彻底摆脱当初那段黑暗的时光,然而对方依旧以那段时间把她踩在脚下而沾沾自得,甚至以为她还会因此失控。

这四年,难道没有让你更有成就感的事情吗,卢安琪?

比如学习、交友和各种各样的爱好。

看起来没有。

"打扰一下,子琳。"华兰忽而看向陆子琳,让陆子琳有些意外,"安琪是你带进来的吧?能出示一下我们之前发的通行卡吗?"

卢安琪脸色冷了几分,顿了一下才开口:"那张卡刚刚让我扔垃圾桶里了。"

"那真是太可惜了。"华兰走近,缓缓地道,"你最好是。"

"……你什么意思?"陆子琳眼神一凉,她也没想到先前不与任何人发生争吵的老好人班长华兰会这么说话。

"川中是好呀。所有人都有脑子,不会平白无故地相信一些谣言。"

一个张扬的声音突然响起,苏展不知道什么时候走到华兰的旁边,淡淡地说道。

卢安琪的脸色更难看了,脸上单纯无害的笑容成了冷笑。

卢安琪仍维持着听起来友善的语气,上下打量苏展一眼:"你们在一起了吗?不过你小学就是这样,就喜欢给华兰洗白。"

"在川中大家都专注学习,我第一次听见这样的说法。"苏展嗤笑一声,仿佛她说了个并不好笑的笑话。

"是不是无中生有,你我都很清楚。"

"华部。"苏展偏头对华兰说,"对讲机响了多久了?怎么还不回消息?"

苏展的反应很快。

华兰还被卢安琪这种无耻的推测说得大脑空白了一瞬,这会儿才抬眼看他,他眼里有笑意。

他低声说:"暂且当一当你小弟,你欠我个人情。"

华兰嘴角勾起无奈的笑,举起对讲机说:"我在路上了,被一点事绊住了。"

"什么事啊,华部?"

"没什么,每年都有闲杂人等混进来加重我们的工作负担。"

华兰放下对讲机，恢复了刚开始礼貌的微笑："祝你们玩得愉快，这样的活动我们一年才举办一次。下次想进川中，子琳肯定没那么轻松把你带进来了。"

华兰转头就走，错过了两个"闲杂人等"精彩的表情。

华兰没有因为那段时间而一直自我封闭，没有因为那些无端的猜测而一直郁闷，没有因为几个人的指指点点而放弃漫漫前途。

那些都没能困住她。最终考到这里的是她，能力优秀的是她，得到同学喜爱的是她。

不是其他任何人。

她拥有的一切都是自己争取来的，哪里需要低头去跟他们讲和？

　　我看一眼你就知道，你确实天生优秀，优秀到可以尝试一切你好奇的东西。

华兰莫名想起那张自己刚来纪检的时候，清凡师姐给她的明信片。

苏展回到棋社的摊位，继续那盘没有下完的棋。他方执一子，便有个扎着低马尾的女生走过来，笑嘻嘻地问他："这位学弟，我之前好像没在学生会见过你啊。"

"你跟我的自留签什么关系？"

"是师姐啊——"苏展愣了一下，将黑子落于盘中，换一副乖巧的笑，"我是她小弟啊。"

晚上六点，体育大馆。

今天的大联欢在学校的公众号上开了同步直播，据说是为了让没能拿到票的同学在家可以共赏盛宴。

艺术部漂亮的女孩们已经换上迎宾礼服，坐立不安，她们马上就要去大门口迎接校领导和市领导了。

场内一些工作人员还在吃食堂送过来的盒饭，秦浩走过去催，肖子怀在跟他激情争辩。

华兰和一位影协的工作人员一起站在观众席上，身旁是一台定点的摄像机。

这是华兰今晚的工作。

华兰从观众席上看下去，有种一览众山小的感觉。

她边看，边写明天竞选的演讲稿。

晚上六点半，观众进场。

晚上七点，全场黑灯，晚会准时开始。

华兰舒服地缩在观众席过道这个角落里，听着艺术团开场的大合唱宛若天籁，接下来的街舞表演燃动全场。

"华部。"突然,那个影协的同学叫她,"绕场拍照的同学好像身体不舒服,被扶出去了。我得去看看,这个定点你一个人先看着哈。这是录像的,你别让人动它,让它接着录就是了。"

华兰连忙答应,站起来挨着墙。

可没挨一会儿,有人走到她旁边,同样挨着墙站着。

"你今晚的工作是拍照?"苏展边问,边把一杯果茶递过来,"给你的。"

"怎么哪儿都有你?"华兰意外地道。

她犹豫了一下,没让他的手在半空僵着,接过来。

"我来得有点晚。"他说,"位置的角度还不如跟你一起在这儿站着。"

华兰吸了一口,满口涩甜的青提味。

"好喝,哪儿来的?"

"刚刚在社团节玩游戏赢了两杯。"苏展道,"喝了一杯,喝不下了,觉得你应该喜欢。"

"唔……"华兰有一下没一下地吸着果茶。

空气沉默了一阵。

"你今天怎么想着留下来看大联欢啊,大好的回家周。"华兰拿人手短,有点尴尬,便率先开口。

"还不是明天早上的换届选举。"苏展看着她,"每个班派两个代表,还必须一男一女。女生还好说,卓依缦留校。男生一秒都不想多待,没一个想提前返校的,只能牺牲我了。

"我呢,也就是看在你的面子上,同意当代表。明天要早上回来,干脆就不走了,今天留在这儿看晚会咯。"

"那,你明天记得投票给我哦。"

"那可不一定。"苏展一本正经道,"我看谁讲得好投给谁。"

华兰抬手要将他搏杀。

"逗你的。"他笑起来,借着微弱的场灯看她,问,"很累吧,华兰?"

她为这场晚会的顺利举行,"颠沛流离"了半个多月,脸上有疲色。

"也……还好?反正都到今晚了,没什么累不累的。"华兰缓缓放下手,吸了一口果茶,看向发光的舞台上主持人银光闪烁的衣裙,观众摇动各色的荧光棒。

她在高处望下去,星光熠熠,似乎纵身一跃,就可以触摸银河。

她的嘴角不自觉上扬:"还挺高兴的,看这个场景。"

"嗯?"

"不好看吗?"她难得戳了戳他,"整个场景,整个舞美。"

"好看。"苏展回答,"辛苦你了。"

台上主持人报幕，下一个节目是戏剧社带来的话剧《雷雨》节选。

华兰一下兴奋起来，她告诉苏展："李丹妮，我室友，演繁漪。"

台上妆容精致的李丹妮穿着一身旗袍倚在沙发上，追影灯一亮，周萍开始说话。

"母亲，把药喝了吧。"

"我不喝。"

…………

"每次我看周朴园逼着繁漪喝药这一段，我都想扇他。"苏展说，"这个朴园也演得好，我都想扇他了。"

"我们丹妮，风姿绰约大美女。"华兰笑道，"她每天晚上都在宿舍背台词，要我们跟她对，我都快背会周朴园的词了。"

"你！把药喝了！"她突然对苏展说。

苏展没绷住："我信了，你入戏很快。"

"下一个节目应该是英语社配音的英文版《甄嬛传》，很好笑。"华兰和苏展站得近了点，她忍不住笑，"我都不知道他们怎么想出来的。"

背景上放着电视剧原片段，英语社的同学拿着话筒配音。"His Majesty（陛下）"的呼喊一响，全场的笑声就没停过。

"Who is the adulterer（谁是奸夫）？"

"Doctor Wen（温太医）！"

华兰和苏展都笑得前仰后合。华兰承认，自己看过彩排，但这个节目自己看一次笑一次。

"他们太有才了。"华兰笑得眼里沁出泪。

"确实。"苏展笑得前俯后仰。

他们就这样靠墙站着，看过小品、相声、合唱，连笑声和掌声都在同一频率上。

"真好，华兰。"苏展突然说。

"什么？"掌声雷动，华兰一时没听清，"节目确实好，毕竟花了很久排练的。"

"我说的是，你这样，真好。"苏展道。

"我？"华兰有点蒙，"我哪样？"

"说不清楚。"苏展想了想，"就是你现在这样，又自信又开朗，很有活力。"

"好像扎个高马尾，会更好看。"

"是……吗？"

华兰不自觉地抬手碰碰自己的低马尾，扎高会更好看吗？

她小时候确实扎高马尾。

她想起自己刚来川中时的样子，那时候的自己绝对想不到现在是这样的吧。

她不自觉地喃喃了一句："是的。"

自己在川中的第一年，真的改变了很多。

原因在哪儿呢？

还算如意的化竞成绩，陈彬突如其来的信任，清凡师姐的开导，纪检的工作，抑或是乙班和三班这群人？

千头万绪，一时不知该从哪里说起。这短短一年留给她的记忆，如川中好天气时看到的晚霞一样浓厚而绚烂，将她那几年黑暗的天空重新洗刷装扮。

情绪上涌，她喉咙涩涩的。原因到底还是，川中保护了她用自己能力所获得的一切。

"我们华兰，从小就很优秀。"苏展看着舞台的光影变化，缓缓道，"咱们初中没在一块儿念，我不清楚。

"现在呢，比以前还优秀。"

他的声音很肯定，有一种令人感动的肯定。

那声"谢谢你"噎在心里，她怕一出声，就要掉"小珍珠"了。

于是，她只能傲娇地说了两个字："那是。"

那是，那是。

或许川中并没有往她的生命里再雕刻什么，只是把原本的她还给了她。

苏展难得没有笑话她，反而顺着她的话说："其实小时候你这么招老师喜欢，什么都做得好，我压力可大了。"

"真的？"华兰道，"你没心没肺的，还会有压力？"

"都是我妈呗，小时候老让我跟你学着点，别整天游游荡荡的。"他道，"我可烦她管我了。"

华兰愣是把即将掉出来的"小珍珠"憋了回去，笑出声来。

是的，苏展小时候比较淘，在家上房揭瓦，在学校疯玩疯跑，七八岁大的时候狗都嫌。华兰懂事早，每年都拿全面优秀生，成了苏展妈妈童阿姨眼里那种绝无仅有的好孩子。

他们小时候能常在一起玩，也有童阿姨常常跟母亲夸"你家兰兰真是好孩子，让她多跟我们家展展玩哈"的缘故。

"那个时候我就感觉，在我妈眼里，华兰呢，是全世界最好的小孩。"苏展吐槽，"虽然当时我很不屑，但其实我很羡慕。"

华兰有点意外。她没想到，苏展竟然会用"羡慕"这个词。

他们从小就不一样，是她小时候羡慕过他才对。小学四年级的时候，苏展曾经踢足球把腿踢折了，在家养了小半个学期没来上课，一来就直接参加期中考试。

就那样考，他数学还考了第一。之后的奥数选拔赛，他也考了第一。

华兰那时候都恨死他了，心情大概跟李丹妮一样，想着这是哪里来的成绩刺客。

苏展在数学上，是比她学得更轻松一点。

他们在数学上的暗自较劲一直持续了很久，来川中后这种较量也奇妙地继续着。

华兰很少有数学能考过苏展的时候。

所以她一直很奇怪，苏展最后学的为什么不是数竞，而是物竞。

"苏展，你数学这么好。"她问道，"最后为什么学物竞？我们学校物竞很难出成绩的。"

"更喜欢物理吧。"少年神情散漫，"当时觉得学校没拿过金牌有什么关系，我拿第一个就好了。"

"现在呢？"

"你要听实话吗？"苏展侧过脸问她。

"说。"

"我觉得如果我们这届有金牌，也大概率不是我。"

"是林屿对吧？"

"嗯。"

他们同时沉默了。

他天赋甚好，她生来优秀，但是他们都有自己努力了也拿不到的东西。

但好在，他们都不肯轻易认输。

"你知道吗？我也觉得化竞最后出成绩的不会是我。"华兰语气坦荡。

是江潼。

"但我想，川中每年竞赛班都这样，大部分人是在挑战自己的上限。"华兰缓缓道，"挑战着挑战着就有奇迹了。"

"你还是狂妄自大的时候比较帅。"一瞬间的福至心灵，华兰这样说。

她说话的时候，眼睛亮晶晶的。

"少爷我一直很帅好吗？"她这句话一说，苏展立刻恢复了那副"狂妄自大"的态度。

华兰那点突如其来的共情一下烟消云散，给他一个"你开心就好的眼神"。

"金牌而已，考来玩玩。"又是恣意的笑，橙黄色的场灯这时扫过来，映在苏展的眼睛里。

那个片刻的眉目，恰可以用"流光溢彩"来形容。

华兰想：是啊，他们都是狂妄自大的时候比较帅。

晚会的最后一个节目是部长们的"退休"大合唱，场内灯光影像变幻，所有色彩变成点点斑白，如同夜空繁星，倒映在体育馆的天花板上。追光打过，仿佛流星落于九天。

那样圣洁的气氛里,部长团合唱了一首中岛美雪作曲的《最初的梦想》。

华兰觉得,这样的收尾甚好。

星河欲曙天,而少年的梦所向披靡,银河甘心作配,合该启程远航。

全场掌声雷动,不舍落幕。

"清凡师姐,我看见你领唱了!"

观众离场以后,所有的工作人员上台拍大合照,华兰趁机抱了李清凡。

"我也看到你了。"李清凡眼睛弯弯的,"你和你小弟一起站在那个定点摄像机那儿。"

"我小弟?"华兰一惊,这个称呼今天下午刚刚被某人发明出来,李清凡什么时候知道的?

华兰往两边扫了一眼,苏展早就不知道哪里去了。

好家伙,别让我抓到了。

"部长,那是我同学,他……"华兰解释,却被李清凡打断。

"挺可爱的小男孩,陪你站着也好,不然你一个人从头站到尾,太孤单啦。"李清凡说。

华兰在心里"嘶"了一声,她觉得哪里怪怪的,可又不知道怎么解释。

好像解释了也很奇怪。于是,华兰选择性地闭嘴了。

"你过来。"李清凡脸上的笑突然淡下去,把华兰拉到一边,问道,"这两天准备大联欢的时候,有没有碰到什么问题?"

"问题?"

华兰整个人还没从方才那片缥缈的星河里走出来,大脑有点空白。

她刚想说没有,余光看见了远处跟秘书长单独站在一起不知说些什么的肖子怀。

大脑瞬间复苏,她连忙点头说有,把那张申请单从口袋里掏出来,原原本本地跟李清凡说了整件事。

李清凡静静听着,听到华兰说到11月17日的那条记录时,脸上才露出一点笑容。

李清凡伸手向远处招呼:"阿豪!"

秘书长带着肖子怀走过来。

"子怀也说了。"他指指肖子怀,"叫我来华兰这里看单子。"

华兰和肖子怀交换了一个迷茫的眼神,不知道两位部长葫芦里卖的什么药。

"我们呢,明早一过,马上退休,回去享福。"秘书长笑道,"川中学生会最引以为傲的两个优秀部门,就留给你们了。"

"明天早上选举,部长每个人有十票。每个部长可以根据竞选表现,决定投给谁。"李清凡说。

华兰有点听出来他们的言外之意是什么了。

纪检部和秘书处人少,各出一个候选人。但是像文体部和生活部这样人数较多的部门,就可以多出几个候选人。到时候投票是各班代表投,也许会出现人气差异导致唯一候选人落选的情况。

部长一人十票,可以看面子、看表现平均分配,也可以砸自己的独苗自留签。

"我们俩本来不放心你们的。"秘书长说,"因为11月17日篮协的那件事,我们俩被你们段长请喝茶了。"

华兰和肖子怀面面相觑。

程敏这么疯?高二的学生也管?

"我说公章的事情,怎么能神经大条成这个样子,莫名其妙就借了。"李清凡严肃道,"工作的重大疏漏。"

"我跟你们怎么说的,每一步都要做好,每一个简单的事情都是经过复杂过程才能完成。所以当时出事的时候,我和阿豪,确实对你们很失望。"

秘书长道:"我们甚至打算取消自留签。"

华兰能感觉到自己和肖子怀背在身后的手都在瑟瑟发抖。

"但鉴于你们一直以来的表现都很有水准。"阿豪秘书长说,"所以我们当时没有立刻骂你们,而是选择在准备这次盛会的时候,给你们个小考验。"

"看看你们能不能发现这张混进去的单子。"李清凡抖一抖手中伪造的"高一年段违禁品领回申请单"。

"啊?假的啊?"华兰和肖子怀异口同声。

秘书长点点头:"但还好,你们没让我们失望。"

"这是我俩退休之前,告诉你们的最后一个道理。"李清凡说,"以后公章借用流程,一定要规范。"

"其他可以改进的地方,就要你们自己来了。"

两个部长的目光变得柔和。

"像学习一样,接下来的错题本要自己做啦。"李清凡拍拍华兰,对她说,"你一定要记住,什么事情都要一步步来,千万别大意,规则的意义就是这样,化竞也是这样。"

"你现在,完全懂了吗?"

清凡师姐笑靥如花,华兰心跳重了重,这个晚上第二次,有点想哭。

第十三章
/ 年年岁岁，烟花相似

"佩索阿说：'聪明人把他的生活变得单调，以便使最小的事都富有伟大的意义。'这同时也是我在纪检学到的道理。和很多部门比起来，我们的工作日常显得比较单调和呆板。

"和所有打分情况打交道，有时候很得罪人。

"所以其实我们的工作并不简单，或者说我们把事情变得单调是为了赋予它伟大的意义。清凡师姐经常对我们说的一句话是，'事情要一步步脚踏实地地做好'。我对此深以为然。

"学习也好，往后在学生会的工作也好。我觉得我最大的优点，大概就是细致和周全。任何简单的事情产生了交汇，就会变得复杂起来。这时候就需要规则，需要每一个做人做事的态度。

"我曾有一段游离在人群之外的时间，什么也不在乎，我那时没想过纪检能给我什么回报。然而这几个月的相处，我已经学到了很多，回到了本就热爱的人群之中。

"但我总觉得，还不够。终极的答案还没有出现，所以我选择和纪检继续走下去。

"请大家投我一票，谢谢！"

华兰站在台上，紧张地念完自己昨晚在大联欢的时候见缝插针写出来的演讲稿，手心里都是汗，但好在没有嘴瓢，没有念错。

鞠躬的时候，台下掌声雷动。几个老部长开始轮流点评。报告厅的灯光暖黄，红皮椅子网格般横竖整齐，阶梯层层抬高。

一切并没有竞争的焦虑和紧张，反而像个勾画未来的捕梦网。

华兰今天扎了高马尾，看起来很有精气神。她把头抬得高一点，就能看见和卓依缦一起坐在后排的苏展。两个人举了张活页纸，上面用荧光笔临时勾了个"华部长冲冲冲"，还加了好几个巨型惊叹号。

少年冲着她笑，跟报告厅的灯光一样温暖。

投票，唱票，当场宣读结果，颁发聘书。

华兰最后一个上场，但是票数排在了所有人里的第一位，顺利地接过了李清凡的衣钵。

华兰和肖子怀这些新任部长，以及留任会长的秦浩一起，站在明亮的大讲台上，与团委领导一起合影留念。

对面两台相机在疯狂地闪，有点晃到华兰的眼睛。那几十秒一帧帧定格，她保持着快要笑僵的嘴角和大拇指的手势，观众席的掌声热烈而漫长。

但是她一点都没有退缩和害怕。仿佛她天生就应该接受这些，接受掌声，接受所有人的赞赏和簇拥。

她生来，就很优秀。

我与我，周旋已久，握手言和，久别重逢。

她忽然很想对自己说一句："你好华兰，欢迎回来。"

这时的她站在十六岁的末尾，浙南的冬风像一直以来那么湿冷凛冽，但不缺少年生命里亘古绵长的勇敢与炽热。

她从未觉得，自己的生命如此鲜活、如此绚烂。

几十秒的定格时间过去，他们欢呼下台，跟站成一排的老部长挨个拥抱。

华兰跟李清凡拥抱的时候，手里被塞了两张明信片。

"回去看吧。"李清凡说。

华兰感激地点点头，继续拥抱旁边的秦浩。她一路拥抱下去，没发现最后一位阿豪秘书长旁边多了一个人。

因为惯性，她已经张开了双臂，差点就要直接抱上去。

在看清苏展的眉目以后，她猛地停住。

"你……"

"抱一下嘛华部长，我可给你投票了哦。"苏展笑得很开怀。

许是当时华兰的心情太明朗，她没有推开迎上来的他，顺着惯性，浅浅地抱了抱他。

冬大袍的厚实隔绝了体温，但是那句"留部快乐，华兰"依然炽热勇敢。

华兰：

　　恭喜你留部啦，接下来给川中学生会当牛做马的就是你啦，哈哈哈哈（bushi）。既然本人退休了，那么工作方面的事情我就不多说了，我相信你的能力可以的！

　　那么就单单从一个学姐的角度，跟你说点心里话吧。

　　学竞赛，确实是一个漫长而艰苦的过程。我们比别人多上那么多课，多写那么多题，但最后没有结果。国奖和省一可能会拿到高校政策上的优惠，但是就现在浙江的招生情况来看，省二省三作用轻微。

我有很多时候不知道自己在坚持什么。因为清楚自己的上限，突破不了国奖。我不是大家所认为的全能型选手，平时我也会遇到处理不了的人际问题。面对止步不前的化竞成绩，我也会迷茫甚至心生退意。游戏里拿到得到几个小金标也会因为长久不碰游戏掉落。有时候想戳烂纪检的所有表格。学业压力大的时候，也会想着，这狗学校怎么不毁灭啊。

　　那时候我跟你说："我看一眼你就知道，你确实天生优秀，优秀到可以尝试一切你好奇的东西。"多少有些给新部员打鸡血。但现在看来，你确实很优秀，确实可以尝试所有事情。

　　我想告诉你的是，天生优秀的人也可以有做不起来的事情，这不代表你要绝对完美。有时候脆弱一下也是可以的，到时候你可以来高二（3）班找我哭。

爱你的清凡师姐

　　P.S. 对了，你小弟挺可爱的哈哈哈哈，还有虎牙。

　　华兰初看时红了眼眶，想着才不要有去高二（3）班哭的时候。她原想把这张明信片夹进化竞"三大本"当书签，还可以吸收吸收学姐的灵气。

　　但后来，她还是把李清凡给她的这张明信片贴在自己桌上，拿笔筒遮住一角，正好挡掉最后那行。写题写累了的时候，她就可以看一眼清凡师姐的明信片，允许自己摆烂一会儿。

　　社团节·大联欢结束以后，学生活动就基本停止了。所有人都在冲击年前的清州市级联考，算作期末成绩。

　　这次考试，华兰觉得没怎么上难度。毕竟只是清州的联考，要照顾一些普高的进度，所以内容也不算多。

　　年级第一是江潼。
　　华兰考得很好，位列第十。
　　这个成绩足以让担心她的强哥和金炫暂时缓一口气，也让她自己放放心。
　　按照规划，期末考之后还有一周多的课，之后就放几天寒假。平行班的组合班已经排出来了，除了实验班，年级大洗牌，大家都在适应新班级。
　　但教室内外还是充满着即将过年的快活空气。
　　华兰在去一楼倒水的时候，再次碰到林君玉。因为选政史地大文，她分到了一楼的十一班。
　　林君玉身边还有个华兰熟悉的同学，肖老板肖子怀。
　　肖子怀也分到了大文十一班，两个人现在还是同桌。
　　华兰觉得她们俩很适合当朋友。

"还是你们实验班好,可以一直当同学。"肖子怀说,"我们班分开之前还拍了大合照,超级煽情,好多人都哭了。"

"我们班也拍了视频,我也挺难受的。"林君玉把水灌满,似是掩饰,话锋一转,"你猜我们新班主任是谁?"

"谁啊?"华兰好奇道。

"一位聪明绝顶的男人。"肖子怀神秘兮兮地笑。

"一位光彩照人的男人。"林君玉投去肯定的眼神。

"陈彬啊?"华兰笑出来,"那你们班应该会挺有意思的。"

"他装正经太搞笑了。"肖子怀戳戳华兰,"就是你知道这是他的上班时间,一定要正经。但是他这个人正经起来又很好笑。你坐在台下又不能真笑出来。"

林君玉说:"我每天憋笑就憋得很辛苦。"

"而且他跟你们金炫关系也很好。"肖子怀说,"他们午休一个教师宿舍。经常讲一些你们实验班的事情激励我们学习。"

"你还知道他们睡一个宿舍?"华兰装好了水,意外地道。

"哎呀,他自己说的呗。说跟你们金炫是好朋友。"肖子怀接着道,"他真的看起来有点傻傻的,但是又很好玩。"

"他说我们班什么事了?"华兰问。

"说三班学习认真,自习课下课都听不到铃声,非得老师来赶才舍得出去休息。"林君玉说,"他的侧重点在于,让我们学习你们班,专注度提高。"

扯淡嘛这不是,华兰心想。学习专注倒是真专注。但三班下课恨不得把三楼天花板给掀了,纸飞机和羽毛球满天飞,隔三岔五"误伤"程敏,跟"安静"两个字扯不上半毛钱关系。

华兰意味深长地点点头:"看来彬彬老师还是跟以前一样,喜欢讲故事教育学生啊。"

但故事是真是假就不知道了。

华兰回了三楼。

刚一坐下,苏展和刘一天就端着云台从前门晃进来了,云台上固定着金炫的手机。

"各位,欢迎来到高一(3)班,一个到处都是仙人的班级。横扫浙南,脚踏浙北。"刘一天在镜头前大言不惭地介绍。

"小天儿,你们干吗呢?"余倩倩看着扫过来的镜头,条件反射般先捂住了半张脸。

"别挡脸,别挡脸,咱们班姐妹个个颜值能打。"刘一天痛心疾首,"炫哥听说楼下班级拍了告别 VLOG(视频日志),一定要让我们跟一条,当作班级日记纪念。"

"……噢。"余倩倩慢慢把手放下来。

华兰觉得，金炫一定是从陈彬那里听说的。

"这是咱们班仅有的八朵金花。一半生竞，一半化竞。炫哥的掌上明珠，心头鸽子血，班级地位无敌高。"

刘一天示意苏展把镜头一路直拍过来，给每个女生一个特写。

"倩倩，花哥。"

余倩倩和华兰甜甜配合比心。

"欣怡，依缦。"

"妙意，一涵。"

"嘉和，明悦。"

"正是因为她们两两同桌，座位集中。咱班放眼望去，黑白，啊不，泾渭分明。大家看，剩下全是男生同桌。"

刘一天总导演示意摄像苏展收全景。

"后排有一些正在拿英语光盘打乒乓球的货色，很有活力。我们班第一能做题，第二能改造各种各样的运动，比如走廊羽毛球、光盘乒乓球、硬壳纸飞机。这些东西在三楼很风靡。"

"来，我带大家看看。"

刘一天顺着过道往后走，一面走，一面跟苏展说别把他的脸拍太大。

苏展很配合地把手机往他脸上撑。

"正在对决的，是我们班最牛的两位大神——屿哥和潼哥。他们也是一对同桌。给大家看看他们的尊位，就在最后一排的这个位置。"

刘一天指了指最后一排两个位置，一个桌面上书堆杂乱无章，一个桌面上整洁干净，就只剩一本《有机化学》和一支笔。

"平时除了做题呢，两位大佬各有爱好。一个爱摄影，一个爱画画。"

镜头往下拍，拍到林屿放在一边的摄像包和江潼的素描本。

三班的黑板报也是江潼带领几个人创作的杰作。

林屿嫌碍事没穿外套棉袄，江潼鼻梁上的金丝眼镜一颠一颠，两人各拿一张英语光盘，杀得有来有回。

"现在几比几了，培子？"

镜头又晃过去，给到一个理着寸头戴着圆框眼镜的男生，他人很瘦，个子不算高，猴精猴精的。

"这是我们班的学委安培，搞物竞的，是'最接近神的男人'之一。"刘一天介绍。

安培对着镜头很认真地说："现在林狗暂时优势两个球。但他们一个球能打十来个回合，战况非常胶着。"

安培作为物竞大军的一员，和苏展的成绩你追我赶，两人一般都在争取第二名。第一名林屿有断层优势，被"中二"的三班人戏称为"唯一真神"。

苏展和安培是"最接近神的男人"。

"好的，我们感谢给我们前线战报的培子，请他再接再厉。"刘一天和安培郑重地握手，余光瞥到另一个人。

"我的天，推爷您怎么在这儿？"

被叫作"推爷"的男生显得很腼腆，一脸不好意思。

"我来看看他俩呗。"

"推爷"王岩开人如其外号，非常能推，写作业速度奇快。

推爷推得还很隐蔽，如果不是强哥某一天拿着王岩开的练习册把作业布置到正常进度以后的二十页，大家压根儿不知道他写得这么快。

其实三班的同学多多少少会超出老师给的进度一些，但超过了二十页，属实有点夸张了。

推爷的名号，这就传开来了。

"走廊上打羽毛球的，一个宋嘉礼，一个徐鸣，也是同桌，稀缺的物竞同桌。""展哥你把手机在教室里晃一圈啊。"

刘一天指指这边，指指那边，一溜介绍完剩下的同学，然后把镜头对准自己。

"本人刘一天，咱班的体委。三班最高的男人。"

"刘一天，你敢不敢把鞋垫撤了说话？"端着手机的苏展一路沉默着听完刘一天的臭屁，这会儿有点忍无可忍。

刘一天倒是坦坦荡荡："本人没垫鞋垫，净身高一米八。"

"鬼故事，你要真有一米八我就有一米八五。"苏展不屑，把镜头点成了自拍，"本人苏展，三班班长。这个刚才一直瞎吹牛的，是我儿子刘一天。"

镜头里，苏展预判了刘一天想要抬手打他的动作，一把将他摁住了。

"虽然说的很多东西有点离谱，但这确实就是川中19届高一（3）班的生活日常。"苏展缓缓道，"只要学不死，就往死里学。但是平时该玩玩，该乐乐，我们是整个三层最懂劳逸结合的班级。

"可能是竞赛太累的反噬吧。新年要来了，作为班长，希望大家来年也能保持这样的精气神。"

说完，苏展点了红点，结束录制。

"展哥，你怎么说得这么官方？"刘一天瞪眼，"没意思。"

苏展白了他一眼，三两步走到教室前面，把手机交给不知道什么时候站到这里来的金炫。

金炫对他满意地点了点头。

刘一天后知后觉，苏展看他的眼神仿佛在说"白痴，别闹了"。

嘶——刘一天心里奇怪，这个眼神怎么又熟悉又陌生。苏展以前不会这么看他，但华兰有时候会。

这都是哪儿跟哪儿啊。

这节自习课,程敏广播喊各班班委去年段办公室数寒假作业,不一会儿各科卷子就一摞一摞地被拿进来。

楼下传来哀号,三班只是轻轻叹了一声。

这种白花花的卷子满天飞的场面,看多了就麻木了。华兰想。

"我们1月20日开始放假,鼓励你们在学校自习几天哈,食堂宿舍开到23日,年二十九。"金炫搓搓手,"1月27日下午五点前返校,有一个星期呢。"

"都过年了,食堂不下班吗?不下班吗?不下班吗?"余倩倩愤愤地戳了戳橡皮,"食堂大爷大妈可有劳工法啊!"

"加钱呗,不够再加点。"华兰漫不经心地数卷子,"去年底在学校不也是这么吃饭的?"

川中在这方面一直很大方。

"无所谓了。"余倩倩放下了千疮百孔的橡皮,"每天都告诉自己,这是你学竞赛应得的。

本来还想着要不要把我的被子啥的带回去给我妈洗了,但想想也没必要,反正也没几天,很快就回来了。

下辈子再也不学竞赛了啊啊啊——"余倩倩小声发泄,再次开始戳橡皮,戳完长舒一口气,"还好我不用日牌,还是这种超市一块钱一个的好,戳着不会心疼。"

华兰看着土黄色的橡皮,只觉得触目惊心,再看自己的作业,还是触目惊心。三班大多数人都一起留到年二十九,再收拾收拾行李,打包回家。

华兰嫌重,大多数书没带回去,就带回去了卷子和核心资料。

那时候她还不知道,自己做了个多么愚蠢的决定。

年三十,陈家很早就忙活起来。

华兰穿着昨晚和妈妈逛街刚买的驼色大衣,很早就敲响了外公外婆的家门。

来开门的是到得更早的大舅妈。

"呀呀呀,兰兰啊。"大舅妈笑出了眼角的褶子,"快进来,快进来。"

华兰坐在沙发上嗑着开心果,一边看着二舅家两个小孩抢电视遥控器,一边周到地回话。

比如,兰兰这个期末排多少名呢?

比如,和年级第一差多少分呢?

大部分家长都搞不清楚浙江高考的形势和导向,华兰还得给他们解释现在不是按文理分科了,是七选三组合开班。

"那你为什么学全理啊?女孩子这样学还是很辛苦的啦,学一门文科轻松

· 131 ·

一点吧？当年你景诚哥哥班里都没几个女生。"

"因为只有这样我才能留在竞赛班，舅妈。"华兰尴尬而不失礼貌地微笑。

"啊呀，现在都这样了，真是年年都在变化的哦，晓静。"大舅妈换了话题，"兰兰学习很自主的，给你省心。我们家那个，以前为了逼他读书都不知道花了多少精力。他中考那年我都辞职一年在家给他陪读，这样逼着才考上川中，还是兰兰这样的孩子好啊。"

"哪有哪有……"

大舅妈拉着母亲，两个人笑眯眯地聊着。

华兰有时候很佩服中年妇女，因为她们可以很轻松地就找到话题，然后从这个话题聊到那个话题，几分钟就知道人家的职业和家庭情况。

这样的聊天通常还伴随着彼此对彼此的揣测。

比如说结束以后，一方会冷笑一声，说，不就是个算账的吗，也敢自称经理？脖子上的围巾都掉毛了，贴个假CHANEL（香奈儿）的标。

华兰小时候跟着妈妈去上班，看着妈妈跟一个阿姨聊得热火朝天，她几分钟之内就知道了那个阿姨的儿子在哪个小学读书、上次数学考了多少分。

她们明明告别前还说，哎呀，哪天得去你那边去一下。

但是那个阿姨转头就跟另外一个阿姨说了妈妈的坏话。

而这些恰好都被回来拿落掉书包的华兰听见了。

从那个时候起，华兰就对成年人的世界很疑惑。为什么大家原本亲亲热热，扭头就可以说别人的坏话。

华兰渐渐长大，朦朦胧胧地懂得了一些规则，并且只能无奈地接受这一切。

她希望自己以后不要长成这样的大人。如果长大意味着戴着虚假的面具生活，意味着自如地欺诈和隐瞒，那她宁愿此生永远年少无知。

她坐在沙发上，思绪飘出去好远好远。

突然，有人大声叫她名字。

"华兰？"

她猛地抬起头，本能地应了一声。

原是一身黑色羽绒服的陈景诚开门进来，他在玄关，惊讶地看着她。

华兰很有礼貌地叫了一句"景诚哥哥"。

说罢，她觉得好像有哪里怪怪的，于是又问："我不该在这里吗？"

"没有，只是……"陈景诚挠了一下头，"我以为你还在学校呢。"

"都年三十了，我看是你昏天暗地都不知道今天什么日子。"大舅妈白了他一眼。

大舅妈开始跟妈妈吐槽："这还大学生呢，每天早上睡到十一二点，晚上两三点还不睡。放假在家就这样，跟高中简直不能比。"

"这有什么的，景诚都考上大学了，假期休息一下很正常嘛。"妈妈乐呵

132

呵呵地让陈景诚过来，从包里拿出红包，塞给他，"姑姑给你的。"

"晓静，他都多大了你还给他红包？"大舅妈赶紧把她妈妈的手拽回去。

"多大也是孩子嘛……"

华兰知道，每年固定的环节要开始了。

陈景诚双手插兜，客气地推辞，也没打算收。

他朝华兰这边走过来，华兰很客气地给他腾了个位置，接着刷手机。

刷了一会儿，她打算去厨房拿果汁。站起来的时候，她发现陈景诚的余光落在她身上。

"你看什么？"华兰不解，"我头发上有脏东西？"

"没有。"陈景诚连忙否认，看起来有点局促不安。

难得地，华兰在他脸上捕捉到了一丝可以叫作"腼腆"的神情。

怎么了这是？

要是以前，华兰可能会直接换个地方坐着，多一事不如少一事，觉得别人的目光让她不舒服，就避开好了。

但现在的华兰就很想知道陈景诚到底为什么看她。

"我看见了，你好好说。"

她眉眼上扬，一下变得非常有压迫感。

"……你是不是换了个发型？"陈景诚踌躇一下，这样问。

"哎？"华兰意外。

因为苏展那句话，她确实换了发型，但也不过是把低马尾换成了高马尾。一年到头见不了几面的陈景诚，居然会注意到这个。

"是吧？"陈景诚问。

"对，但是你怎么……"

华兰还没问完，陈景诚又说："这样比以前好看点，显得整个人很有活力。你们高中生嘛，青春洋溢一点是好事。"

"……噢。"华兰应了一声，却感觉自己的问题莫名其妙地被陈景诚搪塞过去了。

"你是想喝什么吗？哥哥给你拿。"

"……橙汁。"

陈景诚给她拎了一听过来，两人有一搭没一搭地聊天。聊着聊着，华兰发现，她跟陈景诚的生物老师还是同一个，挺意外的。

"我们以前都挺喜欢菲菲姐的。那个时候她才刚调来川中，我们高二的时候她结婚了，还给我们发喜糖。没想到她现在都教竞赛了啊！"

"她都有儿子了。"华兰说，"很小一个，上次她带来学校，我们都去逗小孩儿。"

"她生物教得很好，我也喜欢她。"

133

华兰发现，就川中而言，从实验楼旁边改造新建的书吧和咖啡屋开始，到翻过去便是国道的后山，她和陈景诚其实能聊的东西有很多，还可以聊得很愉快，不用像以前那样话不投机半句多。

不知道是不是华兰的错觉，今年过年，陈景诚对她友善了很多。

有点怪，但没什么不好的。

"你这个成绩挺好的，以后想考什么学校？"陈景诚问。

"没想好。"

"北大？"

华兰心想，她还没狂到说自己一定能上北大的程度。她的成绩跟断层领先的林屿、江潼那批人比起来，还是有点吃力的。

"你怎么不说清华？毕竟我学化竞的。"她站起来，把空了的罐子扔到垃圾桶里。

"随便说说。"陈景诚道，"你要真能考上我也高兴。"

"那时候整个川中都会为我高兴。"华兰淡淡飘出一句，听着厨房里外婆在喊她的名字，就起身过去。

陈景诚也很勤快地去摆碗筷。

华兰把菜一道道端出来的时候，看见圆桌上整整齐齐摆了十三副碗筷，有一副正好对着电视。

年夜饭吃得平和，长辈一直往华兰碗里夹她喜欢的菜。

陈景诚没有惹到她，大舅、二舅也没有喝醉酒或者说错话，小弟弟、小妹妹也没有童言无忌。

世界突然变得对她很温柔，温柔得有些不真实。灯光漾开家和万事兴，华兰敬酒和回话的时候，都比之前积极开心了很多。

难道上天真的突然打算照拂她这个不幸的孩子？于是在她与自己英雄般重逢以后，给她一点生活馈赠？比如忽然变得友善的表哥，以及突然变得懂事的亲戚？

她不知道。

但是那个时候举起王老吉的她觉得，这是自己应得的。

大人谈笑间，外面响起了烟花炸开的声音。小弟弟和小妹妹立刻下桌，跑到阳台上，指着天上炸开的橙红绚烂笑起来，接着就对二舅、二舅妈喊"我也要放烟花，我也要放烟花"。

二舅妈让他们安静点，好好把饭先吃完了。但两个小孩一直闹腾，软磨硬泡，让华兰看着挺糟心的。

"其实这里离江滨也近。"华兰似是无意提了一句，"开车十来分钟就到了。"

"小区里面不能放啊，江滨才能放。"陈景诚一边剥虾一边接话。

两个小孩立刻叫起来："我要去江滨，我要去江滨！"

外公外婆疼小辈答应下来，两个熊孩子立刻欢呼起来。

"姐姐带我去！"

最后，大舅带着一群小孩去了。

江滨滨的是上云江。长江支流上云江从山野丘陵里奔涌而出，在七山二水之地冲积出一分田，最后汇入东海。安川三面环山，一面依着上云江，分到了清州海岸线中的少数一点。

安川是低矮山岭里小小的一块冲积平原。说安川人是山里人可以，说是海边人似乎也行。

这里的山异状崎岖，但这里的海域远没那么波澜壮阔。

今晚的江滨，人来人往，分外热闹。

大舅和陈景诚从小店里抱回来一堆烟花鞭炮。

两个小孩手里拿了好几盒摔炮，追着陈景诚在摔，陈景诚避让不及，只好说哥哥给你们点个窜天猴，你们别闹了。

窜天猴"咻"地蹿上了天，在空中炸开一朵粉绿相间的花。

"哥哥还放，哥哥还放！"他们追着陈景诚，要把他的窜天猴点完。

"放放放！"陈景诚摁着打火机。

他注意到华兰在旁边安静地看着，便问："兰兰！要不你来？"

"不了不了，我有点害怕明火。"华兰连忙推辞。

不得不说，她有点缺乏浪漫细胞。眼前千朵万朵的灿烂，在她脑子里统一写成了"$2KNO_3+S+3C=K_2S+N_2\uparrow+3CO_2\uparrow$"的化学公式。

"一会儿还要点个孔雀开屏，放几个大礼花。"陈景诚"嘶"了一声，"那个比较好看。早知道你怕明火，应该给你买点仙女棒什么的。"

"没事，我看着就可以了。"华兰拿出手机拍照。

镜头里两个小孩如果不吵闹，还是挺可爱的。华兰想。

忽然，有条消息弹出来。

"大小姐，往你九点钟方向看。"

华兰看过去，穿着川中冬大袍的苏展挥着仙女棒在朝她招手，后面站着同样向她招手的童阿姨。

童阿姨热情地招呼她，问她怎么一个人，妈妈呢？

华兰礼貌问好，说明情况。

"阿姨也出来放烟花？"

"凑热闹嘛。"苏展没让童阿姨搭话，把仙女棒递给华兰，"买了加特林送了一堆仙女棒。我想着我一个男生放仙女棒，有点太仙女了。"

"我妈说不玩小孩子的玩意儿，还好看见你了。"

"你是不是怕明火来着？"苏展往她手里塞了好几根，"我给你点吧，你来放。"

上次进化学实验室，强哥让华兰点酒精灯，华兰颤抖着不敢动手的举动把强哥逗笑了。

强哥笑骂："丫头，你要早生两年学化竞，那时还有实验分呢——你这样就算考进复赛也得被淘汰。"

星形的仙女棒迸射出点点星子，映得华兰双眸闪亮。

苏展说，让她许个愿。

华兰摇摇头说自己没什么愿望。

"真的？"苏展似是不信，"你没想过以后做什么？"

"没有。"华兰想了想，"如果非要说，我希望和一群纯粹的人待在一起，像现在三班这样。"

"我不想做无聊的大人。"华兰慢慢吐出一句，却突然意识到什么。

"呀，都怪你！"华兰伸手打了他一下，"愿望说出来不就不灵了吗？"

"怪我怪我。"苏展请罪，"仙女，我再给你点两根，你再许。"

星星"噼里啪啦"地散开，他们眼里都亮晶晶的。

江上万千烟火流萤，炸开漫天玲珑。红黄橙粉，肆意泼洒。

手里仙女棒火星虽小，但好像也映开了一个世界。华兰举起仙女棒，通过镂空的星形，看到对面苏展含着恣意笑容的眼睛。

橙黄渲染，像颗晚星，粲然天际，多少烟波灿烂，照面而来。

"你呢？"华兰一时动容，这样问。

"我啊，我希望……"苏展被问得突然，结巴了一下。

华兰做了个噤声的手势。

苏展闭上了嘴巴。

华兰不知道，透过那镂空的星形仙女棒，她的眼睛同样染上橙黄，犹如晚星，灿烂千阳。

苏展想：我希望我们可以一直那么好，我希望我们认识的所有人都能实现自己的梦想，考到自己喜欢的地方去。

年年岁岁，烟花相似。

你每天都要开心。

生来身负奇才的我们，就该开心。

我们跨过空花与阳焰，遇见此时盛大的我们。

飞火流星，是同样盛大的和解。

第十四章
大地的掌握者

江滨那天美好的夜色和烟火像忘情的最后一舞，后来谁也没有等到年年岁岁的相似烟花。

2020年年初，全国人民都没想到，一种新型病毒会让整个世界都产生天翻地覆的变化。大年初二，政府就颁发了居家一号令。安川中学随之延迟返校，先让学生连续做了好几天卷子。

平行班的同学可能还在为寒假延长而欢呼雀跃，几个实验班的人却开心不起来。

尤其是这帮学竞赛的人。

他们下半个学期的日历很紧张，竞赛的内容很多，各科竞赛计划写完的练习册就有整整四本。冲刺阶段还要请教练来精练专练——高三高考一过，各级初赛马上开始，一天的学习进度都耽误不起。

在坚持打卡做了三天卷子以后，学校终于接到消息，这次的战线会拉得很长，短时间内看不到返校的希望。

那天早上网课的消息发下来，华兰傻了。

因为课本和竞赛教材全被她放在学校了，她根本没法上网课。

更烦的是，家里老电脑配置落后，连打印机都要卡半天，上网课的硬件条件太差了。

下午就要开始上网课，陈晓静急急联系了一个先前认识的电子城代理商，说马上去他那儿拿一台新的笔记本电脑来。代理商让陈晓静赶紧去，他们处于闭店阶段，只能临时叫人开一下库房。

陈晓静连忙出门去了，留下华兰原地凌乱。

班级微信群里炸开来。

没带课本回家的不止华兰一个。安培带头，开始疯狂艾特班长苏展。

安培顶了物理学家安培的头像：展哥，没带课本怎么办啊展哥？在线等，挺急的。

华兰一溜儿刷下来，起码半个班的人没把书带回家。

苏展头顶一个全黑的头像，群名已黑化。他出来说：我也没带。大家别着急，我跟炫哥正在沟通。

说完，苏展便消失了。班级群里，大家都在发表情包祈福，阿弥陀佛满天飞。

苏展再回来的时候，问：咱班有没有不能马上出门去学校的同学？

底下跟了一串问号。

三班没有安川下属乡镇来的同学，全住在新老市区范围内，私家车最多半个小时就能到川中。大过年的父母也都在家，速冲川中虽然离谱，但都可行。

华兰的妈妈刚出门，一时半会儿回不来，十点前肯定是去不了学校的。

华兰只能敲：我。

苏展来私戳她：怎么回事？你不在安川吗？

华兰：现在不方便出去，我妈刚刚去给我拿新电脑了。

苏展：那你等着，我给你带。

华兰心里一阵暖意，发了个"谢谢老板"的表情包。

苏展又问：我就不挑了，把你装书那小箱子给你都拖过来？

华兰：行，都在箱子里了。

苏展：我到时候就不上单元楼了，你下来的时候记得戴口罩。

华兰：好，麻烦啦，谢谢！

对方正在输入，输入了好久，但是什么都没有发出来。

过了半个小时，妈妈先开门回来，一回来就让华兰别动，她拿起玄关处的喷枪，先给自己全身上下消了毒，才敢进来。

"大街上一个人都没有，两边店也没几家开门的，安川人惜命啊。"陈晓静把包放下来，"大年初六，平时正是赚钱的时候。"

华兰想，不惜命的三班人正在往川中赶。她的手机不断冒出新消息，是他们发的回校照片。

刘一天发来一张照片，是把头捂得严严实实的安培，在躲身后追过来的刘一天。

伴随着的还有刘一天在群里的语音："培子，培子你别跑啊培子！"

余倩倩给华兰发了一段视频，视频里两个戴着防毒面具的男生"哐哐"把头碰到一起。

余倩倩发来一条语音："花哥，徐鸣和林狗还戴了防毒面具，都说自己是以前玩真人CS赢，觉得对方的像某宝9.9买的。现在正在比谁的质量更好。"

他们还真不怕丢人啊。华兰"扑哧"笑出来。

好吧，这就是三班，什么时候都能闹。

一切都没什么大不了的。

不就是停课吗？就算直接停到初赛前一天，我们还是能集体上岸。

她调试了一下自己的新电脑,收到了苏展让她下楼的消息。

妈妈有点紧张,问她需不需要把酒精喷枪带下去。

"带上来消毒吧。"华兰撇撇嘴,"要是苏展身上真的有病毒,那三班全得完蛋。"

她戴好口罩,下楼。

苏展也同样把眼睛以外的部分遮得严严实实的,从头到脚包了一身黑。

她把自己的小书箱接过来,对苏展点点头,说"谢谢"。

苏展摇摇头:"你跟我不用说谢谢的。"

华兰蹙眉,顿了片刻,试探着说:"不客气?"

他眼里有了笑意。

华兰"啧"了一声。她小时候经常支使苏展给她跑腿,习惯了以后从来不说"谢谢",只会坏笑着说"不客气"。

多蛮横的一个小姑娘,属于黑历史了。

但是都长大了,苏展不要脸,她要脸。

华兰做了个手势让他快走,晦气。

陈晓静也开始了居家上班。

通常,华兰在房间里上网课,陈晓静就在外面的书房办公。居委会每天把分配好的菜拿到各户门口,她们没有出门的必要。

华兰发现,这是自己与母亲单独待在一起最长的一段日子。

自从父亲走后,母亲工作早出晚归。就算过年放假也都忙到很晚,加班是家常便饭。

以前初中,大部分时间她都一个人待在这间小房子里。放学回家,她先去外公外婆那儿蹭饭,然后自己乖乖回来,关在房间里写作业。

妈妈有时候晚上七点回来,有时候晚上十点多才回来。

她们见了面,妈妈大多会问一句"兰兰作业写得怎么样了"或者其他的"今天上学怎么样"。

她的回答也都是那两三样:"嗯""写完了""还好"。

华兰觉得妈妈很疲惫,所以不会缠着她撒娇,要这要那。

妈妈觉得华兰很省心,从来不需要她过问学习方面的事情。

与其说她们是母女,不如说她们是一对默契坚强的搭档。因为受过同样的苦难,所以彼此搀扶,对同一件事三缄其口。

华兰的过早懂事,让这件事从一个女人单独的苦难,变成了两个女人共同分担的苦难。

陈晓静知道陪华兰的时间少,孩子再省心她也愧疚,所以从不肯在物质方面短着华兰。

陈晓静一旦得了几天空，总要抽空带华兰去逛街，给她买喜欢的小玩意儿，跟上本季时装品牌的潮流，想让她看起来漂漂亮亮的。
　　陈晓静算半个雷厉风行的女强人。平时在职场里指点江山惯了，见了很多年轻靓丽的女孩，自己的穿衣打扮也跟着时尚起来，每天的妆容也很精致，不然总觉得自己压不住她们。
　　她的梳妆台上，精致的口红有好几排。各式各样华兰叫不上名字的化妆品摆满了架子。
　　这个年纪的女人为了家庭，为了孩子操劳，脸上总有掩盖不住的皱纹和老态，但陈晓静会花时间掩盖掉那些岁月的痕迹。
　　在她的想法里，把自己的女儿打扮得漂漂亮亮的，是对她最好的馈赠。
　　其实华兰衣柜里有很多漂亮的小裙子、贵重的发卡，但是那时候她从来不戴，就算周末也穿得简简单单，运动服加运动鞋。
　　妈妈曾对她说，在这方面，华兰更像爸爸一点，不喜欢鲜艳的东西，喜欢能席地而坐的暗色。
　　不过说到这里，她就会停下来，避免提到之后的事情。
　　华兰也知趣地不再往下说。

　　居家的时光把人圈住，每天抬头就是四方的房间。
　　单调、慵懒，亟需自我管束。
　　程敏加入了每个班的家长群，在里面发了电子设备使用监督的通知，唯恐网课期间没有川中高压线管束的学生堕落了。
　　三班对此的处理方式是，开线上直播自习室，所有人都用一部手机直播自己的学习。
　　金炫在自己家里拿着平板电脑监工。
　　他们的竞赛日程还是一一进行，只有加快，没有拖延。有很多东西的线上学习效果不好，需要滚好几轮。
　　没有金炫的小班群偶尔会爆发友好的学术交流，更多的是临时性发疯。
　　这种发疯多集中在规定的睡觉时间之前，总有人会跳出来说："夜聊吗兄弟姐妹们？没有宿管抓哦！"
　　然后玩梗的玩梗，斗图的斗图，整活的整活。
　　这种夜深人静三班集体发疯的行为，某一日获得苏展同志赐名——"百鬼夜行"。
　　当然，这些竞赛生大部分时间探讨的问题还是十分深刻的。除了深奥的大学课本，还有年初教育局制定出台的"强基计划"。
　　从 2020 年 1 月 15 日起，教育局不再组织开展高校自主招生工作。自主招生全面废除了，高校在浙江省的招生被"三位一体"和"强基计划"取代。

这一废，总让这群搞竞赛的有种自己的命被废掉的感觉。

他们拿什么争取降分或者保送？

先前在川中关着，大家一直不懂这个变动具体意味着什么，问金炫，金炫也说不清楚，只说形势大变，还在研究中。

现在空下来，三班人自己研究。

小余爱吃鲈鱼：这个"考生参加统一高考和高校考核后，高校将考生高考成绩、高校综合考核结果及综合素质评价情况等按比例合成考生综合成绩（其中高考成绩所占比例不得低于85%）"，不就是说大头还是高考成绩咯？

明月夜：那我们拿了省奖国奖算在什么里面？算在高校综合考核里面？

培子安：那具体怎么算啊？有没有其他文件啊？

岛屿：清华、北大的保送计划好像不在这个范围内，是不变的。

一天猛猛冲：屿哥，不是每个人都跟你一样，要拿金牌保清华、北大的。

已黑化：而且你们不觉得强基给的专业很天坑吗？都是些什么数学、物理、化学、生物、历史、哲学、古文字学，全部是基础学科，分明就是平时没人学啊。

徐徐鸣之：就好像搞盲盒促销，实际上是把平时卖不出去的东西打包卖给你……打开一看……

忽然，刘一天说：要是北大强基能让我上，我还能不去上吗？读基础学科也行啊。

阳光开朗大男孩刘一天发了个"嘤嘤嘤"的表情。

培子安：让你读基础核物理你去吗？屿哥都受不了。

岛屿：[省略号.jpg]

话题立刻变成了"读名校好还是读自己喜欢的专业好"。

徐徐鸣之：我们班以后指定半个班清华、北大、复旦、交大分一分，剩下半个班浙大，差不多了。

一天猛猛冲：以后你们要是都在北大，我还在山沟沟里，我可怎么活啊！

小余爱吃鲈鱼：刘一天，你考隔壁北体来陪我们。

明月夜：此话有理。

培子安：此话有理。

人类的本质是复读机。

话题又变成了，三班的英才们有没有中意的学校和专业。

余倩倩想读医，安培想研究机器人，林屿说他喜欢天文学。

没想到，这一个个志向都这么远大啊？华兰一时间有点惭愧。

这时，苏展发来一条消息：你有梦校吗？

华兰正好用"没有"这个答案。

苏展又问：喜欢的专业呢？

华兰迟疑了一下，正在输入了好久，又说"没有"。

她感觉自己这样回复实在是太敷衍了,于是又问苏展:你呢?

苏展说:有太多了,恨不得每一个都试试。

华兰发了个"羡慕你"的表情。房门被敲了一下,妈妈推门进来。

"还不睡呢?"陈晓静揉揉头发,"饿吗?"

华兰摇摇头:"离规定睡觉时间还有一会儿呢,我们班同学在聊天。"

"聊什么啊?"陈晓静自然地坐到华兰床上,"跟妈妈说说?"

连续三天,陈晓静在女儿睡觉前来她房间,摆出一副聊天的架势。只是在华兰看来,妈妈一开口,多半是尬聊。

妈妈不关心竞赛和升学,听着转头就忘了。她们没什么非聊不可的事情,因为互相体谅对方。

妈妈以前从来不会这样刻意地想跟她聊天。

华兰猜,是这段时间的居家生活把妈妈关得越发愧疚起来。越在家里待着,她就发现越多自己不了解女儿的地方。

如果有其他原因,那么就是程敏的助攻。学生的小群里天天分享大家从自己家长的家长群里窃取来的信息,据说程敏除了让家长监督电子设备使用,还天天给家长上教育指导课。

用"已黑化"苏展的话来说,天天给家长进行教育成功学洗脑。

但是一部分同学表示,还挺有用。培子就说,他爸爸最近叨叨他的频率下降了,经常一副皮笑肉不笑的神情看着他。估计是听程敏说了少给孩子制造焦虑,多给孩子心灵关怀。

华兰觉得,妈妈估计也是听了程敏的鬼话。妈妈对她半放养,初中三年的家长会全都是大舅代劳,一点教育方面的知识都没了解过,此刻肯定把程敏的话当金玉良言,加上这段时间心里的愧疚,恨不得对这些话顶礼膜拜,全部记到小本子上。

"在聊喜欢的学校和专业。"华兰没给妈妈讲强基计划。

"那你有没有喜欢的学校和专业啊?"陈晓静问。

"……没有,能考多高考多高吧,能去复旦、交大就不去浙大。"华兰停顿一下,这样说。

陈晓静若有所思,道:"上海好啊,杭州也好。都是大城市,没怎么去玩过,等你考到那里了,妈妈正好也去玩玩。"

华兰的记忆里,小时候有数得过来的几次全家旅行,但都不是去往北上广深这些大城市。

目的地是青海、西藏、新疆,哪里远往哪里去。华兰七岁就上过青藏高原,虽然是晕着被人抱上去的。

鹰隼飞天,在透彻的苍穹下盘桓,望不到尽头的朝圣路,无尽的风。

· 142 ·

她见到雄伟的布达拉宫以后，有种难以言说的快活。

跟她同游的叔叔都夸她："兰兰真棒，这么小年纪已经来到世界第一高原了。"

然后，他们对她爸爸说："老华，你这个女儿像你，一身的硬骨头，就不是待在温暖地方享福的命。"

七岁的华兰不知道这具体意味着什么，但是被夸像爸爸，她很开心。

爸爸妈妈在她身后笑，饮尽高原纯净的风。

他们都很喜欢无穷的远方。

小华兰很难描述清楚，关于地质勘测员的工作具体是什么，只知道爸爸每次回家都黑不溜秋的，身上很少有干净的时候。

华兰不要爸爸抱，问他："为什么每次都弄得脏兮兮的？"

爸爸笑着逗她："爸爸再下两年现场，就去研究所啦，不用把身上弄得脏兮兮的了。"

"研究所在哪里啊？"华兰问。

"杭州，或者上海，到时候我们全家搬过去。"爸爸说。他像往常一样，站在家里那幅大的立体地图前面，给华兰指自己这次去了哪里。

立体地图主要由绿、蓝、褐、黄四个颜色组成。华兰知道安川在的地方大部分都是绿色，分布着黄色的斑点。而爸爸去的地方，都是褐色的最深处。

华兰逐渐长大，知道爸爸在那些地方勘测稀有的矿石。

"这是一项伟大的工作，因为我们是大地的掌握者。"爸爸说。

华兰懵懵懂懂，但语气坚定地对爸爸说："我长大也要做大地的掌握者。"

跟同龄的小朋友说"我要当宇航员""我要当主持人"一样，华兰想当大地的掌握者。

虽然年龄小，但那确实是她唯一亲自说过的梦想。

爸爸"哈哈"大笑，说："有这份心是好事，但妈妈可能不大同意。"

陈晓静拿着锅铲从厨房里出来，让他别真的把女儿带去深山老林里了。

妈妈当时是笑着说的，但是后来，她很严肃地对华兰说过"别学你爸，女孩子要安稳一点"。

因为在华兰十一岁那年的初夏，一场突如其来的泥石流把爸爸留在了青海，再也没有回来。

那时正值浙南的梅雨季。

她在上课的时候被老师叫出去，迷迷糊糊地被塞上车以后到了殡仪馆。她看着所有人步履匆匆地从眼前过去又过来，墙壁上挂下水珠，一切声音淹没在南方闷热潮湿的空气里。

她能想起那时刘海黏着额头令人烦躁的感觉，那是迄今为止她心里梅雨季的第一实感。

后来，她一直讨厌梅雨季，最讨厌夏季风携来的杏花烟雨。

学习高一地理的时候，华兰忽然想起那年的梅雨，雨带来得太早，要造成南旱北涝。

她也说不上多热爱，只是对地理有点好奇，那些东西她一学就会。

三班顺手在地理赋一百分的不止林屿，还有华兰。只是林屿太神仙了，大家都没有过分关注低调的华兰。

她不确定能不能说自己喜欢地理，但她肯定自己说了，妈妈会不太高兴。

前几天地理上网课，老师让待在家里的同学们，尤其是选考生，把家里说不定有的老地图找出来，多看看，对学习地理有帮助。

华兰想起那幅爸爸很喜欢的立体地图，他还在的时候一直在客厅挂着。

立体地图的纸张随着地形起伏变化，父亲曾带她抚摸过青藏高原的突起和海底盆地的凹陷。

小时候，她喜欢用手感受一寸寸地球的土地，平直的非洲东海岸，还是曲折的欧洲西海岸，都不过是指间的距离。

她和父亲以相互考察地理事物为乐。他们总在吃饭的时候用大西洋中脊来决定下一块鸡排的归属，在周末的时候用世界大洲分界线来决定谁多做一点家务。但是后来这幅地图不知哪里去了，好像被人刻意藏起，没有踪迹。

在地理老师布置这个作业的时候，她试探着问妈妈："家里还有地图吗？爸爸的。"

妈妈瞥了她一眼，淡淡地说："都烧去陪你爸了。怎么了？"

"没事，地理老师布置了一个和地图有关系的作业。"华兰如实说。

"你上网查查呗？非得用纸面的东西？"妈妈问。

华兰答自己正打算上网查，就顺手把自己关进了房间。

妈妈明明很平静，但华兰觉得，最好还是不要刨根问底了。

这场灾难夺去了产生美的距离。在整个网课阶段，华兰和妈妈就维持着这样拉锯着表面和平的生活节奏。

华兰没事不出房间，妈妈抽空来一下华兰的房间，叨叨她不认真吃饭身体肯定要出毛病，或者把程敏对于家长的教育理念付诸实践。

程敏让家长现在就可以全面了解一下升学和志愿填报的信息，不要等到那时候手忙脚乱，偏听偏信。

大数据开始给陈晓静推一些升学和高考的视频，一向不留意这些的她架不住常常刷到，也开始关注起来。

陈晓静常常晚上敲华兰的房间，兴奋地对女儿说，刚刚这个视频说某某学校的某某专业很好。

"妈妈也是关心你啊，你虽然学化竞，但你一个女孩子难道真去做化工啊？

不得学个轻松点的专业？"妈妈理直气壮，"妈妈知道你成绩好，但是到时候专业也要选得好啊。你们程敏段长说，让我们现在就关注一下升学的情况。"

华兰听着血压有点高，她在心里叹了口气，第无数次想把程敏的嘴缝上。

"妈，我心里有数。你少看点无脑短视频和营销号，要关心，你看点权威网站。"

陈晓静总是一脸不爽地被女儿请出去回房睡觉。

这样的事情发生过几次，华兰心里有点烦，但她又不能跟妈妈吵架。

所以当三月初安川官方发布本地病情清零的时候，华兰心里暗喜，想着什么时候能组织返校。

三月中旬，全市初三和高三开始了第一批返校。

朋友圈里一片哀号，哀叹死期将近。

因为程敏一早通知过，一返校就考试，别想着网课在线上考的试浑水摸鱼还能继续浑水摸鱼。

三班同学看着风向差不多了，纷纷认命开始挑灯夜战，以免返校让人看出来自己网课期间在海里游泳。

他们瞒着金炫，把线上自习室开到零点以后，自愿加入学习。

因为对自己自制力和实力的自信，华兰从来没有出现在零点的自习室过。

余倩倩用哭脸敲她，说自己网课期间摸鱼，现在熬夜也补不回来了，华兰怎么就这么有自信。

"我考过这么多试，没有一次是课还没上完我就去考的。"

苏展也来问华兰，全班就她一个人准时下线，这是真不怕返校考试啊？

华兰说，她巴不得早点回去。

苏展问她怎么回事。

华兰没有正面回答他。

苏展说：让我猜猜，跟阿姨闹矛盾了？

嘶，华兰就奇了，苏展是怎么猜到的。

她心里有种预感，于是问：难道你也是？

苏展发了个bingo（答对了）的表情包，说他也受不了他爸了，希望赶紧回川中避难。

他们都很好奇彼此家里能吵什么，因为在对方眼里，他们的家庭都很和睦。

苏展模糊地提了提他爸生意受了影响，整个人很烦躁，现在看他哪儿哪儿都不爽。而华兰就随便说了说妈妈真的喝了程敏的迷魂汤的事。

看样子他们都不太好意思讲细节，都用了一句"无聊的大人"一笔带过。

苏展说："其实不用管家长说什么，他们总是有自己的一套思路，像你那天放烟花的时候说的一样，我们不要成为无聊的大人就好了。"

华兰的视线落在"我们"两个字上，有种说不出的感觉。

她还是回了一个"好"字。

他又说:"你喜欢什么,阿姨改变不了,程敏更改变不了。"

华兰不假思索地回了一个"你也是"。

你也是什么呢?同样不要因为别人的话而放弃自己好奇喜欢的东西吗?

华兰被自己的不假思索吓到了。是的,这样不就等同于承认自己喜欢地理了吗?这种骨骼和血液里写好的喜欢,连同上天给她的天赋,不可能因为刻意回避而消失殆尽。

她更意外的是,苏展没有否认这个"你也是"。

他也有很喜欢的东西吗?华兰想,难道是因为这个,跟他爸爸闹矛盾的?

华兰把手机放下,躺到软绵的床里,盯着天花板,思绪飘出好远。

通知高一高二错峰返校的文件终于在清明以后被发了出来。四月中旬,浙南天气回暖,他们每个人带了足够一百天用量的口罩,被关进了川中。

川中取消了大小周,打算把这些孩子一口气直接关到形势稳定。

华兰回到三班的第一反应是,大家都白胖了很多。

余倩倩的婴儿肥更明显了。看刘一天脸上这肉,华兰很担心他高二运动会的时候还能不能跑得动。

"花哥,你怎么一点没胖啊?"余倩倩抓着华兰的肩膀摇。

虽然迈不开腿,但华兰管得住嘴,她胃口不好,吃得少,所以看起来没什么变化。

华兰让她别摇了,问她刚刚大家桌上都有的红纸是什么,为什么自己没有。

"你回来晚了十分钟,晓菲姐刚刚冲进来发的。我们已经号过一轮了。"余倩倩疯狂抖动那张红纸,生无可恋地对华兰说,"没天理了,谁来管管?高考都延期了,生物竞赛初赛不延期?"余倩倩"啪"地将红纸拍在桌上,"我还以为我们要见证历史了呢。"

"你们化竞有消息吗?"余倩倩问她,"总不能只有我们生竞这么倒霉吧?"

"奥赛都一个筹备组的,一个不延肯定个个不延。你还要庆幸你们生竞通知发得比较早。"华兰也生无可恋地摊开化竞精选题。

"那是因为我们初赛日期最早!"余倩倩猛戳橡皮。

教育部3月31日发布通知,高考延期一个月,各地市中考日期相继调整。

但是竞赛初赛没有延期,仍旧七月底开始,九月份上旬结束。

竞赛生的命也是命啊。

突如其来的不延期公告让三个实验班都蒙上了一层阴影。去年因为进度的问题,没有人通过初赛。

但是高一下学期的这一次竞赛,是所有人铆足劲儿的鱼跃龙门。很大程度上,这能反映出一个人学竞赛的能力和前途。复赛拿不到省一国奖,还可以再等来年拼一拼。

如果初赛还过不了，基本等于竞赛方面没有前途了。

往年竞赛班，有很多学生是在这一次考试成绩出来之后，放弃竞赛的。

在竞赛这片苦海里，他们滑下礁石，或是被太阳蒸发，只能湮没在这里了。

余倩倩因为最早的考试日期紧张，华兰也因为薄弱的"有机大化"焦躁。她平坦的化竞版图上，"有机大化"像是一块没有办法掩饰的疮疤。

经过清凡师姐的开导以后，她能找到学有机化学的感觉。一般题型都在可以解决的范围之内，但创新题千变万化，知识点太过零零碎碎，很少能有解出来的时候，正确率很平庸。

竞赛和普通进度的返校测试结果出来，年级排名大换血。前两名被二班的同学夺走，三班考得最好的宋嘉礼位列第三，江潼和华兰紧随其后，但林屿和苏展考了个稀烂，都在五十名左右。

三班竟然有十个人掉到了年级两百名以外。

程敏罚金炫面壁思过，金炫回来的时候冷着一张脸。

金炫往讲台上一坐，一句话也没讲，所有人都想起立说"炫哥对不起"。

"成绩单都发到了吧？"金炫说，"我也不想骂你们，你们自己清楚离初赛还有多久就行。

"我可不想成绩一出来，我们这届就不剩几个搞竞赛的了。"

他们面临的最大敌人，是时间。

华兰奋笔疾书的时候，倒也有个意外的"好消息"。

所有的大型活动，如学生会承办的校园十佳歌手、班歌大赛、摆摊等等，因为管控的关系，被认为是人流聚集，全部停办。

日常规章打分的频率也被减少。刚换完届的学生会，直接停摆了一半，平时只剩纪律工作了。

如果是平时，华兰肯定会觉得可惜。但是现在紧要关头，这个通知来得可真是太及时了。

华兰飞快翻着"三大本"，想着刚才那个结构，是在哪一块见过来着？

第十五章
人潮自会推开黑夜

程敏最近脾气很不好。

鉴于三班上次返校测试,他有点着急上火,这两个星期的自习课有事没事老来三班打转。

程敏一来,必然不可能毫无收获地回去。

刚过去几天,三班的光盘乒乓和纸飞机就全部被藏进柜子,后排摆得随心所欲的桌子在绊了程敏一脚后马上被金炫派人整理整齐。

班里踩点上早自习和晚自习的大佬们只能各自提早五分钟,防止回来的时候刚好撞见程敏在班级门口垮着脸蹲人。

最后一排靠门坐的林屿和江潼灵魂出窍回归提前招时期,再次修炼和程敏的心灵感应,以免城门起火,殃及全班。

这段时间一进三班,站如松坐如钟,跟军训似的。

"你们两个是猪脑吗?基础题还做错?"

华兰才从学生中心回来,刚迈进三班,就被这横空飞出的一吼吓了个激灵。

只见教室后面站着的矮墩墩男人眉毛拧成麻花,手里拿着一张试卷,不可置信地抖动两下。

林屿和苏展站在他旁边。两个一米八的大男生,面对来自一米六五的程敏的威胁,动都不敢动一下。

他们俩本来就是程敏的关心对象,现在因为上次考崩的事情,光荣晋升特别关心对象。

日常的上房揭瓦整治过以后,程敏身为数学老师,感动中国,坚持一个人打两份工,向物理组求证了平时竞赛小测的题型分布和难度系数,时不时来看一下林屿和苏展的测试卷。

如果他俩的卷子前半部分做得很完美,程敏确实水平有限,也没法妄议后半部分,只能阴沉着脸一副想骂又骂不出来的样子走掉。

但是如果像今天这样,程敏就要开火了。

程敏在自己的教学班特别喜欢把数学基础题做错的同学骂成"猪脑",但被骂的同学在之后的考试中,成绩无一不神奇地提升。

这种神奇的情况,被称为"猪脑效应"。

之前程敏一直没机会在三个实验班施展这种现象的魔力,这段时间终于找到机会了。

两个物竞大佬大概是第一次受到"猪脑"的侮辱。

"段长,这次失误,我们下次保证不做错了。"苏展当了班长以后,很懂带头先认怂的艺术,好汉不吃眼前亏,识时务者为俊杰。

程敏冷哼了一声,把两张试卷递回去。他睨了两人一眼,淡定地道:"我问过你们金炫老师了,下一张小测下周二做,你们最好是脑子都放清楚了做。"

"那肯定。"

苏展行注目礼,目送程敏结束今天在三班的阅兵。

三班从僵硬的安静中解脱出来,投入各自的题海里去。

讲台上的王岩开才敢开始发从强哥那里端回来的作业本。

他把本子递到华兰手里的时候,默默说了一句:"真可怕。"

华兰没听清,接过本子"哗啦"翻了翻,问:"什么?"

"我说刚刚程敏,真的很烦人。"王岩开小声说,"他要是这么管化竞——老天。"

"我倒觉得,他终于骂苏展和林狗了,是件好事啊。"华兰眯眼,"这证明猪脑效应要生效了,他们很快就可以排名反弹了。"

"我不太理解为什么他要有事没事来压力一下学生。"王岩开低声,"我们班每个人其实都已经学得很努力了。"

"程敏说什么,你让他说去好了。不喜欢听就左耳进右耳出嘛。"华兰敏感地察觉到王岩开怪怪的情绪,笑着这样说。

王岩开不轻不重地"嗯"了一声,接着发下一本作业。

他人长得很方正,平时不怎么说话,性格就跟他的名字"岩"一样,闷闷的,平常见他最多就是在位置上不声不响地写题。

华兰看过他的 March,基本已经写满了。这让 March 空白的她很羞愧。

推爷就是推爷啊。

因为程敏对三班的担心,所以本来应该在五月底来的竞赛教练提前跟三班见了面——以网课的形式。他们人在外地,因为管控的关系,暂时还没法线下给三班上课,只能在线上先指点江山。

他们让金炫把竞赛的同学按学科分了学习小组,平时形成良好的监督和竞争效应,不要再因为自制力不够而散漫。

因为地理位置,华兰和王岩开分在了一个化竞学习小组里。上次他们就一道环中环套中套的化竞题目讨论得激烈,抢在江潼那个化竞小组之前算出了答案。华兰遇到有疑问的题目懒得走到后排去找江潼了，毕竟人家现在跟他们小组是竞争对手。如果一转头就可以和王岩开讨论一下，又何必跋山涉水去后排？

他们讨论题目还挺愉快的。

王岩开的思路很广，经常讨论完一道题就说，像他上次见过的一道题，然后拿出那道题让华兰看。

华兰有时候看不出题目的相似之处，觉得只是知识点简单重合，会跟他再掰扯几句。

像颗石头一样，王岩开说话慢慢的，但语气很沉稳，不轻易慌乱。就算华兰质疑他的思路，他也不会着急反对。

他会沉重地"嗯"一声，然后说"等一等，说不定是我错了，我再来理一理这个逻辑"，而不是像一些人，会直接说"不是，你这个不对"，着急着否定你的答案。

从乙班到现在，华兰见过很多抢进度的人。他们通常有个共同的特点，就是好像很害怕别人知道他们抢了进度。于是，他们把"暗推"的"暗"字贯彻到底，写什么东西都偷偷摸摸的。

华兰其实有点反感那种抬起手挡自己练习册的动作，因为会给她带来一种"被防着"的感觉。

客观来讲，这个年级里所有人都是竞争对手，但这毕竟只是视野所及之处。整个浙江省一届有三十万考生，真正的对手浩若星海。

彼此成就，远比彼此防备所带来的收获要多。

王岩开虽然很能推，但他从来不防着别人看自己在写什么。就算旁边同学偶然看到了他离谱的进度，说一句"我的天，推爷都推到这儿了"，他也只会淡淡地应一声，然后继续写。

华兰有幸考察过两次，他那个做题量堪称恐怖，跟江潼比只多不少。

三班的学习大概可以分为两派。首先是题海流，以林屿和江潼为代表，一骑绝尘的题量打底，没有固定的整理和错题，靠脑子和简单的几张纸就能向外延伸知识体系。

王岩开也属于这个流派。

其次是像华兰这样的整理流。他们并不以题量见长，而是在有一定的题量基础以后，选择自己给自己编代表性题库和错题本，知识体系在一张张活页纸上被具象和实体化，更有规律可循一些。

什么都不做还能考好的，三班暂且查无此人。

华兰觉得，王岩开脾气还挺好的，识大体，很温和。

但有时候看起来有点焦虑紧张。

年段会下发月度行事历当作规划纸，王岩开把纸贴到自己的桌板上，每天都写满密密麻麻的计划，给自己框定做题的数量。

他是一个计划性极强的人，要是完不成自己的计划，那天整个人就会病恹恹的。为了追平自己给自己规定的进度，第二天他一般会采取课上刷课下也刷的策略。

什么时候看到他紧锁的眉头松开了，证明他的学习计划应该已经追得差不多了。

程敏在三班怒骂"猪脑"的那个星期，王岩开的心情一直很不好，紧锁的眉头直到下个周二才解开。

华兰这才敢转头跟他讨论一道数学题，否则她总怕自己打扰了人家的进度。

"你说到底有几个交点？"华兰问。

王岩开揉了揉眼睛，正看着题。苏展"呜呼"一声从前门飞进来，紧随其后一起飞进来的还有林屿。

"什么题什么题？"苏展每个尾音都上扬，大有一日看尽长安花的兴奋。他飞快看了一眼，对华兰说，"你再看看？右端极限可以用洛必达法则。"

华兰"唔"了一声，瞥他："怎么眉飞色舞的？拯救地球了？"

"差不多吧。"苏展耸了耸肩，挑眉道，"让程敏在办公室说不出一句话，只能看着干瞪眼，算不算拯救地球？"

原是刚刚物竞小测的分数批出来了，林屿和苏展的卷面都做得无比完美，两个人并列第一，拉了第三名宋嘉礼十来分。程敏翻看试卷的时候苏展和林屿就在旁边，看着程敏默默翻完，瞪了他俩一眼，又一言不发地走了。

"我说，他那个时候，百分之百想骂人，但是找不到理由。"林屿笑得忘乎所以，"我可太喜欢看他那个表情了。"

"那种看你不爽又干不掉你的样子。"苏展附和道。

一点都不意外，虽然花了一点时间，但他们还是能各自踏上巅峰之路。

"猪脑效应果然例无虚发啊。"华兰看着他们得意的样子，真心感慨。

王岩开一开始有点无措，但看着眼前情绪饱满的两人，似乎深受感染，也憨厚地笑了起来。

正笑着，王岩开翻开了另一本练习册。

"还写呢？我看你是写题上瘾了，不写到固定的题量生理性难受。"

华兰原是玩笑，却没想到王岩开很认真地想了想，他慢慢翻着纸页，又轻声说："确实有一点，要是写不完，我心里就跟刀割火烧似的。"

空气凝固了一瞬，华兰和苏展脸上的笑都僵住了，林屿的说话声戛然而止。

王岩开注意到诡异的气氛，问大家为什么都看着他。

苏展试探着开口："推爷，我是觉得，写不完就写不完。而且你进度已经很快了，这么赶进度也没个头啊。"

"心里难受的话，要不去看看心理医生？"华兰问。

"没事儿,我就夸张着这么一说。"王岩开大气地摆摆手,"就是有点难受和焦虑罢了——大家写不完作业不都这样吗?"

"我的话,真写不动的时候,会去操场跑两圈,或者跟苏展打球。"林屿忽然这样说。

"屿哥,我不喜欢篮球,我们不一样的。"

王岩开还是像块石头,岿然不动。

五月份,病毒形势稳定,各科教练终于到了川中,竞赛小测的周期从十天一考加速到了五天一考。

竞赛压力这么大,六月初还要加一场浙南联考,华兰涂卡笔都见底了一支。

这样的滚轴车轮战的节奏,明显更适合那些平时题量大的同学。华兰的学习节奏在其中并不讨巧。

在近来几次化竞小测里,江潼还是一骑绝尘。华兰在江潼后面,有时在第二,有时在第三或第四。她看起来不紧不慢,但内心确实很煎熬。

一直以来有机化学的正确率都很平庸,无机化学要是有所失误,整体成绩就会波动。

名次的起伏并不让她感觉难受,但是她能明显地感觉到,自己没法再一次触碰曾经跟李清凡所说的"上限"。

李清凡说"量变引起质变",华兰一遍遍地翻化竞"三大本",等待着那个质变的奇点。

等得有些或多或少的焦虑。

同样焦虑的还有王岩开。

王岩开的化竞成绩整体上比华兰要差一些,车轮战以后,化竞生内部的排名有些波动。适应得好这个节奏的题王们会考得更理想一些,与此同时,有些人的名次会掉落。

然而王岩开的名次没有变动,固定在中游偏上。他像一道固定的分界线,原先排名在他之前的人掉下来,在他之后的人赶上去,而他自岿然不动。

作为题海流,这份红利他竟然没吃到。

华兰把这几周考过的化竞试卷放在一起,把做错的有机化学题用红色荧光笔圈出来,将一道自己还有疑问的题目跟王岩开确认了一下,便准备把试卷肢解,让错题换个地方住。

她正准备开刀,却听王岩开缓缓说:"华兰,我觉得你可以先把牛津那本书放放,看一下傅献彩的有机化学部分,我觉得有些跟你错的题思路还挺像的。"

彼时,华兰在啃那本牛津厚厚的 Clayden(有机化学课本),听了这话很感慨,想必是推爷已经推到这本书了。

"如果你觉得没时间的话,可以拿我的'傅献彩'去看看。反正我也做完了,你比我厉害，你就做我做错的题呗。"

华兰意外，又忙不迭点头。她知道王岩开大方，但没想到王岩开这么大方。

"谢谢你啊，帮大忙了。"华兰眼睛弯弯，"我正愁没方向呢，你直接给我筛选了。你也别一天天刷得这么累，没事可以去外面散散步，放空一下脑子会更好。"

王岩开与华兰的眼神对上一瞬，就赶紧低下头去，看着桌上摊着的习题册，一面说"没事没事"，一面把自己那本"傅献彩"从桌下的书箱里抽出来，递给她。

华兰把书捧回来，粗粗翻了一下，便能看出王岩开平时做题很细心。

这本"傅献彩"右侧贴了一排的索引纸，是他用来提醒自己哪些题目是需要多加注意的。这样细致的标注，其实就让整本练习册直接起到了错题本的作用。

封面和第一页之间夹了张活页纸，是王岩开给自己画的树状图，总结一些经常错的知识点。

他的总结能力也很好啊。华兰奇怪，为什么这么多的题砸下来，他的成绩见不到明显的进步呢？

"呀，"旁边的余倩倩戳了戳她的脸，"得了什么宝贝了？看得眼睛发亮，还怪好看。"

华兰跟她说是推爷的赞助。

"推爷为什么不学生竞！"余倩倩望一眼，"我们小组没一个靠谱的，指望谁帮我筛题啊？缦缦还是刘一天？"

卓依缦无辜地看过来，刘一天打了个喷嚏。

华兰笑了笑，按着索引纸打开练习册。

华兰偶尔还需要去学生中心忙一下，时间很紧张，有时候连吃饭的时间也没有。她拿了王岩开的"傅献彩"，零碎时间可以用来随便做做想想，不至于一晃神时间就过去了，整段的时间再按照她自己的节奏来。

这本"傅献彩"弥补了华兰时间不够、题量一般的劣势。华兰的做题速度并不快，做的教辅偏少，但是优势在于理解深刻，能基本吃透每本教辅的逻辑。

推爷的赞助让她省去了做的步骤，直接开始理解，时间大省。

她翻完"傅献彩"是在五月下旬，浙南联考之前的最后一次化竞小测。

那天，年段突然接到上级通知，说他们不用在学校戴着口罩上课了，再加上第二天是一个回家周的周六，所有人心情都大好。

在这样难得愉快的氛围下，华兰觉得那张卷子做得格外顺手。

准确来说，她越做越兴奋。她隐隐感觉，自己好像碰到那个自己期待已久的奇点了。

周六早上，华兰有意无意地路过教师办公室门口，探头探脑地看强哥和教练在做什么。

强哥拿着陶瓷杯出来倒水，看到华兰"鬼鬼祟祟"的样子，抬手拍了她后脑勺一下，笑道："小丫头这次考得很好嘛。"

"啊……"华兰故作惊讶，小声说了一句"有吗"，其实心里希望强哥说说有多好。

强哥还是很和蔼地笑，不知是不是教了这么多年书看破不说破，他道："你比江潼还多一分呢。"

华兰那一刻有点愣住了。

她想到自己考得好，却没想到自己考得这么好。

她比江潼还多一分。

她比江潼还多一分。

从去年初提前招开始，整整一年半过去，她终于又当了一回化学单科第一。原来极致的喜悦，是会让人暂时傻掉的。

"怎么，不高兴啊？"强哥看她呆呆的，这样问。

"老师，一次考得挺好罢了。"华兰回过神来，抑制着嗓子眼里都快溢出来的笑意，"我以后会继续保持的。"

告别强哥以后，她马上飘回三班，打算跟王岩开分享一下这个好消息，顺便千恩万谢他的"傅献彩"。

她走到班级门口的时候，正好撞上从里面出来的王岩开。

华兰立刻笑道："推爷！我跟你说，我这次小测……"

"我知道，你第一，恭喜你啊。"他淡淡笑了一瞬，便敛住了，接着朝办公室的方向走去。

"哎？"华兰转过身去，看着他离开的背影，觉得他好像笑得很勉强。

"你别叫他了。"苏展从背后扯了她一下，"刚刚小天过来跟他说，教练和强哥让他去办公室。"

"啊？"华兰蹙了蹙眉，意识到了什么，抬头问他，"他考得不好？"

"情况有点复杂，我也是今天早上在办公室听见强哥跟炫哥说的。"苏展把她拉到走廊边上，倚着柱子轻声说，"说推爷好像是有机推断没写出来，之后的有机题就都没写出来，物化也乱七八糟，最后直接在空白的地方写了一篇检讨书。"

"啊？"华兰惊道，"怎么会到这个地步？"

"有几道写不出来很正常，怎么会全部做不出来？他水平又不差。"

"多半是心理问题。"苏展摇了摇头，同样神色为难，"我一直觉得他整个人很紧张，好几次叫他打球吧，也不去，想帮他透透气都没办法。"

"他心理压力都这么大了，强哥不会骂他吧？"华兰轻轻出声，她真的有点担心。

"放心，强哥肯定不会骂他的，百分之九十九是给他做心理疏导了。"苏展的声音这时显得格外沉稳，"炫哥也在，多半会带他去看学校的心理医生。也好，否则我都不知道怎么跟他提。"

华兰心里稍微好受了点。王岩开在帮了她一把的同时，自己承受着这么大的心理压力，让她总有点过意不去。

"你别想太多，人都有这个时候，回去自习吧。"苏展偏头，双眸低垂，轻轻对她说，"别又因为这个，给你自己上压力了。"

"怎么会……"华兰注意到他认真的眼神，条件反射似的往班里走。

她不得不承认苏展确实很了解她心里在想什么。

以及，他是个好班长。

下午回家之前，华兰先去学生中心整理了一下这两周堆积的违纪表单，以免肖子怀下次盖公章的时候云里雾里。

她刚到办公室，发现肖子怀也在。

肖老板在算经费报销。

"很难想象，这个学期我第一次算经费报销。"肖子怀在纸上勾勾画画，"所有活动都取消了，经费也很少支出。"

"我还得感谢呢，不然十佳和班歌要是还办，我得死在化竞车轮战里面。"华兰飞快地将表单按时间排下来，"我真佩服清凡师姐，不知道去年她怎么熬过来的。"

"嘶——"华兰排着排着，发现两张隔着两天在午休同一时间开出的违纪罚单，处罚人名字写得一模一样。

要不是受理人不同，她都以为这两张罚单开重了。

"沈岐黄，俞梦。"她轻轻念了下这两个名字，觉得都很好听，怎么连着在午休的时候违法乱纪呢？

她看了一眼班级，发现俞梦竟然在十一班。

"肖老板，这个俞梦是你们班的啊。"华兰戳了戳罚单，"你让她注意点，下次再跟这个叫'沈岐黄'的一起犯事被抓，就要通报批评了。"

事不过三，违纪罚单攒够三张，可以换得程敏请喝茶和用年段广播念名字的宝贵机会。

肖子怀"噗"了一声，道："她呀。"

"我知道了，我会跟她说的。"肖子怀紧紧抿着唇，表情很是耐人寻味。

整理完单子的华兰拎着行李箱，去学校旁边的公交车站等车回家。

她无聊地看着天站了一会儿，再低头时，一辆白色奔驰停在她面前，车窗缓缓摇下来，肖子怀探出头："别等车了，姐带你回去。"

华兰脑子有些放空："不用不用，我家在长虹街，应该不顺路吧？"

"顺路的，是往一个方向开，就是换条路而已。"肖子怀把车门打开，"到我家路程是一样的。"

肖子怀道："哥哥，后备厢开一下。"

"需要我帮忙吗？"一个低哑的男声问。

"不用。"肖子怀轻盈跃下，把华兰的行李箱放到后备厢去，然后拉着她一起上车。

车载音响在放《年少有为》，李荣浩的小烟嗓低沉沙哑却很有穿透力。莫名地，华兰觉得他的声音和子怀哥哥的，有点像。

黑色皮质座椅的味道混着车载香氛的香味挠了挠华兰的鼻腔，让她有点不适。一上车，她就咳嗽了一声。

"怀怀，你同学不晕车吧？"

华兰向前看去，只能看到子怀哥哥侧脸的线条。

"不晕的。"华兰赶紧答。

"那就好，车子比较新，味道可能有点大。如果你晕车，可能会不太舒服，车上有晕车贴。"他稍稍转过一点儿来，对华兰说。

仅仅是瞥一眼，华兰就意识到，那半张脸相当英俊，搭在方向盘上的手骨感漂亮。

"我、我没事的，也就一点点路。"华兰结巴了一下。

有些女孩，可以很自然地对陌生帅哥评头论足，完全不胆怯，比如倩倩，可以落落大方地给年级里好看的男孩子排出个顺序册来。

但是华兰不属于这种女孩子。不知道算不算那段难熬时光留下的心理阴影，她见到能力优秀或是外表靓丽的陌生人，总是先觉得抵触。

就像刚见到李清凡的时候，她很胆怯，是李清凡特有的亲和力才让她迅速生出好感来。

车上陌生的帅哥和氛围让她有点不自在，因此她整个人都坐得很僵硬。

"花哥，这是我哥哥。"肖子怀看出她的不自在，主动和她说话，"他是13级的，比我们大六岁。"

华兰听到"13级"，便问："你哥哥以前也是川中的？"

"是的。"开车的肖浔出声，"我比你们早六年。"

华兰突然想起，自己的表哥陈景诚也是六年前的川中生，原来跟子怀的哥哥是同届的。

她说："学长，我表哥应该跟你是一届的。"

"噢？"他道，"你表哥叫什么名字？说不定我认识呢。"

"陈景诚。"

肖子浔沉默了一下,好像在仔细回想,然后笑了一声。

"有点印象,好像先前在我隔壁班,原来是你的表哥。"

"花哥,我哥哥先前也是秘书长。"肖子怀眯眼笑道。

"真的?"华兰意外,"那你们家是祖传的肖老板?"

"原来现在这个后缀还在流行啊。"肖子浔咳嗽一声。

"子怀,你是因为你哥哥才去秘书处的吗?"华兰好奇。

"我?"肖子怀摇头,眉梢微扬,"当时招新的时候阿豪比较好玩,我就去秘书处了,跟我哥没关系。"

"她可有自己主见了,最烦别人说她像我。"肖子浔悠悠来了一句。

肖子怀不理他,对华兰说:"我哥巨讨厌,我小时候没少受欺负。他去上大学以后,我生活品质不知道提高了几个等级。"

"小姑娘没事别瞎说话啊,会变丑的。"肖子浔尾音含笑。

肖子怀对她哥"略略略",道:"我说的不是事实吗?"

华兰情不自禁地笑了一声。她想,跟她和陈景诚不一样,肖家兄妹的关系,一看就很好。

"学长现在应该大四吧,怎么没回去上学啊?是学校还不让返校吗?"华兰突然想到陈景诚也还没返校,这样问道。

"省内嘛,杭州我是可以回的。但最近创业的项目在清州还有点事。我也没什么课,就没回去。"肖子浔缓缓道,"学妹的家是这个红绿灯过去第几个路口?"

"第三个。"华兰礼貌地笑,"谢谢两位肖老板的顺风车。"

肖子浔缓缓靠边,解锁车门。

华兰告别他们,正欲进小区,却看见几十米外的奶茶店外有个戴着黑色口罩的熟悉身影在排队。

他们的目光迎面撞上。

"景诚哥?"她走过去。

"你这是坐了同学家的车?"陈景诚瞥了一眼远去的白色奔驰。

"对。"

"……这样啊。"

不知道为什么,华兰觉得陈景诚的语气有点生硬,但他的声音很快又柔和下来,问她:"有想喝的东西吗?哥哥还没点。"

三班的场子很快在那次浙南联盟的联考里找了回来。

年级前三被三班包揽,江潼第一,林屿第二,宋嘉礼第三。

林屿用成绩证明,神只是偶尔乏力,但从未陨落。

华兰和苏展都在前三十。班级最后一名,是年段173名。

金炫脸上终于有了点笑意。程敏来三班巡逻的时候，所有人都有了扬眉吐气的感觉。

三班就是三班，我们本就是强者相聚，又怎么可能甘拜下风。

"我知道这段时间大家的压力都很大，但还好，我们已经挺过了最低谷的时期。接下来直到联赛，大家还要继续努力。"

那次蹭肖子怀哥哥的顺风车，是华兰后半个学期为数不多的一次回家，之后除非是妈妈坚持让她回去吃顿饭，否则她都会选择留校。

整个三班有一大半人留校，为了同时冲击期末考、学考和即将开始的联赛。

站在三楼走廊上拿着厚厚必修三本历史书的华兰俯瞰楼下，觉得这个场面很奇妙。分班以后，偏理的班级序号靠前，偏文的班级序号靠后。

二三楼的走廊从来没有这么多人晚习的时候在外面背书。

一楼的走廊从未有过这种理科老师坐在外面、答疑队伍排了一长串的史诗场面。

大家都想考个"A"来告诉自己不擅长的几门学科。

政治四本书，历史和地理各三本书，同时竞赛的进度也不能落下。华兰从刷题车轮战进入到了刷题、背书交替车轮战。

这一轮的车轮战华兰的节奏更好一些，因为背书背烦了可以写题换换脑子。所以背书的同时，手里厚厚的 Clayden 也啃下来了。

那段时间，华兰爱上了夜跑。准确来说，是整个三班都爱上了夜跑。

第一节晚习和第二节晚习之间，有二十分钟的休息时间。一开始是刘一天和几个男生会去操场跑两圈，回来整个人容光焕发。

接着这件事流行全班。这么过了一个星期，苏展和刘一天就把班旗也一起拿下去了。

第一节晚自习下课，三班就基本清空，全部上操场跑步。程敏来了都挠头，怎么人全部蒸发了。

三班有组织有纪律，攻占第一节晚自习下课的操场。

主席台前白色的大灯高高悬挂，是黑夜中运动场唯一的光源。没有阳光照拂，塑胶跑道入夜湮没成海，他们就像漂荡在海面上的小船，而白炽灯是唯一的灯塔。

不知道为什么，这种黑夜里的奔跑比白天更能让人上瘾。起点和终点的概念在黑夜的笼罩里，都变得模糊、意义不明。

哪里都可以开始，随时都可以停下。

黑夜给了人一层很好的庇护和伪装。一直象征不安与危险的黑暗，从未让人如此期待与神往。

温和而坚定地跑进良夜以后，一往无前的冲刺也好，慢慢悠悠的散步也罢，都不会被人知晓。

苏展或者刘一天扛着班旗在前面狂奔，身后的他们想怎么跑怎么跑。

他们从未如此自由。

从某种角度来说，他们都过着被他人注视的生活。

大榜上名次的变动会带来仰视或者鄙视的目光，会带来明里暗里的比较，会带来人与人之间关系和心态的微妙变化。

而那奔跑的十几分钟，万物周而复始，回归原始的野性。他们什么都不用在乎、什么都不用想，他们像四万年前的祖先一样，只是为了奔跑而奔跑。

没有速度和终点的规定。

成堆的竞赛题、记不住的历史时间和事件、乏味单调的政治大纲……那些给他们带来苦难的东西都变成汗水，顺着脸庞滑下，留在黑夜的海里。

他们可以跟着班旗的帆，游出汪洋大海，返航教学楼，靠岸在自己的课桌港前面，又有了继续啃题或者背书的耐心。

"谁的鞋跑掉了一只啊？"华兰在奔跑的时候看到跑道上有一只橙白条纹的鞋，气喘吁吁地大声喊道。

前面一个懒洋洋的声音回道："刘一天的！鞋带没扎紧！"

随之是一阵笑声，刘一天反驳："展哥，你别乱说！我的两只鞋都好好穿着呢！"

"华兰你别给他捡啊，他有脚气！"

华兰看见前方的身影蹦起来，对她喊。

"放屁！你才有脚气！"刘一天大骂。

他们都笑起来。

跋山涉水，人潮自会推开黑夜。

第十六章
/ 意外

七月份学考结束。八九月联赛的初赛是各县市自行组织，上级分派人主监考。

安川的竞赛地点设在川中。

最早的生物初赛结束以后，余倩倩一回宿舍就开始发癫，说这次初赛根本不像大家推测的那样，说什么难度会因为灾情而保持平稳，出得常规一点。

"反正该奇怪的题还是奇怪。"余倩倩四仰八叉地躺在床上，"这次初赛要是没过就彻底回家了。"

华兰揉揉她让她睡个好觉。

物竞、化竞一个在下周六，一个在下下周三。

看生竞生这个样子，剩下的人不免紧张起来。最后阶段，华兰不做新题了，只是翻自己整理的题库，回归化竞"三大本"。

那几天，大家的心态普遍非常焦灼，进入了考前迷信阶段。没用了的历史图册被翻出来，必修三后面不教的科学史部分印了很多科学家的大头。

物竞生剪牛顿、开普勒、爱因斯坦，化竞生剪门捷列夫和诺贝尔，然后把前辈们贴到目光所及之处参拜，口中还念念有词："晚辈某某某，请前辈灵魂上身……"

"我们前两天拜达尔文和赫胥黎，但是我觉得那张试卷他们复活了也做不出来。"余倩倩幽幽地说，"请神最好请时代近一点的，我们上次忘记请孟德尔了，遗传题就很麻烦，失策。"

"子不语怪力乱神。"华兰赶紧化身坚定的唯物主义者，对这种求神拜佛的行径表示了唾弃。

但无法避免地，她还是紧张。一个半天过去，要么走神走到翻不了两页，要么在毫无意识的时候就翻过去半个册子，根本不知道自己看了什么。

周六物理初赛考了以后，物竞生灰头土脸的反应让紧张的情绪达到了顶峰。

晚自习的时候，华兰都感觉自己看不进去有机化学那本错题了，转头对王岩开道："推爷，怎么办？我觉得我忽然什么都不会了。"

"没事，相信自己。"王岩开也没有再做题，他一面安慰华兰，一面翻着自己的书，"你有机指定能行，小小初赛，小小初赛。"

华兰看出王岩开并没有比自己轻松多少，考前说这种话，多半是安慰别人的同时也在给自己打强心针。

"我还是出去透口气好了。"华兰道，"你也是，进复赛的实力已经在那里了，烦的时候就出去走走。"

王岩开欲言又止，点点头。

华兰到走廊上吹风。晚风拂面，很意外地，是一个燥热但沉静的夏末。

立秋已经过去，但是节气在浙南通常没有什么代表性，知了还在郁郁鸣叫，哪里有秋天半点影子。

上次倒水的时候碰到肖子怀，肖子怀跟华兰说，先前在地理"五三"上看到一道题，说不同纬度具体的节气时间应该根据某个纬度公式分别计算。

"那你知道我们什么时候脱离夏天吗？"华兰把冷水开到最大，这样问。

"这个还没教，我争取这个学期学完就告诉你。"肖子怀"呃"了一下，这样说。

"那个时候我们大概已经进入秋天了。"华兰笑道，"答案知道得有点晚了。"

很多时候，她们都没反应过来，这一辈子最重要的几个道理，是在课间倒水的时候就被随意参悟出来的。

有很多事情，我们不是不知道答案，而是答案来得太晚，当初的题目和试卷都找不到了。

华兰顺着栏杆望出去，可以看到外面的居民楼，明明灭灭的灯火。

"华兰。"有人在背后叫她。

苏展到她旁边来："吹风呢？"

"你初赛感觉怎么样？"华兰往旁边挪了一下，给他腾了个空。

苏展也顺着栏杆靠下来。

"我感觉挺好的。"他坦然道，"高分杀进复赛。"

"这么狂，别人都苦大仇深的。"

"你说的嘛，狂妄自大的时候比较帅。"他偏过头来，"嘿嘿"笑了一声。

"行，你最帅。"华兰随口回道。

"哎呀，我说你这人，你还不懂我为什么自信吗？"苏展的声音放轻了些，"我跟林狗一出考场就把答案对了，根本没他们说的那么玄乎。别老吓你自己。"

"你们……"华兰睨了他一眼，生生吃下了"对答案了"这几个字，缓缓道了一句，"对答案是小狗，我鄙视你们。"

"这证明我俩都很自信啊。林狗已经是狗了，他才不在乎呢。"苏展从口袋里拿出个东西，用它戳了一下华兰的脸，"这个给你。"

华兰接过来一看，是一支水笔。

"感觉你很紧张啊。"苏展看着夜色，轻轻地说，"听到你跟推爷说，感觉自己突然什么都不会了。"

"所以出来吹风了。"华兰倒也没有掩饰。

她转了一下那支笔，问："这个是？"

"这个笔的外壳是林屿考试用的，笔芯是我的。"苏展说，"我俩这么强了，给你保一下平安。大家现在不都在求神拜佛吗？"

华兰"扑哧"一声笑出来，把笔拿近，看到上面"孔庙祈福"四个字。

她说："你这专业也不对口啊，到时候顶多也就是物化请神能请一下你们——你还不如给我搞支江潼的笔呢。"

没想到，苏展却只是愣一下，说了一声"对哦"，然后问："你真想要啊？"

华兰玩笑着"嗯"了一声。

"那行，我给你要去，你在这儿等我。"

"哎！"他正准备转身，又被华兰叫住了。

她也没想到苏展这么当真的。

"我开玩笑的。"华兰说，"要真想请神，我就去清凡师姐那里拿东西了，他们班还有省一的呢。"

"唯物主义者坚定一点。"她拿笔敲了苏展一下，"谢啦。"

苏展站了一会儿才回过神来，"嘿嘿"笑了两声。

化竞三个小时的初赛风平浪静地过去，大概一个多星期以后会出成绩，接着一个星期多后，就是全省复赛了。

"听说咱们宿舍三个全上岸了？"李丹妮从超市买了一扎可乐，"我赞助，给你们庆祝也给你们钱行，杭州复赛加油！"

"李总破费了，这我怎么好意思。"余倩倩一面笑说，一面接过李丹妮递过来的第一瓶可乐，"混子上岸很好了，复赛拿省一进国赛的事情还得靠花哥。"

"清州整体化竞都很一般啊，川中之前拿的不都是生竞金牌吗？"华兰让余倩倩别躁，天将降大任于斯人也。

所有复赛会在一个星期内在浙大西溪校区考完，为了统一行程方便管理，也为了让这些闷头学了好几个月的竞赛生放松一下，所有人都会在杭州待一个星期，之后一起回来。

"可偷着乐吧，好多人去享受的机会都没有。"李丹妮嘘她，"年级里面还有些人初赛没考过呢，段长只订六十张票。"

这很残酷。他们在提前招阶段学完了整个高中高考的重点内容，高一一年把竞赛范围原原本本覆盖了一遍，牺牲了无数的时间，多上了这么多课，但还是有人连复赛的机会都没有。

"咱班有吗？"余倩倩问华兰，"我没听说啊，难道掉出来的都是数竞生？"

李丹妮打了余倩倩一下："我知道的就一个徐志超，看起来已经走出阴影了，现在很坦荡。"

"怎么会啊，他数学这么好。"华兰很惊讶，"之前浙南联考的时候，国庆不还夸他来着吗？"

国庆是一班和二班的数学老师，上回来三班代了一次课。那节课正好解析浙南联考的数学试卷，国庆低调地炫耀了下自己班学生徐志超考了联盟最高分。

"竞赛跟平时考试不一样的。"李丹妮道，"我平时不关心那个，但也隐约知道徐志超不是数竞最强的那一批人。但初赛没过，可能跟状态也有一定关系吧。"

华兰无言地吸着可乐。

那天下午，华兰就在走廊上遇到了徐志超。

其实他们经常遇见，因为同在一层。但平时一般都是笑一笑或者打个招呼，今天徐志超却主动跟华兰说："花哥，要去杭州了吧？复赛加油啊，拿个省一回来。"

"化竞本来就弱势，我只求会写的写对吧。"华兰摇摇头，看着他，一时无话。

她斟酌一下，道："……你明年要接着加油哦！"

"我啊？"徐志超神色如常，坦然道，"我明年不考了。"

"啊？"华兰眨了眨眼，"你的意思是……你不打算继续……"

"对。"他干脆地点点头，"我不合适。"

"……可是你数学一直很好的，国庆还在我们班夸你。"

"适合高考和适合竞赛是不一样的，花哥。"徐志超缓缓道，"我感觉，我已经到顶了。"

"这次初赛确实也有点失手吧。但是数竞竞争这么激烈，即使我进了复赛也不过是省三。按照新政策来看，省二省三升学也没什么帮助。"他说，"没进复赛也许就是早早提醒我呢，没那个脑子，别真的一点点天赋就把自己当天才了。"

徐志超很冷静，冷静到华兰觉得他跟当初在乙班那个徐志超完全是两个人。

那时候他好像跟谁都存了暗自较劲的心思，考不进竞赛八十人跟要了他命一样，非得学数竞。

可他现在那么轻松地，就放弃了它。

"不用安慰我的，花哥。刚开始是有点难过，但我现在还挺冷静的。"华兰的话被他打断，"拿了省二省三又没什么大用。三一也要看首考成绩。倒真不如现在就准备高考。"

"比起再不服输地赌一年，还是及时止损吧。"他说，"我语文和英语都烂中烂，要真到了高三再冲刺，风险太大了。"

　　冲数竞，意味着要放弃很多其他学科的学习时间。三班有很多男生语文就只考八九十分，英语考个一百出头，纯靠理科拉排名。

　　徐志超也是如此，综合排名不在前一百。

　　半晌，他们又没说话。

　　徐志超几次欲言又止，最后终于开口："其实我之前提前招的时候挺幼稚的，一定给你带来过很多不好的影响吧？"

　　"……啊，其实还好。要说幼稚嘛……谁不幼稚呢？大家都还是高中生，都不怎么成熟。"

　　"我的意思是，是我先前太争强好胜了。"徐志超以为华兰没听出来他的意思，接着隐晦地提了提。

　　其实华兰早知道他想说什么。刚进川中的时候，大家都心高气傲，没有人肯承认自己比别人差。徐志超叫她花哥抱她大腿，其实还是在和她暗暗较劲。

　　徐志超想起乙班第一次小测的时候，他很兴奋。川中招生处的老师是他一个阿姨，阿姨跟她说按提前招考试时候的分数，他排在第十二名，以后多半是要学竞赛的。

　　刚来的时候，他学什么东西都很快，写作业的进度可以甩旁边的林君玉两门科目。那么好看的林君玉会主动来问他问题，让他都有点膨胀了。

　　但他很快意识到，坐在自己前面那个扎着低马尾的女生不是个简单的角色。

　　她学东西的速度比他更快，准确率比他更高，自己不会的题，她可以讲得头头是道。

　　华兰轻而易举地拥有了徐志超想拥有的东西。

　　在绝对的实力面前，徐志超不得不低头。他和所有人一样，轻松地喊"花哥"，轻松地围在华兰身边。

　　那次小测他做得很有把握，觉得自己的名次一定很好看，不一定会输给华兰。于是在大课间跑操结束以后，他就偷偷溜进没人的办公室，看陈彬桌上打出来的成绩单。

　　在班级排名那里，他和华兰之间差了十个人，年级排名里，他和华兰差了快四十个人。

　　第一批竞赛选前三十人，并没有他。

　　他把成绩单放回原位的时候，顺便把自己一直以来坚持的骄傲一起搁到了角落里，然后换上和平时一样没心没肺的表情，回教室告诉华兰："我可帮你打听清楚了啊，考第一那小子是甲班的林屿，第二是他们班苏展。"

　　"你就以他们俩为目标。"

　　本来这话应该是对他自己说的。但是那个情境下，他不肯说出这其实是他自己的野心。

不管怎样，他只能把这句话送给华兰。

华兰不好意思地摆摆手，让他不要乱说，但之后的考试她从来没有掉出过前三十名，而他拼尽全力才争取到学数竞的资格。

他试着"争"过，但很快发现自己的行为有多令人生厌，而华兰确实是一个性格很好，不忍心让人再打扰下去的女孩子。

祝福和仰视，是最好的选择。他不是主角，只能适时退场。

为什么会有人这么轻易地就能得到一切呢？徐志超想。他原本以为自己大小也算个数学天才，后来才知道这个想法有多么不知天高地厚。

进入数竞以后，真正的大佬才开始发力。清州市历史上出过不少数学家，注重对孩子的奥数能力培养，仅仅是一个清州市的市级数竞联考就能让徐志超够呛。

人外有人，天外有天。

井底之蛙的我们，总喜欢把自己拥有的那一点天赋，当作撬动世界的杠杆。

竞赛这件事，原本就没有选择他。

"其实我觉得，不争强好胜才是怪事吧。"华兰道，"希望你一直争强好胜，志超。"

徐志超愣了愣，随之笑道："希望你直取省一，闯进国赛，华兰。"

华兰很大方地点了点头，接受了这份祝福。没有再跟平时一样把头摇得像拨浪鼓，说"这个还是跟江潼说吧"。

她也有自己的心气，以及并不可耻的野心。

华兰回到班里，开始整理过两天要带去杭州复习的资料。

桌上成堆的书里面，不知什么时候被夹进来一本做完的《March》，上面贴了一张便笺：

  花哥，复赛加油，你的实力没问题。这次我没过预赛，很可惜，状态不大好。接下来这周你们要去杭州了，三班基本都空了，我准备回去休息一下。

  这本书我现在拿着也没用，想着你好像没做完这本，也许对你有帮助，你路上拿着看吧。本来周四晚自习的时候就想给的，但是看到你跟展哥聊得很开心，就没过去。

落款是王岩开。

华兰这才注意到，坐在她斜后方的王岩开早上就没来上课。

怎么会呢？

她的手顿在半空,心情顿时乱糟糟的,无法形容。平时排名在王岩开之后的同学都在兴高采烈地讨论去杭州的事情,王岩开的实力华兰清楚,做好初赛那张试卷游刃有余。

可事情就是这么发生了。

每年竞赛都有意外,今年名叫王岩开。

她不觉得现在去安慰王岩开"明年再战"有什么意义,她只剩叹气和唏嘘。

"一分耕耘,一分收获"的标语被印在一楼的大橱窗里,用来激励一届又一届的学生。

如果没有意外,这本是个恒久的真理。

第十七章
大小姐和大少爷的故事

省赛试卷更是一言难尽。

粗粗看一眼,好像很简单,觉得这不就是前几年的题型缝合吗?但仔细一看,每道题又很不一样,如果真按照以往的思路去做,就容易落入惯性思维的陷阱。

考完后,考场的楼梯比联考完的行政楼还要吵一百倍,竞赛生们从楼梯上走下来,按照校服花色图案的不同三三两两聚在一起,有的已经在和同学讨论题目了。

如果这段楼梯能上高德地图,那一定会被全线标红。

华兰听见后面的大学生监考说:"比早八还堵。"

竞赛生对起答案来不会收敛,只会更残暴,通常带着准确的计算和技术分析。奇怪的胜负欲在这一瞬间会爆发,他们恨不得拿笔在手上打草稿,证明自己是对的。

华兰选择性耳聋,侧身挨着墙挤过去,在一楼花坛边看见了江潼。

"姐妹,你觉得怎么样?"比起楼梯上的百家争鸣,她还是比较相信江潼。

他们都戴着口罩,江潼金丝框后的眼睛里没什么情绪。

"怪怪的,化学会开始走这种路线了。"

"人在这儿呢!"几人正在讨论,路对面有两个人在挥班旗,"三班化竞这里集合。"

"怎么真把旗子带出来了?"华兰惊道。

从楼里出来的外校学生都投来好奇的目光,走路的步伐慢了下来。几米之外有几个其他学校的带队老师,指着三班红蓝相间的班旗议论:

"嘿,咱们怎么就没想到带个旗子过来?这扎眼,学生一眼就看得到我们。"

"救命,能不能不要在这里挥?川中三班会让整个浙江省都觉得我们是不是有那个什么社牛症。"

"阿明,这你就不懂了。"苏展半张脸隐在黑色口罩里,飙了他一眼,"让刘一天带都带出来了，程敏都嫌放在宾馆里占位置，让我们带出来展示一下军火。"

"军火什么军火？这卷子，我炮灰。"吕天明说。

"真的？"苏展把旗子杵在地上，这样问。

"潼哥都说怪，那就是真怪。"他答道。

一直不说话的林屿看向旁边一直抱着手站着的江潼，问道："真的？"

江潼眨眨眼，微微点头，金丝镜框掩住的眼角似乎在往上翘。

苏展开始点人，发现十四位化竞生眼前只有七个。

"嘶——怎么只有七个人？"苏展边说，边在班群里发消息，"刚刚你们过来的时候，感觉华兰是在的呀，她人呢？"

"在这里。"华兰出声，不知道什么时候已经偷偷藏到苏展身后了。

"大小姐你会闪现是不是？"苏展"嚯"了一声，挑眉道，"怎么在后面呢？"

说实话，其实华兰就是嫌丢人。

还好苏展和林屿身材足够高大，遮住一米六五的她不是问题。

她很认真地在心里说了一句"不客气"。

借你躲一下。

"怎么是你们啊，炫哥呢？"华兰问。

"物竞、生竞结束得早，炫哥带着他们早上就去西湖了。差遣我来接你们。"苏展顿了一下，睨了一眼旁边的林屿，尾音似乎别有深意，"屿哥呢，说跟人群走散了，没意思，来跟我一起接人。"

林屿凉凉地横了他一眼。

"这班旗真扛造啊。"华兰感叹，"早上课间操被扛着跑一轮，晚上夜跑还要被你们扛着。现在千里迢迢扛到杭州来，感觉我们旗子一插，就可以在浙大发起圈地运动了。"

"谁说不是？"苏展道，"反正再有两年，咱班小半同学得在这儿，提前圈个地也行。"

"展哥展哥，人好像到齐了。"吕天明朝着远处小跑来的几人招手，他们在后面那栋楼考试，所以过来花了点时间。

苏展把班旗的伸缩杆折叠起来，把旗子叠好放进包里，做了个手势："走吧。"

他们到东门叫网约车去西湖会合。炫哥不放心他们坐地铁，怕有没坐过的同学人丢了，跟程敏申请了一笔车马费。

"咱们四个得挤一辆车了。"苏展看看华兰，"你坐副驾驶座？"

华兰应了声"好"，打开车门上车。

工作日人不算多。车开到集合地点断桥，一眼就能看到金炫迎着湖面孤独的背影。苏展曾经在办公室问问题的时候，仔细研究了一下金炫的头顶，发现他头顶有三个旋，因此头发比较杂乱茂密。

"这可能就是他比办公室其他物理老师头发多的原因吧。"

苏展跟她说过。

"你研究这个干吗？"

"我跟林狗，都比较好奇学物理或者搞物理研究，以后会不会真的秃头。"

"秃了还是会很帅的。"华兰当时在填一份表格，随口这样安慰，"秃有秃的帅法嘛。"

她没注意苏展脸上精彩纷呈的表情。

金炫说他们是最后一拨了，同学们都自由活动了，让他们就地解散，下午四点音乐喷泉集合。

"老师你呢？"华兰问。

金炫脸上有一分羞赧的神色，不过很快被他掩饰下去。

"老师大学是在杭州读的，西湖都不知道游过多少遍了。要是真跟你们一块儿玩你们也觉得不自在。正好老师的大学同学约老师在湖滨银泰见个面，你们自己玩吧，别掉水里就行。"

金炫看着他们走出几步远，就掉头向着湖滨银泰去了。

苏展停下来，看着金炫的背影，默默地说了一句："我们要有嫂子了。"

"哈？"华兰意外，"你知道什么内幕？"

"约他的是女同学。"苏展意味深长地看了她一眼，"早上我出来接你们的时候，看到他在跟一个备注是'沈佳宜'的人聊天，约他下午去银泰。"

"真的叫沈佳宜还是只是他的沈佳宜，我就不清楚了。"苏展抿了抿嘴。

"真坏啊你，怎么偷窥人家手机屏幕啊。"华兰吐槽。

"我也不是故意的，"苏展抱着手解释，"我比他高半个头啊，往他身后一站。他也没贴防窥膜啊，我就不小心瞥到了。"

"哎，他们俩呢？"华兰刚笑完，回头发现身后两人已然不见踪影。

苏展皮笑肉不笑，说道："他们俩肯定是自己耍去了，怎么舍得跟我们在一起？"

"你吃醋了？"华兰看看他，忽地来了一句。

"啊？"苏展愣了一下，"谁吃醋了？你怎么会这么想？"

"你不是跟林屿关系好吗？"华兰说，"可是自从他和姐妹同桌以后，找你玩的频率就下降了啊。"

苏展脸上，是华兰熟悉的那种难以言喻的表情。

"……还是你们女孩子心细啊。"他艰难地回了一句。

"但是你记住，他们俩的醋我不吃，也犯不着。"

苏展消化了一下脸上的表情，说："咱们俩走走？委屈你给我做个搭子呗？咱俩多久没单独在一起玩过了？"

169

华兰想想，也是。

他们小时候经常一起玩。说是一起玩，其实就是去对方家里待着看看电视、写写作业什么的。华家和苏家的男人都很忙，常年在外出差。两位母亲又要带小孩又要工作，就按排班把孩子放在对方家里，有点时代女性互帮互助的意思。

要是遇上周末，两位妈妈可能会带孩子们去逛逛街、爬爬山什么的。

如果让华兰去形容，她会说，那段日子像流水一样，岁月静好。

只是那样的日子，从小学五年级那场意外开始，就一去不复返了。华兰虽然还常去苏展家，但不再那么纯粹快乐了。

回想先前，确实是华兰童年里，最好的一段时光。

"行。"华兰说。

苏展眼里一动，似乎蒙了一层别样的神采，当即拉着华兰在旁边开了两辆共享单车。

两个人沿着湖畔慢慢骑，北山街两旁高大的古树攀天，蔽日罗旋，一路荫凉。

九月份，原本苍翠的树叶间已经见了点点杏黄。若是深秋，大抵层林尽染，漫天浸透，抬头便觉满头秋意照面而来。

微风轻漾，沿着环湖绿道能瞧见烟波水面。放眼望去，满目涟漪荡漾，横山点点，泼墨水中。

是风动，是另一个世界的荡漾。

华兰莫名想起，有人写过"风乍起，吹皱一池春水"这句词。

他们并肩骑着，苏展故意踩得很慢，让华兰紧紧跟着。

华兰眼睛微眯，觉得迎面清风在脑子里逛了一圈，把七七八八的想法都卷走了。

很干净。

就像这条北山街一样，一眼望去没有任何垃圾，每一眼都是画。

县城安川的旅游计划再发展十年也打理不出这样一条街道来。

杭州实在是个漂亮的城市，她想。

"怪不得这么多人爱考杭州的大学，西湖旁边吹四年风也是很值得的事情啊。"苏展说，"浙大你喜欢吗？"

"怎么就肯定我一定考得上？"华兰笑着反问。

"这种话跟别人说说就算了啊，别跟我说。"苏展道，"我们花哥的实力，我从小就很清楚。"

他故意咬重了"从小"那两个字，让人有点浮想联翩。

"我还清楚你喜欢地质呢。"苏展仍然目视前方，不紧不慢地骑着，说的却是最让华兰难以回答的问题。

"谁跟你说我喜欢了?"她装作漫不经心地否认。

不知道算不算天意,她话音刚落,一片悬铃木叶就从头顶树上被风吹落,恰好擦着她的脸过去,把她吓得一激灵。

"你不喜欢?"苏展同样懒洋洋地反问,"要是不喜欢,你那天晚上回我'你也是'?"

华兰心里一颤,已经过去差不多五个月,苏展怎么还记得那个晚上的对话?

"你喜欢什么,阿姨改变不了,程敏更改变不了。"

更重要的是,她也记得。苏展仅仅这么一提,她就想起来了。

因为她回了他"你也是",他并没有否认。

他们都有很喜欢的东西。

"别装傻。"苏展又懒懒扔来一句,"我一看你就知道,眼神一沉下去,就在想着怎么搪塞我呢。"

华兰找借口的思索一下被拆穿,她诧异地瞥了一眼苏展,身旁骑车的少年神色如常。苏展比小时候长开了很多,有棱角分明的侧颜和一条好看的下颌线。这个角度看,很难不带着欣赏的眼光审视一下。

"胡说。"她底气不足地反驳。

"小时候让你骗惯了呗。"苏展擦了擦鼻子,"老惨了,天天被指使来指使去,班级里有什么书啊,本子啊,我都得带头搬。班长大人您的江山有一半是微臣打下来的——一天天尽给你当苦力了。"

"你后悔啊?"华兰忍不住嗤笑了一声。

"……那倒不会。"苏展沉默了一下,附了一句,"小孩嘛。"

但其实他和华兰,永远都是周瑜打黄盖,一个愿打一个愿挨。

华兰就只会也只能理直气壮地指使他。

"现在也没多成熟。"华兰淡淡地吐槽了一句,"一直挺幼稚的。"

"那幼稚的小孩和无聊的大人,你选哪一个?"苏展追问。

华兰思忖了片刻,还是道:"你还是继续幼稚着吧,在你没有想好要做怎样的大人之前。"

我们都还不知道自己会怎么飞,所以宁可只做好稚嫩的少年。

"允许本人幼稚地发问——所以你能告诉我,你喜欢地质吗?"苏展把话题绕回来。

华兰无言了半响。从方才骑车开始,她就有一种奇怪的感觉。那种感觉就像,她知道她小时候跟苏展玩在一起的快乐是很纯粹的快乐,就像她跟他都单纯地喜欢《火影忍者》。

但是现在,这种说不清是不是快乐的东西,显然没那么纯粹。

她抬眼看看他,他和她都不那么大方。

他铺垫了好久询问她,试探她。她也一而再再而三地隐藏,仿佛秘不可宣的心事。

气氛不太对。

"嗯。"她不轻不重地点头,决心不否认了,又继续道,"也说不上喜欢,我只是好奇——这确实是我目前为止最好奇的一件事情。"

因为我的父亲,因为我曾经站得高望得远的风景。

我想置身曾经在那张立体地图上摸到过的风光,那样我就真的是大地的掌握者。

她隐隐感觉,自己内心深处的那种欲望,在千纵百横的高山大川面前,会比在这碧波静水之前,绽放得更旺盛。

"好奇好啊。比起没什么想法埋头苦学来说,至少白日梦可以做得香一点。"

"你喜欢,谁都不碍着。反正怎么想,都不犯法。"他懒散道。

不用觉得负担。能不能实践是一回事,你喜不喜欢是另一回事,谁能阻止你喜欢?

华兰慢悠悠地踩着单车,并没有正面回应,而是说:"骑不动了,有点渴。"

"那停会儿呗,大好的风景,走走也行。"

他们说着便靠了边,苏展从一旁的自动贩卖机里买了两瓶水,一瓶递给华兰。

苏展双手插兜,他们中间始终保持着一个拳头的距离。

似乎很刻意,他们沉默了一段时间。

"早上在考场那边听你们说,化竞有点变态?"苏展主动牵起话题,"其实今年的物竞也是,特别是实验。来之前我实操偏少,那三个小时感觉有点迷茫。倒是林狗一天天往实验室跑。他应该是押到题了,出来还比较轻松。"

"实验八十分吧?"华兰问,"感觉能拿多少?"

"这个不好说。"苏展回道,"我在第一题上花的时间很久,第二题就随便做做,不算很有把握。"

"哦。"

又是一阵无话。

"我说,今年要是结果不满意,来年还考吗?"华兰看了他一眼。

"考啊,为什么不考?"苏展不假思索,"不考这一年做的题不是白做了吗?"

华兰本来想说"但是按照今年录取的结果来看,竞赛省奖的作用微乎其微",却不知怎的,脱口而出:"也是,为什么不考。"

今年强基的录取标准和结果出来以后,大家发现,招生优惠力度减小,竞赛的生存环境变得很差。

"整个计划没有人受益啊,除了高校那些招不到人的专业。"

三班当时都要撕书了。徐志超大概也是考虑到这个，才直接放弃了竞赛。

华兰并没有多热爱化学，但她是很喜欢挑战自己上限的那种人。她不是想拿省一，而是想知道省一到底是不是自己的上限。

她可以低头，但必须知道让她低头的极限在哪里。

那次和徐志超在走廊的对话，华兰其实很想问他"志超，你这就低头了吗"，最后她没有问出口。

有些人想知道自己的上限在哪儿，有些人想以大局为重。

这都很正常，她不能要求别人跟她一样执着。

但是苏展跟她一样。

"今年成绩出来以后，肯定很多人会不再坚持下去。"苏展缓缓地道，"你记好啊，这是你说过不放弃的。到时候你要真的打退堂鼓，我就替你把强哥那里的试卷拿了，放到你桌上。"

"再赌一年，就跟竞赛磕到底。"少年的脸是少有的坚毅，侧过来，"最差不过就是剩九个月复习高考，那点东西你学不完吗？"

"那你未免也太看不起我了。"她被激着，转眸潋滟，"你学得完，我就一定也学得完。"

好，一言为定。希望我们确实是一样的执着。

就算我们都知道，在各自的领域自己有也许无法超越的顶尖。

就算我们知道，失败以后面临的处境会很艰难。

但是你说过的，我们都是狂妄自大的时候比较帅。

他们的目光撞上，仅仅是瞬间的交汇，就都在对方眼里看到了湖光山色、万里晴空。

两人又匆匆地避开。

"……你交代一下吧。我都跟你说了。"华兰侧过脸去看湖，似是无意问起。

"交代什么？"

"交代为什么不否认'你也是'。"

"从哪儿交代起呢？"苏展背着手，一路慢慢晃，"可复杂了。"

他们一路走过不开放的音乐喷泉，左手边就是繁华的湖滨步行街，一圈一圈的商厦。

他们在湖边的长椅坐下，头顶是一片萌绿。

"你说过，不想做无聊的大人。"苏展大剌剌瘫在长椅上，"我换个描述。"

"我特别不想做我爸那样的大人。"他停顿一下，抬头看天，"我知道他做生意很辛苦，算个成功人士吧。但这并不代表我得很崇拜他。"

"崇拜？"华兰问。

"很多孩子小时候，爸爸都是英雄，是值得崇拜的对象。"苏展看向她，"你也很崇拜叔叔的，对吗？"

华兰微微点头，默认。

"但是我就不喜欢我爸。"苏展缓缓道，"我也不瞒你。你清楚的，他这个人挺有本事，当年跟着本地商团到处做生意，钱赚得很多。"

"知道你富，少爷。"华兰"啧"了一声，打趣他。

她和苏展小时候玩过家家，玩大小姐和大少爷的游戏，把被单挂在身上，说的台词都是句不成句、文不成文的琼瑶戏。

华兰八岁时，开始意识到这个游戏多么令人羞耻和尴尬，从此开始严肃拒绝任何有演戏和角色扮演成分的游戏。

等他们又大一点的时候，一起觉醒了用这两个死去的称呼攻击对方的技能。

通常，他们叫对方"大少爷"或者"大小姐"的时候，要么是卖乖讨巧、缓和情绪，要么是纯纯的嘲讽对方。

具体叫法可以根据对话情景的不同调整，所表达的情绪有打趣、嘲讽、求助、求饶等多种多样。

华兰算不上真正的大小姐，但苏展现在确实大小算个大少爷。

之所以说是现在，是因为苏展的父亲苏尚哲发财发得突然。

"小学低年级的时候，他各处跑，但是挣不到什么钱。我妈让他歇歇，在安川找份工作好好待着。"苏展道，"他不肯，觉得一定得挣大钱。"

"在我小学高年级的时候，他转型做外贸生意，终于成功了。"苏展说这句话的时候神情很淡漠，仿佛事不关己，"所以我们家后来有了那么多房子。"

"他很固执，甚至到了顽固的地步，认定的东西就一定要拿到。"苏展道，"我总觉得我们俩的脾气，除了这一点像，其他没一点是一样的。"

苏展咳嗽一声，似乎觉得自己这样瘫着实在太不像话，于是调整了一下坐姿："他朋友很多，社会上有各种关系，但是暴躁、自以为是、市侩。总之你能想到的浙江老板有的优点和缺点他都有，缺点着重。"他看了一眼华兰，"先前你见他的次数不多，就像我见叔叔也不多一样。"

华兰见苏尚哲确实不多，总是逢年过节打个照面。她小时候对这位叔叔的印象是，过年很喜欢给她塞红包，厚厚一沓大几千的那种。

虽然她每次都会让妈妈拿回去还给人家，但苏尚哲一有机会就重新塞给华兰。

比如偷偷放在华兰羽绒服的帽子里。

他的大方确实给童年的华兰留下了很深的印象。

"这些我都可以接受，他毕竟很辛苦。"苏展歪一歪头，"但是他总想让我以后接手他的小公司。"

哟，少爷变老板了。

华兰嗤笑一声，一句"苏老板"还没叫出口，就被苏展打断了。

"千万别这么叫啊。"苏展做了一个噤声的手势，"居家上网课的时候，他跟阿姨一样,都听了程敏的一些妖言。在网上看各种录取信息,一定要让我考'上财'和'央财'。"

华兰心想:他这能乐意?指定当场跟他爸吵起来了。

"我非常耐心——我敢保证我当时真的很耐心——去跟我爸解释,我现在学物竞,以后三一或者强基理科类的专业才有优势。"苏展道。

"你知道他做了什么吗?"苏展无奈地笑了,"他去打电话问程敏。说以往在川中考上财一般要排在多少名,程敏跟他说排在前一百比较稳妥。"

苏尚哲当时高兴地拍着儿子的肩,说你小子没问题的,保持住肯定能考上。

"竞赛你觉得累就别学了,哪有这个赚钱?"

"他完全不在乎你喜欢什么,他喜欢什么才是最重要的。"苏展语气淡漠,"所以我居家上网课那段时间就经常和他吵架,后期摆烂不学了,看看自己的位次能掉到多少。"

"摆烂不学,听天由命"这种事,确实是像苏展能干出来的。

"程敏当时问清了我爸是谁的家长,就跟他解释,老费劲了。"苏展道,"我是有点厌蠢倾向的,当时我还挺心疼程敏,每天要面对这么多道听途说不懂升学的家长。"

华兰沉默了一会儿,说:"这么多年,童阿姨一定很辛苦吧?"

要忍受固执的丈夫,早年为他辗转寻找发财路径而处处委屈,现在又要夹在中年丈夫和青春期儿子之间斡旋。

"我妈心态比我平稳多了。"苏展说,"我知道她辛苦,所以我爸跟她起冲突,我都向着我妈。要不然还是男人吗?"

华兰回想,她妈妈和童阿姨,两位坚强的时代女性,其实谁也没有活得比谁容易,都在为各种琐事奔波。

"所以我爸不让我学什么,我就偏要学什么。"苏展恢复了那种吊儿郎当的语气,"大物类这么多专业,一个个慢、慢、挑。"

"嗯。"华兰点点头,抬手撩了一下被风吹起来的碎发。

"我觉得,你是不是又要说我幼稚了?"苏展盯着她。

幼稚和成熟用在这里,并不妥当。她只是想着,如果苏展真的答应了去继承他爸的小公司,那才不像他。

他未来的倚仗从来不是他父亲,而是他自己的分数。

能考到哪里就考到哪里,想学什么就学什么。

"没有,虽然在我眼里你一直都挺幼稚的,但是我并没有觉得你做错了什么。"华兰瞥了他一眼,又道,"还有啊,有时候我真的不知道,为什么你这么清楚我在想什么。"

"干吗呀,老做出一副很了解我的样子。"她嗔道。

"废话。大小姐,你搞搞清楚,因为本少爷本来就很了解你。"苏展横了她一眼,"当年我小小年纪,已经学会怎么察言观色了。"
因为你小时候骄纵蛮横、喜怒无常啊。

其实小时候的华兰也不是对谁都骄纵蛮横。因为那时候是班长,她该大方的时候大方,该彬彬有礼的时候彬彬有礼,但是面对苏展的时候一直比较无赖,所以显得有点喜怒无常。

"那真是辛苦你了啊。"华兰抿起嘴,笑得绵里藏针,让苏展一下就把头别过去了。

他们不知道接着说什么,好像说什么都很不自然。风继续吹,湖水荡漾的时候,人的心神也跟着荡漾。

"这风好舒服。"苏展说,

"嗯。"华兰想着,是好舒服。林君玉之前跟她说,《红楼梦》里薛宝钗作诗"好风凭借力,送我上青云"。

"她太虚伪了,我一点都不喜欢。"林君玉撇撇嘴。

但此刻,薛宝钗的那句诗很符合她的心境,她就想借着西湖的拂面微风,飞到青云之上,俯瞰她想掌握的大地。

如果这一阵秋风太温柔,支撑不起她扶摇直上的野心,那她就去寻找。这万里疆土,千里清秋,总有一阵风,大鹏一日同风起。

此去九万里。

他们都会飞到离安川很远很远的地方。离开县城,离开县城人小气的思维,离开绑架他们的人情世故。

生命的图景这样绚烂。

"哎,倩倩,那边是不是……"

余倩倩和卓依缦一路从南山路骑行过来,看见湖边两个身影并排坐在长椅上。虽然中间一直隔着一个人的距离,但看得到他们微微侧过来,脸上的笑意。

实在让人遐想万千。

余倩倩赶紧拉住卓依缦,说:"别去,让他们自己待着吧。"

卓依缦的眼神颤了颤,赶紧点头。

她几番踌躇,又开口问道:"所以你跟丹妮说的,一直,一直是……"

"李丹妮那妮子最喜欢听风就是雨了,你嘴巴紧。"余倩倩"啧"了一声,"苏展很关心花哥,我以为你能看出来呢。每天他都跟刘一天来前排说些有的没的。"

"但是花哥什么态度,我就不太清楚了。"余倩倩说,"我也没问过,顺其自然吧。"

余倩倩拉着卓依缦:"旁边是湖滨街,我请你喝奶茶吧。"

"好。"卓依缦的目光在长椅上有片刻停留,接着就跟上余倩倩。

第十八章
你的历史

等最晚的数竞结束以后,程敏和浙大的老师沟通,统一组织他们游过浙大的紫金港,之后包大巴把他们送回川中,多一天假都没给他们。

因为一周以后,川中马上就要和浙北名校进行一次联考。这次考试的七选三只考自己高考选择的科目,大家都是优势出战,是难得的和浙北比较的机会。

竞赛放榜是一件煎熬的事情。省一的榜先放,决定省队人选,之后两个星期,省二省三的名单才陆续公布。

他们的竞赛课暂时停掉。

省一名单下来的时候,他们正在上自习。程敏和金炫进来把林屿和江潼叫走,接着便没了下文。

看程敏和金炫的态度,算着时间,尤其发现叫走的是后排那对同桌,大家心里都有了点数。

班级里顿时爆发了一阵小小的骚动。

"省一啊?"余倩倩小声跟她说。

"多半……是吧。"华兰轻轻道,心里五味杂陈。

林屿和江潼在一起犯事被程敏抓的记录目前为零。程敏和金炫一起来叫人的可能性除了纪律,只剩学习,而竞赛学科不同的林屿和江潼能一起被叫,除了把文科老师气个半死的情况,也就只剩一起拿省一这种情况了。

江潼经过华兰身边的那一刻,华兰把心里的七七八八正过来倒过去都算了一遍。

她心里排列了种种可能,排到最后的结果都可以推演出,她本人没有得省一。整个三班,只有这两个人拿到了省一。

华兰咬着唇看了后面的王岩开一眼,眼神无奈又带了点儿苍凉。

王岩开对她做了个口型"没事,再努力"。

她略带感激地转回去。

"看样子生竞没人咯。"余倩倩叹了口气,接着在纸上写写画画,"我们生竞竞赛条件还是川中最好的呢,这届太凋零了。"

川中竞赛史上,有过好几枚生竞金牌。生竞的资源相对优厚一些,能用比较优惠的价格请到一些优秀的竞赛教练,金牌的学长学姐也回来分享过好几次经验。

但是这次省一居然没人上岸,着实可惜。

"明年你来。"华兰捅了一下她。

她们都懂苦中作乐。

林屿和江潼进门的时候还带了几分笑,不过马上就变得严肃,还说了一句:"段长让大家好好自习,他这两天会经常到我们班来巡查,希望大家联考不要让他失望。"

华兰眉梢微扬,不对啊,这种话是你林狗该说的?

直到下课以后,苏展才从林屿的嘴里撬出来——程敏叫他们确实是因为省一的事情。

这次竞赛川中高二省一总共四人,三班两个,一班二班数竞各一个。但是他们的名次都不高,没能冲进省队。

林屿在整个浙江省排第三十一,和第三十名仅仅只差了两分,离省队只有一步之遥。

四个省一当中,他是最接近省队的那个。

而且他的省赛成绩刷新了川中历史上物竞省赛的最好成绩。浙南的山沟沟里,以前从没有培养出过进物竞省队的竞赛生。

由于教育实力的沉淀,浙江省队的实力基本等于全国金牌。林屿才高二啊,只要继续努力,来年川中的祖坟马上冒青烟。

物理组据说正在庆祝,程敏已经做了好几个小时第二年拿金牌、谱校史的美梦。

程敏跟林屿这样说:"你小子要是明年进了省队,我让校长把你名字写进校史馆。"

校史馆在后山脚下,原先是为了纪念清末安川的一位探花所建,属于古建筑保护单位。

林屿当时很淡定地回绝:"写名字倒是不用,老师你对我们班好点就成。"

别有事没事就来三班吓人。

程敏大笑着拍他的肩。

"所以我们考得不错咯?"华兰这样问苏展。

"省一是考得好,就是不知道剩下的同学怎样?"苏展低头看华兰,"省二省三我是无所谓了,明年还要再考。"

有意无意地,他轻巧地说了一句:"你肯定也考吧?"

"当然。"华兰瞪了他一眼,"废话。"

在西湖边上说好的,你这是来激谁呢?华兰抬头瞪他的时候,发现他低头在笑。她合理怀疑自己被戏耍了。

名校联考的成绩排名和竞赛二、三等奖的名单是一起出来的。

华兰同时拿到了省二等奖的通知和校排二十五名的成绩单。

那是一个晚自习的课间,她没有像平常一样跟着大部队去夜跑,而是顺着连廊径直跑到了高三教学楼。

她瞄准一个正在高三(2)班门口物品柜前整理东西的身影,一个飞奔熊抱抱住了她。

"清凡师姐!"她笑道。

李清凡"哎哟"了一声,反过来揽住她。

"怎么了妹妹?"李清凡看她的神情,就知道一准有什么高兴的事情,华兰小部长肯定不是来找她哭的。

"让我猜猜,是联考还是竞赛?"李清凡问。

"考了省二。"华兰伸出两根指头晃晃,"虽然不是一等奖,但是我看到了希望。"

"真棒!"李清凡拉着她的手走到栏杆边上,背靠着栏杆歪着头,轻轻说自己今年竞赛拿了省一。

华兰几乎要跳起来了,说:"清凡师姐你好厉害啊!"

"没进省队,一等奖的边缘。但是至少也圆了我一个念想吧。"李清凡揉揉她的脸,"所以你真的很有希望,加油噢,我的竞赛到这里结束了,你还有一年。"

"对了,那个小帅哥——你的小弟,考得怎么样?"她问。

"他?他是物竞,应该也是省二。"华兰回想,她拿到通知的时候,后排爆发了一阵"展哥省二"的欢呼。

"他人呢?怎么没有跟你一起来?"李清凡笑问。

"他大概是去跑步了。"华兰歪一歪脑袋,却发现这话怪怪的。

苏展凭什么跟她一起来啊?这可是她的清凡师姐!

"其实我也偶尔晚上会去操场跑步。"李清凡说,"每次去都能看到你们班的班旗。跟我一起去的同学说你们这届竞赛太疯狂了,高一就开始全班在操场上夜跑,是我们老了吗?"

"扛班旗的是不是你那个小弟啊?"李清凡掩着上扬的嘴角,"上次在操场上听到你们喊'谁的鞋掉了'什么的。"

"有时候是——原来那天师姐也在啊。"华兰回想,到最后没人承认鞋子是自己的。但是跑第二圈的时候,鞋子已经不见了。

第二节晚自习回去的时候,华兰无意间瞥见了王岩开的鞋子花色,很默契地什么都没有问。

站在高三教学楼上能看见半个操场,华兰一偏头,便看见黑夜中一杆旌旗晃了过去,接着没入丛丛树影,身后陆陆续续跟了一队人。

"是他吗?"李清凡伏在栏杆上,侧着头问她。

"……感觉看身形应该是。刘一天是寸头,有点驼背。今天拿旗的应该是苏展。"华兰托着脸看了一会儿,才反应过来李清凡的话真是越来越奇怪了。

李清凡怎么这么注意苏展啊?难不成是对学弟有点意思?

"清凡师姐,你关心他干什么啊?你不应该关心我吗?"华兰佯怒,抬手拍了一下她,"我们班有比他还帅的,还学化竞呢,这次考了省一,下次我给你带来?"

李清凡被华兰这句话噎住了,心说我这怎么不算关心你啊?

"得了吧,小男孩我不感兴趣。"李清凡收起脸上八卦的表情,跟华兰说,"我当然是关心你啊。我们班竞赛都结束了,有很多剩的资料笔记。接下来备战高考了,放在教室里也挤得慌,想着如果你们有需要就给你们好了。"

"学生会会组织二手书义卖的,到时候书肯定是让文体那边拉走。但是我觉得最好的那批东西肯定想着先给你啊。"李清凡镇定地掐了华兰一下,"你啊,狗咬吕洞宾,不识好人心。"

华兰马上装乖求饶。

"师姐大恩大德,来年考省一相报。"

李清凡把手收回来,说:"我有学物竞关系不错的同学,虽然只拿了二等奖,但肯定有学习意义的。他也有很多资料着急处理掉。我想着你小弟也许会需要?"

"那我先替他谢过师姐咯。"华兰乖巧道,"那我们什么时候来搬呀?"

"你们要是有空,现在就可以拉走。"李清凡抬手指了指柜子,"他的东西在教室后面,我的在这儿。东西太多,正愁没地方放呢。"

华兰看了看表,道:"这应该是最后一圈了,我去楼梯上堵他。我们等会儿就来噢,师姐稍等。"

他们升高二以后就搬到了最高层五楼,为了不让苏展气喘吁吁地爬了五层再下来,华兰特意跑到一楼去,截住拿着班旗正往回撤的他。

"站住。"她拦住他,笑道,"帮我搬东西。"

"大小姐,你有没有搞错啊?我才刚跑完步。"苏展停下来,抬手擦了一下额头的汗,"想累死我啊?"

"嗯……"华兰想了想,骄横道,"好东西,反正你不搬别后悔。"

"行。"苏展痛快地把班旗扔给后面的刘一天,跟华兰走进高三楼。

李清凡倚在五楼楼梯口笑眯眯地等他们，旁边还有个男生。地上放着两个纸箱子。

"你们跑上跑下太累了。"李清凡说，"我们班后面有两个没用的纸箱，就拿来把东西装好了。"

"谢谢师姐！谢谢学长！"华兰忙不迭谢过，搬起一个。

苏展伸手抬了一下，问："有点重，要不要帮你？"

"你拿好那个就行了。"华兰一面跟李清凡挥手告别，一面说。

"欢迎下次来玩。"李清凡和那位学长对着他们招手。

他们一路下到三楼，准备走连廊回隔壁楼。

苏展又不放心地问她："真的不重吗？不需要我帮你？"

"还好啦，其实也就几本书。"

"什么东西这么着急来搬啊？"苏展借着微弱的廊灯看了一眼自己手上的箱子，步子慢了下来，"等等，《奥物题选》？这是物理？"

"对。"华兰点头。

"刚刚看见师姐，以为是让我搬的化竞资料呢。"他说，"居然还有物理？"

"对啊，给你的，你要不要？"华兰目不斜视，把李清凡跟她说的事情说给苏展听。

"跟你说是好东西咯。"

苏展顿了一会儿，才想起来，说："刚刚没跟学长说谢谢，我是不是很没礼貌啊？"

"我已经帮你谢过了。"华兰"啧"了一声，"真傻。"

晚上，华兰一回宿舍，就觉得氛围不对。

平时应该能听到李丹妮一边洗澡，一边隔着浴室门和外面的余倩倩聊天的声音，宿舍晚上一向是很热闹的。

今天回去，余倩倩在床上一声不响地躺着。李丹妮在浴室洗澡，"哗啦啦"的水流声清晰可闻。

谁都没有说话。

除了坐在桌前正打电话的卓依缦。

卓依缦一手拿着听筒，一手弯在桌上，脸埋在自己的臂弯里，声音断断续续，夹杂着啜泣的声音。

华兰步子都放轻了，敲了两下床板，对余倩倩做了个口型："缦缦怎么了？"

余倩倩从床上探下头来，在华兰耳边说："现在听过来，应该是竞赛成绩不好，在跟家长哭。"

"感觉缦缦之前心态还蛮好的，"华兰蹙眉，"现在怎么突然……"

"刚才听她说，虽然有省三，但是分数很边缘，就是基本倒数。"余倩倩微微摇头,"但之前她不是一直很努力吗?又是早起又是有时候开夜车,所以很崩溃,不知道要不要继续学下去。"

余倩倩的生物正好擦着线拿了个省二回来,看到通知的时候整个人先愣再傻后喜,然后拽着华兰说自己命真好。

"太幸运了我说,我本来对完答案以为要没了,结果那个线刚好把我卡住了。"余倩倩拽着华兰疯狂摇,"平时多行善事,这是我的人品啊!"

然而,不是所有人都有像余倩倩这样的好运气的。

余倩倩也跟华兰说,其实按平时生竞的成绩,依缦不至于这么差。

"成绩跟她差不多的同学,考的分数都比她高一点。"余倩倩缓缓道,"她真的太勤奋太辛苦了,我都不知道怎么安慰她。"

不论是平时考试还是正式竞赛,名次的变动都是很正常的事情。总名次就那么多,你上去了自然有别人下来。

因此,那么幸运的余倩倩,没有办法安慰考得那么差的卓依缦。

那会是一个幸运的人对不幸的人的愧怍。

"你说我明年到底考不考啊……"

又是一阵哭。

"不考不就白学了?当初我费这么大劲一定要学生竞……"

电话那头又絮絮叨叨地说了一长串,卓依缦没有答话,挤出一点不成章句的只言片语来。

有点漏音的听筒传出一个焦急的男声来:"我说你也别哭。本来你成绩也够不上,是你当初自己说了想学竞赛,求了老师才学上的,什么结果都要自己接受……"

卓依缦哭得更厉害了。

华兰赶紧把纸巾盒端过去,红着眼睛的卓依缦抬头看了她一眼,含糊地道谢,然后一张张抽着纸擦眼泪。

华兰催余倩倩下床,跟她一起把手搭在了卓依缦身上。

她们一起慢慢搂住了卓依缦。

卓依缦有点意外,红肿的眼睛抬起看她们都费劲。她的手抖动一下,绵软无力,在听电话对面又唠叨了两分钟以后,还是跟电话那头说:"不说了,挂了。"

然后,她把听筒挂回去。她歪靠在华兰和余倩倩怀里,除了控制不了的哭泣带来的胸腔起伏,她一动不动,什么也不说。

华兰轻声安慰她,像个小妈妈:"别哭了,再哭就横膈膜习惯性抽筋,一晚上都好不了了。"

"总有的,总有的。"

就像山上浓烟滚滚,热浪扑面而来,我们苦心孤诣寻找的水源未必可以灭火。

于是,我们总是诘问自己为什么。

其实根本不用为难自己。

因为这是总有的事情。

她们也什么都不说,坚持还是放弃,那都是卓依缦自己的选择。

无须再多安慰,她们只用抱住她就好了。

"听说明天天气会凉一点,不能只穿短袖了。"余倩倩说,"刚刚我回来的时候已经感觉有点冷了。"

"记得穿外套哦。"华兰戳了戳卓依缦的脸。

突然,浴室门"砰"的一声被推开,李丹妮穿着浴袍慌里慌张地跑出来,还一路连打三四个喷嚏,一边"阿嚏",一边颤抖着指着浴室的地板:"你们知道里面有什么吗?"

卓依缦擦了擦眼泪,慢吞吞地问了一句:"有什么?"

"有一只很大的蟑螂啊!"李丹妮尖叫,"浴室里怎么会有蟑螂的啊!而且,"李丹妮杏眼圆睁,"它长得跟余倩倩很像!"

余倩倩满脑门问号。

啊?你没事吧?

"你才跟蟑螂长得像!"余倩倩斥道,"你怎么不说我跟螳螂长得像呢?"

"不是呀,真的有点像,缦缦你来看。"李丹妮认真地拉起卓依缦到浴室门口,对着一个角落开始喊,"倩倩,倩倩!"

地板上的小强探头探脑,触须动了动,似乎很满意自己的新名字。

"缦缦你看,像不像?"

卓依缦脸上有了一丝笑影。

李丹妮眉梢一扬,终于让余倩倩看清楚了这妮子拿她开涮的事实。

"李丹妮!那阳台栏杆上那只麻雀还像你呢!"余倩倩笑骂着捶她,"我叫它丹妮它还能叫唤两声!"

"我不信。"李丹妮道,"我又见不着。你看看这小强还在地上呢,除非你给它弄死,不然它在我们寝室这一辈子都像你。"

余倩倩睨了李丹妮一眼,抄起李丹妮的拖鞋就进了浴室。

浴室上演余倩倩大战余倩倩。

刚刚还捂着小腹哭得难受的卓依缦终于笑出声来,纵然低低的,很嘶哑。

但那也是笑声。

余倩倩一边打一边说:"缦缦小声点笑,等会儿气顺不上来就麻烦了。"

她计上心头,对那只抱头鼠窜的小强大喊:"李丹妮,站住!"

原来是余倩倩大战李丹妮。

又是笑作一团。

熄灯铃响起的时候，她们才堪堪打扫完战场，然后迅速上床睡觉。

卓依缦趴在床上，看着走廊上廊灯顺着半透明的玻璃磨砂门倾泻进暖黄色的灯光。不知道为什么，她觉得那光像刚刚看到的小强一样探头探脑，时刻准备一统内里没有光的所在。

她用只有自己听得到的声音，说了一声"谢谢"。

尽管她向来拥有复杂而敏感的内心，但是说这句话的时候，很纯粹。

三天以后，所有竞赛生和家长商定。三班有一半人递交了退出竞赛课程申请表，选择从现在开始专心投入高考。

这里面有卓依缦。

交表格的那个午休，华兰在学生中心开纪检的例会。她已经完全适应了李清凡的工作，完成了纪检今年的招新和审查。

虽然没有招进来一个竞赛生，但招进来好几个说以后想选化学的。

学弟学妹对她睁星星眼：

"学姐，听说你化竞拿了省二，好厉害啊。"

"学姐成绩好又能兼顾学生会的工作，真的好全能啊。"

华兰感受到了一种命运的轮回，连回答的话语都跟当初的李清凡有八分相像。

"其实学生会的工作跟学习的冲突并不大，能锻炼很多的能力，思考问题的方式也会变得完全不一样，心态会更坚强。"

她算不算有些懂了，自己会成为怎样的大人？

华兰回到三班，发现自己的桌子上多了好几本做完的教辅，旁边贴着整整齐齐的索引，一看就是王岩开的东西。

"推爷你……"她慌乱地回头，看见王岩开在做蓝皮的"五三"。

他短暂地抬起头："嗯，明年不考了。资料都给我们化竞小组明年还考的同学分了。

"给你的那几本是我觉得我做过的最好的物化和有机。"

他轻轻说完，又进入了写题的专注模式。

华兰本来还想再劝劝，卓依缦放弃生竞可能是因为本身就有些勉强，但王岩开不一样。

他那件事说到底意外成分更大，不是必要放弃的。

她嘴巴微张，却半天说不出话来。她知道，王岩开一定有自己放弃的理由，这肯定是他深思熟虑后才做出的决定。

她不必问。

在竞赛这条道路上，你不知道自己的同伴什么时候会走散。

什么时候，他们会成为礁石上面目模糊的水，一点点消失了。

这条路前途漫漫、遥遥无期。回头的时候，当初一起出发的同伴也许都不在了。

因为能拿到金牌的人屈指可数，能走到尽头的人最是孤独。

华兰有种说不出的感觉，她觉得自己回头的时候，身后的人会变少，但是一直会有人笑着看她。

华兰仓促地写了一张明信片：

> 谢谢你的书！尊重你的选择，相信你接下来综合性考试一定能考得很好。加油！

她在明信片后面粘了几颗糖，在下个课间的时候王岩开出去的时候，放在了王岩开桌上。

正好让路过的苏展看见了。

苏展先前也听说了一点风声，就问她："推爷是不是把化竞退了？"

"对。"华兰点点头。

苏展想了想，最后只能说"也好"。

"他自己给自己太多压力了。退了以后说不定整个人会轻松一点。"他说，"上次那个名校联考，他考的位次也不太理想，肯定跟纠结要不要继续有关系。"

这个学期开始，周练和月考变得频繁。一般都占用周末，可以两天考完。

浙江高考七选三的赋分制度在他们这一届高考的时候会发生改变。赋分会细化，考高分没那么容易。

以前是按排名前 1% 的同学赋 100 分，前 3% 的同学赋 97 分，接下来三分一赋，以此类推。

现在没人清楚分数给赋的结构规则，所以年段里赋分的时候把原来的前 3% 拆成 97～99 分，先这么赋着。

就这么经历了几次周练，大家发现这种赋分规则下，高分段竞争更激烈了，每一分都要争。

2020 年 9 月份，"内卷"这个词突然在网上爆火，从此"暗推"这个川中的黑话失去了魅力，"你好能推啊"变成了"你好能卷啊"。

全国通用。

在过去几年里，浙江新高考一变再变，每一届的政策都不一样，都是小白鼠。

对浙江高中生来说，他们一直处于一个改革的年代，改革必然带来阵痛，而他们都是阵痛的承受者。

这回的改革，痛到 2019 级的身上了。

还在搞竞赛的那帮人尚无暇东顾,而专心高考的这群人把省里新政策研究了三四遍。

他们在比较新赋分制度下到底谁是受益者。

但是三班这群人,恰恰都是不被利好的那一群。

本来有一半以上的人考满分,现在变成了怎么学可能都只能考 98 分,拉其他人 1 分。

比如卓依缦,几次周测下来,她发现自己的生物最多也只能赋个 99 分,和平行班的生物选考生根本拉不开。

王岩开也是一样。化学不是川中的强项,以往赋分在浙江省竞争力不高,王岩开的赋分情况比卓依缦更惨烈。

虽然这群高手最后的情况不过加起来是四五分的分数意料偏差,甚至一道数学选择题就能拉回来,但他们还是很不甘心。

高手过招,每一分都会让人很焦虑。

卓依缦最近老是心情不好,因为她觉得她的同桌赵欣怡很吵。

"不会吧?欣怡和你不是一直很好吗?"她在宿舍里提起这个的时候,华兰很奇怪。

赵欣怡也是学生竞的,选择继续再考下去。之前,她和卓依缦的关系一直不错,经常帮对方看题目,一起去食堂吃饭,生日的时候还互送生日礼物。

卓依缦平时也说,欣怡是个很好的人。

卓依缦是纪律委员,但本身胆子小、声音小,有时候后排有些男生讨论起问题来声音压制不住,她才敢声音细细小小地去提醒一句。

那个时候,她会请苏展说一说他们。如果苏展不在,赵欣怡就会帮她喊一句"后面声音小一点"。

大家都是懂规矩的人,三班的纪律还是很好管的。

赵欣怡是个性格比较直的女孩,有啥说啥。从某个角度讲,其实保护了性格内向的卓依缦。

"她平时写题目不是转笔嘛,就有动静,翻书的声音也很大。"卓依缦跟华兰说,"她喜欢在自习课上偷偷吃苹果,那个声音咔嚓咔嚓的,有点吵。"

"你以前怎么不说呢?你有没有跟她沟通过?"华兰问。

"我不知道怎么跟她说。"卓依缦低眉,"而且我总觉得,身边不止她吵,坐我后面的同学动静也不小。

"我感觉我的椅子总是在被他踹,午休的时候趴着睡得不舒服。"

华兰想了想,觉得大概是卓依缦这段时间刚刚回归高考,这几次周测下来考得又不那么尽如人意,所以神经比较紧张。

她安慰卓依缦:"别太焦虑了,这两天运动会,正好能放松一下。"

"今年还报项目吗？"华兰问卓依缦，"跳高？我觉得还是你有经验。"

三班今年的运动会阵容与去年相比没什么大变动，只是5000米换了刘一天和苏展去跑，林屿和江潼承包了1500米和1000米，短跑各种米数的人选做了小范围的调整。

去年三班团体总分排了第三，拿了一千块班费奖金，抬了块奖牌回来，至今还供在空调上面。

那一千块钱后来让金炫用来在班会课请了一顿KFC和奶茶。

这么好的事情他们今年还想要。

于是，他们研究了一下去年失分的板块，发现女生板块因为人少实在没有办法抢救上来，能再精进的板块主要是团体项目。

也就是接力。

团体项目拉的分数是最大的。

今年八个接力跑的运动员练得比去年更勤。

因为自从平行班重新分过班以后，年段的体育特长生就集中到了几个文科组合班。竞争对手的实力必须重新估算，而且一定比去年要强。

在秩序册出来以后，刘一天排了好几遍算式，排除掉体特必拿金牌的项目，估计三班理论上可以争取的最高分。

"咱班这还有没有可能进前三，我看看……"刘一天甚至对比去年秩序册高二的数据，掐着手指开始当半仙，算三班登顶的可能性。

"别算了，魔怔了，天天分分分的，搞这么焦虑。"苏展推了一下他的脑袋，"不要上压力。"

"友谊第一，比赛第二。"苏展说，"哪怕最后一名，三班的运动员都是最棒的。"

当时华兰正在旁边，颇有兴致地围观刘半仙的算法，却很意外地听到苏展这句话。

她觉得这个看似没有正形的少年，真是越来越有担当了。

她习惯把他当作幼稚的小孩，却没有去在意，这个小孩在她再次面临谣言的时候开导了她，在她遇到讨厌的人的时候帮她出头，等着她找回原来的自己。

他在班级日常纪律被不合理扣分的时候找打分人员理论；他跟金炫、程敏周旋，给三班讨要福利；他关心同学，在卓依缦不敢出声的时候帮她出声，劝焦虑的王岩开跟他去打球……

太多事情。

还有现在，他说，三班的同学只要上场了，都是最棒的。

说得很有格局，甚至比他更有领导魄力。

他早就不是那个幼稚的小孩了，像个有责任感可以依靠的男人。

华兰想到"可以依靠"四个字的时候，心跳重了重。

为什么她会有这种想法？

她现在又是以怎样一种目光，去看苏展呢？

她的思维发散下去，似乎要触及一个她从未仔细思考过的领域。那里像科幻片里描绘构建的宇宙边际，不断外延生长，数以万计的光点浮沉其间，像他们曾经看过的那场大联欢里场灯的银星闪烁。

漫无边际，仿佛有淡淡的、粉色的光晕。整个人纵身跃下星河，却可以轻飘飘地浮荡其间。

其实华兰不知道，苏展一直都是这样的，只是她总以为，那是理所当然。

"华兰，你怎么了？"苏展骤然出声叫她，"眼神呆滞，想什么呢？"

"……我、我在想刘半仙这个算法太理想化了，没有考虑对手也在加强这个变量。"华兰结巴了一下，第一次觉得看苏展这件事让她心里负重。

少年坦荡的目光，让她更不自然。

"所以别算咯。"她双手插兜，装得自在，"反正也算不准。"

"是啊，听你花哥的。"苏展笑着把秩序册从刘一天手里抽走，"先提升自己，再质疑别人。"

苏展把秩序册递给华兰："交给你了。"

"我？我拿来做什么？"

"就只有你没项目，所以誊写小黑板的任务就交给你了。"他双手合十，"希望华部为人民服务。"

"同志们辛苦了。"她很配合地说，随手翻开一页。

"看清楚我在哪儿啊。"苏展补了一句，"别给我写落了。"

"怎么会？"

"前车之鉴，怕大小姐记不住，贵人多忘事。"

"知道了。"华兰无奈地笑了一下，"会记住的，还会去看的。"

"你说的啊。"苏展忽然来了精神，"可别跟我说你要工作。"

"今年是我看着别人工作。"她道，余光瞥见他捂着嘴笑。

第十九章
不要温和地走进那个良夜

看台上人来人往。华兰和纪检的一个小部员一起坐在主席台上。场地里有肖子怀指点江山，不愁没人统筹大局。

如果有意留任下届部长，运动会是一个表现的机会，部长会在这个期间留意每个部员的工作情况和能力。

如果想留任下届学生会会长，也是一样的。运动会期间得跟在秦浩身边卖力。

肖子怀有志向从肖小老板留任成肖大老板，目前正在怒刷秦浩的好感。

肖子怀戴着太阳帽，在内场草坪里走来走去，偶然一眼看到主席台上舒服乘凉的华兰，很是不平地示意她下来。

华兰朝她"略略略"。

看不爽，还打不着。

肖子怀愤愤地踢了踢眼前的空气，接着认命地搬跨栏去了。

现在是跨栏结束以后的清场阶段，等会儿就要上5000米了。

这个下午注定很煎熬，华兰隐隐有点紧张。

"花哥。"身后观众席上，突然有人拍了她的肩，叫她。

"哎。"她回头，是李丹妮。

"你怎么没在你们班大本营？"华兰问。

"刚刚看了比赛，看到你在这儿，上来找你聊聊天。"她拨弄一下华兰的头发，"工作很忙？"

"我监工。"华兰灿然一笑，"今年轮不到我忙，等会儿在这儿看我们班同学跑5000米。"

"噢。"李丹妮还是拨弄着她的头发，不知为何，眼神空空的，整个人看起来有点无精打采。

"这个给你吧。"李丹妮递过来一块湿毛巾。

"我们班同学刚刚跑完110米栏下来了。"李丹妮说，"本来想给他们的，但是他们没怎么出汗,就算了。你们班5000米应该用得到。"

"这样吗?"华兰堪堪地接过来,"可是你们班应该也有人要上5000米吧?"

"都有人准备了,这块就多出来了。"李丹妮缓缓道,"赞助你们班了。"

"谢谢李总,李总大气。"华兰合十,拜了一下李丹妮。

"部长,部长。"旁边那个小部员叫华兰,指指主席台下,"肖老板在下面叫你。"

华兰看过去,肖子怀已经在下面蹦了半天了。

"场内有个机动的学弟肚子疼,刚刚跟着医务室老师走了。"肖子怀双手叉腰,"等会儿高二5000米,你下来替他。"

"我不要。"华兰撇嘴,"我下去可没有帽子,我不要晒黑。"

"我这不是给你准备了吗?"肖子怀不知从哪儿拿出来一顶同款的太阳帽,看来这是打定主意要让华兰跟她一起晒了。

肖子怀道:"等会儿场边递水。"

华兰服从吩咐,告别李丹妮,为人民服务去了。

华兰两只手都得拿水杯,所以想了想,还是把那条湿毛巾系在了自己腕子上。

高一跑完,接着上高二的。

"高二组,男子5000米,上道。"

华兰的岗位在终点后面一点,听着发令枪一响,那边一排人便黑压压地冲了出来。

高二男生组这是除了黑色没别的喜欢的颜色了吗?

华兰艰难地从一堆黑衣人里分辨出了苏展和刘一天。

跑道对面是带着陪同志愿者的班主任们,金炫站在角落里,旁边是林屿和江潼。

朋友一生一起走。

欢呼声和加油声骤而热烈起来——他们迫近这侧的跑道。

华兰递水的手伸得笔直。

华兰去年的经验告诉她,第一圈一般没有人喝水。前三圈一般属于队伍的分层阶段,体特跑在最前面,后面的同学根据速度会逐渐拉开层次,速度相似地跑在一起,形成稳定的团块。然后再在最后几圈冲刺的时候八仙过海、各显神通。

第五圈的时候,开始有人接水了。

华兰看苏展汗如雨下,却丝毫没有接水的意思。

这人不渴吗?她想。

第六圈他经过她身边的时候,才对上了她的眼神。

苏展健步如飞地跑过去，意识到有什么不对，回头看了她一下。

肖老板的遮阳帽把华兰半张脸都遮住了，原是他一开始没有认出来。

华兰回头，苏展已经过了弯道跑到对面直道了。他选择在圈数的中层加了一次速，从自己原本在的团块跑进了前面那个团块。

然后在第七圈即将经过华兰的时候，抬手指了指她手上的杯子，又指了一下自己的脸。

华兰果断地举杯往他脸上泼。

"我去，展哥这么疯的？"观众席上安培感叹，"直接让人往他脸上泼水？"

"他之前说过他和刘一天的策略是保持实力啊。"安培说，"他说他们中间匀速一点，到最后再冲。"

"我感觉，刘一天有点迷茫。"余倩倩说，"感觉好像原本说好了一起跑，你怎么突然加速一样。"

刘一天原本跟苏展在一个团块，但苏展现在开始冲锋了。

刘一天在犹豫要不要跟着一起冲。

"这么跑他会不会受不了啊？"安培担心道，捏着手里的喇叭，"咱下一圈别给他们喊'冲锋'了，给他们喊'稳住'吧。"

"……不会的。"余倩倩缓缓吐出一句。她对苏展的实力并不清楚，但是她知道苏展应该不会做在华兰面前跑吐掉这种丢脸的事情。

唉，男人啊。

华兰也隐隐有些担心，但是苏展真的就这么把速度保持下去了。

每隔一两圈，苏展就让华兰往他脸上泼水，好像如有神助，最后三圈的时候竟然还有力气加速。

摇铃了，最后一圈了。前两名的体特套了圈，快速结束了战斗。

观众席上紧跟着就喊疯了。

他们喊："苏展，季军！"

华兰看着苏展一路狂飙，居然真的就冲在了剩下的人里的最前面。

她也兴奋起来。

铜牌，铜牌。她在心里默念。

直到少年真的冲线，梦想落地成真。

"啊——"观众席上狂叫，声音一浪高过一浪。

惯性作用，他还在减速往前跑。

他需要扶吗？华兰脑子疯狂地转。金炫带着林屿和江潼小步快跑过来，苏展却一路跌撞往内道靠。

最后，华兰和林屿先后架住了苏展的左右手。

苏展慢慢往前走，原地又喘了一会儿，嘶哑道："水。"

林屿递上来一瓶还没拧过瓶盖的农夫山泉，苏展难以置信地看了他一眼，然后目光转变为嫌弃。

"不是吧哥们儿，你以为我有力气拧？"

林屿顿了两秒，把手缩回来，准备先把瓶盖拧开。华兰无言，把手里装了半杯水的纸杯先递了过去。

"喏。"华兰说。

她看苏展不动，又补了一句："手脚健全，别指望我喂你。"

"那肯定。"苏展接过杯子，猛灌一大口，扭头对林屿说，"你的留给刘一天吧。"

林屿脸上瞬间只剩下一副"你小子有种"的表情。

苏展原本半蹲着喘气，双手撑着大腿，却见一只皓白的腕子拿了块毛巾来，递到他眼前。

那清澈的声音说："擦擦吧，李总赞助的。"

他愣了一下，便把脸埋进那毛巾里，擦了几下才想起来说："谢谢李总。"

林屿脸上的表情又变了，仿佛写了"你厉害"三个大字。

"刘一天，你振作点啊。"江潼的声音从后面传过来，他和金炫一人架着刘一天一只手，从后面缓缓走进内道。

"一天你不要强撑，要不要让医生过来？"金炫手忙脚乱。

"不用，老师，不用。"刘一天有气无力，"我没事，缓一下就行，缓一下。"

刘一天一步一步，慢慢走到苏展面前，又喘了两口大气，使尽浑身力气骂道："你跑那么快干吗？不是说好最后再加速？老子半条命都快追没了！"

刘一天跑了第五。

他咬牙切齿。

"傻孩子。"苏展擦了把脸，已经完全缓过来了。他拍拍刘一天的肩，坏笑道，"下次尽力而为，不要老想着追爷。"

爷是你追不上的。

"去你的。"刘一天抬手打了一下他，看见他手上的白毛巾，"怎么你有这个啊？还有没有啊？给我擦一下。"

"没有了，洁癖，自己再找一条去。"苏展狠狠杀了他一眼。

林屿看刘一天的眼神里流露出些许同情，变成了"佛曰不可说，不可说"。

他们把两位运动员扶到旁边的观众席上，等高三组跑完进行颁奖仪式。

苏展把那块毛巾系到了手腕上，脸上春风满面。

华兰忍不住多看了两眼。

"你不会还想要回去吧？"苏展注意到她的目光，这样问。

"李总说送你了。"华兰侧过脸，懒洋洋地答。

余下两声各有意味的笑。

太阳一点点沉下去,橙黄的余韵从观众席后方的天空一路蔓延生长,等到裁判吹哨宣布颁奖的时候,已然成为整片天空的底色。

颁奖台设在内场草坪上,正对着观众席。华兰站在摄影师的画面之外,借着太阳帽的遮挡,可以看到这个被观众席顶棚遮挡了一半的熔点。

红云牵着黄晕在那样浓厚的色彩里翻腾,天际嵌着一丝一圈的粉紫色,像泼墨入水,一层层渲染开去。

带着倦意的金光还在从熔点里喷涌而出,延绵入橙黄腹里,那样浓郁。

昼与夜在一瞬间讲和,于是有了黄昏。时间向光影俯首称臣,于是有了晚霞。

逆着光,少年向她跑过来的身影半边是黑的。

他越靠越近,容颜才一点点清晰起来。

他露出虎牙,举着铜牌跟她炫耀,那在夕阳里折出古色的光。

"看!"

华兰点点头,对他说:"看。"

她指着遥远天空,那是她除了星河,觉得最灿烂的光景。

红色晚霞一点点暗下去,天边笼了暮色。

华兰靠在栏杆上,等着两个小部员把箱子里的红袖章清点完,今天就可以打道回府了。

晚自习已经开始了,她看着远处灯光点点的教学楼,打了个哈欠,有点困。

背后突然有人勾上她的脖子。

"看什么呢?"肖子怀问,"温和的良夜?"

"什么?"华兰没懂。

"狄兰·托马斯认为老年人应该在日暮时分燃烧咆哮,不要温和地走进那个良夜。"肖子怀眨眨眼,"本来是说死神和光阴,但是我总喜欢用在夜色特别好的时候。"

她吹了口气,刘海拂起:"一种自然哲学和生命哲学的结合。"

"文化人。"华兰又打了个哈欠,指指后面,"我们就差这个了,其他部怎么样?"

"快了,估计等个几分钟就能撤了,不然让程敏看到也麻烦。"肖子怀跟她一起靠在栏杆上,似是不经意问起,"今天你在5000米的时候扶的那个男生,你是不是还给他递了条毛巾啊?"

"……是。"华兰觑了她一眼,觉得没必要隐瞒,"千里眼?看这么清楚。"

"我不想看到也从别人那里知道了啊。"肖子怀道,"当时你们旁边那几个小部员,一直看你们,一边看一边笑。刚刚回来的时候讨论得可兴奋了,说嗑死她们了。

"然后就被我抓包了。"肖子怀接着说,"我让他们专心工作,别有的没的在那儿八卦。

"你是不是还得感谢我啊,华部?"

华兰沉默了一下,然后轻笑着说:"肖老板,你知道你特别像什么吗?像那种自己感觉做了了不起的事情然后找爸妈要夸奖的小孩。"

"别占我便宜。"肖子怀捅了一下她,"你们以后要注意一点,程敏抓人有一手的。

"晚自习下课了,别去竹林啊,亭子啊那些地方,程敏会在那里出没。"

肖子怀说得很认真,认真到华兰大脑空白了一会儿。

"你们"两个字一下砸得华兰晕乎乎的。

"不是,我们没有啊。"华兰连摇头都忘了,结巴道,"我们真的不是啊,你、你哪里听来这种鬼话?"

华兰空白的大脑在解释之余,只有一个想法:

她跟苏展的相处,什么时候已经到需要跟别人解释这一层关系了?

你们,我们。

这两个词从来没有听起来这么骑虎过。

"我们是好朋友。"华兰的语气堪堪淡定下来,"以前是邻居,所以关系好一点。"

只是这次说这句话的时候,她似乎没有那么强的底气。

也没有那么理直气壮。

肖子怀淡定地应了一声"哦",还是笑。

过了一会儿,肖子怀听那边传来袖章清点完了的消息,招呼华兰回去上晚自习。

她们还是温和地走进了那个良夜。

秋天的良夜好像能够亘古,一直到华兰下了晚自习躺到自己床上,脑海里都还是在操场上看到远处教学楼白灯的斑斑光点。

秋夜的风从身边掠过,她和肖子怀一起走回教学楼。当时心里有点七上八下的,她也不知道为什么,特别怕肖子怀再接着问下去,好像她和苏展之间的问题根本说不清似的。

但好在肖子怀没有余倩倩那种不达目的不罢休的八卦精神,没有继续再提。

肖子怀只是说了一句"真好"。

华兰问她"什么真好"。

肖子怀一脸坦荡地说"都好"。

都好,都好。华兰想,却怎么都睡不踏实,浅眠了一阵又被黑乎乎的梦惊醒。夜里寂静,澄澈的月光透过没关好的阳台门照进来。

太亮了。华兰摸索着爬起来,决定去把门关好。

没想到，华兰才刚刚把门关上，身旁床上便传来一声低低的呼唤："花哥。"
华兰吓得一激灵，一回头，李丹妮正坐在床上看着她。
好看的鬈发乱糟糟的。
"怎么了？"她低声问李丹妮。
李丹妮却问："你睡不着吗？"
"……刚刚做了个噩梦，吓醒了。"华兰缓缓道，"看太亮了，就出来把门关一下。"
"……噢。"李丹妮轻声应道，顿了顿，又说，"我睡不着。"
"怎么了？"
"我跟你说，你千万别笑我。"
隐隐约约地，华兰可以看到李丹妮破罐破摔般的表情，看来事情并不简单。
"阳台上说吧。"华兰说，"免得吵醒她们俩。"
"好嘞。"李丹妮飞快地从床上爬起来，在华兰耳边补了一句，"谢谢你。"
从阳台上望下去，能看到穿校园而过的河流。严格来说，它是安川护城河安河的一条小支流，环绕了川中的东面，才让川中能够靠山面水。
最后一批蝉都已在夏末鸣断热烈的一生，秋夜是溶溶月色和辽远的寂静。
华兰又想起肖子怀说的，温和的良夜。
"你要说什么？"华兰问。
她能感觉到，站在她身边的李丹妮有些紧张。
李丹妮欲言又止好几次，最后委屈地低声道："周知遇他怎么能这样！"
"周知遇？"
苏展的那个初中隔壁班同学？华兰回想起来。自从去年底华兰在社团节认识他以后，就注意到他的名字也经常出现在年级的大榜上，而且英语单科尤其突出。
他的名次跟李丹妮的玩跳跳龙似的，上下反复横跳，几乎都是一眼可以同时看见。
但除了第一次联考以后听李丹妮说要爆杀他，后来就没怎么听李丹妮提起过了。
华兰隐隐约约嗅到了一丝大瓜的味道。
"故事三要素，亲爱的李总。"华兰坏笑着，这样问。
"你记不记得今天下午我给你的那条毛巾？"李丹妮看着她，潋滟的目光迎着月色，竟有点点泪光。
华兰一下严肃起来，点点头。
"他当时有跑110米栏，我就去看他，那条毛巾其实是给他的。"李丹妮缓缓道来。
周知遇当时跑了小组第二，很有希望出线。李丹妮混在终点的工作人员里，看着他像个超人一样飞过来，激动得不得了。

"我当时很开心，不知道为什么。他跑得那么好我也开心。"李丹妮看了看天上的月亮，那跟她的眼神一样明亮。

但当李丹妮迫不及待地往前走，想要给他递水和毛巾的时候，她却看见他接了别的女生的水。

"我当时整个人都傻了，就很生气，我从来没有那么生气。"李丹妮的"小珍珠"不争气地掉下来，"我当时想，他怎么能这样。"

"啊？"华兰疑惑道，"是不是没看见你啊？"

"不是的花哥。"李丹妮把眼泪抹掉，突然特别用力地抓住了华兰的手，"他看见我了。他在听完成绩以后就朝我这个方向扫了一眼，然后看别的地方。之后，他接别人的水之前，就又往我这个方向看了一眼，那个眼神特别刻意。"

"你的意思是他故意的？"华兰问。

"对，他就是故意的。"李丹妮的眼泪又掉下来，"他怎么能这样！"

华兰心里有点发毛，她不太清楚李丹妮和周知遇现在是什么情况。事实上，她连周知遇什么时候开始和李丹妮认识的她都不知道。

"⋯⋯李总，你方便说一下你们俩到底什么情况吗？"华兰抬手替她擦了擦眼泪，心疼道，"你看你眼泪都掉了，你们是什么时候认识的？"

李丹妮沉默了一阵，哑着嗓子说："我给你讲讲吧，你别跟别人说。"她叹了口气。

又一次，华兰承担起这种女孩子之间"别跟别人说"的神圣委托，她郑重地点了点头。

李丹妮和周知遇认识，是因为高一上学期一次英语周测。

"我们班和他们班的答题卡拿错了，英语老师让我去他们班换回来。"李丹妮说，"他也是英语课代表，就这么认识了。"

"看见他的时候，莫名有个想法，觉得他长得居然还算赏心悦目。"

"那算是我们第一次正式见面吧，虽然那之前我就因为期中考的事情了解过他了。"李丹妮讲着讲着，嗤笑了一声，"超级幼稚的，我找人'调查'他。"

"后来我意识到，他英语水平真的很不错。没有在国外生活过，但发音很地道，难得。"李丹妮说，"后来连续好几次英语的大小考，他的排名都跟我不相上下。那时候我就觉得，这个男生有点意思。"

李丹妮露出一个霸道总裁式的笑容。

校史馆探花楼边上修了一圈仿古建筑，取名文澜小筑，有几个社团的活动教室设在此处。

李丹妮没有学竞赛，高一的时候有社团课的时间。话剧社在仿古建筑的一楼有一个平坦的开间，作为讨论和排练的基地。

棋社的活动教室就在隔壁，中间隔着好几扇雕花门。

所以每当李丹妮在院子里"我念起人类是怎么样可怜的动物"或者"太阳出来了，黑暗留在后面，但太阳不是我们的，我们要睡了"的时候，周知遇都能坐在另一间屋子的石座小棋盘边看到她。

"话剧社上了几次鉴赏课以后，就开始为十二月份的社团节准备《雷雨》的排练了。"李丹妮轻轻道，"《雷雨》是每年的保留剧目，所有人都很重视。"

"当时老师让我演繁漪，我可紧张了。经常午休跑过去一个人对着空院子练习。"李丹妮拢了拢头发，"最开始我不知道他那个位置能看到我排练。"

"但是有一天中午，我在练独白，突然忘词了。"李丹妮的眼睛亮晶晶的，"有个声音就突然冒出来，提醒我下一句词。"

李丹妮一直记得自己卡在了"我盼望你用你的心，想一想，过去我们在这屋子里说的，许多，许多的话"。

有一个温润的声音接出了下一句："一个女子，你记着，不能受两代的欺侮，你可以想一想。"

文澜小筑里重重叠叠的门将他的身影掩住，惊得李丹妮一时失语。

那个声音又换了一种语调："我已经想得很透彻，我自己这些天的痛苦，我想你不是不知道，好请你让我走吧。"

李丹妮知道，这是之后周萍的台词。

"当时我真的，脑子一片空白。"李丹妮说，"我隐隐觉得这个声音是他，但是不敢确定，就让他赶紧出来。"

但是当周知遇真的从一重重门里走出来的时候，李丹妮还要故作惊讶，说："是你啊。"

李丹妮接着说："之后，他笑我练好几天了还记不住，他坐那儿下这几天棋，都记住我的台词了。

"我说，他一想到要站到台上去当着这么多人的面演出，也会很紧张的。"

华兰笑了一声："李总，你居然没让他别说风凉话，一边待着去？"

"谁跟你似的整天什么都敢说？"李丹妮对她表示了鄙夷，"知不知道'矜持'这个词是什么意思？"

华兰总结道："看来是你先注意到周知遇，然后又对他特别关注？"

"对。"李丹妮先痛快地承认，然后又说，"在我的视角是这样的。"

李丹妮一向都很大方，除了面对周知遇。

她很期待，某一天周知遇跟她说，其实早在她注意到他之前，他就已经注意到她了。

这样她会很开心。

她很期待。

华兰看着李丹妮，看着她仿佛装了星星的眼睛，想着，这种情感，真是奇妙啊。

　　李丹妮一向心高气傲。就华兰看来，除了川中，李丹妮厌烦安川的一切，厌烦它不合理的土气城建，厌烦它拥堵糟糕的交通，厌烦时时刻刻能听到的旧式说教。

　　李丹妮说，她的爷爷奶奶一直觉得当初她爸妈带她去欧洲耽误了她。

　　"女孩子就该安安稳稳的，出什么国啊。"

　　"啧啧啧，跟电视里演的小洋鬼子一样，以后嫁都嫁不出去。"

　　李丹妮一直带着某种高傲和不屑的眼光俯视安川。她跟华兰说过，到时候高考八十个志愿，她先填上海，再填北京。如果到高二的时候觉得自己撑不下去了，她就考托福考雅思出国留学。

　　她说那段话的时候很有魄力，明明白白把自己的未来都安排清楚了，没有一点儿可能再跟安川沾上边。

　　但是那么骄傲的李丹妮，竟然会为了周知遇的几个举动，委屈成这样。

　　"后来，他就午休的时候一直和我对戏。"李丹妮的声音颤了一下，"我习惯午休的时候去练练，和其他社员下午放学后去练的习惯正好相反。"

　　"那个时候他都在棋社自己和自己下棋，一边下，一边拿着本子和我对戏。"

　　"我问他，为什么自己和自己下。他说，棋社的人都太菜了，他也就自己和自己下能有点挑战性。"李丹妮托着下巴，"他很早就业余七段了——下棋的样子很帅。"

　　"他一个人串了所有男性角色。"李丹妮羞赧地低头，"后来也真的来看了那天的大联欢，还夸我穿旗袍真好看。"

　　那天的李丹妮风姿绰约，一身墨绿色旗袍直接走进那片隆隆的雷雨，嗔痴里皆是果敢阴鸷的蘩漪。

　　在话剧结束以后，李丹妮回到演职人员的位置片区，周知遇在那里等她。

　　周知遇跟她说，她演得真好，但是演周朴园和周冲的演员不如他。

　　"以前川中高一下学期一直有个英语活动，全市的高中都会派代表来。"李丹妮接着说，"话剧社之前一直负责给这个活动排一台英语话剧，一般是莎翁的几部戏换着演。"

　　"老师想着我英语好，决定让我演《罗密欧与朱丽叶》里的朱丽叶。"李丹妮道，"但是那个跟我对戏的男同学，口语太差了。"

　　那位男同学中式英语的发音太重，台词还说不流畅。面对李丹妮的纠正，他还嫌弃她事多。

　　一场排练下来，李丹妮根本没说多少词。

　　那天周知遇看到了他们的排练，以及李丹妮无奈又生气的表情。

　　排练结束后，她冷着脸坐在椅子上。在隔壁下棋的少年走过来，对她说："把罗密欧的剧本给我吧。"

"我陪你练。"周知遇开口就是好听的英式伦敦腔,叫了一声,"Juliet."

那个瞬间,李丹妮觉得自己真的是朱丽叶。

因为 Danny 太普通,她很早就想改自己的英文名字了,改成 Juliet 也无妨。

高一上学期仅剩的几节社团课,他们都一起这样度过。

后来高一下学期的社团课因为追进度、补课时的关系被停掉,朱丽叶李丹妮没有了上场的机会,虽然说不用排练减轻了学业的压力,但她心里还是空落落的,像珍视了很久的宝贝突然被人拿走。

上一届的社长让她接任了社长的位置。她得去把话剧社的道具整理好,把教室锁好,等明年的新生进来。

"那天我在文澜小筑,又遇到了他,他也在整理棋社的教室。"李丹妮说,"他跟我说真可惜,以后没有社团课了。"

"我说,是啊,我还没演朱丽叶呢。"

李丹妮手上,彼时正拿着一把欧风的扇子,默默说了一句:"Only your name is my enemy. Even if you don't have Montague, you are still such a you.(只有你的名字才是我的仇敌,你即使不姓蒙太古,仍然是这样的一个你。)"

"It is the east, and Juliet is the sun.(那就是东方,朱丽叶就是太阳。)"周知遇轻轻吐出这句话。

"如果你想的话,我可以陪你最后演一段。"

少年的目光很真挚。

真挚到李丹妮有些忘怀。

但她还是玩笑着说:"好啊,但我对搭档的要求很专一的,一部戏只跟一个人搭。你跟我搭了以后,就不能再跟别人搭这个戏了。"

你只能演我一个人的罗密欧。

周知遇开朗地笑,很爽快地答应了"好啊"。

李丹妮觉得,那天她演得很流畅,少有地,很入戏。

"哇哦。"华兰发现喜欢听八卦可能是人的天性,李丹妮讲的故事,让她听得确实津津有味。

"所以今天我真的真的很伤心。"李丹妮的语气落寞。

"那你就找他问清楚啊。"华兰对她说,"李总,站在我的角度上来讲,肯定是直接说清楚比较高效。毕竟我没有这样关系的男生,我也不太懂该……"

"你还没有?"李丹妮勾住了她的脖子,"你跟苏展没闹过别扭?"

夜深了,阳台上的秋风已经含了一分凉意,安抚了一下华兰发烫的脸。

"我没有……"华兰本能地说。

"他……"华兰大脑又一次,一片空白。

她习惯苏展对她的好,因为从小他就对她这么好。

不管他是关心她有没有好好吃饭,还是帮她一起从办公室把化学作业本端回来，抑或常常来找她聊天。

这很特别吗？

他们是好朋友啊。

"我们是好朋友。"华兰说，"因为小时候是邻居，所以关系特别好一点。"

但这个解释，从傍晚面对肖子怀的时候，华兰就已经说得底气不足了。

"好朋友？"李丹妮勾紧了华兰的脖子，呢喃着问，"花哥，你回答我一个问题。他如果对其他女孩子做跟你一起做的事，你怎么想？"

华兰噎住了。

苏展和别的女孩子谈笑风生，要别的女孩子送的水，要跟别的女孩子一起在北山路上散步。

"你会不高兴吗？"李丹妮漂亮的大眼睛盯着她，让她一句否认的话都说不出来。

她会不高兴的。

华兰自己都没注意到，只是她一直，习惯于此。

华兰不轻不重地应了一声，如若有蝉鸣，这一声大抵也会隐入夜色。

"花哥，你不对劲啊。"李丹妮的眼睛一下亮了。

"苏展嘛，很受女孩子欢迎的。"李丹妮不再勾得那么紧，而是松松垮垮地搭着华兰的肩，"他的小虎牙长得很特别，成绩也好，挥你们班班旗的样子可帅了。"

特别吗？华兰想。她这才想起来，苏展确实有虎牙，只是她习以为常，没有特意关注过。

她心里不知为什么，掠过了一丝不悦，脱口而出："丹妮，我跟他关系好，不是因为他长得还可以或者成绩好，只是因为他是苏展。"

因为他能体察她受过伤的童年，能想方设法、不动声色地安慰她，能跟她说"你喜欢的东西喜欢就好了，梦想又不犯法"。

华兰生性是内敛的人，但很清楚自己有无法回避的野心。

苏展跟她一样，有这种野心。

他们想要寻找的，是同一阵风。

再没别的人这么了解她了。

"呀，现在知道自己对他的态度了？"李丹妮一副得逞了的表情。

华兰破罐子破摔，掐了掐她的脸："别说我了，是你还想怎样？"

华兰望向她认为能够亘古的秋夜，盈满的月色倾泻而下，可以用温柔、寂静、神秘等诸多词汇来形容。

静到深处，让她想起自己鲜有人能够陪伴的童年。那段灰暗的时光设下的重重心门，因为一个少年持续不断地叩响而打开。

之后，她的情绪变得丰富，她回到了自己本就热爱的人群当中。

叔本华说，要么孤独，要么庸俗。

但是不孤独的华兰，一点都不庸俗。

他们有这么多理想和这么多可能。比起其他，她更希望他们能义无反顾地奔赴自己的梦想。

"我不问。"李丹妮摇摇头，"我等他来道歉。"

"你开心就好。"华兰拍拍她，不屑地道，"青春期小男孩小女孩闹别扭。"

"最好你和苏展别闹这种别扭。"李丹妮"喊"了一声。

她们对视，都低低地笑出声来。

"说完了？心里该舒服了吧。"华兰揉揉李丹妮的头，"回去睡吧，夜已经深了。"

李丹妮低声应过，先侧身进了阳台门。华兰反手将门关上，顺便把漫天的月色关在了门外。

她们与良夜转身告别。

一天半以后，秋季运动会全部的项目结束。三班虽然个人项目不算最突出，但接力跑等团体项目排名靠前，成功在团队总分里拿到了第五名的位次。

在几个偏文班体特加持基本等于开挂的大环境下，三班这个名次应该算是非常理想了。

有学生志愿者过来，问金炫等会儿谁上主席台。金炫正打算抬手招呼苏展，却想起前八名的班级有奖状、有奖杯，也有奖金，一般是三个人上去领奖。

"班长要上去的，让苏展过来。"金炫招手，示意队伍后面的苏展上来，"一天也是。"

金炫瞟了一眼跃跃欲试的刘一天，心里不知道为什么总是不踏实。

之后，他的余光瞥见了乖乖巧巧站着的华兰。

比起这些平时没个正形、毛毛躁躁的男生，金炫对三班女生简直赞不绝口。

"华兰，你上去吧。"金炫看华兰的眼神一下慈祥了三十岁，"你去把奖金拿回来，我怕他们俩路上把钱弄丢了。"

大家都笑起来。

所以最后，华兰很愧疚地上台，拿回了自己根本没做什么实质性贡献的运动会的奖金。

在和校领导合影的时候，三个人就站位的问题纠结了好久。

刘一天本来站在中间，拿着大奖状，把华兰和苏展隔开了。

他本来龇个大牙好高兴，但仔细想想好像有什么不对。

他觉得自己两边的气场都一下子凉了下来，左边拿奖杯的那位凉得尤其明显。

刘一天讪讪地看过去，苏展皮笑肉不笑地对他说："咱不得让奖金站中间？"

"好主意啊，展哥。"刘一天立即同意。

当然，他们俩中间这些小九九，华兰是不知道的。

华兰只是莫名其妙地被推到了一个不属于自己的C位，很惶恐。

他们的合照，是一个"凹"字形。

然后，摄影师让他们摆个搞怪点的姿势，比较彰显青春活力。

"怎么还比耶啊？"摄影师说，"太没新意了，前四个班级有三个在比耶，拍得跟格式照似的。"

"同学比个爱心吧。"旁边胖乎乎的党委书记建议。

华兰一脸迷茫。

一米八以上的刘一天和苏展对视一眼，默默分别举起了自己的左右手，在中间一米六的华兰头上比了个大爱心。

"三班这……"

"三班的男生这么好嗑的吗？"

下面一阵骚动。

"这照片照得，有一种不顾花哥死活的美。"余倩倩看着主席台，"扑哧"一声笑出来。

"挡脸了，挡脸了，她拿那个信封挡脸了。"余倩倩对旁边的卓依缦说，"她心里肯定在想'谁跟这两个丢脸玩意儿一起上来照相'。"

"别挡脸啊。"

主席台上，苏展压着声跟华兰说："怎么照相啊？"

"换个姿势吧，你们俩不要命啦？"华兰低声道，"太丢脸了。"

"这表现了同学之间的团结友爱，花哥，之后没有班级的照片能帅过我们班了。"刘一天说，"再说最丢脸的是我们俩，你小小配合一下就行了。"

"一起丢脸嘛。"苏展在她耳边说。

华兰把信封往下挪了一下。

好吧，她想，和这个人一起丢脸也挺开心的。

华兰下了主席台就藏到队伍的最后去了，丢脸的后遗症。

李丹妮从二班的队伍里悄悄摸过来，对华兰发起背后突袭。

"你吓死我了！"华兰发现自己身上突然多挂了一个人。

"你知道我们班说你们三个照相像什么吗？"李丹妮道。

"什么？"

"像一家三口。"李丹妮笑道，"他们都说你像苏展和刘一天的女儿。"

"你才像他女儿。"华兰抬手打了一下她。

"也有聪明人让他们好好考虑一下到底谁是一家三口里的孩子。"李丹妮做了一个嘘声的手势，"比如我。"

华兰脑海里浮现出阳光开朗大男孩刘一天的脸，想着，我以后才不要有这种显眼包儿子，多恐怖啊。

啊，不对，怎么被李丹妮绕进来了？

华兰"啧"了一声，道："别在那儿乱传——你现在很有精神嘛。你自己的事情解决了？"

"你说起这个我就无语。"李丹妮说，"今天早上，我跟志超在那儿聊天，都没注意到他一直站在旁边。"

看吧，这就是小女孩的默契，一句都没提名字，但大家都知道对方说的是谁。

"我们聊完之后，他就来找我。"李丹妮道，"他也很别扭，一直扯东扯西的，我都随便应付过去。直到他后来问我，到底是和他聊天更开心还是和志超聊天更开心。"

周知遇别扭上的原因，是因为运动会前去二班还李丹妮借给他的英语摘抄本的时候，看见徐志超坐在李丹妮同桌的位置上，和李丹妮聊得很开心。

"志超真的无辜躺枪，他当时在求我先别把他的英语作业上交给老师，他昨天还没来得及写。"李丹妮接着笑出来，"你知道吗？周知遇别扭的样子简直像只委屈的小狗。"

她们终于温和地走出了那个良夜。

第二十章
长夜缦缦

卓依缦坐在办公室角落里数学老师办公桌旁的一张塑料凳上,这是同学们来找数学老师答疑时的专用位。

桌上放着一张联考数学单科成绩排名表。卓依缦的数学这次考得并不理想,虽说在年级里不算难看,但是在高手如云的三班倒数。

排名表上,她的名次被老师打了个红圈。

卓依缦叹了口气,周末的英语小测成绩已经出来了,她的读后续写只有十四分,也被英语老师在成绩单上单独圈了一下。

三班的数学老师朱迪是特级教师,只教三班一个班。除了金炫,三班同学跟他混得最熟,经常和这个笑容和蔼的中年男人勾肩搭背,在他面前喊迪哥,私下里喊 Judy(朱迪)。

去办公室问问题的时候,如果 Judy 不在,他们一般会无视他桌子旁边的塑料凳,直接一脸淡定地坐在他的位置上写题。等 Judy 回来,看见他们,他笑骂一句"臭小子"或者"你这丫头"。

而卓依缦一般不敢这样。

恰好,这张塑料凳让她彻底隐藏进了办公室的角落里。办公室里只有两个没去班级坐班的学科老师,谁也没有注意到她。

她又看了看自己手里的联考数学试卷和答题卡,门口突然有两个人大步流星地走进来。原是金炫身后跟着苏展。

他们掰扯了一会儿物理题,接着金炫就问苏展:"这两天班级里还好吗?"

苏展一脸平淡:"还好啊。"

"咱班男生没什么矛盾吧?"金炫手上翻着书。

"一天天做题都做成狗了,只有互相抱头痛哭的份,哪有精力闹什么矛盾啊?"苏展笑道。

"女生呢?"金炫斟酌一二,小心地问,"有没有什么摩擦?"

"拢共就八个,不平时都让您关照得好好的吗?"苏展道,"她们待遇可比我们男生好多了。怎么着炫哥，您还想再升格一下？"

金炫看了一眼苏展，又说："我前两天在走廊上看到依缦好像跟天明有点儿争执，是不是？"

"这两天有几个同学跟我反映说，依缦管理纪律的方式有点太生硬了，他们有点反感。"金炫思量着，"就是觉得自己也没在自习课的时候讲话，然后依缦就来管他们，在他们看起来有点莫名其妙。"

苏展点点头，表示知道这件事。

"班级有矛盾要及时化解，依缦又很内向。你作为班长，要多关注一点。"金炫喝了一口杯子里的咖啡，动作神态在苏展看来越来越像老干部喝红茶泡枸杞。

"如果处理不了，要及时告诉我——你觉得依缦自己能处理这件事吗？她比其他女孩子内向点，我有点担心她开不了管纪律那个口。"金炫道。

"我觉得没什么，可能就只是平时看起来太安静了。"苏展坦然道，"比起我们班华兰、倩倩这些女孩子来说没那么……呃……有管事的能力，招人喜欢，但是这些事情，她自己应该处理得来吧？"

"炫哥您贸然介入，可能也会让那些提意见的同学更有意见，她也可能会委屈，这样更不好。"苏展缓缓地道，"我帮您关注一下，要真的闹起来什么的，我再跟您说。"

金炫若有所思地点点头。

"那行，你先回去吧。"

苏展刚转身，又被金炫叫回来："你这小子，这一年有长进嘛。"

苏展爽朗地笑了一声，道："都是炫哥带得好。"

角落里的卓依缦眼角泛红，忍住不流泪。她不知道是因为苏展这句"我觉得她没什么问题"，还是因为金炫夸苏展"你这小子，这一年有长进"。

抑或是因为苏展那句"卓依缦比起我们班华兰、倩倩这些女孩子来说没那么招人喜欢"。

她甚至分不清，自己到底是什么情绪。

到底是在替他高兴，还是难受酸涩到想哭。

她把自己的内心来来回回串了一遍，还是没有找到答案。

其实大多数人不知道，卓依缦有相当丰富的内心世界。她喜欢在自己的心里做许多假设和猜想，有关于倩倩、丹妮、华兰这些朋友的。

有关于这个她认识了四年多的男生的。

有时候这些会让她的心情灿若骄阳，有时候则需要她一个人小心翼翼地消化掉。

但无论关于谁，卓依缦想，都没有人真正知道。

她曾希望有个人可以知道。

金炫忙碌了一会儿，又拿起笔记本电脑出去了。Judy 在一分钟后走进来。

卓依缦想，很好，金炫到底没有看见她。

她确实和一些人发生了摩擦，却没想到这件事已经让金炫知道了。

"好几个同学跟我反映"这句话落在卓依缦耳朵里，让她开始揣测到底是哪几个人。

赵欣怡、徐鸣、吕天明？她想了想，不敢确定，但总之一定有赵欣怡。

她的内心一阵难受，脸上却还是一副浅浅的笑容，抬头看着走过来的 Judy，说："老师，这次我的数学不太理想，想来找您分析一下试卷。"

Judy 还是那副和蔼的笑容，说："我正想找你呢。"

"你能不能不要把题念出来！"卓依缦偏头对旁边的赵欣怡说。

卓依缦没有注意到自己的表情，或许那可以称为吼。

赵欣怡的表情有一瞬间凝滞，因为她之前从没见过卓依缦对她那么凶，甚至可以称得上有些恶毒。

她没法争辩，因为现在正在进行一场英语小测。

周末的常规小测没有摆桌子换考场的步骤，收拾书箱太麻烦了，大家都在自己位置上考，诚信自主，老师相信学生。

卓依缦和赵欣怡自然挨着考。

卓依缦意识到赵欣怡有些不悦的时候已经晚了，对方把涂卡笔往桌上一扔，里面的笔芯发出断裂的声音。

那是"啪嗒"的一声，卓依缦觉得自己的心也随之"咯噔"一下。

考试结束以后，赵欣怡出门去倒水，没有跟卓依缦讲一句话。下午的生物小测也是，试卷发下来，赵欣怡递给她，然后两个人只顾自己做卷子，等到打铃了小组长来收，她们照样一言不发。

运动会后，人群很自然地分成两拨，继续竞赛的有竞赛教室，是五楼最左边的501，平时自习课有些人会去那儿。而放弃竞赛的一般都留在三班教室自习。

但平时该勾肩搭背还是勾肩搭背，课间的羽毛球和乒乓球照样打，每天的夜跑也都在继续。

大多数人的焦虑被那三天的运动会带走，可以打起精神来继续学习。

那之后的月考和联考，三班同学把自己的实力和状态都调整了过来。

只是这些人里面没有卓依缦。

她的月考和联考成绩都不理想，比起竞赛之前的名次还倒退了。

卓依缦不明白，她已经放弃竞赛了，所有时间都投入高考内容，而这些内容自己之前就已经学过，为什么还会考得这么差。

不知道从哪一节晚自习开始，卓依缦觉得身边的同学都在发出窸窸窣窣的噪声。笔落在纸页上的声音，翻书的沙沙声和喝水的咕噜音，都像针一样刺在她的耳膜上。

每次赵欣怡从501回来，卓依缦都觉得她发出的动静好大。

拖凳子、放书、翻书……哪一个她都觉得无法忍受。

班级里的同学也是一样。

几个男生讨论题目的声音，旁边同学换活页纸的声音，后面同学整理书箱的声音，真的都特别吵。

因为自习课赵欣怡一般都会去501，所以卓依缦只能自己去提醒那些同学了。

前天，吕天明、徐鸣、宋嘉礼三个人在门口讨论题目，前排就是听得到声音，她作为纪律委员去提醒一下不是应该的吗？为什么吕天明说她垮着一张脸，徐鸣要一副觉得她多管闲事的表情看着她？

而且徐鸣喜欢午休的时候用班级电脑玩扫雷，"噼里啪啦"地敲那个机械键盘，有考虑过前排同学的感受吗？

卓依缦顿时感觉心里堵得慌，浑身发冷。

她本就不擅长言辞，话少。平时在宿舍里的时候，丹妮和倩倩话是最多的，经常从浴室里一路聊到阳台上。华兰虽有一搭没一搭地参与，但是她每每讲话总能说到点子上，很融洽。

卓依缦很羡慕能有这样的能力。

好几个夜晚，她躺在床上的时候，都在回顾从提前招到现在，她与室友们的相处。

平心而论，她们都是好人。倩倩活泼，丹妮大气，华兰周全。她们会突然给她带好吃的，会关心她开夜车会不会伤眼睛，会在她竞赛失利的时候一起抱住她，让她开心。

她小学的时候，《小时代》正流行。那时候班级里的女生们总喜欢四个四个抱成一团，说自己也是"时代姐妹团"。

卓依缦从来找不到四个人的归属。

眼前的宿舍实在是少有的可能。

但是她又无可避免地去猜想，猜想她们带给她的好吃的是不是因为自己吃不下了，关心她开夜车是不是因为不想让她多出一段学习时间，抱住她是不是仅仅因为听着哭声很烦，是不是暗地里在嘲笑她。

十一月的川中天黑得很早，晚上的风只剩一点秋天的尾巴，冬意渐浓。卓依缦已经穿上了冬季的棉袄，把手缩在袖子里。她希望变成一个没有人注意的小点儿，马上回到教室里去。

风把她的眼睛吹得酸涩涩的，让她没头脑地想起华兰、丹妮这些女孩，想知道她们以前有没有被人背后议论过,想知道她们是怎么处理和别人之间的矛盾,想知道她们为什么这么开朗。

她一直没忘自己为什么竞选纪律委员。

金炫在介绍班委职务的时候,说纪律委员负责年段里的纪律常规表格,跟班长的接触会比较多,程敏基本上每周都会开年段纪律小会,一般都是每个班的班长和纪委去。

她崇拜的男孩子很早就竞选了班长。

所以她大着胆子,去竞选了纪律委员。

她以改变自己的名义,接近自己崇拜的男孩子。

林君玉说过,她低头的样子像《倾城之恋》里的白流苏,有一种中式美人的感觉。她先前没有看过《倾城之恋》,后来在书吧里翻张爱玲合集,用一个午休的时间缩在书架底下看完了这篇文章。

被家人嫌弃的白流苏,因为机缘巧合认识了风流的范柳原。她做了女人谋爱能做的所有事,却仍然不能完全留住他,最后因为战争倾覆了香港这座城市,拦住了即将出海的范柳原,两人相互依靠,共度时艰,"就仅仅是这一瞬间就足以让他们在一起过个十年八年",他们都不算计了。

所以叫"倾城之恋"。

那天坐在她旁边小板凳上的,是个留着齐肩短发的女孩子。她说自己已经把不同版本的张爱玲的小说集都翻过了。

"她想说女性在那个时代背景下的困境,哪有这么完满的结局,是不是?"女孩笑着看她。

"如果你也喜欢她,看那本《传奇》。"女孩介绍。

但卓依缦婉拒了,她没有什么时间看书,所有时间都用来调整和做题,她又不是林君玉那样能一边看课外书一边学习的学生。

回到教室,卓依缦给赵欣怡递去一张明信片,表示不懂为什么她要跟金炫说自己的纪律委员当得很差,但自己是真的觉得她的动作很大,平常很吵。

在赵欣怡一脸惊讶意外的目光里,卓依缦整理好书去了金炫办公室,跟金炫说:"老师,我觉得这个学期压力很大,想跟您讨论一下能不能更换一下纪律委员的职位。"

"我觉得我周围的同学都在发出噪声。"她皱眉,"这段时间我一直失眠,睡不好。"

"段长说,我们班的情况虽然特殊,但是平时的日常规范也要做好。"金炫道,"我们班竞赛的同学课程安排不一样,有时候自习课和竞赛课在501,段长过来的时候觉得位置空乱很难看,也不确定是不是所有同学都在位置上学习了。上周楼下班级有被发现自习课去书吧的,被段长骂了一顿。"

"所以这节班会我们把位置调整一下，主要是高考同学跟高考同学坐，竞赛同学跟竞赛同学坐。这样班里的位置就会一目了然，方便管理。"

金炫把PPT放出来，心想这个借口真是太烂了，也只能让程敏来背一下这口黑锅了。

座位表他花了很久时间重新排的，主要是把卓依缦周边的同学换一换，换上那些性格比较安静的，再把剩下的位置按竞赛和高考区分一下。主要变的是班级的前排和中间，后面只有微调。

他关怀的八朵金花——华兰、余倩倩、卓依缦、赵欣怡、沈妙意、朱一涵、庄嘉和、罗明悦——之间两两同桌的组合就这样被拆开了，让他颇为不舍。

那天，卓依缦低着头跟他说自己四周的人不断发出噪声，讲着讲着就哭了，把他吓得不轻。他本身是年轻教师，又一直带理科班，遇到的女学生性格都挺外向阳光。

卓依缦确实是他遇到过比较脆弱敏感的一个孩子。他建议她去看过学校里的心理医生，医生帮助她做定期的心理疏导缓解焦虑，并不建议她吃助眠的药物。

金炫找自己的好兄弟陈彬请教了相关经验。陈彬带了好几年偏文班，经历过很多女生之间的大风大浪，跟金炫这种理科直男比起来，考虑更多。那天在办公室听到卓依缦哭，陈彬就给金炫传授了一下经验。

为了让卓依缦卸任纪委这件事看起来不那么特殊，金炫顺便把一些其他的职位根据各个班委的意愿做了调整。

最后的结果是，心理委员、生活委员、劳动委员之间按照顺序换了一下位置。金炫和华兰商量了一下，纪律委员的位置由华兰顶上，团支书之下增设了一个副团支书让卓依缦担任。

"纪检部长当纪律委员，多好的一件事，是不是？"金炫对华兰说。

华兰想了想，十二月大联欢结束以后，她就可以从学生会卸任了。现在的日常工作已经逐步交接给了自己的自留签。当班级纪委，倒也不是不行。

看金炫态度坚决，华兰也就答应了。

还好程敏留给三班同学的阴影足够大，三班同学之间的关系也足够好。他们在看完金炫排的新座位表以后，无人有异议。

这件事就这么还算风平浪静地过去。

这里面有部分人很开心。

比如最后一排的同桌们，没有人需要换位置。林屿和江潼还是在原有的位置续写神话。

又比如苏展同学。

金炫为了凑位置，把苏展跟原来的同桌拆开，并且把他往前提了一排，把第二排的华兰往后调了两排，正好调成他的同桌。

余倩倩不舍地看着她的花哥收拾东西，又往后瞪了一眼，狠狠地杀了表面上冷静从容实际上内心狂喜的苏展同学一下。

华兰把桌面上的书都收进箱子里，这样好把整张桌子都一起换了。

她也抬头看了一眼苏展。

对方也在收拾东西，猛然间抬头，两个人的目光撞上。

苏展把他的桌子往前推到第四排，然后顺着狭窄的过道，走过来扶住了华兰的桌子。

"我来吧。"他对华兰说，"你把箱子拖过来就好。"说罢，又低低地笑着叫了一句"同桌"。

"……好。"华兰慢慢吐出一个字，再次留恋地看了一眼倩倩，总有一种被土匪抢亲身不由己的感觉。

五六排没有女生，华兰的新位置已经是八朵金花里最靠后的了。但还好自己的前桌是继续学竞赛的赵欣怡，她比自己要矮那么一点儿，这个位置看黑板投屏都很清楚。

幸亏是这样，华兰想，不然自己真的要被三班的男生包围了。四排往后的男生们大多高大，还挺有压迫感的。

就拿苏展来说，他要是不驼背，坐着比自己高半个头。

刘一天成了他们的后桌，旁边那组再往后就是林屿和江潼。

"展哥，这不对啊。"刘一天对着他俩左看看右看看，"你怎么坐下来比我矮啊？"

"我还以为按身高排一下可能是我被调整呢。"他说。

"那是你腿短啊，刘一天。"苏展抿着嘴，努力没有笑出来，"上课再睡一睡，还可以长高。"

华兰却没忍住。

"这是后排的日常模式吗？"华兰问苏展。

"我们很友好的。"苏展很正经地介绍，"我们一般学术氛围比较浓厚，除了搞学术，平时也搞搞体育竞技什么的，比如乒乓球和羽毛球锦标赛。"

"这两天已经打到半决赛了。"

是的，如他所说，三班的后排确实是一个神奇的存在。她很久没来后排跟江潼讨论过化学问题了，都有点忘了这里的日常节奏。

这里的氛围比前排要个性化很多，也要卷很多。看见几个人围着一张桌子讨论微积分和数学建模是很常见的事情。因为大家都有各自深耕的理科竞赛，数学成了唯一可以一起深耕的科目。

这主要是受几个大佬坐镇的影响。

以林屿为例，他们很清楚自己的长处和弱点分别是什么，自主学习的进度远在老师的进度之上，上课跟装好了雷达一样只听自己需要的部分，然后低下头专注自己的事情。

整理错题、提前写作业，或者刷自己的题库。

三班刷题流选手，大多也聚在后排——这里有地理位置的优势。

语文课对于他们来说，和刷题课没什么区别。华兰来后排第一天就发现了，苏展上语文课的状态就是必修的书拿出来摊在桌上，然后桌上再放点其他的理科教辅。

老师如果讲古诗文，他就抬头听一下。如果讲其他课文，他就间歇性抬头装装样子，然后接着做自己的事。

语文老师是一位老教师，姓薛名桃。因为身上的温柔妈妈气质，最开始被八个女生叫作"薛妈妈"，后来三班男生们也开始"咱妈咱妈"地叫。

据说，薛妈妈一直带实验班，对实验班这种状况习以为常。在高一高二的时候，语文和英语一直是可以被牺牲的对象，作业也少，有时候只有几道题。

就算是要高考的那批人，也只会在高三的时候冲一下语文。

之前在前排的时候，华兰一直是薛妈妈的忠实粉丝，语文课永远认真听的乖小孩。

薛妈妈会朝她和倩倩投去赞许的目光。

华兰对后排忽视薛妈妈的情况相当不满。

有个语文课下课的课间，华兰对苏展说："我有时候觉得你上语文课的样子真像个渣男。"

"为什么这么说？"

"分明是语文的时间，你看看你桌上摊的都是什么？"华兰瞟一眼他桌上的书，"今天是物理，明天是数学，哪里有语文半分影子？"

苏展"扑哧"笑出来，转身对刘一天说："咱们这儿薛妈妈的忠实粉丝又多了一个。"

"照你这么说，咱们后排没一个好男人了。"苏展笑道，"除了你姐妹。"

刘一天郑重地点点头，捶了捶桌子，道："冤哪，花哥，太冤了。"

这一群人里，基本上只有江潼好好听语文课。在后排这群男生里，薛妈妈也最欣赏他。

虽然语文试卷的其他部分江潼写得一般，但是他议论文写得很好。联考的时候，他经常能拿到五十二分以上的高分——很不容易了，联考改卷严。

江潼的名字经常被印在年段范文上。

"不过江潼那个性质也待定。"苏展又道，"江潼说语文课主要是休息时间。"

在这段休息时间里，江潼的桌上一般摊着两本书，一本是《叶嘉莹讲诗词》，另一本是《西方哲学史》。

他的议论文,要么写得跟文言文一样,要么写得极具张弛感,逻辑清晰、论点新颖。

连林君玉都啧啧称奇。

"我们语文老师说,江潼的文章是很难学的。"林君玉道,"有种自己的风格。"

"都是渣男,渣的方式不同罢了。"华兰哼了一下。

第二十一章
市容市貌改建工作

"展哥,英语续写。"这一组收文科作业的是赵欣怡,她接过华兰的本子,又在四排站了好久,看着苏展左翻翻右找找,半天拿不出那本绿色封皮的活页本来。

华兰"啧"了一声,用笔敲敲桌子,说:"今天英语课之后,大课间发了一堆训练试卷,当时你嫌桌子上挤,是不是把本子放到你哪个书包里去了?"

苏展跟华兰不一样,他不用小书箱,但是有很多书包,课桌和抽屉放不下的书他就放到书包里,把书包塞到课桌或者椅子底下。

"这样放假或者集训的时候,就可以快速背上走人了。"苏展跟她说过,"随时准备学习。"

苏展恍然"噢"了一声,低头俯身长指一捻,从一个灰色书包里拿出那本本子来。

那个书包是用来放各种教辅书的,像这样的书包有两个,不像那个用来放各种物竞教材的黑书包来得那么满,所以才让"纤瘦"的绿皮作文本有了可乘之机。

"看来城建工程任重道远啊。"华兰叹气,"我觉得你桌上的练习得分上交与否再分一下类。"

苏展瞥了一眼华兰,无奈地把本子递给赵欣怡,对她说:"以后有什么作业要交的都问她,她是管事的。"

赵欣怡先是一愣,随之嘴角勾起来。后面的刘一天发出"咦"的一声,道:"现在展哥的生活层次都不知道提高了几个等级。"

华兰几天前就吐槽苏展的书放得太杂乱,桌上书叠得太高,有时候挡着她看幻灯片。

华兰仔细地研究了一下苏展的书桌,桌上是薛定谔高度的书堆,红黑两色的 P500(一种笔名),有时候会有一支 2B 铅笔或者涂卡笔出现,更神出鬼没的是三角板和圆规。

抽屉里一堆干菜一样的试卷，另外一堆是平时小考或者联考用完的答题卡——正面是选择填涂，背面一翻就是空白的，苏展用它们当草稿纸。

按他的话来讲，再花钱买单独的草稿纸没什么必要，因为考试剩下的答题卡已经够用了。

"答题卡这么厚，比一般老钩笔尖的草稿纸好多了。"他淡淡地道，"这叫资源的合理利用。"

办公室的数学老师们也是，考试用完的答题卡已经成为御用草稿纸了。三班男生跟 Judy 关系好，经常让 Judy 薅点办公室之前放着的答题卡来班里。

此外，还有一个虽然只印着刻度线，但好像明晃晃写着"本人浑身逆骨，就是要在教室里喝水"的大号水杯。

夹层里有几张明信片，有的写了字画了画，有的空白。有画的明信片，大多是江潼写题写累了在课间随手摸鱼摸出来的，一只小猪、一丛小花或者几个 Q 版人物。

从提前招到现在，江潼断断续续画了好几盒明信片，有一天忽然觉得，自己放着也是闲着，也不能都画了送给林屿，索性给周边的朋友们发一发。

华兰搬到后排来那天，江潼就拿了一盒画完的明信片给她当乔迁礼物。

除了这些，就是一些小零食，糖果、面包之类的。按照程敏的标准，他们连水都不能在教室里喝，更别提在教室里吃零食——要统一放到教室外面的储物柜里去。

所以零食要藏得好一点，不能挂在课桌两边。

底下三个书包放的书七七八八，让人摸不着头脑，华兰简直想挨个儿踢它们一脚。

三班每隔两个星期会换一次大组的位置，他们从第四组换到第一组以后，华兰因为坐在靠墙的这侧，每次出去进来都要经过苏展的位置。

第三次让那三个书包绊了一下之后，她终于忍无可忍，对苏展下达了"城市改建通知"。该通知认为苏展同学的课桌建设极其不合理，严重损害了同桌的市容市貌，需要进一步规划改建。

苏展很认真地跟她说："我真的试过好好整理东西，但是似乎我在这上面缺乏一点天赋。"

"如果不整理，要是找什么东西，我都能找到。"苏展说，"要是整理了，我还真不知道那个东西在哪儿。"

"初中的时候看《海底两万里》，里面阿龙纳斯教授的仆人康塞尔是个分类学家。"苏展若有所思地点点头，"我当时特别想获取这种能力。因为我分类分得很差，以至于错题本都会弄得很乱，后来索性就不做这个东西了。"

"说你不聪明，你还真笨。"华兰故作同情地看了他一眼，"那我就只好教你了。"

"那些试卷,你把有用的挑出来,其他的该扔就扔。"她说这句话的时候很霸道,"还有那三个书包,归一下类。抽屉里剩的答题卡用夹子夹起来。抽屉里分一下区,零食归零食,明信片归明信片,文具归文具。P500 不要东一支西一支,都放一个笔筒里。"

因为苏展从来不用笔筒,华兰就把自己的闲置笔筒送给了他,为城市改建提供一点物质支持。

"我用这个笔筒贿赂你改造。"她晃了晃那个笔筒,"虽然它没那么好看,但是装你那两支笔还有到处流浪的三角板足够了。"

那个笔筒是去年大联欢的纪念品,上面还有川中学生会的 LOGO(商标)。苏展看了差点笑出来,一时不知道这算哪种意义上的"贿赂"。

但他还是说道:"遵命,华部。"

然后,他开工。

改建的过程中,他意外地从边边角角里发现了很多似曾相识的中性笔、橡皮和笔芯。

华兰料想到这一幕,因为他的抽屉里有很多孤独的笔盖。

剩下半截孤独的笔,指定掉在哪个角落里——比如苏展的包里,把所有书翻出来才发现,底下已经被画得黑乎乎的了。

"意外收获。"苏展保持乐观主义精神。

经过几天的改建工作,市容市貌已经有所改善,苏展桌上的书整齐程度甚至堪比用尺子比过。他甚至打开了少女心,买了一把花花绿绿的荧光笔。

颜色比华兰用的那些更可爱。

有点难以想象,一米八的大男生,用淡粉色的荧光笔画英语单词。

华兰看了一眼自己试卷上浅蓝色的标记,对苏展说:"我一下子没有跟上你的审美。"

"那是。"苏展说,"这个色号我买了三支。"

然后,他从华兰笔筒里的三支浅蓝色斑马里抽走一支,放进去一支淡粉色的。

"换了,买多了。"他淡定地道。

"……行。"

刘一天感叹,苏展已经和后排男生们之间有了一层看不见的厚障壁了。

是的,后排的整洁程度是要比前排弱一些。

有喜欢把书摆得这一坨那一坨,侵占过道把自己一起圈禁起来的。

这种现象周期性出现,通常是绊一脚程敏或者金炫以后被勒令整改,然后过一段时间又乱成原来的样子。

有喜欢打篮球的男生把金贵的球鞋放在鞋盒里带过来放在后面的空架子

上,每天晚自习前去打篮球的时候换球鞋和袜子,原来穿过的袜子放在鞋盒里。

之后被金炫阴阳内涵:"后面的男生把你们有味道的东西收一收。"

有喜欢收集自己喝完的饮料瓶摆成一排的。

苏展表示完全不理解这种行为,他对华兰说:"他们怎么能忍住有空瓶不拿去垃圾桶投篮的?"

苏展的位置只是有点乱,但没有垃圾,因为那些东西只要能找到实心,都会被他、林屿、刘一天第一时间拿去投篮。

后排最稀缺的资源是大包餐巾纸,一般只有少数人带,然后剩下大多数人用少数人的。

苏展以前间歇性做少数人,现在正式加入少数人。

大包餐巾纸的奥义是,当你用力从上往下拍的时候,纸巾会从两边炸开,超级解压,跟戳快递气泡膜一个道理。

"花哥,这包纸巾如果放在桌子上,过不了两天刘一天就要来拍它。"苏展现在可宝贝他的餐巾纸了,"要么就是林屿。"

"你之前拍林屿的餐巾纸的时候,也笑得挺开心的。"华兰拆穿他,"这种东西是不是不是自己的,拍起来更开心?"

苏展想了想,道:"那确实。"

金炫对自己换位置的决策很满意,因为他发现把女生都分散下去以后,班容班貌变得比较赏心悦目。他去楼下陈彬那儿转了一圈以后,发现完全不输十一班。

金炫之前尤其呵护八朵金花的原因还有一项,就是怕碰川中的高压线——早恋。

竞赛班这么高压的环境里,女生稀少,那么多青春期男生荷尔蒙旺盛,难免的。

但是真的把女生分散出去以后,他发现班级课间反而变得安静起来。大家都在互相帮忙解决上课的问题,男生和女生思维不一样,倒是有挺多人周测进步了。

"你们一个个现在都这么内敛了。"金炫在班会课上疑惑道。

大家都笑起来。

后排的生活,嗯……怎么说,挺缺心眼儿的。

华兰只能想出这个形容词。

这些人学习的时候是真卷,数学确实个顶个的好,随便找一个都能直接跟隔壁数竞比试一下。

苏展说,他们习惯"数学没有隔夜的难题",从不把一个问题留到第二天。

如果有,就带回宿舍晚上在阳台上解决。

但是不学的时候,一个个看起来,是都挺缺心眼儿的。

听他们插科打诨，感觉一下就能把做题和考试的焦虑释放掉。学的时候疯学，玩的时候疯玩。

华兰渐渐开始适应他们的节奏，感觉自己也逐渐变得有点没心没肺。

有一个早上，苏展问她："华兰，你早上只喝一碗粥，五节课上下来，不会难受吗？"

"我早上吃不下东西，吃多了想吐，能喝碗粥挺好了。"华兰一边订正英语作业一边回，却发现有什么不对，瞥了一眼苏展，"你怎么知道我早上吃的什么？"

"隔三岔五早上在食堂看到你了呗。"苏展坦然道，"之前看到一直好奇，女生的胃口原来这么小吗？现在想起来问。"

"觉得饿的时候啃点小面包什么的。"华兰说，"有时候课间太忙了，就会忘了吃。"

她合上书，有点感慨："羡慕你们胃口好。"

川中的食堂条件其实很不错，从一楼到三楼由不同的餐饮公司承包，不同风味的窗口很多，从早饭到夜宵均有供应。

但是鲜有符合华兰口味的饭菜。大众窗口重盐重油，其他好吃的窗口注定人山人海。升了高二以后，他们的楼层抬高，抢不过高一的小朋友们。高三中午提前五分钟下课，他们更抢不过高三。

华兰来川中的第一天就知道川中中午吃饭仿佛世界大战，自己正式成为这战场里的一员以后，逐渐参透了吃饭糊弄学。

如果想吃正餐，就中午晚个十来分钟再去食堂，和吃饭的人流岔开，虽然食堂没什么东西，但不会排队人挤人。如果腻了食堂的口味，就在超市买点东西，泡面泡饭什么的，加上火腿肉丁自己组合一下，然后晚上再去食堂吃点顶饱的。

"胃口这么差，有没有去看医生？"苏展问。

"之前想去医院看来着，但是挂不到好的医生。挂到了也要上课时间请假出去看，烦得很。"华兰道，"当代人多多少少都有一点肠胃问题，还好。"

苏展没有说话，却在那天午休结束后提回来一袋吃的，换了黑色的塑料袋挂在华兰桌子内侧的钩子上。

"请你吃。"他说，"华部长这些天指导城建工作辛苦了，犒劳你一下。"

华兰扒拉一下，里面是各种各样的面包和小零食。

"破费了，不敢吃啊。"她笑道，"把整个超市都搬过来了？"

"差不多吧——去掉你不爱吃的。"苏展说，"你不吃太油的，不吃辣的，不吃太酸的，还有什么忌口没有？"

"好像还真没有了。"华兰从里面挑出颗薄荷糖，喂进嘴里，边抿边想，"这个糖很醒脑，适合在教室里午休结束吃。"

"那个糖我也喜欢。"苏展如数家珍,"这个袋子的构成很科学。你困了就吃糖醒醒神,饿了吃小蛋糕、小面包,想吃点什么课间娱乐就海苔、薯片啥的,早上来不及吃饭这里有一罐八宝粥。就是没买饮料,没法解决你渴了的问题。"

"很周到。"华兰顿了一下,轻轻说了一句,"谢谢你。"

又在苏展不满的眼神里,她改口道:"不客气。"

少年笑起来,露出可爱的虎牙。

"以后饿了记得吃东西。"他说,"别信那种饥饿刺激灵感的鬼话,最好的写题状态是七分饱。"

"怎么说?"华兰问。

"必修三的理论,加上我、林狗、小天的实践,"他道,"吃饱了淀粉分解就想睡觉,饿着缺氧。"

苏展似乎并不满足于只是让华兰"别饿着",隔三岔五她的桌子上就会出现学校咖啡厅的热可可或者食堂的熟鸡蛋,一般都是苏展趁着大课间跑操以后去买的。

"我想吃,顺便给你带点。"他边喝拿铁边说,一副大款样,"感谢就不用了,教我英语续写怎么写出二十三分。"

华兰在连续三次月考里英语续写续出二十三分,把苏展震惊得彻彻底底。对于他这种纯粹的理科男来说,语文和英语的作文得分一直都是玄学,能蹭上班级平均分是一件很让人开心的事情。

所以不论是江潼的高分议论文,还是华兰的二十三分英语续写,在苏展看来都约等于奇迹。

"文科这种事你们都是怎么摸到门道的?"

其实华兰很想告诉他,老师发的范文不是样板,续写这种东西,讲究一个思维流畅用语自然。平时不要阅读理解和完形填空写了就扔了,可以再精读一下其中的句子,对培养语感很有帮助。再有,整理好自己那个绿皮英语作文本,把里面的句子分类再背一下。

不过,考虑到苏展是分类困难户,她觉得后半段说了也白搭。

"花哥,你今天跑操有没有看见金炫一直低头跟别人发消息?他平时都跟着我们跑……"

余倩倩一脸"发现重大军情"的神情从前面跑来,正赶上华兰撕开一个抹茶甜甜圈的包装。她骤然停住了,就着赵欣怡的位置坐下来,上手掰了一块甜甜圈。

"好吃。"抹茶爱好者余倩倩满足道,"哪里买的?比那种满口抹茶粉味道的好吃多了。"

"这个好吃?超市第二排第三个货架。"苏展"哗啦啦"翻着本子,漫不经心地接了这么一句。

余倩倩脸上的表情瞬间变成了一个大写的"咦"字，道："我说花哥最近不要活得太滋润啊。"

华兰戳了她一下。

"展哥，她这个人缺乏对美食的鉴赏能力，你不主动把东西喂到她嘴里去，她就不知道自己去觅食，是超级不合格的饭搭子。"余倩倩痛心疾首，"我之前一直没办法解决这个问题，还是你有办法。"

华兰淡定地找话来堵她，问："你刚才说金炫怎么了？"

余倩倩阴险地笑了一下，算是默认话题转移，放过了华兰。

"他一直低头跟别人发消息啊，连跟我们一起跑步都忘了。"余倩倩说，"本来还没有什么可疑的地方，可是他一边发一边笑啊。"

"就是那种笑你们明白吗？"余倩倩嘴角上扬，标准"姨母笑"。

"我说指定有事，刘一天就去偷摸瞧了一眼。"余倩倩说，"他在和一个叫'沈佳宜'的人聊天。"

"噢。"华兰说。

余倩倩对这种平淡的反应极其不满："你怎么这么淡定啊？"

"那是嫂子。"苏展跟余倩倩同步了一下剧情，"是人家大学同学，上次去杭州的时候我们在西湖瞎逛，他去跟人家聚餐约会了。"

余倩倩瞬间炸毛，攻击的重点变成了"就你们知道，还不带我，什么意思"。

"他这段时间聊得很频繁。"余倩倩又说，"上次他坐班，本来一本正经地敲电脑，然后把手机拿起来跟别人聊天，嘴角那个弧度就没下来过。"

机智的余倩倩回想此事，觉得早有预兆，和身边几个同学一合计，发觉这个星期金炫都保持着这种状态。

"他发消息这么频繁，"余倩倩道，"跟网恋似的，人家女生会不会被他关心烦了啊？"

"你们女生收到很多关心还会烦？这到底是真烦，还是假烦啊？"苏展突然弱弱地问了一句。

他其实还想再跟一句"如果是真烦的话，那到底到哪个度呢"，但是想了想还是没问出口。

"当然了，比如很多不合时宜的关心。"华兰淡淡插了一句。

因为昨天，苏展大早上给她递了一杯红糖水，把华兰惊得无话可说。

苏展愣了，说："我记得你上个月也是这个时候体育课请假的啊。"

华兰无言以对，很直白地告诉他大多数高中女生因为学习压力大，所以生理周期都是紊乱的。

苏展被说得脸上青白相间。

第二十二章
战士的骄傲

2020 年终于要走到末尾。在川中，节假日的概念清晰又模糊。清晰是因为大家都会期盼放假，模糊是因为放假根本放不了多久。如果你隔三岔五留校，那会对日子的概念非常模糊。

高一的跨年在学校，今年跨年也准备在学校。

Judy 在训练他们的数列大题。

2022 年高考的他们是浙江自主命卷的绝唱。

据说省里的命题人大哥一直不满最后一题变导数的改革，认为数列更能锻炼学生的数学素养。为了防止命题组在最后一届的时候放飞自我，突然恢复数列的大轴地位，Judy 的训练一直按照最后一题的难度进行。

Judy 从 19 届以前的教辅书里，挑出自己认为需要的数列题，拿刻刀镂空下来，贴到空白 A4 纸上复印给他们做。办公室里他的位置旁边有一个小书架，上面是密密麻麻的教辅书。一届一届积累下来，书架的架子都压弯了。之前他们一直不懂 Judy 为什么不更新迭代，升高二换班级的时候，还叫了十几个男生帮他把这个小书架搬到楼上去。

原来在这儿等着他们呢，已经狂轰滥炸一个星期了。

黑板上的白色笔迹密密麻麻，眼下这道数列的放缩，Judy 从黑板左半区写到右半区。华兰的思绪在右半区的一步开始散乱，她没懂那个不等式是怎么过去的，然后后面的就都晕乎乎了。

Judy 酣畅淋漓地写完最后一步，霉霉 *Love Story* 的旋律从班级广播里飘出来，下课了。

华兰用笔戳了戳苏展，问："这道题后面这个大于号是为什么可以得出来的？"

"走远了大小姐，你又走远了。"苏展无奈地摇摇头，用铅笔在她的本子上圈了一下，"你用这一堆式子不就是想得出这个大于号吗？"

华兰点点头，又说："可是我得不出来啊，得出来了不就放好了吗？"

苏展又勾出一个通用表达式，道："因为，他泰勒了。"

华兰哑言，道："行。"

"这道题你不要固执地用一般方法，那个放缩的点很难找的。"苏展拿出一张答题卡，在空白的背面从拉格朗日中值定理开始推，极限变量趋向于零的时候，有一元泰勒公式。

当然不是数学高考考纲范围内的内容，它属于高数，隔壁数竟可能很熟悉。但是浙江自主命题的数学卷难题如竞赛，不掌握的话说不定什么时候会被背刺，拿不到高分。

"这个类型就是那种很烦人的。"苏展把笔盖合上，把纸推给她，"第二问已经很烦了，第三问跟第二问没有关系，另起炉灶让你再麻烦一次，很割裂，主要是耐心。"

华兰对着草稿，把式子用泰勒放了一次，确实是最简便的方法了。

"嗯。"她点点头，"泰勒我不太熟，要再练练。"

"上次 Judy 讲的整个中值定理的时候，你听懂没有？"苏展问。

Judy 把这部分的大学内容讲过一遍，要求他们最好能弄懂。不仅是数列，导数也有可能会遇到相似的思路。

她和苏展学数学的思路是不一样的，或者说她确实不如苏展有所谓的"天分"。华兰本质上有点"懒"，她可以把老师讲的东西理解到位，只要觉得东西够用，就没动力深挖下去，除非遇到不懂的题了。

换句话说，比起学化学，她学数学比较被动。

但是苏展学的就很主动，而且他的思路比较跳脱，脑海里的知识体系构建比较独特。

"听懂一部分吧。"华兰说，"后面推泰勒的时候，其实已经有点模糊了。"

"那我再教你一次？"苏展侧坐着，一只手托着脑袋，被阳光染过的琥珀眸子直直看着她。

他眉梢上扬，好像在说，少爷我不信教不会你。

在苏展的思维里，数学方法只有多少之分，没有难易之分。

"麻烦了，苏老师。"华兰歪头笑。

三班有挺多这种人，因为数学进度太超前，就自学微积分，然后用它来解圆锥曲线的一些问题——纵然对于高考来说，没必要。

还有人因为数学考试写得太快，会同一道题下面写好几种解法。别人放缩放不出一点，他用好几个公式来回放。

后排有很多这样的"学术研究会"，但华兰一般听得有点困难。

那几天下午下课到晚自习前，苏展没有出去打球，而是在教室里从中值定理开始给华兰重新推，推过微分，一直到积分。

华兰杵着脑袋，觉得微积分自己还得缓缓。

"没事，你学着玩嘛，听不懂也没关系，我再讲就是了。"苏展摁了摁圆珠笔。

"我只是觉得你如果多掌握一点方法，也许数学考试就能一直稳在一百四以上了。"他淡淡地说着，不知道为什么，语气听起来竟有点委屈。

"因为那本来就是你能做到的事情。"他说，"能到手的分数不要懒得拿，大小姐，还得出卷老师上赶着求你吗？"

华兰低低笑了一声。

什么别扭的心情啊。她第一次认真想，是不是关心一个人，就会把对方的成绩看得比自己还重要？

如果自己的成绩已经很好了，就会想让对方和自己一样好，最好比自己还好。

如若考场正如战场，那么黑笔就是刀剑。我们知道身后有彼此。

不要偏离约定轨道，那是战士归刀入鞘的骄傲。

苏展有种"我不管你的天赋上限在哪儿，我都会负责来给你兜底，摊上我你别想着偷懒"的气势。

好吧，间歇性犯懒的华兰决定，为了苏展把这个超标的东西学会。

她在元旦的那两天留校，把所有苏展写过的答题卡拿出来整理了一遍。又在大约半个多月以后，可以跟上林屿和苏展过于超前的数学讨论，不至于被开头的公式拦在门外，一头雾水。

新年的开头留给华兰最深刻印象的，就是那道用泰勒公式解的数列放缩。她在那之后弄懂了很多之前自己一直懒得去碰的超纲方法，并且在之后的期末考试里把导数杀穿了。

苏展看到细分表的时候，比她还骄傲，说："是不是要感谢我？"

"还不是我自己努力？"华兰嗔道，"你还想要什么感谢？苏老师今年九月还想过教师节吗？"

华兰自己也挺意外，这次的期末考是川中自主命卷，导数专挑刁钻的角度来出，但她就是灵光一闪，发现了移一下项之后符合中值里有一组公式。

"我想要……"苏展顿了一下，把讲到嘴边的骚话咽了回去。

他眉眼弯了弯，说："我只求华老师来救一下我的英语，续写还是从未高于十五分。好在我从未期待，不然就要一直失望。"

"这是教法的问题。"他又拿着华兰的答题卡跟林屿说，"林狗，讲题这个领域，你不服不行啊。"

林屿教刘一天未成而中道崩殂，推导没讲完，刘一天期末的导数也卡在了前面。

"你教华兰，跟我教刘一天是一样的吗？"林屿睨了他一眼，不服道，"这个实验变量是不是没有控制好?"

"得了吧,屿哥。"刘一天凑过来,"什么叫实验变量没有控制好?就你那个讲题水平,只适合自己写,教不会人。你让潼哥来听也是这样。您的意思是我比花哥笨,还是我没花哥努力啊?"

林屿一脸"我窒息了"的表情,破罐子破摔,道:"江潼不需要教,他自己会。"

闹完了,华兰又扯了扯苏展,瞪着眼跟他说:"你什么时候跟林狗……"

"是他特别不服气,江潼又不需要他教。"苏展双手一摊,"青春期少年觉得自己学识渊博锦衣夜行,特别想炫耀一下,你别理他。"

华兰"喊"了一声,某人说得好像自己不是青春期少年一样。

本着礼尚往来的精神,华兰已经想了一会儿到底怎么拯救苏展的英语续写了。

续写这种东西,其实就是积累。非著名语言学家李丹妮说过,只要你能读下去英文原著,你就一定写得好续写。

华兰看过李丹妮的素材本,也借她的手看过周知遇的——无非是分类方法的不同,共性是他们都会花大量的时间去背去看。

没学竞赛的李丹妮,甚至有时间看《傲慢与偏见》的英文原著。

华兰和苏展没有这样的时间,竞赛要刷的题太多了。

华兰觉得,对苏展这种把句子摘得七零八碎的分类困难户来说,最快的方法应该是把自己的素材本给他看。

"我背书的时候有注意力集中困难。"苏展趴在桌上,"背着背着脑子就飘走了。"

"我给你解释我为什么这么分,文科就是有背记的时间的。"华兰缓缓道,"你不背我不教了。"

"行。"苏展似是不情愿地拖长了尾音,"华老师看着我背效果更佳。"

华兰正想吐槽"多大的人了背书还要别人在旁边监督,这么不自律的高中生到底是怎么考进川中的",却想到这种毛病在三班还挺常见的。

大家还算给英语老师面子,薛妈妈的课那是真没人背。

"可以。"她简短地说了两个字,却让少年眼底掠过一丝光。

他们还是在下午下课到晚自习前的那段时间在一起学习,苏展已经很久没有流连过球场——冬天下午的天黑得早,后山下的篮球场枯枝散叶,有时候挂着几件冬大袍。人比夏秋季节要少很多,显得有些孤单寂寥。

川中的教室玻璃窗扇下面,是一层厚厚的毛玻璃,里外都看不见具体的景象。如果站在高二(3)班外面,大概可以看到第四排的位置,有两个黑影交叠。

很久以后的华兰,还是会想起那个冬日。天黑得早,他们都是卷人,吃了晚饭就回教室，一个人在背书，另一个人伏案写题。

谁都没有打扰谁，但谁都惦记着谁。

年段的行事历把寒假排在2月6日，凑足一周。

华兰学习超标方法的那段时间，他们顺便结束了物化生的学考，到寒假过年之前，年段安排了上课。过年一回来，他们便又是竞赛加高考的高强度训练。

5月份，中科大少年班招生考试，按照以往，会有几个同学提前考走。

6月份开始加大竞赛的强度，进行集训。7月份最后考完语数技学考，就是各科的统一竞赛了——他们最后的机会。

时间很紧，任务很重，埋头刷题很累。对于三班来说，这会是一个沉重漫长而令人疲惫的冬天。

川中毕业的大学生们陆续放寒假返乡，金炫和程敏商量了一下，准备请几个之前学竞赛的毕业生来给他们做做心理建设，畅想一下美好的大学生活，缓和一下临到年关前却压抑迷茫的气氛。

周四的班会课，华兰原以为又是"金炫在上面讲，大家在下面自顾自写题"的流程，却见金炫大步流星走进来，让大家都把笔放下。

大家这才抬头注意到教室外面有人探头探脑，穿的是他们熟悉的冬大袍，脸上却不是他们同款的疲惫神情。

一位扎着高马尾的学姐带队走进来，她穿着川中上一版的校服。新高考以后，校服就改版成了现在这样。

那时候的冬大袍还不是蓝灰黄三色，而是蓝白相间，整体的版型更宽大一点，不变的是胸前印着的校标和背后印着的"C"字图案。

他们陆陆续续走进来，在讲台上站定，总共三男三女。他们被全班四十位同学齐刷刷的目光盯得有些不好意思，DNA里的高中记忆奔涌而出，纷纷把手缩进棉袄宽大的袖子里，然后半遮着脸。

那位领头的学姐笑一笑，比另外几个人落落大方许多。

"大家好，我叫凌筱筱。"学姐朝他们致意，"2016年毕业，当时学了生物竞赛。但是最后大学弃理从文了。今年从北大中文系本科毕业，目前还在北大继续读研究生。"

底下立刻惊叹声一片。

后面的几位学长学姐，分别来自清华、浙大、复旦、交大和中科大。

凌筱筱对他们说："听说你们最近很焦虑，我们受程敏段长的嘱托，来跟你们聊一聊。"

凌筱筱眉眼明媚动人，好似一抹明黄色点亮冬天灰暗色调的教室。不知道为什么，打从见到凌筱筱第一眼起，华兰就想用"巧笑倩兮，美目盼兮"来形容她。

"高二升高三的暑假，是最后一次竞赛了。"另一个清华的学长说，"竞赛的生活，其实就好像一个孤寡老人孤独地刷题，甚至不一定收获结果。但是敢于选择这条路的你们，都是值得敬佩的勇士。"

几位学长学姐交替发言，他们的毕业年份都不同，华兰逐渐懂了程敏为什么邀请了他们。

清华的这位学长临近竞赛考试得了急性阑尾炎，但最后还是参加考试，并拿到了好的名次。复旦和交大的两位最后一次竞赛失利，只剩九个月不到的时间学习高考内容，还是成功各自上岸了梦校。

程敏想告诉他们，放轻松迎接接下来的挑战。纵然这确实是赌上竞赛生涯的最后一次考试，也不必如临大敌。即使最后是一个很差的结果，大家也都有光明的未来。

"更何况，你们肯定不会跟我一样倒霉。"清华学长自嘲道，"临近考试了注意日常习惯，不要吃完饭马上去打球。"

底下笑声一片。

"大家知道竞赛的压力，也知道我们和浙北的差距。其实作为我个人建议来说，我倒建议你们抱着'尽人事，听天命'的心情去考试。"交大学长说，"你们比别人多做这么多题，提前上了这么多课，少放那么多假。只要高二下的集训全身心投入，你们就已经完成了人类所能完成的所有事情。"

"剩下的就交给神明吧。"凌筱筱颔首笑道，"这个年回去开开心心地过，满怀热情地再回来接受挑战，好吗？"

人间四月天。华兰想。凌筱筱说出来的话让人忍不住就想答应一声"好"。

果然，他们异口同声，像小学上课答应老师要坐端正。

华兰脑子里又蹦出一个用得快烂俗了的词，温柔了岁月。

她不禁去想，这到底是北大本硕的气质，还是凌筱筱独一份的气质。

"我毕业很多年了，感觉现在川中比我那时候要卷很多。"凌筱筱接着说，"但是这段集训前和集训的时光，还是给我留下了很深刻的印象。我从不知道这么累了我还能继续学，也恰好是那段时间我思考了很多。"

"基本上在那段时间，我就决定以后弃理从文了。"她的声音沉静，"并不是因为生竞我学不下去，而是我突然发现，竞赛对于我来说并不是这辈子的一切。"

"比起理科，其实我的思绪更能被乱飞的文字带走。"凌筱筱说，"竞赛这个制度，在今天被大多数人当作一种升学的手段。单纯热爱某个基础学科，说自己以后要在这个方向深造的学生很少。其实程敏段长让我来的原因，是希望我告诉你们，要凭借这段时间对自己的人生有更清醒的定位，这样才不枉学这一遭。"

"我与筱筱学姐正好相反，我决定延续自己在竞赛上的道路。"那位中科大的学姐发言。她和清凡师姐其实都同属这届高三，但是她在高二下的时候通过了少年班考试，提前进入了大学生活。

"竞赛很苦，少年班也并不轻松。"她道，"其实我以前也是个一次周测考不好就要打电话回家找妈妈的孩子。但是现在已经很久没有哭过了。我觉得这才是你们在这段时间要找的，竞赛到底带给你们什么？我希望你们理解这句话，学好竞赛可以是一个目的，但这不是你人生的目的。"

"我原以为，程敏让学长学姐过来是灌鸡汤的。"苏展小声对华兰说，"让我们只要学不死就往死里学之类的。"

"现在呢？"华兰托着下巴问。

"现在发现，他格局还蛮大的。"苏展道，"大智慧。"

凌筱筱开始放几个人制作的大学生活VLOG，基本上也等于几个人代表各大高校制作的接地气宣传片。

这瞬间勾起了大家对大学生活的向往。

"所以，苏展，竞赛到底带给你什么？"华兰这样问。

"你咯。"苏展稍稍侧过脸，勾着唇看她。

"别开玩笑。"华兰推了他一下。

"带给我很多。"他嘴角的笑意收敛到眼中去，"是跟刚才那个学长说的一样，大多数时候都跟孤寡老人一样孤独地刷题。但是我很享受这种孤独，因为它能带来思考。"

"更何况不是有你们吗？"他反问，"你、林狗、小天、潼哥，我们每个人都生长在这样孤独的圈子里，靠自有的火光相互温暖。"

"这么文艺？"华兰被肉麻到了，"好煽情。感觉下一秒就要去考场了。"

"是不是很想哭？"苏展问。

"完全没有。"华兰顿一顿，还是说，"但是你的话也不无道理。"

"我也这样想。"华兰说，"再来一次，我还是选竞赛。"

川中有人或是没人的时候，我们都在伏案苦学。

即使全年只有少得可怜的假期，即使要面对如山的题，即使我们那么孤独。

那就享受到底吧，这份孤独。

他们默契地各自别开了脸。

*Love Story*再响，大屏上的VLOG还没放完。许多同学拿着自己的竞赛课本或是错题集，上去找学长学姐签名，求个"一举中第"或是"金榜题名"。

华兰拿了一张空白的明信片去找凌筱筱签名。

余倩倩和赵欣怡已经凭借地理优势冲在了她前面，她们是生竞的嫡系，绕着凌筱筱问了一大堆问题，就差把"学姐你好漂亮啊，能不能加你微信"写在脸上了。

凌筱筱眼若水杏、面如皎月，栗色的马尾在胸前垂了一绺，散出好闻的花香味。她拿着赵欣怡的金笔，低头签下"竞赛加油，生物万岁"几个字。

已经拿好签名书的余倩倩兴奋地看看凌筱筱，又看看侧身站着的华兰，骤然来了一句："花哥，你侧脸跟学姐好像哎。"

凌筱筱抬头，眼神里有半分诧异。

赵欣怡看了看，也道："是有点像，你们俩还正好都扎了高马尾。"

"正面看不觉得，就是侧脸，真像。"余倩倩把华兰拉过来，站在凌筱筱边上，"穿得虽是不同版本的校服，但是气质真的很像。"

赵欣怡附议。

凌筱筱笑道："那我们好有缘，你叫什么名字？"

华兰如是答道。

"君子如兰，好名字。"凌筱筱拿过她的明信片，"要加油哦，华兰小朋友。"

明信片回到华兰手里，写着"君子如兰，幽谷长风，竞赛必胜"。

华兰其实还想问凌筱筱很多问题。比如，学姐你想教我们，在那昏天地暗的刷题世界里找到自己究竟想做什么，才不枉学这一遭，但不是每个梦想都会受到祝福。

那么你呢？当时生竞战绩辉煌的你，最后学了中文，全世界都理解和支持你吗？

你有没有那种被一切抛弃的时刻？那个时候的你，还能坚定地选择自己的方向吗？

身为学生，我们有很多限制；学竞赛，这种限制更加让人身不由己。

华兰接过明信片，正欲开口，便有其他同学围上来。

没办法，美女学姐的人气实在太高了。

华兰只能先下台。班会课是下午最后一节，刚才的 *Love Story* 约等于吃饭号角，教学楼里的人会在五分钟之内撤光。

凌筱筱忙完以后，正好有足够的时间，再跟她聊聊。教室里有点吵，华兰回位置上拿练习册，准备去外面的储物柜旁边站着做会儿题。

"不去吃饭？"苏展问她。

"我想跟学姐交流一下。"她答道，"等会儿再去。"

"等会儿食堂的饭就抢光了。"苏展"啧"了一声，"本来就吃得少，还吃得不好。"

"那怎么办？"华兰心生一计，开始卖惨，"可是我想跟学姐交流。"

"那只好我给你带咯。"苏展无奈道，"快感谢我。"

"带回来再感谢你。"华兰"嘿嘿"一笑，捧着书从前门出去。

操场在放跑操音乐，今天下午是高一跑操，高三的环校园跑也已经在教学楼旁的小径上列好队，哨声响一次跑出去一个班级。

227

高二的学生优哉游哉地往食堂走。

华兰把书放在柜子上，余光却瞧见一个人。

肖子浔静静地靠在四班前门旁边的储物柜上，目光顺着三班开着的后门向里望。

他戴着黑色的口罩，看不清下半边脸。

暮色深深，他的目色亦是深深，眉睫之间敛着说不清道不明的情绪。

片刻后，他才发现站在储物柜旁边的华兰，不好意思地朝她打了个招呼。

"学长？"华兰上前道，"怎么在这儿站着啊？"

"……噢。"肖子浔的眼睛闪动一下，似乎才缓过神来，"我来给子怀送东西啊。"

"学长，十一班在四楼。"华兰隐隐感觉奇怪，这怎么多走了一层呢？难道是学长离开学校太久了，连这个都忘了？

"嗯——我刚刚一边上楼一边打电话，没注意楼层。"肖子浔微微低头，看了看她，"回过神来的时候发现自己多走了一层。但是听你们班又笑又鼓掌似乎很热闹，就停下来多看了一会儿。"

"噢。"华兰回头看看还挤着的班里，"段长请了几位学竞赛的学长学姐来给我们介绍经验。"

她忽然想起什么，指指班里，问道："那位被围着的凌筱筱学姐，说自己是2016年从川中毕业，跟学长和我表哥，似乎是一届的？"

肖子浔漆黑的眸子看着她，轻轻说了一声："是的。"

"学长先前认识她？"她问，声音不知为何弱了下来，"她好有气质啊。"

"嗯。"肖子浔简短地答道，眼底却泛起一丝波澜，"上学的时候，她就很有名。"

流光再一转，这一丝波澜似乎就可以遏浪千钧。

凌筱筱在高中的时候一定是个风云人物。

"我先走了，把东西放到十一班以后，还得出去办事。"肖子浔敛眸，长指敲了敲手机，与她告别，"再见了，华兰。"

"嗯，学长再见。"华兰目送他的背影，却觉得无人的走廊里，还有着没有说出口的情绪。

她趴在自己班的储物柜上，一边做题，一边看着班级里的人一点点变少。

她探头探脑地走进去，在最后一个同学心满意足地拿着明信片离开以后，她鼓起勇气上前问："学姐，我可以问你一些问题吗？"

凌筱筱拢了拢碎发，温声答应。

她们到三班外面去，靠在走廊的栏杆上，看着川中外面的天。今天天气不好，天际是灰色的，黄昏是寡淡的烟蓝。

有点肃杀，让人胸闷。

"学姐，我想问你，当时你弃理从文学中文的时候，所有人都支持你吗？"华兰转过头，看着那张大家说与她相似的侧脸。

但凌筱筱的红唇明媚，气色明显比她好得多。

"报专业的时候当然会有一些人不理解了，但支持我的是大多数。"凌筱筱也侧过脸，反问她，"怎么问这个？"

"学姐你说，在竞赛的这段时间里，思考清楚竞赛到底带给我们什么，才不枉学这一遭。"华兰道，"但不是每一个想法都会收获祝福的。"

"你的意思是，你的想法并不受到尊重？我猜猜看，你的家人？"凌筱筱问。

华兰迟疑了一下，点点头。

"你有什么想法，妹妹？"凌筱筱又问。

"我想学地质学。"华兰很坚定地说出了这句话，坚定的语气连她自己都有点意外。

就像她小的时候，用懵懵懂懂的声音，但坚定地对她的父亲说"我长大也要做大地的掌握者"。

这个梦想，苏展曾在西湖边千方百计让她自己承认。但是现在，她可以对一个刚认识的学姐，说出自己曾经不敢启齿甚至不敢面对的旧梦与野心。

那不是仅仅感兴趣，而是她血液里天生对脚下的土地向往与热忱。

经历过那样慌乱匆忙的童年，这份热忱没有随着父亲的去世而被葬身西北，它还是在阴湿的梅雨里长好了骨肉，在恶劣的条件里开出了花。

斯蒂芬金在《肖申克的救赎》里说："有些鸟儿天生就是关不住的，它们的羽毛太过鲜明。"

有些野心天生是藏不住的，因为它们太过热烈，就应该被诉诸于口。

"很特别的想法啊。"凌筱筱想了想，"我知道南大的地质应该是最好的。"

华兰点点头，表示自己之前在家查过，从专业分数和心仪程度来说，南大都是很理想的学校。

"挺辛苦的，我还真没有女性朋友去学地质相关的专业。"凌筱筱说，"有个高中同学在中地大，分数低一些，但是地质学同样是 A+ 王牌。"

她捋一捋头发，话锋一转，笑着对华兰说："你这样很好啊，南大已经成了你的目标，你会学得很有方向和动力的。这已经是我说'在竞赛的时候弄懂竞赛到底带给你什么'的答案了。"

"可是学姐，并不是所有人都在支持我。"华兰说。

"有什么关系？"凌筱筱看着她的眼睛，"总有人在支持你，而且这部分人占大多数。"

"你跟我以前有点儿像，会担心家庭原因，其实家庭是一直回避不了的一点。"凌筱筱眯着眼回想，"但是你在这儿。"

她伸出手指在栏杆上敲了敲。

"你在安川中学。"她歪着头,"如果不想回家,周末可以留校。如果你实在难以忍受焦虑的氛围,学校有心理咨询室。如果父母断掉你的学生卡,学校会发现里面长期无款汇入,往里面给你充饭钱。如果父母真的给你造成非常大的压力,和班主任提一下,段长会替你沟通。"

"在大学录取通知书下来之前,你都不用回头,因为没有后顾之忧。"凌筱筱缓缓说来,远眺过去,看见以前她读高中的时候还没修建的"川中碑"。

两个甲子的春秋沃土,滴落多少少年人的眼泪,又有多少金光镀满的梦,从这里起飞,飞往安川之外。

"该学就学,该做梦就做梦。"凌筱筱回头看她,"就怕没有十分的努力,做的是白日梦。"

"我很努力的!"华兰连忙道。

"我知道。"凌筱筱温声道,"看得出来。回去跟你家里人好好聊聊,如果矛盾可以化解的话——"

她的手机突然响了,一个电话打进来,她接起电话"嗯嗯"几声以后,抱歉地对华兰说,自己晚上有点事,得先走了。

"学姐路上小心。"华兰告别凌筱筱。人间四月天卷走了冬日所有迷茫,留下她心里无尽的澄澈。

凌筱筱从靠近三班这边的楼梯下去,苏展带着她的晚饭,从走廊尽头的另一个楼梯上来。

那里不知道什么时候,站了一个齐肩短发的姑娘。

她正在往华兰这边走,又停住往回撤,急急下楼去,与苏展擦肩而过。

"大小姐,老奴给你送晚饭来了。"苏展一脸欠欠,向她跑过来,把食堂打包的饭菜连着饭卡一起还给她。

"你这样我会折寿,大少爷。"华兰接过来,她把餐盒放在柜子上,掰开了一次性筷子。

"跟学姐聊什么了?"苏展侧身靠着储物柜。

"嗯……"华兰夹起一个肉丸,不知从哪里讲起。

她吃掉那个肉丸,对苏展说:"我要考南大的地质系。"

"这么突然?"苏展想了想,又说,"不对,你是早有预谋,现在才告诉我。"

"而且我不是最早知道的,你刚才肯定跟学姐说了。"他道。

华兰很痛快地点头。

"虽然你不够意思,但是少爷我很够意思。"苏展说,"陪你考考。"

"随你,考得上再说。"华兰夹起一块糖醋排骨。

华兰这种软硬不吃的态度,一向让苏展没什么办法。

他沉默了半天,看着她被风吹起的刘海,对她说:"你别站在这儿吃了,这里是下风口,容易呛风。"

"不。"华兰咬了咬筷子,"我就喜欢吹风。"

苏展拿她没办法,站到了上风口去。

第二十三章
红底四叶草

"日出之美脱胎于最深的黑暗。"苏展的空白明信片太多,这两天随手从作文杂志上抄顺眼的句子,用来装文艺青年。

在寒假放假回家的那天下午,他把这张明信片递给华兰,顺便祝她"新年快乐"。

"为什么是'日出之美脱胎于最深的黑暗'?"华兰问他。

苏展耸耸肩:"正好看到的,随手抄抄。"

苏展是典型的理科男,字写得不算好看,答题卡上数学式子的排版比语文作文赏心悦目得多。他贵在有自知之明,抄了这种东西从来不递给别人丢脸,只会塞给华兰。

他每次都会找个冠冕堂皇的理由,比如在抄好的句子下面写"今天过得要开心",或者"门捷列夫见了都说好""花哥一口吃下化学元素周期表"这类话。

祝福和抄下来的句子,一般风马牛不相及。

华兰笑笑,然后把这些明信片放进抽屉的小袋子里。

那时候,她还没有醒悟,这些话之所以能够成为经典,是因为它们总是对人生做出预言。

下午最后一节课结束以后,她就拖着行李箱回了家,春秋来了又去,年年轮回。

陈景诚开着大舅的车来接她的。

"景诚哥哥,你驾照拿到手多久了?之前真的上过路吗?"华兰在后座上看着单手开车耍帅的陈景诚,心里隐隐有一丝恐惧,默默抱紧了自己的包。

"你会不会说话?"陈景诚被激怒,"你哥我在广州天天开车。"

陈景诚大学毕业以后,拿到了广州大厂的入职机会,直接留下工作了。他没了暑假,如今回安川的时间更少了,只有过年才能看见人影。

大舅给儿子买了辆车做礼物,方便他在广州上下班。

社畜生涯一开始，陈景诚倒是越来越会捯饬自己了。发型一烫，粗框眼镜一戴，平时护护肤，挑几件暗色的衣服，可以拍得出某些短视频平台要求的帅哥效果。

方才在校门口，她第一眼都没敢认。

"今天怎么是你来接我？"华兰问。

"……因为姑姑没空。"陈景诚沉默了一下，"又怕你一个人拖着行李箱重。如果嫌重又坐了同学家的车，麻烦人家多不好意思。"

什么叫"又"？华兰眉头微蹙，她从没坐过同学家的车——不对，她确实去年搭过一次肖老板和他哥哥的顺风车——只是这件事，妈妈不知道啊。

倒是陈景诚当时确实在楼下的奶茶店，看见了从车上下来的她。

他为什么会记得？自己都快忘了。

"你——什么意思？"华兰问，"我只搭过一次同学家的顺风车，你看到的那次。但妈妈从来没问过，你告诉她了？"

"没有。"陈景诚不紧不慢地说，"我只是觉得你也许会，就跟姑姑说可以来接你。女孩子不要上不清楚底细的人的车。"

"啊？"华兰满头问号，陈景诚什么毛病？什么叫不清楚底细的人？

"那是我的朋友，那次恰好她哥哥来接她，她一定要让我……"

她还没说完，便被陈景诚打断。

"我知道。"他说，"只是提醒你。"

华兰对陈景诚突如其来的强硬态度有点蒙。她不是喜欢做口舌之争的人，相比较跟陈景诚说清楚自己有"小心陌生人"这个生存的基本能力，她更好奇陈景诚为什么会有这种态度。

为什么是那天？为什么是肖老板家的车让他记忆犹新？

华兰脑子里浮现出肖子浔那张帅脸，直觉他和陈景诚这两位老同学之间并不简单。

接下来的车程他们没有说话，华兰在心里默默盘算，她料想陈景诚也是。直到回到家，一开门，大舅和二舅都在，好生热闹。

厨房里有熟悉的蓝围裙，是妈妈和舅妈在厨房。陈晓静忙里抽闲回头看了一眼华兰，说："兰兰回来了？"

"妈妈？"

华兰一愣，她问陈景诚："你不是说我妈没空吗？"

"是没空啊，忙着给你做晚饭。"陈景诚揣着手道。

"兰兰啊，"大舅招呼她，"好久没回家了，你妈妈心疼你哟，知道你今天回家，提前做上你爱吃的，叫大家都过来热闹热闹。"

"……啊。"华兰放下书包，眼底染了笑意。她坐到餐桌正对着厨房的位置上,那里可以正好看见厨房里妈妈的身影。

二舅妈家的两个小孩今天被带去了其他亲戚家,这种家庭聚会难得的清静。

华兰跷着二郎腿,吃着二舅妈端出来的水果沙拉开胃,只觉好久没有这样的日子了。

"学习辛苦哇。"大舅说,"过年了好好休息一下。"

"过年了有好多作业的。"陈景诚插了一句,"是吧?"

华兰想到书包里那本厚厚的《综合化学》,心里痛了痛,答了一句"是"。

几个人闲扯着,华兰看着厨房里妈妈走动的身影,随口应付着两位舅舅,思绪回到昨天用宿舍老式座机和妈妈通话的时候。

妈妈跟她说:"回来就回来呗,家里没什么变化,反正你也就是换个地方做作业。"

她当时嫌妈妈的话扎心,却没想到妈妈搞上了"惊喜"那套。

"哦,对了,兰兰。"大舅从后面的柜子上提来一个纸袋,"你妈妈给你买的新年礼物。"

纸袋上印着"Van Cleef&Arpels",里面是个白绿相间的精巧盒子。盒子里有一条红底的四叶草项链。

"嚯,梵克雅宝。"陈景诚搭了一句,"女生好像挺喜欢这个的。双十一、双十二的时候,我们公司好多女生扎堆买这个牌子,买这一条,至少两个月工资吧?"

"妈妈,买这么贵的东西干吗?"华兰托起那条红色的四叶草,手抖了一下,"我们又不让戴首饰,你买给我我也戴不了啊。"

"你大了,女孩子到这个年纪得有一两件奢侈品了。"妈妈缓缓道,"本来想明年你成年送给你的,但是也不知道来年这个时候有没有空,在网上看到合适的,就买了。"

"晓静哪里的话?"二舅乐呵呵地道,"就你那个项目,以后兰兰想要这种东西,不是很简单吗?"

"哎呀,二哥!"妈妈道,"你跟小孩子乱说什么?"

"什么意思啊二伯,小姑姑发达了?"陈景诚两眼放光。

"你姑姑管账的一个公司,去年底遇到天使投资人了,打算财务不外包了,就让姑姑当总监。"二舅意味深长地看了陈景诚一眼,"我看你可以给你姑姑打工了。"

"我说晓静这些年也苦啊,终于算熬出了头。"大舅说,"不像我们中年,早躺平了。兰兰成绩又这么好,肯定能考个好大学,找个比景诚出息多了的工作,咱们妹子的好日子在后头呢。"

"我对她没什么要求的,她怎么轻松怎么来。"妈妈双手裹着布,把一锅刚刚炖好的鱼汤端出来,"女孩子嘛,只希望她不要离家太远,平平安安就成。"

华兰默默把那条项链戴好,红底的四叶草被川中蓝色的冬大袍裹住,衬在杏色的毛衣上,一闪一闪那么亮眼。

"好看。"陈景诚夸她,"差套西装。"

她礼貌地说了一声"谢谢"。

华兰保持着微笑,用这个微笑告诉大家她很开心。

是的,她怎么会不开心呢?

妈妈脸上的妆容一如既往的精致,与明明只比她大几岁的大舅妈相比,看起来像年轻了十几岁。她这么辛苦,岁月野火滔滔,对她却很温柔。

一位坚强的时代女性,也终于在经年的辛苦以后,得到了世界的回报。

她很为妈妈开心。

只是,华兰忽然觉得,她和妈妈、舅舅、陈景诚像两个世界的人。

她什么都不懂,不懂陈景诚拿到大厂工作机会的艰辛,不懂妈妈熬了这么多年经历的坎坷波折和世故人情,不懂两个舅舅为什么会中年躺平。

纲手,原来这么多年我毫无长进。华兰想。

即使差一岁就要成年,她还是像小时候那样不懂大人的世界。她曾下定决心,如果长大意味着虚伪和欺骗,那么她宁愿此生永远年少无知。

但长大是她必须要面对的事情,不是吗?

大舅啧啧夸赞这锅鱼炖得好,他们把酒言欢。

华兰那个单纯的梦想,似乎不适合在这里说。

似乎说出来,就会被人说"好幼稚"。

她觉得她戴着的这条红底四叶草,灼灼烫人。

因为陈晓静熬出头这件喜事,整个陈家这个春节的氛围比以往要轻松快乐许多。

华兰在家舒舒服服地躺了好几天,作业的进度条显示"危"。

于是,她做了一件自己从前最不愿意做的事情——出去走亲戚吃分岁酒的时候,把作业带出去写。

在二舅家,她缩在表弟和表妹的小课桌前,在水彩笔和小学课本的包围下与化竞试卷展开决斗。厚厚的《综合化学》放在旁边,希望过会儿有时间写。

大人们在厨房忙活,两个小孩在沙发上蹦来跳去,被着急忙慌路过的二舅妈训斥了一声。

"学学你兰兰姐姐!"二舅妈眉毛一拧,"人家姐姐出门玩还要学习,你们多影响人家!就你们俩皮,在家还不做作业,等会儿开学前有你们俩哭的。"

两个小朋友一下子不动弹了,假模假式地靠近书桌。

"舅妈,您别骂他们了。"华兰笑了两声,"本来小学生的作业也没什么写的必要,而且今天大过年本来就是休息嘛。我是因为作业写不完了,才得带出来写的。"

二舅妈的神色缓和一下,和颜悦色地对华兰道:"他们俩不会影响到你学习吧?"

华兰摇摇头,算是给了小表弟和小表妹一张"免骂金牌"。舅妈走后,他们俩保持安静,一个拿着蜡笔画画,另一个在做算术题。

小孩子只要不吵,还是蛮可爱的,华兰想。

可是几分钟之后,她发现事情没那么简单。

小表妹的大红花,是没有生长边界的。

华兰抬手拿草稿纸,余光瞥见《综合化学》浅蓝色的封面上,多了一坨肆意生长的大红霸王花,顿时大为震撼。

她属实低估了两个熊孩子造孽的能力。

"你!"华兰的语气有点凶,小表妹一下就眼泪汪汪,急忙抱住她。

"姐姐!"小表妹说,"我不是故意的!我是忍不住!这个封面多空啊,不好看。"

"画上大红花就好看了吗?"华兰不可置信。

"我觉得这四个字也不好看呀。"小表妹一指,"写得歪七扭八的,我也只能画个歪歪斜斜的花了。"

华兰看过去,大红花的中心,有四个字。

南京大学。

这么丑的字当然不是她写的。苏展那天拿着笔在他的《物理学难题集萃》上面题了"南京大学"四个大字以后,也顺便给她题了一个。

由于书封是有一层薄膜的,中性笔很难在上面留下字迹,再加上苏展本人写字水平也就那样,所以最后呈现出来的效果歪七扭八。

"南大的大物类也很好。"苏展脸上还是那副散漫的笑,对她说,"白纸黑字写好了,这次算我们一样。"

华兰曾经觉得,她和他从小就不一样。

但是那一刻,她还是因为那句"这次算我们一样"而产生了悸动。

他们有一样的梦想,他们选择飞翔的方式一样,他们寻找的是同一阵风。

苏展有许多,想起来能让她偷偷笑一下的细节。他会站在上风口给她挡风,会为了不让她继续吃饭糊弄学而故意把东西买成两份,会给她写好多好多的明信片。

但是那些都不及那句"这次算我们一样"让她更开心。

虽然她面不改色地说了一句"噢"。

"南京大学。"小表妹突然念了一句,看她的神色比之前柔和许多,就笑嘻嘻地问她,"姐姐,这是你想要考的学校吗?"

华兰缓缓回过神来,轻轻应了一声。

"为什么姐姐不考北京大学？"小表妹问，"南京大学比北京大学要好吗？北大才是最好的学校。"

她还半抱着华兰，华兰索性反过来搂住她。小表妹继承了舅妈的大眼睛，不皮的时候忽闪忽闪，确实相当可爱。

"对。"她说，"南大就是比北大还要好的学校。"

因为她乐意，那里有共同的野心。

那顿饭吃得还算开心。华兰在提着年货跟妈妈回家的时候，才发觉妈妈脸上的不自然。她们安静地回了家，妈妈对她说："兰兰，你怎么没戴妈妈送你的那条项链啊？"

华兰心里"咯噔"一下，跟妈妈说，她觉得那个红底四叶草搭自己的衣服不好看。

陈晓静"啊"了一声，说："今年还没有买过新衣服，要不要现在去商场看看？"

"算了妈，过两天就回学校了，什么都穿不了。"华兰道，"而且我还有好多作业没写呢，没时间逛商场。"

陈晓静把手上的大包小包都放到储藏室里去，不甚清晰的声音从储藏室里传出来："兰兰，今天你和两个弟弟妹妹说什么封面啊，南大北大的啊？"

"……想考南京大学。"华兰说，声音不算响亮。

"什么？"陈晓静从储藏室里走出来。

"我说，想考那所大学。"

声音格外响亮，响亮到华兰自己都吓了一跳。

"为什么想要上这所学校呢？"陈晓静打开手机，划拉几下，"妈妈听说近年来这些高校都喜欢用大类招生，你爱读理科吧？我看这个理科实验班有好多方向呢。"

华兰一惊。她那万年不关心她学业的妈妈，什么时候知道了高校大类招生的趋势？甚至还知道了南大的理科实验班有好多方向？

"妈妈，你怎么知道的？"

陈晓静晃晃手机，道："妈妈上次报了个咨询的课程，说是什么一直跟到高考填志愿。我看也不贵，就报了一下。"

原来是妈妈办公室一位阿姨的儿子今年高考，阿姨天天研究那些专业和志愿，三天两头还要在办公室里传经布道一下，妈妈也就一起上了船。

咨询课程还是跟那位阿姨一起买的，说是能打折。

华兰脑子里瞬间冒出那些"一带一，一免单"的销售策略，这鬼课程听着就不太靠谱。

手机上的资料估计就是课程老师给的。

家长的钱真好赚。

"能考上匡亚明班就上匡亚明，"华兰说，"或者数理科学，或者地球科学与资源环境。"

说这句话的时候，她有点心虚，说不上特意，但"地球科学"还是跑到最后去了。

她看不出妈妈什么情绪，只听她意味深长地"嗯"了一声，然后说："前两个都行，不要第三个，老师都说了，这个方向不好就业。"

"……你也别老听那些老师乱说。"华兰道，"大多野鸡，就赚你们这些平时对高考缺少了解的家长的钱。"

"平时我不关心你学习的时候，你说妈妈从来不注意你的学业，现在妈妈为了关心你，还专门报了个班，你又说这不好那不好。"陈晓静脸上掠过一丝不悦，"妈妈不想你以后学个太辛苦的专业，理科本来就很辛苦了，那些天天跑实验室，跑外面出外勤的，多不安全。"

陈晓静说得很克制，但背后的意思华兰心知肚明。

越是长大，华兰就发现自己和父亲在某种角度上越来越像。不管是遗传学意义上的五官，还是骨子里对地理的热爱，抑或相似的理科天赋。

"你数学这么好，也可以看一些管理和经济方面的专业啊。"妈妈说，"以后找个办公室坐坐多好，不要那么辛苦。"

"你奶奶那边，不知道有多后悔。听话，这是为你好。"

妈妈轻飘飘一句话，让华兰五雷轰顶。

这种相似华兰回避不了，但是妈妈一直在刻意回避。

刻意回避女儿和自己那意外去世的丈夫的相似，好像这样女儿就可以一直留在她身边。

她绝不能去太远的地方念书，绝不能念一个需要天南海北跑的专业，更不能跟她父亲做同一件事。

陈晓静一向放养自己的女儿，随便她读书读得怎么样，随便她有什么样的爱好，但是在这方面，她的控制欲比谁都要强。

女儿啊，最好是一个可以乖乖戴上贵重项链、穿上漂亮衣服，让自己好好打扮的洋娃娃。

陈晓静想起，自己少女时代的时候，物质生活太匮乏，自己最向往这样安定美好的生活了。

只是后来，她爱上了一个喜欢天南地北跑的男人，和他有了华兰。

"妈妈，"华兰低低地叫了一句，"可是我喜欢。"

态度很坚决，跟妈妈一样坚决。

"你女孩子现在这样想，以后会后悔的。"

"不，我喜欢。你别一个人乱想。"

华兰淡淡地说出这句妈妈最不想听到的话。

"胡思乱想?你年龄小,什么都不懂。你会后悔的!听到没有!"陈晓静狠狠摇了一下女儿,一向精致的妆容掩不住她心底的惊慌,她想告诉女儿"不许说",但是女儿一定要说。

为什么?为什么小孩子就不能听话一点呢?为什么小孩子就不能体谅她呢?

"你以后要是在外面出什么事情,你让妈妈怎么办?"陈晓静斥道,逐渐歇斯底里,"白吃白养你了?"

华兰的心沉到了谷底。她知道,她和妈妈这对世上最默契的搭档,最后的吵架也免不了走向电视剧里庸俗的桥段。

大吵大闹,无法冷静。

她本就不擅长直言自己的情绪。

关于未来,关于人生,她们之间早就已经暗潮汹涌。

真正的战争从那个梅雨季就已经开始了,没有硝烟也没有刀光剑影,母女双方光靠眼神和脸色推测对方的招式,对城池有序地退让或争取,谁也不想撕破脸皮。

"我不跟你吵架,妈妈。"华兰努力冷静道,"但是我喜欢。"

她转身把自己锁在房间里,在关上门的时候,发现自己已经泪流满面。

外面客厅里的陈晓静,像一下被抽掉了筋骨,瘫坐在沙发上。

华兰缩在床上,小声地哭起来。

不知道哭了多久,她发不出啜泣的声音。身旁的手机屏幕亮了再亮,是苏展发来消息:刚刚中午陪我妈在街上逛的时候,好像看到你和阿姨了。你是不是穿了一件绿色的羽绒服?

华兰顿了一下,没有回"可能是",而是颤动着手指打上:你在哪儿?

苏展回:怎么了?

第二十四章
回忆是车水马龙

华兰在聊天框里删删改改，最后回复：我想去看看爸爸。
对方正在输入了好久，然后说：好。
苏展问：你在哪儿？在家？
华兰说：嗯。
他说：我正好在长虹路上，大概十来分钟就能到你家楼下。
华兰从床上爬起来，去卫生间洗了把脸。她轻手轻脚地经过妈妈的房间——房门锁着——妈妈也把自己关在房间里。
她们都需要冷静一下。
她戴上口罩，套好羽绒服，到楼下去等苏展。长虹路两边都是店铺，过年这两天比往常热闹许多，大年初一、初二这两天接连放鞭炮，满地是打扫不干净的纸屑。
这两天空气质量不算好，天泛着一种发旧的蓝。华兰正望着对面房顶上的一片云出神，刚刚哭过的眼底还在微微发涩。
她的马尾辫被人拉了一下。
她转过身，苏展披了一件黑色的大衣，系着灰白相间的围巾。那个色调很衬他，显得人很挺拔。
他盯着华兰的脸看了一会儿，"啧"了一声，从口袋里掏出一包纸巾递给她。
"我怕你要去看叔叔，一会儿会哭起来什么的，就带了这个。"他道，"但是，你已经哭过了吧？"
华兰摇摇头，说："不用。要是等会儿我真哭了，你再给我吧。"
顺着长虹街往西，坐六站5路公交车，就能到千杉山。它得名于山上数不尽的杉树林，在重重叠叠的杉树林和山路之间，有一座公墓。
从市民上山锻炼的主干道再兜兜转转走一个小时，就可以到千杉公墓。
从老城区这侧上来的这条山路并不好走，很多人都会选择从另一面上山。但是华兰对这条路很熟悉，因为每年清明她都要来这里看看父亲。

父亲从西北回来以后，埋在这里。

安川人的习俗是过年上坟，清明来的人反而少。只是父亲去世以后，因为抚恤金，母亲与奶奶那边的亲戚闹得很不愉快，所以总是错开春节，选择清明再来祭奠亡夫。

走到父亲的墓前时，华兰依然想着，妈妈很不容易。

苏展把刚才在山下买的菊花篮放在墓前，往后退了两步。下午的太阳正好推开薄薄的云层，从山这头照过来，落在他们的后背上。

山上人不算少。这一头鞭炮响完，那一头响，留下一地的暗红色塑料皮，风一扬就裹挟其中。她仰头看一看，能看到别家燃起的蜡烛和正在焚的香，看到他们的白瓷盘子上供着丑橘。

华兰静静地站在那里，盯着碑上有点褪色了的描金字"华氏阳州"，呆了很久很久。

突然，她开口，说："你知道吗？我总觉得我没选上地理很浪费我的天赋，说不定能学得比化学还好。"

"没事，大学再学嘛。"苏展上前，"考虑不周，希望叔叔不要觉得寒酸。"

"我小时候，只要我爸在家，就经常考我家里那张地理地图。"华兰缓缓开口，"我小时候觉得，那些蓝绿棕的色块，很好看。"

"我也记得。"苏展说，"我记得你家以前有一幅立体的地图，就挂在电视旁边。我小时候觉得那个东西有趣，是不是可以摘下来往盆地里装水玩。但是它们现在都没了。"

"叔叔在那边看，也好。"苏展轻轻道。

华兰没有说话。

人间共风雪仅十年，父亲又时常外派，聚少离多，那些在吃饭前相互考查的世界地理倒成了为数不多的念想。

父亲曾经摸着那幅立体地图上的阿尔卑斯山脉说过，有机会得去看看欧洲的冰川地貌。他还说过密西西比平原和乞力马扎罗山。

他说过很多很多的地方，华兰记不清了。那阵幼时吹过的高原纯净的风，一直在人们不注意的地方绵延过岁月，吹亮她漫长而沉默的纯真年代。

她发觉她一直很天真。天真地以为自己继承了父亲的天赋就应该继承父亲的职业，天真地以为世界应该接受她小小的梦想，天真地和妈妈吵架。

她觉得热爱彻骨，人们可以为此粉身，始终去回避那是妈妈最痛心厌恶的东西。

"苏展。"她蹲下来，不再俯视着墓碑上的黑白相片，"我有时候想，如果我爸还在，他是不是也会跟我妈一样，不会支持我去学地质学。"

"为什么这么说？"苏展站在她边上。

"他走了以后，我奶奶跟我妈闹了很多次。"华兰轻轻道。

华兰从大人的只言片语里隐隐约约推测出一些。父亲是九十年代的大学生，但当时的大学专业是调剂的，奶奶那边一直不太满意。却没想到父亲因此一发不可收拾，真的奔着大地的掌握者去了。

华阳州因公殉职，公家有一笔死亡赔偿金。按法律来说，当然是给配偶和女儿。但是奶奶痛骂母亲纵着父亲乱来，不早早催父亲换岗，还依着他天南海北到处跑，这才出事。

"当初相了你，阳州可算倒了大霉了。"老太太咬着后槽牙，"在外面连顿饱饭都吃不上，你还天天催着他上外面去。哪个女人跟你一样？你是阳州催命的罗刹啊你是！"

奶奶觉得妈妈不配得到那笔抚恤金，因为人是她害死的。母亲受人连累被警方调查的那一阵，外婆说，奶奶到处跟人讲早知道妈妈不是盏省油的灯，尽帮别人干些做假账的脏活儿。

"死了丈夫还花枝招展的，不知道的以为她是什么呢！"

可就算这样，妈妈在跟她歇斯底里的时候，还是跟她说"你奶奶那边不知道有多后悔"。父亲这个大地的掌握者，当初也不是接受了祝福奔赴山海。

"我怕他走的时候，也很后悔。"华兰说。

她把父亲当作她热爱的起源，有了父亲才能让一切情不知所起有合理的解释。华兰害怕父亲的热爱也早早在日复一日家长里短的说教和磨损里消失殆尽，这样她所有的梦想就只是幻想。

她孜孜以求的欢喜，只是因为对一个往生魂灵的想念，而不断折磨的自我感动。

爸爸，你后悔过吗？华兰想。

"不会的。"

华兰感觉到一只手在她头上揉了揉，动作很小，蜻蜓点水般离开。

"过去都是假的，回忆是一条没有归途的路，以往的一切春天都无法复原。"苏展道，"马尔克斯在《百年孤独》里这样讲。我看到的时候，觉得很有意思。因为人是习惯篡改记忆的动物，所以一切记忆当然不尽真实，要看你怎么想，要看你想不想。"

要看你怎么想，要看你想不想。

父亲的魂灵当然永远支持你，只要你想。

人最大的敌人，永远都是自己。你焉知怎样的你才是在自我折磨？你焉知放弃后的你不会怀念现在的你自己？

华兰好一阵没说话，慢慢才说："你哪有时间看《百年孤独》？"

"你真以为我摘的那些句子是白摘的？"苏展"喊"了一声，"还是能记住一点的。"

他把纸巾递过来，问："需要吗？"

"不用，比你想象的要坚强一点。"华兰说。

"心情好点了没有？"苏展问，"需不需要我回避一下让你独自跟叔叔说说心里话？"

华兰摇摇头，站起来。她的问题没有答案，和父亲的对话，也只会在一次次脑中复刻里变成对自己的自言自语，一切除了叫幻想就只能叫妄想。

但冥冥之中确实有什么东西相通。她确实需要看一看她的父亲，但是这仅仅是因为她想要看一看她的父亲而已。

就像她出门时还有倦色的天空，在她站在墓前的时候散开了薄薄的云雾，散出了晚冬的阳光。

一定有什么东西，在她不知道的时候发生了改变。

"走吧。"华兰捋一捋被风吹乱的额发，"能看一看爸爸，我就已经很高兴了。"

她正打算顺着来时路折返，却被苏展叫住，从另一个方向下山。

"这条路下去是另一座小山岭。"他说，"绕一下可以直接到长虹街，走走？"

那条路很长很长，并不崎岖，走的人却少。华兰中途一度觉得苏展是不是把自己在往歧路上带，走这条路真的能下山吗？

"小学的时候，有一节体育课，体育老师一边给我们上课，一边看着运体育器械的车从学校后门开进来。"他说，"那个时候他没有锁后门，我就趁乱和同学溜出去了。"

那间弄堂小学的后门有段时间没有保安亭，因此一直不做学生上下学使用。

"本来我只是想去小卖部买点辣条，"他说，"但是后来后门关了，本来还担心逃课肯定要被发现的。突然想起下节是美术课，我们就想不上也罢，就等放学再回去拿书包吧。"

"我们在弄堂里瞎逛。"他说，"就发现，后面的小土坡，不仅仅是一个小土坡这么简单。"

那是一条上山的路，连着一个小小的山岭，走十几分钟的山路，就能到千杉山上。

他们就顺着那条山路走下来，顺着土黄的小道望去，是烟灰颜色的弄堂。弄堂里的小卖部开着门，因为放寒假，并没有摆出那张放满七七八八零食玩具、用来吸引小学生的大桌子。

连门上的灯笼，都是一样的旧色，经年不摘。

华兰从未想过，这条路也通向自己寂寞的童年。

寒假期间，学校里没有人。

华兰从锁着的后门望进去，发觉学校多了塑胶跑道。

"现在硬件好一点了，我们当时上体育课，都是在普通水泥地上上的。"苏展道，"我记得当时学校里还有危房吧？"

"应该拆掉了。"华兰指一指，"感觉在那块，现在空了。"

"以前那栋危楼只有一楼能用，给科学老师当实验器材室。"苏展一边拿着手机发消息一边说，"我一直好奇，难道对于学校来说，最能拿来承担风险的是实验器材吗？"

华兰思忖，半靠在那门上。她看着变了几分模样的教学楼，又道："走过这条长廊，应该就是光荣榜。"

"那时候大小姐的名字和照片经常挂在上面。"苏展收了手机，眼底有一分不怀好意的笑。

从小就优秀的华兰还没来得及瞪他一眼，那栅栏门内便传来一声呵斥："你们俩干什么呢？"

保安叔叔拿着警棍过来，俨然把他俩当成鬼鬼祟祟的可疑分子。

"叔，以前在这里上学。路过来看看。"苏展嬉皮笑脸道，"不是放寒假吗？您怎么还上班？"

"放假期间学校二十四小时要有人值班的。"那保安大叔撇了撇嘴，"不然大过年的，谁来上班啊。"

大叔催他们快走，别在这儿看七看八的。

苏展正打算再说些什么，却被华兰扯走了。

华兰轻声道："人家也是为了自己的工作，犯不着和他争论。反正我对这个地方也没什么好印象，走就走呗。"

"行，你怎么开心怎么来。"苏展道，"要不要领你吃点东西？"

弄堂连着美食后街，再往下走就是二中。小学的时候，她总爱放学以后在这条街上买点什么吃的，烧烤、煎饺、寿司，带回去以后，会让妈妈数落一阵，说吃饭前吃这些东西，一会儿饭都不能正经吃了。

她看着时间，确实再过一会儿，就到晚饭的点了。

他们回到刚才经过的小卖部。华兰发觉在小学门口开小卖部真是一项长久的生意，比铁饭碗还铁饭碗。自己一年级的时候这个小卖部就开着，直到现在，往后不知道会开到什么时候。

店里的阿姨，也只有白发多少的区别。

其实店面很小，只有四个货架。有一个上面从上至下摆着各种各样好看的本子，那就是小时候卢安琪执意要让华兰给她买的东西。

现在看起来，只不过是幼稚的卡通封面和一律粉嫩的内页。但正是它们，开启了她的不幸。

"嘿,现在的小学生吃得真好,都吃上卫龙了。"苏展笑道,"我们当时的辣条都是五毛一包,超便宜的那种。"

"那都被你们家长说成是垃圾食品,工商局不让卖了。"阿姨指了指付款码,仔细看了看他,"以前在这儿上学吧?看着不面生。"

"阿姨记性好。以前确实经常来买'垃圾食品'。"苏展撕开那包辣条,欠欠地对华兰说,"来一根。"

"跟叫人抽烟似的。"华兰笑着接过来。

"小时候男生都这样。"苏展用手夹着一根辣条,仰着头故作深沉,"啃辣条跟抽华子一样。"

华兰"扑哧"一声,觉得刚刚吃下去的那根辣条跟小时候相比,清淡很多。

也许不是辣条变味了,只是他们长大了。就像离开这里很久,依然有人停留,仿佛做了她人生游戏里的NPC(非玩家角色),只等她回头读档,再展示版本的更新。

他们向着美食后街的方向慢慢走,华兰甚至能闻到空气中那股孜然味——混着味精、黄油和烟尘,这股味道将整个长虹街腌入了味,甚至成为整个老城的烟火底色。

感觉又土又脏,但这是华兰和苏展曾一起体验过的真正人间。

从两个小不点儿开始,现在是半大小伙子和姑娘了。

华兰突然觉得有点异样,苏展领她走的这个方向,似乎去的不是最热闹的那一片。

"我们去哪儿?"她问。

"带你去吃饭。"他侧过脸,又戴上口罩,只剩柔和的眉眼。

他们来到一家海鲜面馆,进门便有人招呼"几位",接着便是一声热情的"哟,展哥"。

华兰觉得这个声音有点熟,仔细看着这张寸头圆脸也很熟悉。

"鹏鹏!"她惊喜道,"你是方鹏鹏!"

"呀,华兰。"方鹏鹏嘻嘻笑,并不意外,"好久不见啦。"

方鹏鹏是他俩的小学同班同学,是华兰记忆里,少数没有参与无聊流言的同学。虽然他们不熟,但华兰心里总是抱了一分感激。

后来因为学区的关系,他们确实也都被划到了二中,但不在一个班。华兰有时候会在走廊见到他,相互笑一笑,就当打过招呼了。

确实好久不见了。

"这是你家的面馆吗?"华兰看他坐在收银台后面,好奇地问,"以前都不知道。"

"是我爸妈的面馆，过年放假，我帮忙打个工，他俩还发我工资呢。"方鹏鹏拿出记录用的小板板，似乎狡黠地眨了眨眼，问华兰，"吃什么？展哥刚跟我说两碗经典。"

华兰正疑惑苏展什么时候跟方鹏鹏说过，扭头却发现苏展已经上二楼找座位去了，于是只好道："……听他的吧，我也没吃过。"

"好嘞。"鹏鹏一面在板子上写写画画，一面低笑道。

华兰"嗯"了一声，便走上面馆的楼梯。

坐到苏展面前时，联想到这一路上的种种，她向苏展摊手，道："手机。"

"啊？"苏展正在打字，先是一愣，随之反应过来，"什么人啊，现在要查我的手机？"

"你跟方鹏鹏是不是有什么密谋？"华兰一只手托着脑袋，似问非问，"怎么他好像，早就知道我们要来一样。"

苏展盯着她看了一会儿，半晌笑出来，露出那颗可爱的虎牙。

"看什么啊？还笑。"华兰被看得不好意思，"再看收费。"

"果然还是瞒不过我们大小姐啊。"他说，"查手机就算了，我全招了吧。"

"你不是问过我，怎么知道你初中是什么样的。"苏展道，"当时我跟你说，是我猜的。其实也不尽然。很大的功劳呢，是鹏鹏。我让他帮我留意你在二中有没有受欺负什么的。"

"他就跟我说，说华兰很安静，每天就只知道学习。"他说，"因为成绩好，老师都喜欢她，也没人敢欺负她。"

华兰心说，什么叫也不尽然，大抵所有的事情，都是方鹏鹏跟苏展讲的。

华兰通过留言板了解苏展的初中，而苏展早在那之前，就对她沉默的三年了如指掌。

"噢。"她故意道，"怎么感觉你让人监视我似的。"

"什么叫监视，我这叫关心则乱。"苏展"啧"了一声，"要不是鹏鹏，我可一点儿知道你消息的途径都没有了。"

那两碗海鲜面被端上来，热气腾腾的水汽隔在两人中间，朦胧了视线也朦胧了心照不宣。苏展琥珀色的双眸在雾蒙蒙里变得湿漉漉的，朦胧之中好像有什么东西被戳破，就像这些热气最终会散下去一样。

华兰提起筷子，又因为觉得还是太烫，把筷子放下。

"那个时候我觉得，我是不是只能那样关注和照顾你了。"他缓缓道，"但是，还好我们都考上川中了。"

半晌，她说："吃面吧，要凉了。"

没有人再说话，海鲜面入口，华兰却完全感受不到那是什么味道，周遭的交谈嘈杂全部模糊下去，连着窗外半昏不昏的天，都是年少辉煌心动的背景。

他们在回忆着他们童年的老城。有人说一个人的灵魂有一半由童年构筑，另一半在成年以后流离失所。她才十七岁,还没有成年,眼前人大抵是唯一懂她灵魂之人。

他们了解彼此的过往,深谙彼此的脆弱、疼痛与惆怅,亦明白彼此的双眸里,写了什么样的未来。

那顿面吃得索然无味,回过神来,已经在拿着餐巾纸擦嘴。

苏展把华兰送到她家楼下,他们彼此告别,平淡得好像平时说"明天见"。穿着大衣的身影渐行渐远。

华兰回到家,还是那样冷清压抑的氛围。妈妈冷脸站在那儿责骂她饭点了在外面闲逛,打了几个电话都不接,以后再这样别回家吃饭了。

"干什么去了?"

华兰说有同学正好在逛街,找她一起。

"你倒好,只管自己开心。现在就这样了,以后我还能指着你?"妈妈在厨房把碗洗得"哐啷哐啷"响。

华兰打开手机,看到因为关静音而没有收到的几个未接来电。在妈妈再次歇斯底里之前,她冷静地说,下次她不会习惯性把手机静音了。

她刚刚把提示音全部打开,微信消息的提示声就不断冒出来。

她抓起手机,刘一天的语音消息不断冒进来。

"花哥,你来管管啊。"

"和林狗、展哥他们在一起吃晚饭,展哥什么东西都不吃,就坐在这儿傻笑。你来领走。"

华兰已经学会了左耳进右耳出。自从上次吵架以后,她和妈妈之间的交谈,大多是妈妈在责备她。

家里的东西乱放、不知道收拾、整天自己闷着……总之让妈妈不顺心的地方,都能成为华兰找骂的理由——到最后,妈妈得出华兰没有独立生活的能力这个结论,让她别成天想着东跑西跑。

默契的搭档走到了彼此不对付的一步,她们的母女关系终究还是变得庸俗。华兰从前觉得,妈妈忙碌,但对她一直很有耐心。有一天晚上,宿舍里聊到各自的父母,华兰用"温柔"来描述她的母亲,让所有人都很羡慕。

"真羡慕你,我妈很唠叨,什么事都爱瞎操心。"余倩倩说,"我在她眼里,就是全家最脏事情最多的那个——地上有头发一定是我掉的。"

"我妈退休了不去居委会简直是人力资源的浪费。"李丹妮说,"她真的什么都爱管,还老爱查我手机——反正在她眼里我是不配享有隐私权的。"

卓依缦说,她妈妈挺好的,就是平时逼成绩逼得很紧。

"很能鸡娃。"卓依缦道。

247

"那花哥你妈妈太好了，不唠叨你也对你成绩没什么要求，不要放养得太彻底。"余倩倩啧啧称赞，"心态年轻是好事。"

但是，就是这样的妈妈，现在也和余倩倩她们吐槽的"中年妇女"式母亲没什么差别。

唠叨、神经衰弱、状态紧绷。

她很累，她知道这样的妈妈也特别累。

为了避开争吵，凌筱筱那句话无比应验，华兰会选择在回家周的时候留校。

二月中旬返校，她直到三月底也没有回家一趟。妈妈自己忙起来，也不记得川中大小周的具体日期，想起来的时候，晚上往宿舍打一个电话，看看华兰是怎么回事。

每次华兰说"这周末不回去"，妈妈总是"哦"一声，然后说一句"你倒让人省心"。

在两个回家周留校以后，她和妈妈奇怪的氛围让苏展察觉，于是隔三岔五收到的明信片变成了基本天天都能收到。

书吧里的空白明信片，苏展买了好几盒，最后写上字，通通都到了华兰这里。

"语文考试的时候，怎么不见你写这么多字。"华兰调侃道。

"那个我想扯也扯不了几句。"他撇撇嘴，"给你写明信片，不知道为什么一下就能写很多。"

华兰忍俊不禁。

"我觉得，也许你收到会很开心。"苏展道，"但现在看来，实验效果一般。"

"是很开心。"她说，"不过我不怎么表现出来。"

"你怎么做到面不改色的？"苏展觑了她一眼，"我有时候想，就算外面打仗翻天了，你是不是都能做个噤声的手势，然后继续学下去。"

"我给你这种感觉？"

"'心中对荒芜俗世无比轻蔑，却又甘愿为茫茫无边的黑暗窃取火种。凡人之躯亦可以有伟大的神性。低头的瞬间，你有神祇的悲悯。'"苏展慢慢吐出一句，然后把头埋进胳膊里，开始笑。

华兰一愣，随之看了一下苏展遮住的东西，是近期联考的语文作文的年段范文。

"早知道你说不出这么有哲理的话。"华兰把纸抢过来，上上下下扫一遍，又把纸拍在桌上，"人家肖子怀是用这句话形容张中晓！你可别往我脸上贴金，我折寿。"

"薛妈妈上课都说了，年段范文要多加学习。"苏展振振有词，"我这是向优秀同学学习。"

"你上课要是真的好好听了，就会听到薛妈妈说，十一班这篇文章很难学。"华兰往他头上弹了一下，"不建议你这种基础差的学生去模仿。"

"你就是听了上半句没有下半句,下半句对你来说可能是哪个物理题。"华兰把桌上的语文资料收好,换上英语,"不仅是你——我都替薛妈妈难受,为你们这群小狼崽子费心费力。"

苏展侧着看她,认真地、重重地应了一声"嗯"。

"你还怪理直气壮的。"华兰道,"是不是还很骄傲?"

"不是。"苏展自我认知清晰,"你说得很对,我、林狗、刘一天这些人,对于薛妈妈来讲确实是狼心狗肺。我发现你在骂我的时候比较有情绪起伏,这样看着有生气,太好了。"

找骂?华兰心想,我从没见过这么嚣张的要求。

"展哥,你找骂是吧?"后排的刘一天骤然出声,感觉他的牙在痒痒,"我可以提供比花哥更到位的服务。"

"儿,你不孝啊。"苏展痛心疾首,"养了你这么个白眼狼。"

"行,我找我妈有事,你可闭嘴吧。"刘一天一副便秘了的表情,看看手里的文件,又看看华兰,讨好地笑笑,"妈,排球赛要开始打了,经过我的研究,你非上不可。"

华兰顿时起了一身的鸡皮疙瘩,说:"你我实在没那个母子缘分,还是当姐妹吧。"

"我的好姐妹,排球赛你上一下。"刘一天就坡下驴,"是六人制排球,两边最少要求各自两个女生,可以多,但是不能少。"

"你高一体育课是不是上的排球分项?"

川中的体育课是合班分项上课,一个学年可以更换一次分项选项。华兰高一从热门的乒乓球调剂到排球,在排球场垫了一年球。

"可是我技术不好啊。"她说,"我垫球能把自己垫摔过去。"

"花哥,你可以打得不好,但是你不打,一定会有男生需要变性。"刘一天说。

"那我呢?"苏展凑过来,"我这个学年选的排球。"

"我们班又不缺男生。"刘一天说,"人很够,你替补。"

苏展给他留下一个"你有种"的表情。

"这个我也不是乱排的,"刘一天突然认真起来,"那个二测的结果不是出来了嘛,又有部分人想放又舍不得,说不定五月考少年班就提前走了,也不能跟我们一起到高三,得给他们留下点回忆。"

高二的这次竞赛,六月份要开始集训,直到十月份成绩全部出来尘埃落定,再有不到四个月就是首考,风险很大,任务很重。

所以部分同学即使去年选择继续,也会在长久的训练里有所动摇。二测,是指竞赛生内部的第二次测试,主要是给大家提供一个依据和标准,看看大家是否愿意或者有没有必要继续学竞赛。

有些同学直接放弃了，有些同学决定继续学到五月份中科大少年班招生，不枉多学的这些日子。

所有实验班合起来，真的要参加九月份各科竞赛的，也就只剩下十来个人。

"我觉得培子很有可能就直接考走了，"刘一天低下头来，"还有老王、欣怡这几个，所以安排他们多上。"

刘一天的表情有点凝重，连带着华兰也想，是呀，竞赛原来就是，你不知道谁能陪你到最后，谁会中间提前离场。

第二十五章
大象塔

在排球场上侧面下手发球的时候,华兰有点紧张。她怕自己那差劲的发球技术直接发球出界了。

万幸没有,球在网上擦了一下,然后顺利到了另一个半场。

但是对手十一班格外生猛,一个黝黑高大的男生抬手垫住球,然后行云流水地传给前排。

"肖老板,扣他!"

前排的肖子怀跃起,一个大力扣杀,球又重新朝华兰飞过来。

华兰那个瞬间,看着飞旋过来的排球,想到了动漫里的人物被球砸飞的夸张特效,垫球的手顿时变得僵硬起来。

万幸,一片阴影笼住华兰的半边身子,有人赶在排球砸在她身上之前,抬手将球先击了回去。

华兰抬眼看到苏展线条分明的手臂,接着便听到场边余倩倩和刘一天整齐地"哎哟"起哄。

这个球在历经两个班三个回合的较量后,最终还是落在了三班的场内。

"别怕,打不痛的。"苏展轻轻对华兰说,"痛的话我给你垫着。"

华兰想起自己高一下学期上排球课的时候,期末考试就是这样形式的六人排球赛。她在排球场里的主要作用就是帮己方用身体的各个部位接球——大致相当于大型比赛里的自由人——摔得可惨了。

三班本来就没练过几回,一下子让她主攻,她也挺没底的。

身后4号位的赵欣怡主帅指挥,道:"花哥换一下吧,还是你自由人,我来主攻。"

华兰连忙点头,向场边裁判举手示意更换位置。

"展哥和小明拦网,屿哥主攻,培子二传。"赵欣怡的声音飒飒,干脆利落。谁人横刀立马,唯我赵大将军。她两个学年都修的排球,华兰原先和她打过对手自由人。她接得比华兰流畅多了。

高二这年赵欣怡换了位置,现在什么都能打。跟隔壁二班说一句"咱们班欣怡会上"还是能唬住一片的。

苏展和吕天明本来就高,拦网有效。林屿和赵欣怡的主攻也很猛。他们六人配合还算默契,但都是被赶鸭子上架,确实不敌对面准备充足的十一班,最后遗憾落败。

十一班的同学把后面半场的空地挤得满满的,两台相机在不同的位置架好,随时记录场上同学的表现。有人举着班级的小黑板,花体大字勾着"守护最好的彬彬",旁边勾勒了三毛陈彬的形象。

三班轻装上阵,加油助阵的方式只剩下在赢球的时候比比嗓门了,在气势上确实棋差一着。

十一班在裁判吹哨那一刻集体欢呼,班主任陈彬被簇拥在中心,眉开眼笑道"大家打得都很好都很好""今天晚自习晚点来没事啊,先去买点东西吃"。

呼声热火朝天,旁边另外两个球场的同学,都停下看十一班庆功。

"没事,花哥,打得很好了。"余倩倩过来搂住华兰,"咱也没练几次,能有这样的效果很好了。"

华兰还没说话,就看肖子怀从那个半场跑过来,隔着排球网问:"华部,刚才那个球,没把你打疼吧?"

"还说呢,刚才扣球差点没把我砸死,下死手了。"华兰嘘她,还是恭喜她赢了比赛。

"我看有人给你挡了一下来着。"肖子怀回想,"你们班也杀得挺猛的。"

余倩倩脸上露出一丝笑,说:"是啊,刚刚有人给她挡住了,不用愁。恭喜你们班啊,应该出线了吧?"

排球赛,三班、七班、九班、十一班,分在一个小组。十一班在前天的比赛里输了七班,昨天赢了九班,就差赢三班这一场出线。

肖子怀称是,还说自己半决赛大概也要上的,欢迎他们来当亲友团。

"如果我没竞赛课就来。"华兰从背后轻轻打了一下余倩倩,余倩倩从背后打回来。

"君玉呢?"华兰想起来问道。

"对啊,小美女呢?"余倩倩方想起来,十一班这么热闹的场子里没看到举着相机的林君玉。

"君玉这段时间不在学校啊。"肖子怀看着她们,眨巴了一下眼睛,"噢"了一声,"你们还不知道。"

"知道什么?"

"君玉小美女学艺术去了。"肖子怀说,"她上个学期突发奇想,有一天早上告诉我,她想考美院。"

"后来就联系培训班。"肖子怀接着说,"因为起步比别人晚,现在就天

252

天去外面上课。但还好她文化课成绩很好,有大把的时间能造。"

林君玉退出竞赛,选科大文,文科赋分高,数学有优势,排名一直在年段前两百,有时候考得比一些三班同学还好。高三如果能保持,就是考名校的成绩。

老师看到她这个成绩,也会觉得她走美术道路有点浪费。

但是很传奇。华兰想。

林君玉的身上总是充满传奇。

两年前,她们一起看高三成人礼——林君玉背着单反,拿着素描本写写画画,画她和倩倩,画徐志超,画学校里的某个值得一眼铭记的场景。

那时候,华兰怎么也没想到,故事的伏笔在那里就已经写好。

她们三个一起走向小卖部,准备买点儿东西晚上啃。

"她好像小学初中就学过的。"余倩倩说,"之前看过她的素描本,画得真挺好的。"

"她总是很有自己的主意。"华兰感慨,又问肖子怀,"那她大概什么时候回来啊?我还挺想她的。"

"看进度吧。什么时候赶上进度,什么时候回来。"肖子怀说,"这个学期刚出去呢,可能好几个月不能见了。"

华兰一想,自己六月份要去集训,说不定这大半年都不能看见林君玉了。

华兰从小卖部的货架上拿了一包全麦面包,把饭卡放到扣费机器上,机器发出"收款成功"的声音,像动漫里激发天才的灵光一闪,她突然说:"君玉总给我一种'行动力超强、目标很明确、想要什么一定能实现'的感觉。"

"像那种,小说满级女主角。"肖子怀看看她手里的面包,深以为然,"她性格也好。上个学期学生会换届,我不是留任吗?事情一堆,根本没时间吃饭。她就帮我把小卖部里所有品种的东西都带了一遍。"

肖子怀问华兰,知不知道萨特的存在主义。

"在作文素材上见过。"华兰回想,年段范文上很多人都喜欢用这个素材。

"我有时候就想,他好悲观。"肖子怀认真地说,"他说,'世界是荒诞的,人生是痛苦的,生活是无意义的'。我之前看过一些叔本华的孤独哲学和萨特存在主义的书。哲学史上他们的粉丝很多,但是我始终无法信服他们。"

"噢?"

"我一直觉得萨特的说法有漏洞。因为总有人的存在是不能用萨特的存在主义来解释的。"肖子怀眨眨眼,"我身边有太多真诚热情的人了,他们让我没办法悲观,所以我打算做个乐观主义者。"

"君玉,我们班同学,每一个都不能用萨特的存在主义来解释。"肖子怀接着说,"因为他们对于我来说独一无二。"

华兰一时不知该说什么好。

总有人的存在，不能用萨特的存在主义来解释。

华兰一下想起了那个给自己挡球的少年，然后由此开去，想起很多人。

常说十七岁的灵魂孤单寂寥，是花季，也是雨季。但她并没有在大雨夜踽踽独行的疲惫和苍凉，她身边有这么多人，他们都如此鲜活和独特，每一个都是存在主义的例外。

他们孤独的刷题生活因此被赋予了无穷的意义。

"是啊，"华兰忽然很感慨，看了一眼川中春天的天空，"我总觉得，就算每天喊累，我也还是很喜欢这个地方。"

春去冬来，年复一年，川中每天的天空都不一样。

"那是因为你生活在大象塔里。"肖子怀笑道。

"大象塔？"

"对。"肖子怀说，"你没有听说陈彬的新梗吗？"

陈彬是个梗王，尽管他自己没有意识到这一点。他的许多言论火出十一班，火出文科班，经典咏流传。

肖子怀上次和她说，陈彬在教法律常识的时候，生动地诠释了专利权。

"他说，专利权是很霸道的，就像爱情一样，决不允许有第二个人出现。"

华兰好怕陈彬下一秒要开始讲他年少轻狂的爱情故事了，但她还是诚心诚意夸道："陈彬老师还是在政治课堂上，才能完全发挥自己的教书才干。"

"昨天在班会课的时候，他教育我们要好好学习，川中提供了多好多好的学习环境，我们现在都生活在大象塔里。其实他想说象牙塔。"肖子怀笑道，"我在下面提醒他，我说，'老师，那叫象牙塔'。他说，'啊，对，就是大象塔'。"

华兰笑了一路，直到告别肖子怀的时候，才觉得陈彬这话无比正确。他们就是生活在大象塔里，教学楼的红砖厚实犹如大象坚实的胸膛。

他们只用躲在下面，就可以遮风避雨，就可以看着独一无二的彼此。

而这座大象塔，一定会为此万死不辞。

回到班里，金炫已经匆匆忙忙从办公室抬来一箱水，给每个同学都发了一瓶。刚刚物理组有教研活动，他没能去看三班的排球赛。他从陈彬的朋友圈里看到，才知道三班打输了。

小组内只赢了一个大场，小场积分落后，三班跟出线无缘了。

"输球没有关系，大家不要伤心……"

金炫话还没有说完，苏展就反过来安慰他："友谊第一，重在参与，我们知道。"

本来三班报过排球分项的人就不多，练习时间也少。不能像有些班一样，凑出一队和二队，还能天天打友谊赛。

他们基本是谁想上就上，主力队员以五月份要去考少年班的同学为主，赵欣怡更是被直接钉在了主攻的位置上。

刘一天欠欠地道："炫哥，咱们班同学打得这么好，怎么只是水啊？高低得给瓶可乐啊！"

"尤其是那个、那个、那个。"刘一天飞快点过，"都是大功臣啊！"

他的指尖划过赵欣怡、安培等人的脸，他们被刘一天的耍宝逗笑，笑容里却看得出遗憾。其实他们跟九班都是两败一胜，但是小场积分落后，也算和出线擦肩而过了。

华兰看着赵欣怡的后脑勺，前排的这个姑娘对排球赛有种执着的认真。

这让华兰想起两年前提前招篮球赛的时候，甲、乙、丙、丁四个班都很认真地准备，苏展当时在甲班，骗着丙班跟他们打友谊赛。丁班有个费博，球风很猛很猛，乙班吃了好大的亏。

当时她还不认识赵欣怡，但现在想起来那时场边为丁班奋力呐喊的人里，确实有这张明媚的笑脸。

是啊，都两年了，好像就在昨天。

她跟赵欣怡之前算不上很熟，但坐了前后桌以后，确实经常在课间说说笑笑，吐槽中后排凌乱的生活。

赵欣怡性格很爽快，也很坦荡。记得上次在小超市买卫生巾的时候，卫生巾在透明的袋子里映出粉色的形状。排在后面的陌生男生看见这个比什么都兴奋，兴致勃勃地指给同伴看说"你看你看，要不要给你买这个"。

华兰正在结账，在她甩给那些无聊的男生一个白眼之前，旁边队伍传过来一个平淡的声音："你妈也用，建议你买给她。"

那几个男生瞬间闭麦。

赵欣怡结完账，到超市门口去等华兰，居高临下地看着他们，像个路见不平拔刀相助的女侠。

华兰那一刻特别崇拜她。

但是也许，很快她就没有这个前桌了。

于是，华兰不假思索地大声道："老师，给我们大主攻至少两罐！"

金炫一边"好好好"，一边在大家的催促下打开手机开始跟学校旁边的超市联系。

第一节晚自习下课，他们就喝到了旁边超市直运的可乐。

超市老板送了一半可口一半百事，华兰在帮忙发可乐的时候，特地给赵欣怡拿了一罐百事。她对赵欣怡说："干了，祝你五月份的考试百事顺遂。"

她们可乐当酒，对饮而下，约定好江湖再见。

赵欣怡大声地笑，她在五月份末尾收到入围名单的时候，笑得一样开心。

在五月份的少年班校招里，赵欣怡、安培、王文博等三位三班同学，以及一班、二班两位数竞同学，提前结束了高中生涯，去往未知的远方。

"我走了谁给你们当学委啊？"安培走的时候说得很煽情。

"林狗头上一官半职都没有呢，有的是候选人。"苏展轰他，"赶紧走。"

安培跟苏展说，以后这个班里最接近神的男人就只剩你一个了。

苏展回他："赶紧走吧，三班的位置会给你留好的，你要不想读了就回来高考吧。"

安培喜欢人工智能。他虽然物竞成绩优秀，但是语文和英语奇差无比。倘若留下来继续竞赛和参加高考，还不如现在就去少年班，可以规避一下高考的风险。

金炫在开欢送会的时候，放了高一的时候刘一天和苏展拍的那条视频。视频是那个理着寸头、戴着圆框眼镜的男生，现在已经换了方框，个子长高了一点，不再那么猴精。

但是他们要说再见啦。

三班的位置空出来三个，有人提前说了告别。

"到时候我一定回来给你们送考。"赵欣怡看着视频，眼泪汪汪，握住华兰的手。

"好，一言为定。"

六月份的竞赛集训，川中只剩下了十三个人，听说清一中也没好多少。为了效果也为了成本，打得难舍难分的两个浙南龙头合资，请了几位资深的竞赛教练，把学生都集中在清一中训练。

赵欣怡桌上的东西还没收好，华兰就打包好了去清一中的东西。六月一走，异地学考，直到复赛前才能回来。她会错过今年川中的高考，也会错过一整个夏天。

她在去清一中之前的那个晚上，来高三楼找李清凡。李清凡他们正在收拾东西搬到实验楼的大本营去，高三楼和高一高二楼马上要贴封条了。

走廊上的垃圾桶爆满，到处是准备移动的书箱和书架。华兰看见正在往教室外移东西的李清凡，照样一个飞扑过去抱住她。

"呀。"李清凡拍了一下她的头，"高二不是收拾东西回家了吗？"

"我们明天早上坐车去集训了，所以多留一个晚上。"华兰拉着师姐的手，说，"高考必胜啊，清凡师姐。"

华兰停顿片刻，又说："这个夏天是属于李清凡的夏天！"

她知道清凡师姐的首考也考得很不错，生化双百，名字挂在大榜前五十。高三下学期的几次模考，也都一直在前一百。

这个夏天会属于她。

李清凡抱了一下华兰，说"谢谢"。

"这个夏天，也会是属于你的夏天。"李清凡捧了捧她的脸，眼睛笑得弯弯的，"我们化竞从不拿二等奖，去把省一拿回来！"

"好！"

走廊上的橙黄灯光跟教室透出的明亮白炽灯光交织在一起，有点儿刺眼，但是那么辉煌。

第二十六章
就让这大雨全部落下

  清一中的环境很好，校园在清代王府遗址的基础上扩建。他们被塞到离主教学区很远的行政楼里，和清一中学生凑齐了一个班的人数。各个竞赛分了不同的教室上课，每天从早七训练到晚十，早上还要早起跑早操。
  大家在一个竞赛班里，清一中的同学并不难相处。他们从最开始就是清州各地选拔上来的高手，论竞赛进度和成绩来说，肯定优于川中这群人。
  他们上课的时候思维很快，回答问题也很利落。只是也不能期待能处成多好的朋友，毕竟到了复赛都是竞争对手。
  平时讨论问题，跟自己学校的同学一起讨论是首选，小测放榜，也是在跟自己学校的同学暗地里一起比较两校的差异。
  在川中这群人里，最先让一中同学不得不认识的是林屿和江潼。因为集训刚开始时候的小测，他们俩就各自位列物竞和化竞的前列，又在后来各自的课上，成为竞赛教练高频点名回答的人。
  一中的几个大佬，没法不注意这两个排名时而超越他们的"成绩刺客"。
  在摸清双方大体的实力结构后，真正的修罗场才开始。
  在这样的修罗场之中，大部分人对着自己厚厚的试卷和题库孤独地卷生卷死，除此之外就是双方暗自的试探和嘲讽。
  但是有两个人例外，他们好像有自己的小世界。
  自习的大教室，苏展还是把东西放在华兰旁边的桌子上，两个人还是同桌。
  余倩倩和刘一天坐在他们后面，有时候一抬头就能看到他们相互换了笔做题，或者一个顺理成章地在另一个的草稿本上演算。
  后面的空调风太大了，吹得华兰脑袋疼，苏展就会把扇叶抬上去。午休的时候，会有人帮华兰把窗帘拉下来，把衣服披在她身上。
  早操的时候，她跟在他身后跑。
  和旁人的喧嚣比起来，他们显得太岁月静好。

竞赛在一定意义上是资源的堆积,一个学校能不能出成绩要看这个学校和竞赛金牌教练之间的关系,如果能让往届出卷老师来当教练,自然会遥遥领先。

资源堆积在浙北,纵使浙南双雄在自己的地盘上抢破了头皮,也没办法解决这个问题。

所以这次合资请的教练,被每个同学都看作灵丹妙药。去年的省赛已经让他们知道了全省的竞争有多激烈,学到现在的,大多数都抱着"孤注一掷"的心态。

这种心态就发展为对教练的争抢。有一个下午,华兰回自习教室的时候,整个教室里就坐了一脸不爽的刘一天和余倩倩。

"你们今天没答疑吗?"华兰问他们。

一般下午竞赛课后,会有长达一个小时的答疑环节。这个时候自习教室里的人很少,今天华兰没什么问题,回来得已经算早了,却不想还有人速度更快。

"哪里排得到我们啊。"刘一天没好气地说,"一中的都在那儿挤着呢。"

"嘉和还在那个教室,她说等会儿人少了来叫我们。"余倩倩说,"我嫌吵就回来了。"

余倩倩又皱了皱眉头,说:"他们太过分了。"

刘一天长长地"嗯"了一声:"批发草稿纸,用于中午占第一排的座。常常一边听课一边运动,特别是临近下课的时候,喜欢站起来做好百米冲刺的准备。"

"这么夸张?"华兰把东西放下来,转过来听他们接着说。

"是啊,"余倩倩说,"还有那种问问题的时候,排我前面的同学把排在我后面的同学叫过去,说他们人多先问。"

"花哥,要是有人插你的队,你可千万别惯着他们。"

华兰原以为是因为生竞人多。但是这种情况好像瘟疫一样,很快就蔓延到了化竞。

一下课,教练就被挤在讲台上,只不过挤着他的都是天蓝色的短袖校服,几件白色的校服单独落在外面。

华兰和江潼动作慢了,被留在队伍的末尾。同是天涯沦落人,两个人尴尬地相视笑了笑。

他们后面是个叫丹丹的女生。她排在前面的同学问完了,开始叫她的名字。

华兰想起余倩倩的忠告,不知道哪里来的勇气,直直叫住她就问:"你是要插队吗?"

丹丹不悦:"说什么呢?我们是要问同一道题,这样老师一起讲了不是更快吗?"

华兰一时噎住,却听江潼声音淡淡地又问了一声:"可以问问你们是哪道题吗?如果一样的话,也带带我们?"

· 259 ·

丹丹冷淡地指了指一道题。

江潼好看的双眸垂下来，随之又抱歉地笑了一下。

"我印象里这道题是前年的陈题了，去年就已经练过很多次。没想到你们都要问这个。"

说着，江潼拿笔在自己的卷子上画了一下，似是自言自语："也许有什么独到之处？"

丹丹脸色一下就变了，马上掉头走掉。

华兰忍住没笑。

太爽了。

她戳戳江潼，给他比了个大拇指。

江潼无奈地道："就算真的是问那道题，她也会在问完以后往后翻，昨天也这样。"

华兰看了看自己卷子上的题和江潼卷子上的题，两个人合作解决掉了一部分，倒比等教练要快。

"教练也不会仔细管你是哪个学校的学生，他只管解答，又不是班主任。"江潼慢悠悠地说，"我们也不在安川，总有点'人为刀俎我为鱼肉'的感觉。"

"怎么办？"华兰望着仍然人满为患的讲台，无奈地问了一句。

"有人解决，等着吧。"江潼在自己的试卷上写完最后一个式子，笑一下，留华兰猜这个谜语。

次日下午，下起了夏日傍晚独有的雷雨，把一群人拦在了小食堂里。华兰记得之前在学考的地理试卷上，把这种情况叫作"夏季午后水汽蒸发上升遇冷"。

特点就是突然。

华兰本来以为这雨一会儿就停了，索性和苏展坐在那儿闲扯，扯相同菜哪道川中的好吃哪道一中的好吃。却不想天雷滚滚，一时半会儿竟见不着停。

"我怎么觉得这食堂里人越来越少了？"华兰疑道，"他们怎么回去的？"

转眼，食堂就只剩他们俩了。

苏展说他去看看，在小食堂门口转了一圈，回来时苦笑着跟华兰说，旁边拐进去有个爱心伞架。

"那我们也去拿一把？"

"晚啦，都拿完了。"苏展说，"我去的时候看见两个女生拿着伞从拐角里出来，还没等我问呢，就急匆匆地走掉了。"

华兰看了一眼表，发现离晚自习上课，也只剩十分钟了。

又湿又闷，这天气。她可怜巴巴地看了一眼外边水帘洞似的大雨。

"要不，"苏展试探道，"疯狂一下？"

他看了一眼手中的外套。

"挡得住吗?"华兰明白他的意思,迟疑道。

"挡不挡得住另说,但是再等就要迟到了。"苏展拉起华兰,声音不再犹豫,"走!"

外套一撑,像片天似的盖下来。去行政楼要经过两段路,中间有一个小连廊可以暂时避雨。他们要准备两段百米冲刺。

苏展突然笑起来,声音低沉地问她:"准备好了吗,孩子们?"

"准备好了船长。"华兰条件反射地答,复又跟了一句,"你别跑太快!"

"放心吧。"

她还没反应过来,就已经被苏展带着跑了出去。

一件外套而已,哪里遮得住多少雨。事实证明,奔跑时,即使头顶上的雨让外套挡住,但大部分的雨都是从正面向你袭来。几乎是一跑出去眼镜就模糊挂水了,方向感确实全靠苏展掌握。

没有及时涌进排水管的积水被"啪嗒啪嗒"踩在脚下,堪称霸道的雨中世界里,这个移动的小白点儿显得格外勇敢。

"妈呀——"一路尖叫到小连廊停下,华兰才把气喘匀。她甩了一下满是水的眼镜,看着还有闲工夫笑的苏展,觉得他比自己淋得更惨,已经淋傻了。

苏展的头发被打湿,看着第二段水漫金山似的路,尾音上扬着问她:"还跑吗?"

"稍等。"

"嗯。"

他们相顾无言,突然嗤笑一声,好像都看穿了彼此。

他们俩正傻傻地在小连廊里站着,有人撑着一把伞,从雨里急急跑来。

是余倩倩。

她没好气地把另一把带来的伞塞给苏展,让他赶紧先滚。

"程敏来了。"余倩倩在华兰脑袋上戳了一下。

余倩倩和华兰撑一把伞,而苏展独自撑伞在后面跟着。回到行政楼的时候,晚自习正好打铃。程敏像在川中那样站在教室后门蹲人,看到他们踩点,脸色一变。

华兰赶在程敏训人之前,先告诉他,他们快要淋坏了。

苏展出现在楼梯口,穿着刚刚被雨淋得湿透的校服,见了程敏跟见了亲爹似的开始喊"段长"。

"怎么回事?"程敏背着手,听华兰说了来龙去脉,心里有了数。

大抵是太心疼自己被排挤答疑还要被雨淋得湿透的学生,他没有从故事里解读出苏展和华兰是在一起吃晚饭这个基本事实。

华兰舒了一口气。程敏先上上下下把华兰看了一圈,嘱咐她一会儿别对着空调坐，接着叫苏展别学了，他先带苏展去休整一下。

晚自习结束的时候，程敏和一中的老师、竞赛教练就来宣布了答疑的新规则。时间按比例分配，第二日顺序对调，晚自习教练坐班。

两批人之间那点喧嚣尘上的暗自较劲，被两个学校的领导不动声色地按下去。华兰后来从苏展那里知道，程敏表面上带他去休整，实际上是通过他了解这些天集训的情况。

集训的紧要关头，人际关系是小得不能再小的事情。所以林屿前天的电话以及苏展今天的问答，都只告诉了程敏他们的学习气场和一中不太合。

程敏最受不了这个，所以马上亲自出兵来检阅了。他恰好撞见华兰和苏展淋雨卖惨，于是自然而然就嗅出了点别的味道。正赶上平行班放暑假，所以隔三岔五他会来一趟。

余倩倩说，她从没觉得程敏在讲台上小眼一眯的样子这么帅。

"敏爹满满的安全感。"余倩倩对着自己的橡皮许愿，"保佑我生物拿个省一吧！敏爹！"

"人家教的是数学。"华兰敲她，"没事程敏，有事敏爹，渣女儿。"

集训的后半程变得风平浪静。复赛前一周，整个集训期结束，他们要先回川中参加高三出征仪式，一中还请他们吃了欢送餐。

他们回到川中，教室已经搬到了独立的高三楼。高一高二楼换了新人，课间吵闹。

华兰看到高三楼前新换的橱窗的时候，才想起来现在已经八月底了，今年高考的成绩出了，录取结果也出了。她在一中关禁闭没有手机，全然不知道这场人生最重要的考试，清凡师姐考得怎么样。

她从头开始看，清华、北大没有清凡师姐，北京高校也没有清凡师姐。后面浙大录取的人排了一列又一列，密密麻麻，看得她额上冒汗，却没有看到师姐的名字。

她的心情越来越紧张，反反复复上下看，确保自己没有落掉。

苏展过来，问她在找什么。

她急急地说："你快帮我找清凡师姐。"

苏展看了一会儿，笑着说："你别急，师姐在这儿。"

华兰抬头，看到了黄底黑字的"武汉大学李清凡"。

她很真诚地笑出来，差点掉出眼泪。

"这么高兴？"苏展问她。

"嗯。"

2021年的夏天，果然是属于李清凡的夏天。

下午自习课，全年级列队前往体育大馆，馆外大门被改造成"状元门"，上面绑着粽子，每人进去都要跳起来顶一下，寓意"高中"。

场馆里面，场灯扫过来打过去，整整齐齐十六条竖幅已经拉好，分别印着十六个班的高三口号。

三班的口号是——欲与天公试比高，剑指清北浙复交。

校长、段长、教师代表、学生代表相继上台发言，宣布他们的高三和他们的时代终于到来。

被灯光围绕着的程敏，竟然并不像往常一样凶神恶煞，浑身上下有一种神圣感。

"不要想着我还在高二。"程敏给大家敲警钟，"送别一届高三，下一届高三就会马上到来——我在川中教了快三十年书，一直以来都是这样。"

华兰深以为然，她在感慨李清凡的夏天的同时，自己的夏天也已经扑面而来。

第二十七章
世上只有一种英雄主义

"醒醒花哥，别睡了。"

华兰蒙蒙地抬起头来，余倩倩在叫她。

"交作业了？"华兰没头没脑地来了一句。

"糊涂了吧你，大白天的交什么作业？"余倩倩指了一下被她压住的物理"五三"和生物"五三"，又说，"这两个都晚二交，数学晚一交。"

"我梦到金炫问我为什么不交作业。"华兰慢慢说。

小教室几乎已经空了，只剩她和余倩倩。外面有点吵，密密麻麻都是人影，顺着楼梯向下拥去。

"苏展搬花去了。"余倩倩说，"赶紧起来，班主任节，等会儿要你给金炫递花的。"

华兰的大脑开始复苏，今天下午确实是班主任节，还是首考百天誓师大会。各科竞赛九月份相继在杭州考完，他们错过了学校今年的运动会，一回来就参加了一次联合月考，带着各自七零八落的名次被塞到小教室里追赶别人半年复习的进度。

他们把时间都投入了各自的竞赛，常规考试被同年级同学远远地甩下。快三个月了，华兰都没碰过除化学以外的其他学科。回来的那次联合月考，她几乎就是靠着感觉和记忆在做题，排名下降得厉害。

她、苏展、江潼还算在可控范围内，都在年级三百名左右。有几个同学被甩到年级四五百名，一宿没睡着觉。

平行班各个组合班都在那个高二升高三的暑假迅猛发力，把七选三的和数学的分数拉得很高。

华兰只有化学和数学的分数还算过得去，其他学科都在拉警报，这两天补作业、补进度补得她头皮发麻。即使高三中午提前了五分钟下课，她吃饭也都是紧赶慢赶，随便扒拉两口。

课间在桌上稍微靠一下，就能昏过去好久，有时候连铃声也听不到，要苏展或者余倩倩叫醒她。

上了高三，华兰才知道自己这么容易累和困倦。好像所有的精力都在这两年多的竞赛里耗完了，面对大家挥旗呐喊的高三，反而很疲劳。

学期的概念在她这里向来很模糊，一年不怎么放假，还有好几个月在外面集训。高二好像没怎么上，就已经高三了。

"身为年级段长，我看到每一个认真学习的同学，都发自内心地感动。"时隔一个多月，程敏又站在体育大馆的讲台上，"这两年以来，你们给了老师们太多的感动。不论是每个教师节的殷切祝福，还是运动会上你们为班级集体荣誉拼搏的风采，都让我们觉得，教书育人是一件无比神圣的事情。我们身为教师的荣誉感，由在座的你们所赋予。"

"进入高三，你们已经送给了老师们两件礼物。一是，在九月份与浙北名校的联考里，我们的排名较往届更为靠前。"程敏又说，"二是，我校今年的竞赛成绩，取得了史无前例的好成绩，时隔两年，我校又有同学入选省队。三班化竞的江潼同学，已经前往省里集训，准备全国的比赛！

"剩下十二位同学里，有七位拿到了全省一等奖。他们分别是……"

场内掌声雷动，三班队列尤为响亮。

华兰的耳朵被掌声震麻，思绪回到了前两天省一名单刚刚下来的时候。

江潼先被老师叫走，接着是她、苏展、余倩倩、宋嘉礼，以及另外三个数竞同学。

他们都在各自的竞赛里考了省一。

程敏告诉他们，这是学校竞赛考得最好的一次，八个省一，他们创造了历史。

"把你们的名字打出来，在行政楼电子屏上放半个学期。"程敏背着手，圆脸笑成一朵花。

李清凡所说的"属于你的夏天"稍稍来迟，变成了属于华兰的秋天。

从办公室出来的路上，华兰和苏展对视了一眼，突然放声大笑起来，好像把这辈子快乐的事情都过了一遍。

她终于证明了她的上限确实足够拿省一，苏展也一样。

我们一样强大。

早秋的天气很热，天空和盛夏一样蓝。

下到一半楼梯时，华兰想起一件事，问道："怎么没有林狗？"

八个省一，江潼省队。但是那个林屿，那个天赋逆天、高一那次就考了全省第三十名的林屿，怎么没有拿到省一？

苏展原本笑着的脸一下子黯淡下来。

"你知道是怎么回事？"华兰问。

苏展说："不完全知道，他也不肯都跟我说。"

"啊？"

"我知道的部分，是他实验部分迟到了，老师没让进。"苏展斟酌了一下，这样说。

"怎么会迟到呢？你们不都是带队老师统一带过去的吗？"华兰惊讶道。

"我也想知道。"苏展神情一凝，"但直到现在他都没告诉我为什么。"

苏展那天的实操考试跟林屿划到了一个考场，但直到老师下来巡查器械，他都没看到林屿出现在考位上。直到开考半个小时后，林屿才出现在门口——按规定，自然是没有办法参加考试了。

考完试以后，苏展从考场里出来，看到坐在楼梯上发呆的林屿，火一下大起来，问他是怎么回事。

"林屿，我问你，你怎么敢拿自己的前途开玩笑的？"

对于林屿这个人，苏展一般不怎么喊本名。因为他这个人实在是太招人烦了，每天躺着不学在后山拍拍星星都能无师自通物竞的新内容，纯纯老天爷追着喂饭吃。提前招和高一的时候闲着没事天天研究纸飞机和计算器，然后把自己也拉下了水。

他们在程敏那里的声誉一样差，都是"过街老鼠段长喊打"，只能靠成绩来洗刷"冤屈"。后来，苏展那个班长一当，和程敏的接触越来越多，早自习和打篮球也不敢踩点了，被叫到办公室都是"点头、微笑、嗯"的一条龙服务。

林屿笑话他："怎么，被敌人策反了？还是被生活磨平棱角了？哥们还是喜欢你桀骜不驯的样子啊。"

一直游离在框架之外的林屿，因为过于强悍的实力，被称为唯一真神，有和程敏周旋的资本。

苏展对林屿，从来都既是朋友，也是对手。他确实心有不甘，但要他看着林屿错过本来抓在手里的省队名额，更不可能。

面对苏展严肃的逼问，林屿淡淡地说自己耽搁了，但就是不肯说自己是怎么耽搁的。

"只一点，你别把这件事情告诉别人。"林屿道。

"你以为整个实验考场就我一个人？别人看不到吗？"苏展厉声质问，"到时候看见成绩，你以为大家不会问？"

"那别告诉江潼。"林屿敛了敛眸子，并没有回答，声音低沉而坚定，"千万。"

苏展看了他很久，问他是不是想好了。在得到对方肯定的答复以后，只能答应他。

林屿从省赛回来，跟没事人一样。华兰还揶揄他，是不是省队如同探囊取物。林屿云淡风轻地敷衍过去，只有苏展知道他心里有多痛苦。

林屿明明知道自己没有拿名次的可能。

他的云淡风轻维持到江潼去省里集训，他旁边的位置空出来。程敏和金炫都找他谈过话，具体谈了什么，不得而知。但是林屿确实成天脸上不见半个笑影儿，垮着一张脸跟别人欠了他八百万一样，到了估计胆子小点的女生见了要绕道走的地步。

　　苏展一扭头就能看到林屿那副死人脸。

　　程敏有请高三的教师代表上台发言。第一位是位叫沈伊的女老师，据说学校刚刚从杭州重高挖过来，一来就接手了十二班的班主任和十一、十二两个班的英语。

　　过去的两次联考，两个班的英语排名都有了可见的进步。肖子怀对她赞不绝口，说沈伊年轻漂亮有气质，作文尤其教得好。

　　"私货很多。"肖子怀意味深长地说，"我都觉得她可以出书了。"

　　华兰瞬间觉得自己手里的《赢在作文》不香了。

　　"人往高处走。也不知道伊姐怎么愿意从杭州来我们山沟沟里的。"肖子怀想不通。

　　"作为一名新来川中的教师，在这短短几个月里，我感受到了我们同学的深切热情。"

　　"大家面对首考，都在铆足了劲儿学习。如果压力大，也不要藏着掖着，可以找身边的同学或者老师倾诉。"沈伊像个知心姐姐，"我之前的学生，一对同桌，在首考一百天开始给对方每天写鼓励的话，两个人心态都很好。"

　　怪不得招学生喜欢啊。沈伊的长发卷曲柔顺，一身米白的连衣裙衬得人更胜仙。如果靠得近些，可以闻到她身上若有若无的香水味。

　　肖子怀说，班里同学都很好奇沈伊用的是什么香水。

　　"十二班那些平时嗓门很大的男生，找沈伊问问题的时候声音都轻了。"肖子怀"喊"了一声，笑道，"小男生。"

　　大家本就对这位新老师充满好奇，此刻眼神齐刷刷汇聚在她身上。

　　华兰发现，这些目光里也有金炫的一份。当沈伊欠欠身，说完最后一句"Best wishes to everyone"的时候，程敏打手势，示意先进班主任代表金炫应该到台下准备发言。

　　但这个手势，程敏做了整整三次，才把金炫的目光拉回来。

　　金炫急急忙忙上台，开口第一句错了两个字，引得哄堂大笑。

　　还好他临场能力够强，自己也笑笑，说："大家都太严肃了，对待高考很认真，老师也很紧张。"

　　之后，他很顺畅地又把话头拉回来。

　　他镇定地道："教师是一份很累的行业，尤其是高中老师。三年来，老师和你们一样，六点不到就起床，夜里十一二点才入睡。享受不了多少假期，每天都要改作业，遇上联考有好几天的阅卷量，还有数不清的教研活动，每一项都很让人崩溃。

"但是，当看到你们好学的目光，你们打破砂锅问到底的气势，你们教师节的贺卡，你们经历谷底痛哭以后的成绩攀升——那每一副笑脸都让我觉得，这些令人崩溃的事情，是值得的。这真的是一份无比神圣的职业。"

他的目光向三班看过来，华兰不自觉地挺直身，接受那审视和柔软并存的眼神。他的声音平稳，偶尔颤动，历数与三班相处的种种，从高一刚进来时的不知天高地厚，到团结一心的运动会，再到每个回家周满满是人留校学习的教室，掺杂着离别气息的排球赛……

"我还在师大读书的时候，我的老师告诉我，老师和学生的意义是相互赋予的。当时我是个只知道刷绩点的理科男，我的C证考得不顺利——直到我遇到了我的学生们，我才知道当初那句话真正的含义。"金炫说，"我作为教师的意义，真的是你们赋予的。"

全场静默下来，华兰听苏展喊了一声"好"，然后所有三班人都开始喊"炫炫别哭"，金炫说"我没有哭啊"，大家又笑了。

身边的余倩倩抽了抽鼻子，一边抹眼泪，一边跟华兰吐槽道："你说他干吗搞那么煽情，好像我们明天就毕业了一样。"

华兰想，首考、高考，等这场仗打完以后，他们确实要毕业了啊。金炫，他们一直没大没小地直呼其名，有事的时候叫"炫哥"、私底下称呼"炫炫"的那个人，会目送他们前往高等学府，然后在川中带下一届的学生。

他注定只能留在他们的过往里，和这座大象塔一起。

华兰心里这一刻，有什么东西突然苏醒了。它带着蓬勃的生命力，将竞赛成绩公布以后自己的精疲力竭一扫而空——她从未这么想为金炫、为这个看了自己三年欢乐痛处的地方考一个好的大学。

正如金炫慷慨激昂地总结："老师对你们殷切希望，希望你们能在百天之后的首考和明年六月的高考创造属于你们自己的辉煌，那将是你们送给老师们最好的礼物！"

"为荣誉而战，为母校而战！拼搏百日，决战首考！不负韶华，不负师长！"

大屏幕上的字一页页翻过，他们举起自己的右手宣誓。提前准备好的礼花在这一刻炸响，漫天闪亮的金片飘落下来，落在他们肩上，好像上帝的嘉奖，罩住这人间最炽热的誓言——

少年人的誓言。

为荣誉而战，为母校而战。

他们确实是这样——雄关漫道真如铁，跌跌撞撞这三年，痛苦欢笑泪水，应当一并化作最终高考时的分数，方是对这座大象塔最好的报答。

川中的校徽高高悬在体育场半空，川中碑几十年如一日地立在小广场上俯瞰众生,文澜小筑在探花楼边上沾染了百年的光阴——川中每一届毕业生都会为母校捐赠一样东西,那些都是前辈的荣耀,如今轮到他们了。

华兰觉得手里抱着的花沉重了很多。程敏让所有班主任站成一排,代表们捧起准备好的鲜花,上去为班主任献花拥抱。

她重重地抱了一下金炫,轻轻告诉他:"老师,我一定会考上南京大学的。"我一定会成为你的骄傲的。

金炫把花接过来,和蔼地说:"我们班不止你一个同学想考南京大学呀。"

华兰和他的目光碰撞。

"你们都会成为老师的骄傲的。"他说。

"嗯!"

誓师大会结束以后,华兰回到班里,桌上有一张便笺。

上面写着"No.100",后面跟着"华兰同学,我们一起去创造母校骄傲的成绩吧"。

她会心一笑,回了一张字条,写着"No.100:好"。

No.92:时间只善待有准备的人,刷更多的题,走更远的路,见更广阔的世界。

…………

No.73:一个能够升起月亮的身体,必然驮住了无数日落。

…………

华兰桌上有一个365天的倒数日历本,她会在上面写每天的学习计划、规划时间表,比如哪段时间用来补进度,哪段时间用来拓展。

这些计划不能被挡住,所以苏展贴到她桌上的便笺,会被她贴到倒数日历的数字上。这么贴了三五天,苏展就自己每天主动把便笺贴到数字上。

班级里小黑板的倒计时总是每天早自习的时候才被值日生换掉,所以华兰对首考倒计时的第一感知来自苏展。

每天一进教室就能看见自己的日历本上新的便利贴,开始一天的好心情。

华兰不知道自己给苏展的便利贴的下落,每次他接过看了,就不知道塞到哪里去了。

他们给对方写的东西很简单,大多数时候是从《作文素材》上摘抄的句子。苏展是作文困难户,够不上班级平均分,华兰也就比他好那么些许,比平均分略高。

高三了,本来备受冷落的语文组开始集体磨刀霍霍向猪羊,每周都有固定的作文素材杂志的摘抄记录任务,基本上每隔三天就有一次作文语段的训练,年级里作文提升高分的同学非常多。

他们企图用这种方式多背一些作文素材下来。

苏展抄下罗曼·罗兰的名句"世界上只有一种英雄主义,那就是看清生活的本质以后依然热爱生活"并贴到华兰日历本上的时候,距离首考还有56天。

那天是清州市一模。早上八点半开始考语文,华兰按照薛妈妈的嘱托在阅卷五分钟的时候先看作文,发现正好能将这句话用进去。

那次作文,她难得走了大运,拿了52分,语文难得考了一次120分。

苏展啧啧感叹,说这种好事怎么没落到自己头上。

"你每天看一眼就不知道扔到哪里去了,我一张至少看一天。"华兰说,"薛妈妈早说了,作文素材抄了和用了是不一样的。"

苏展反驳道:"我怎么可能给它们扔到角落里去?每一张我都好好珍藏了好吗?"

华兰追问珍藏到哪里了,但是苏展只说了两个字:

"秘密。"

华兰心说,我送你的东西竟然还对我成秘密了,真是岂有此理。

于是在某个午休时,她提前回来,偷偷翻开了苏展的桌盖——感谢一年前她得到市容市貌改建工程,从那以后苏展的课桌环境变得比较简洁明了。在他码得整整齐齐的书堆上面,有一本并不大的相册。

相册里面,她的每一张便笺都被安然封好。

她心里有一块地方被触动一下。

竞赛直到十月份才完全尘埃落定。他们在小教室里追进度追了快一个月,才重新坐到三班教室里上课。华兰废寝忘食地扫荡空白的作业本、往她的活页纸上搬运错题的时候,苏展在试图留住美好的记忆。

因为往事痛苦,华兰的人生态度从来都是往前看。而苏展不一样,他恰恰是因为那些往事而选择了记录。

比如说初中时独自写下以为她不会发现的留言板。

比如之前不定时写给她的明信片。

比如现在封存起来的便利贴,又不知道何时拿出来怀念。

华兰把相册放回原处,那旁边放着的是一套物理天利,上边的题目错落有致地画了红圈。同样"错落有致"的天利卷,华兰也有一本,只不过是化学的。

因为欠下的作业本和试卷太多,他们还没有完全补完——当然也不可能一道题一道题老老实实地补完。为了提高效率,苏展会帮她把物理的东西筛过一遍,她也会把苏展的化学筛一遍。

做精题,对标每个知识点。做难题,方便拉分和提高。

高考毕竟和竞赛不一样,基础点细而集中,难度存在上限值。

理论上来讲,对于省一选手华兰来说,高考化学试卷应该不存在难题。但是新赋分制度下,没有绝对高分就没有满分,高水平选手之间分差拉得又很小。

首考百日以来,大家都铆足劲儿在冲七选三,七选三的上限值比竞赛要低得多，自然有越来越多的人可以去触碰它。

每张试卷的侧重点不一样，有时候出一些小差池，就会在 97 ~ 99 之间反复徘徊。

这样紧张的备考时间里，又不可能为了这一两分而像备战竞赛那样没日没夜地投入。

在高三先前的综合考试里，他们七选三的成绩都在疯狂上下大幅度波动，语文一直那样，英语有时背刺有时给力，主要靠数学兜底。

这次清一模也是一样。竞赛回来的十三个人还没有复健成功。年级前五十基本都是先前高一就放弃竞赛的同学，一些文科组合班的高手也在高三补齐数学的短板以后冲刺到年级前十。

华兰看了一眼大榜，发现真是今时不同往日。出去集了个训，川中已然是换了人间。

王岩开排在第四十三；徐志超实现了自己高一时的目标，如今排在第七；放了生竞的缦缦在第三。他们十三个竞赛生里面，复健状况最好的宋嘉礼，排在第三十二，华兰和苏展都在七八十名的区间，其他人各自散落在前两百名。

形势很严峻。

所以，华兰和苏展的策略是，互相帮忙提高另外两门科目。苦读英语，一考能放就放。至于记忆量比较大的生物，实在不行就二考。

他们很需要时间。

华兰合上苏展的桌盖，拿出物理"五三"。

苏展正好从后门进来，"哟"了一声，说："爱卿今日肯抬爱物理了？之前中午不都做生物小卷来着吗？"

"今日兴致好。"华兰瞥了他一眼，"你是不是也应该把化学拿出来？"

苏展坐下来拿出化学卷子，便反应过来什么。

"今天回来得这么早？"苏展问道，"中午吃什么了？是不是又没有好好吃饭？"

华兰一阵心虚。

她确实没有好好吃饭，因为吃不下。食堂的饭菜重油重盐，本来她这些天备战一模和首考压力就大，看见那些饭菜更倒胃口。

大家都百米冲刺去抢饭的食堂，华兰压根儿没心情去。除了有时接受苏展的投喂，华兰自己也不知道平时是怎么只喝几碗粥、吃几块蛋糕熬过来的。

"那不行的。"苏展看她不开口，认真地对她说，"之后学习强度这么大，身体垮了怎么办？"

"高中到现在我都这么吃，天生胃小，你又不是不知道。"华兰淡定地翻着练习册。

苏展没有说话，在第二天中午给她带回来一盒糖醋里脊。

"我记得在一中集训的时候,你还是蛮喜欢打这道菜的。"苏展看着她的眸子,"反正我现在也通校,给你带加餐。"

集训回来,童阿姨就给苏展申请了通校,理由是现在高三,应该注重孩子的营养和睡眠,所以就在学校旁边的小区租了套房子,让苏展的外婆来照顾孩子饮食起居,自个儿跟着苏尚哲去外地发展分公司了。

"我跟外婆说,我同桌一个小女孩,每天就喝几碗粥,吃点清汤寡水的东西,一点油腥都不见,不知道怎么活下来的。"苏展道。

"外婆就说,哪有这么不听话的女孩子?高三的学生还不多吃饭?"苏展接着,"我说,她不爱吃学校食堂,觉得又油又腥。"

"外婆说,问问你同桌爱吃什么,反正我们家开伙,不差给她添点爱吃的。"苏展指指餐盒,一字一句地说,"叫你,乖,听话,吃点东西。"

华兰觉得自己也曾听过这样的话,只不过已经是很久以前了。

小时候妈妈肯定也这么哄过她。

——"兰兰,多吃饭,好长高。"

——"我们兰兰是乖孩子。"

妈妈已经好久没有这么温柔地对她说过话了。

复赛结束以后,她回过一趟家。先后睡完了一中和川中硬邦邦的床,实在有些想念家里柔软的席梦思。她打通妈妈的电话,告诉她自己竞赛考完了。

"考得怎么样?"妈妈难得关心一下。

她连忙说:"冲省一!"

妈妈的声音里带着笑意,说了一声"好",又问她:"那你都考完了,这个周末还留校吗?"

"那我回来一下吧。"华兰翘着尾音。

妈妈说:"你想吃什么,我赶紧让外婆早晨去菜市场买点。"

华兰那一刻感受到了久违的温暖。妈妈不可能真的和她为难一辈子,她们是亲母女,是患难岁月走过来最默契的搭档。

就算对她的决定再不满意,妈妈也会全力照顾自己唯一的女儿。正应了后来她学会的那句话,世上只有一种英雄主义,那就是在认清生活的本质后依然热爱生活。

妈妈一直都那样爱她。

那天回到家,妈妈在厨房切菜,边切边说你外婆赶早去菜市场买的,比别人的都新鲜。

华兰一边答应着,准备把行李箱里的脏衣服拿出来扔到阳台上的洗衣机里去。才走了两步,她便看见自己家阳台的推拉门换了个带锁的。

"妈！"她喊，"阳台门怎么现在有锁了？"

"二楼人家上回遭贼了，从阳台进的。"妈妈的声音透过"刺啦"的菜油声传过来，"我们家老旧小区了，阳台防盗窗老化得不成样子。家里不是经常没人吗？还得花钱换个带锁的——都什么年代了。"

"钥匙在书房柜子上，空的花盆里面。"妈妈说。

书房连着阳台。花盆那一排放了很多书，华兰一不小心把空花盆打翻，钥匙从里面摔出来。好在花盆是塑料的，没有像续写里写的一样 broke into pieces（碎成碎片）。

钥匙飞到了书架后面的夹缝里，华兰靠着墙去够，总是差一点点。

书架和墙形成的直角卡着她的头，让她从侧面看到了书架的最顶层。她看到好几个卷轴状的东西，可看样子又不是字画。

她先前没有从这个角度看过书架的顶层，家里先前也没有收藏字画的习惯。

华兰心里起疑。她拿了本书把钥匙从书架后面扫出来，接着把衣服扔到洗衣机里，最后轻手轻脚地拉了一把椅子，还没等爬上去，就听妈妈在餐厅喊：

"菜好了，过来吃饭——拉椅子干什么呢，噼里啪啦要拆家了？"

华兰借口自己要坐在这儿看书。

"吃完饭再看吧，急这一时。"

那一桌菜确实精致，华兰只等正经饱餐一顿。看女儿喜欢，陈晓静也高兴。她问了两句一中的集训住得可还好，吃得有没有在安川好。

"你不在家的时候妈妈吃公司食堂，随便吃点什么都行。"陈晓静嗔道，"就你是个麻烦丫头，你一回家我就要张罗这张罗那，酒店待遇。"

华兰"扑哧"一笑。

陈晓静拿出一个颜色熟悉的绿色礼盒，嵌着"VanCleef&Arpels"，递给华兰。

"妈妈看上次过年的时候你戴那条红底的四叶草蛮好看的，就又给你买了一条手链，跟你那条四叶草是一套的。"陈晓静道，"正好你说竞赛考得蛮好，就当作妈妈给你的奖励。"

华兰嘴角勾一下，接过来。手链俨然和上次的项链一样朱红贵气。

其实妈妈大可以送她个别的什么东西，比如某宝上几百块钱的手表。她手上这个手表已经有点不准了。

她觉得有什么东西堵在胸口，本能地有点抵触。

"成绩都还没出呢。"华兰道，"妈妈，你老买这么贵的东西干什么？学校也不让戴首饰。"

"你不喜欢啊？"妈妈的目光扫过来。

"喜欢。"华兰只好这样答道。

"那还不戴上试试？"妈妈催她。

华兰在妈妈殷切的注视里，戴上了那条手链。妈妈还让她把项链也拿出来戴上,看着她,满意地说"我女儿就是好看"。

晚饭后,华兰自己注视着镜子,看着自己瘦削的鼻梁、单薄又清瘦的面容,身上是有点洗到发白的校服,而两朵红底四叶草灼灼其华——仿佛两团烈火骤扑白骨,金光刺眼地闪。颈上一下变得沉甸甸的,手腕上仿佛有团火在烧。

她像个小时候顽皮偷穿大人衣服的孩子,戴上的本就是不属于自己的东西。那么别扭。

她烦躁地把项链和手链都扯下来,随手搁在洗漱台上。

她闷头睡到第二天中午,回学校的行李没来得及收拾。她懵懵懂懂地下床,陈晓静便冷着脸进来,手里是那两条红底四叶草,金光依然闪得刺眼。

华兰大脑一片空白,顿觉事情不妙。

"这么贵重的首饰你就这样扔在那里?"陈晓静质问她,"卫生间里那么潮湿!我今早瞧着盒子还落在外面就知道不对劲呢。"

"你是不是不知道怎么爱惜东西?"陈晓静的声音更尖锐了,"这两条首饰一坏就是万把块钱,妈妈赚钱是容易的?给你买的东西迟早都断送在你手上。"

华兰揉揉眼睛,还没缓过劲儿来,便迎上妈妈愤怒的神情。她不知道昨天还温柔的妈妈为什么一下变得那么咄咄逼人,面对两条没有放好的首饰这样神经脆弱。

其实从今年新年开始,妈妈就变得很敏感。不知道是不是工作带给她更大的压力了,她越来越难包容生活里不完美的地方,仅仅是一个小小的差池便足够让她尖叫。

比如华兰没有放好的手链,比如阳台上老化的防盗窗,比如家里偶尔空空的冰箱。

华兰觉得又有东西闷在心头,比昨晚还要堵得慌。她不敢多看一眼妈妈的眼神,她怕妈妈下一句就要问"是不是妈妈买给你的东西你就不喜欢啊?一定要和妈妈反着来啊"。

华兰反复问自己,是这样吗?

其实,就这两样项链和手链而言,是这样的。

她简短地和妈妈道歉,说下次一定会把东西收好的。她沉默地把两条首饰装好,沉默地打包好回学校的行李,沉默地听着妈妈的喋喋不休,以免再进化成歇斯底里。

那天电话里妈妈的温柔好像已经是上个世纪的事情,变得那么不真实和捉摸不透。

没有大吵大闹,没有痛彻心扉,华兰只是突然觉得,回家好累,面对妈妈也好累。她算是彻底明白了自己和母亲到底还是一对彻头彻尾的中国式母女,怎样都避免不了流为庸俗。

于是，她再次在川中扎营——她这回也彻底明白了，为什么凌筱筱说"如果不想回家，周末可以留校"。一考之前，留校周的食堂突然多开了好几个窗口，用以招待越来越多留下来自习的高三学生。食堂黄色的灯会按时点亮，比学生更尽职尽责。

像雨夜漆黑海面上透亮的灯，刺激早起学生还混沌着的大脑。毕竟买完早饭以后，一天的学习也就真正开始了。

渐入十二月之后天气愈加寒冷，六点的天还是昏暗的，从后山高架上呼啸而来的西北风会席卷校园，发出"呜呜"的怪声，很吓人。这种声音华兰在2019年的1月份刚进川中的冬天就听到过，只出现在冬天，她曾琢磨过其中的物理因素，但直到现在都没有想明白过。

这是她在川中过的最后一个冬天。

苏展也在这样的留校周出现在学校——他就住学校旁边，可以把学校当自习室。

他坐在旁边，这样寒冷的冬日就添了些许暖意。

清一模之后，语数的课时减少，留下大把的时间冲七选三和英语，基本上每门科目都在三天一考。

每门科目的课代表每天马不停蹄地跑办公室，拿新印出来的卷子和答题卡，回班铃一响，不管有的没的就开始考，班级小黑板上赋分和细分表更换得格外频繁。

每个人都在一分一分地紧紧咬着，让华兰有点透不过气。除了化学，她的物理和生物赋分还是有起伏，不见得一定能考出高分。还有两个星期一考，程敏开始每天早上让大家集体起立喊班级口号。

三班氛围这样紧张，在比全国决赛的江潼那边却有好消息传来。

一考前的最后一个回家周，他们得知江潼成功拿下了金牌，已经把保送名额攥在了手里。接下来就是参加国家集训队选拔，看看有没有机会打ICHO（国际化学奥林匹克竞赛）。

大家集体欢呼，用金炫的手机投屏到大屏幕，跟千里之外的江潼视频通话。

"潼哥！你是不是胖了！集训伙食这么好！"面对视频里穿得有点臃肿的江潼，大家纷纷开始嘲笑。

江潼那边似乎信号不好，声音有点杂，断断续续传出来祝大家首考加油的声音。

金炫适时进来，端着一个大蛋糕，说这是江潼请大家吃的"好运蛋糕"。

上面用奶油写了"三班人人420+"。

大家一边纷纷说着"潼哥客气了"，一边纷纷开始上手切蛋糕，没吃两口，就往身边人脸上抹。

华兰不喜欢奶油，觉得腻腻的令人胃口不爽。但是看着江潼，她由衷地高兴，几口吃下刘一天帮她切过来的一块蛋糕，然后脸上一凉——被人偷袭了。

华兰瞪眼看着坏笑的苏展，反手将碟子里的蛋糕一抹，对抬手挡的苏展喝道："不许躲！"

苏展耐心地蹲下来让她画，额头上被画出了一个大大的"王八"。

"你让我等会儿怎么回家？"苏展拿了她的小镜子看。

"有本事舔掉呗。"华兰说。

所有人都在哄笑。华兰安静地看着热闹的大家，殊不知彼时这场愉悦的喧闹，是几个小时之后痛苦的起源。

"嘶……"半夜十二点，华兰从梦中惊醒，觉得自己肚子里仿佛有一团火在烧，额上直冒冷汗。她原以为是睡糊涂了，转个身想接着睡，那腹中的痛感却愈加强烈。

她只能挣扎着起身，刚坐起来胃里便翻江倒海，一阵强烈的眩晕和呕吐感向她袭来。

窗外漆黑，没有一点光可借。她借着电子闹钟微弱的光亮，蹒跚着拉开卫生间的门。

寂静的夜里发出推拉门"咕噜"的巨响。

她大吐特吐。

她也不知道自己吐了多久，自己是先浑身无力倒下去的，还是先停止呕吐的。

她的意识有点模糊。

第二十八章
黄粱一梦

有道手电筒的白光从背后扫过来,映在面前的大镜子上,成为一个刺眼的光点。

"华兰。"有人叫她。

一只手搭在她的肩上,手电筒的光照到满是污秽的洗脸槽又移开。

"你吐了吗?"卓侬缦捂着鼻子问。

华兰艰难地点点头,知道自己半夜这么大阵仗,把卓侬缦吵醒了。

这个回家周只有她和卓侬缦留校。李丹妮在高三开始之前就递交了通校申请书——她家人在学校旁边租了房子来给她陪读。听说周知遇也是,他们经常在晚自习下课以后一起走那段通往后门的银杏树林道。

余倩倩回家了。她们的宿舍从一楼搬到了三楼,只住三个人。

"怎么突然吐了?"卓侬缦轻轻拍拍她的背,"吃坏东西了?"

那半块蛋糕浮现在华兰的眼前,她总觉得应该跟那脱不了关系。

"还想吐吗?"卓侬缦担忧道,"你这个状态太差了,还是去医务室看一下吧。"

"……没力气走。"华兰趴在台子上,腹内一种焦灼感袭来,真的浑身一点力气都没有,喉咙酸涩,双腿绵软,迈个步子都难。

手电筒的光摇了两下,卓侬缦说:"我背你吧。"

华兰混混沌沌的脑子还在想,卓侬缦瘦瘦小小的身材,怎么能背得动她。可还没等反应过来,她的两只手就被人抓住,挽到了脖颈上。

卓侬缦真的把她背起来了,顺着昏暗的楼梯,往楼下走。华兰意识模糊,只记得不甚清楚的画面和周遭的阒然无声。她的头搁在侬缦的肩胛骨上,觉得有什么东西在硌着自己。

这种感觉持续了一会儿就消失了。到一楼的时候,卓侬缦叫醒值班的阿姨,阿姨和她一起架着华兰往医务室走。

华兰迷瞪着眼，周遭已经是灯光透亮。她看见宿管阿姨和卓依缦都坐在自己对面。穿着白大褂的夜班校医的嘴一张一合，好像在问她什么。

到底在问什么呢？她感觉有什么东西呛在自己喉咙里，只能发出呜咽的只言片语。

华兰的世界昏暗下去，随着门又一次打开而亮起。

金炫出现了，一次又一次叫她"华兰，华兰"。

之后，她就被抬上了车，送到医院。一切走马观花般飞快掠过，她什么都不记得。

她再醒过来的时候，已经躺在了医院的病床上。旁边挂着点滴，只有金炫守在一旁。

她挣扎着起来，惊动了打盹的金炫。

"华兰，醒了啊？"金炫急急道，"你吓死老师了！"

华兰缓过混沌的劲儿来，看着墙上"市人民医院"的横幅条和自己身上披着的病号服，问金炫："我住院了？"

"医生说你是急性肠胃炎。但是发作得太厉害了，最好住院观察一下，做个胃镜。"金炫说。

"可是十天之后就首考了！"华兰急道，她顿时想起自己卷子上还没有整理的那几道生物错题。

"还管首考呢？你这个状态太差了。"金炫严肃道，"身体是革命的本钱。查清楚自己的身体到底是怎么回事，这个最要紧。"

这时间耽搁不起，华兰想，自己还没看完的那几页错题和日历本上紧密的日程安排一直在撞击她的脑袋。

她向上天祈祷自己没什么大事，能赶紧出院回学校。

现在的时间是过一分钟少一分钟。

金炫看着面如菜色的她，又问："老师手上只有你妈妈的电话，可是打了好几个电话过去，都是已经停机，家长群里也找不到对应的人。老师肯定也得叫你家长来啊，这是怎么回事？"

华兰想起妈妈年初的时候因为工作原因换了一次号码，跟她高一的时候留给金炫的号码不一样。至于家长群，应该是妈妈忘记了改群名称。

而且妈妈现在不一定在安川，临近年底了她总是会特别忙。华兰斟酌了一下，决定叫大舅来。

金炫到病房外去打电话，华兰仰躺在病床上，神志逐渐清晰。她不由自主地伸出手摸摸自己的脖子，觉得方才被卓依缦瘦削的肩胛骨硌着的感觉并没有完全退下去。

她回忆起来，卓依缦背着她走的步伐并不稳，一晃一晃的，很艰难。她并没有一口气就把她从三楼背到一楼的力气，她们应该在楼梯的转角处停了一会儿，卓依缦用双手架住她，免得她摔倒。

那个楼梯间的声控灯不是很敏感。华兰趴在身形比自己还瘦小的卓依缦身上，眼睛半眯半睁，看到了两边窗外的槐树枝丫。

枝丫上树叶稀疏，被风吹得前后乱晃，和着月光在风里诡异地摇晃，楼梯间那么静，她只听得到卓依缦的呼吸声。

卓依缦重重喘了几口气，抱住她，仿佛说了句什么。

卓依缦说——"我原本一直觉得欠你很多，现在不欠你了"。冬天夜半的凉风在那小小的楼梯间里呼啸，卓依缦又不说话了。她再次背起华兰，找到宿管阿姨。

华兰不理解卓依缦那句话的意思。她和她之间何曾谁欠过谁？她费力地回想。从集训回来以后，卓依缦就很安静，除了学习就是学习，在教室里是这样，在宿舍里也是这样。

她倒不觉得有什么。卓依缦本来就这样，从提前招开始就习惯开夜车，她有分寸，不影响人。

但是，有点过于安静了。

李丹妮和余倩倩的聊天，她好像从来没有主动搭理过。华兰因为进度，也每天行色匆匆，如今回想起来，总觉得她苍白的小脸没怎么笑过，一直不轻松。

高三后李丹妮通校，宿舍里就更安静了。华兰每天累得要死，回宿舍洗完澡后便在床上一躺。大家想来都是这样——她竟也不觉得，与先前大有不同。

她有多久没跟卓依缦单独聊过天了？似乎从高二换了位置开始，单独聊天的次数就屈指可数。

她和余倩倩还经常一块儿去吃饭，李丹妮有时候会主动加入她们，然而卓依缦从未。

大课间的时候卓依缦在写题，晚自习前的课间她还在写题，排球赛、班会课，她总是自己在学习。

高考和竞赛不一样，卓依缦确实维持了很好看的名次，甚至能突击前十。

但是卓依缦好像早就不与她像高一时那么要好了——为什么呢？华兰想得脑袋有点疼，倦在那儿。大约十来分钟后，大舅着急忙慌地冲进病房，紧张地看过华兰，又和金炫、医生交流了一圈。

"兰兰，"大舅愁道，"你妈妈还得在外面待上个十天半月的，你怎么就突然出事了？"

果然在外地啊。

"我看得把你妈妈叫回来吧？你得做个胃镜什么的。"

华兰摇头，她不想叫妈妈回来。妈妈也忙，叫回来也很麻烦。另外，按照妈妈现在的状态，自己也只会招顿数落，更心烦。

于是，她和舅舅说："急性肠胃炎而已，景诚哥哥以前也犯过，小事。"

"我还是先考试吧，胃镜等我妈从外地回来再说。"华兰道，"现在叫我妈，她又分心，那边的工作也做不好了。好不容易升的总监。"

华兰住院了三天，吃着大舅妈亲自做的补餐，做着苏展帮她从学校里拿回来的试卷。

苏展第二天下午放学就来医院了，带了学校在下午刚刚考过的模拟物理卷。他坐在她床边，一边给她削苹果，一边淡淡地跟她说："遭报应了，让你饮食习惯乱七八糟。你这样一考怎么办？"

"真是好心肠，"华兰躺着面无表情，"特地来嘲讽我。"

苏展眼里立即转过了一轮颤动的流光。

"怎么可能是来嘲讽你的呢？我是担心你啊，傻瓜。"苏展看着她，"前段时间太拼了，这样能歇一歇也好，心态会更轻松一点。"

见华兰不言语，他又说："嗯，都怪江潼那块蛋糕，把我们大小姐害惨了。"

华兰咳嗽着笑了两声。

"不怪你，你只是太拼了。"苏展轻轻道，仿佛只说给自己听，"怪我。"

如果当时没有让你吃刘一天递过来的那块蛋糕，是不是就不用受这一遭罪了？

华兰心想，怎么可能怪到你头上。

你有你自己的日程。你每天趁着下午放学的那阵还要来医院给我送试卷，晚自习会不会迟到呢？华兰想。

只剩一周多就首考了，千万不要有事啊。

他们沉默着，四目相望，好像试图从对方的眼神里，读出那个肯定的保证。

"小妹妹，这个蓝色的药片一天三次，白色的一天一次。暖胃冲剂每天早晚都要喝。"医生对华兰说，"这个阿司匹林开给你，止痛片。真的高考的时候遇到什么特殊情况，胃痛得受不了，按照说明书吃。但是只开了很少的量，你不要乱吃。"

华兰一一应过，打了三天点滴，情况比较稳定了。她正在收拾一会儿回川中的东西，等着大舅来接她。

可屋漏偏逢连夜雨夹雪大风转八级，隔壁县突然查出了几例病毒性阳性，阳性人员路线经过川中所在的锦绣街道，现在情况极其微妙。

医务室从灾情以来就不治疗有发热症状的同学，眼下更是拒接任何肚子疼、肠胃难受等症状的患者。华兰刚刚住过院，情况更特殊。

学校一纸通知，华兰被遣返了。问学校什么时候能回去，永远都是等通知。

临近首考，华兰被耽搁在家里，日复一日地等待着学校的通知，煎熬"没题做、没课听"的每分每秒。不止一次，她半夜想着学校里同学查漏补缺的进度到底到哪里了，骤而惊醒。

苏展想给华兰送资料，华兰让他别来，赶紧住回原来的宿舍去。在"如有闪失，后果自负"的命令下，华兰不想让苏展冒这个险。

金炫倒是每天晚上都打电话来开导华兰，稳一稳她的心态。

程敏加入了和学校行政线的斗法，终于在首考前三天，给华兰争取到了回校的机会。

华兰马不停蹄地带着行李回学校了，和苏展连话都没说上几句，就开始补落下的进度。

宿舍又临时恢复成四人，华兰那三天回宿舍的时候，又听到了熟悉的打闹声。

李丹妮在浴室里大声嚷嚷："余倩倩，你能不能告诉蟑螂别在我们宿舍爬了！"

"大姐你有事吗？""小强"倩倩奋起反击。

"有事才让你跟蟑螂商量一下啊！没事还叫你干吗？"

华兰在听到的时候觉得恍若隔世，病了这些时日，总感觉那么不真实。

李丹妮裹着浴袍冲出来，在自己床上躺了一会儿，又到阳台上大喊"首考杀穿！"，之后上下左右相邻的几个宿舍被感染了，"首考杀穿"的喊楼声连绵不绝了三天。

首考前最后一天，华兰和李丹妮一起在阳台上喊完这句口号以后，抱在一起傻笑，湿冷的夜风吹过来又吹过去。

"这段时间压力太大了，"李丹妮搂着华兰，"你肯定也是，喊出来就好了，你肯定没问题的。"

华兰重重地"嗯"了一声，期望前几天在家承受的心理煎熬被风吹走。

李丹妮眨着眼，看着她欲言又止。

"话讲到一半烂舌头啊。"

"不是什么重要的事，"李丹妮说，"等首考完再告诉你。"

"你们俩在阳台上嘀咕什么呢？"余倩倩"唰"一下开了阳台门，"喊楼也不带我一个，欺负我在洗澡啊？"

她们都笑起来。

很久没有那么畅快过了。

2022年1月6号，为期三天的浙江首考拉开序幕。

华兰对于这场首考的记忆不深，结束一场考试以后甚至都想不起来自己做过的题目。

出了考场听到别人关于"高冷学霸和呆萌学渣"兴高采烈的讨论，才想起

281

来自己的英语续写遇到了个多么奇葩的题目。

那张英语试卷很难。

物理试卷和生物试卷也不简单，考得很细。

化学试卷她四十多分钟就做完了，剩下的时间凭本能检查了一遍试卷以后，就望着时钟发呆。

在记者后来的报道里，本次首考全省共有 57.67 万名考生分赴 77 个考区、360 多个考点、6 万多个考场参加考试，比去年同期增加 3 万余人。

出现在新闻报道里的用语那么官方，那么严肃，那么隆重。

但不足以概括他们因此拼搏、因此焦灼的青春。

有许多学生考完就吐槽，自己旁边那个人翻页声音太大、监考老师一直绕着自己走等。所有的情绪在这场人生最重要的考试中被无限放大，出了考场就拉着自己朋友尖叫或是靠着墙边哭的人不在少数。

而华兰相比较起来，则好像飘至云端，游离在真实的考场之外。

华兰几次怀疑过，她到底是不是真的在高考。

好像平时的一场随堂，没有给她留下什么深刻的印象。考试之前和余倩倩、李丹妮在阳台上发的疯反而历历在目。

三天的考试，匆匆落幕。大家获得一天的休息时间，然后马上回来开始只有语文和数学的一个月。

休息那天华兰照例留校。她和苏展在学校旁边的小巷子里逛那几家苍蝇小馆，准备来一顿简单的庆功宴。

苏展终于松懈下来，对她说："我原本以为你病那一阵，心态肯定要受影响，怎么安慰你都想好了，但是没见到你有慌乱的时候。"

"是吗？"

"是啊，我们大小姐，抗压能力就是强啊。"苏展看着她。

华兰只是笑，她想，我也希望，我也希望这是因为我的抗压能力强。

苏展一路哼着歌慢慢把她送回学校的后门去。

他哼的是《青鸟》。

是那片，是那片蔚蓝天空。

冬天的天空，大多数时候是灰色的，天不遂人愿，就算他们再怎么唱《青鸟》，也不会马上变得蔚蓝。

纲手或是鸣人，都没有教过他们这该怎么办。

华兰抬头看，呼出一口气，顿时有一阵无力感。

离校门还有几栋居民楼的距离，华兰让苏展别送了。

"再往前我怕碰到老师。"

苏展低头看了看她，担忧道："我觉得你情绪不大对——考完了，怎么反而不说话了？"

华兰说，累的。

"真的，很疲惫。"

"也是，病了那一遭。今天好好睡一觉。"苏展说，"明天大家就又来陪你了。"

"嗯。"她挥手和苏展告别，顿了一会儿，又问，"你会一直陪着我吗？"

"当然。"苏展道，笑了一声，"怎么开始伤春悲秋了？这么舍不得啊？"

华兰的脸上这才恢复些许生气，赶他道："去去去。"

华兰回到宿舍，有种浑身力气被抽掉的感觉。

卓依缦的床位也搬空了，她也住到校外去了。李丹妮和卓依缦都搬走了，对床整个都空了。高三下学期这几个月，这个一开始热热闹闹的宿舍只剩下自己和余倩倩。

在她周末留校的时候，对床上铺也不会有人半夜打着手电筒陪她，虽然那个时候缦缦不说一句话，但是她知道缦缦在陪着她。

她幡然醒悟，首考前那几天的温馨，不是恍若隔世，而是黄粱一梦。

我知道人与人总要分别，却没想到这么早就要唱那首七零八落的歌。

语数全力冲刺的这些天，胃的阵痛好像已经缠住了华兰，总是好一阵，痛一阵。陆陆续续，阿司匹林已经用得见底。

金炫问过她，先前医生说的胃镜有没有约着去做。

"这两天也只上语文、数学，对于你来说应该很容易，可以请两天假。"

华兰推辞说妈妈没有回来。她现在不敢错过 Judy 任何一节课，因为说不清道不明的内心没底。

她的嘴唇微微发白，把最后一颗阿司匹林和着水咽了下去。

这粒药让她撑过了这节课 Judy 的方法拓展和下节课薛妈妈的作文讲解，但是在午休的时候耗尽了功效。华兰觉得自己的胃像一个炼丹炉，时时刻刻在灼烧，语数全力冲刺的时候胃痛也在全力冲刺，从来没有饶过她。

余倩倩来找她吃午饭，她根本动不了。

要了命了。

"傻死了你！"余倩倩恨不得两巴掌抽醒她，"少上两天课你就考不上南大了？"

余倩倩轻轻打了她一下，就去三楼办公室找金炫。她一路上祈祷金炫今天早早把午饭吃完了，已经在办公室改作业了。

还好，金炫确实在，整个班主任办公室只有他跟沈伊。

余倩倩冲上去就拉起金炫往班里走，边走边跟他"控诉"华兰不听话的种种行径。

金炫终于知道了华兰跟他说了多少谎话。他一直觉得自己这个学生是最懂事最省心的，但是没想到她比自己班里那些男生还要疯，生病了真敢胡来。

"华兰你听着，老师勒令你回家休息一个星期。"金炫打通华兰大舅的电话，三令五申一定要叫华兰的妈妈过来。

陈晓静这才知道自己不在的时候华兰到底病成了什么样子。她马不停蹄地从外地赶回来，车上还放着一摞一摞的报表。

华兰蜷缩在办公室的沙发上，身上盖着沈伊的小毛毯，这个姿势可以让她不那么痛一点。

她抬头，看到妈妈那花了妆容的脸——妈妈冰凉的手指覆在她的额头上，唤道："兰兰。"

华兰迷迷糊糊应了一声，被金炫和妈妈联合架起来往校门去。沈伊和余倩倩帮她拿了学习资料。

她躺在车的后座上，妈妈一边开车，一边轻声询问她"痛多久了""还能坚持吗""马上就到人民医院了"。

妈妈竟然没有数落她。

"为什么不让舅舅告诉妈妈？"陈晓静抬手在脸上擦了一下，尾音抑制不住地有点哭腔，"兰兰，你以前最心疼妈妈了，你为什么不告诉妈妈？"

华兰不回答妈妈。有太多原因了，她的力气根本不足以支撑她说完。

她也不想给这些原因残忍地划分先后——连她自己都分不清先后。

她不想耽搁妈妈的工作，不想听妈妈的责备，更不想触动妈妈脆弱的神经。而学校里，那么繁重的功课、老师的期望、她身边少年殷切想要跟她一起飞出安川的梦想……哪个都不允许她生病啊。

她要是没有生这场病该多好啊。

车里长久的，没有人说话。只有妈妈抽搭着鼻子的声音。

"你们父女俩真是一个模子里刻出来的。"

昏昏沉沉的华兰骤然听到有人嘟囔出一句。

她微愣，母亲一向是避讳提起父亲的。

"走了的在外面受风受寒什么也不说，小的在学校里疼死了也不和我说。"那尾音弱下去，消亡在一声哽咽里。

华兰竟不敢深究这句话背后有多少含着血泪的陈年往事，那也许包含着母亲、父亲、奶奶三个人之间的纠葛。

她与父亲人间共风雪仅十一年，有些印象不可避免地随着时间变得寡淡。处于剧烈胃痛中的华兰猛然想起，小时候叔叔阿姨说她"眼睛和你爸长得真像""脾气也跟爸爸像，这么小就能上青藏高原了"。

其实她和父亲在某种程度上越来越像，偏执的性格，骨子里对地理的热爱和精明的理科头脑，就连胃病似乎也有缘由——父亲外派时吃得随便，久而久之胃就出了毛病。而她在学校里吃得潦草胡乱，胃也出了问题。

父亲去世后，母亲一直有意或者无意回避这种相像。

华兰不知道为什么，特别想笑。她和母亲自那个梅雨季开始的战争似乎终于有了结果，但谁都不是赢家。

她们在人民医院看过急诊，开回来一堆西药。华兰因为乱吃阿司匹林被医生骂了一通，吃上了新的小药丸，不那么痛了。

"治标不治本。"妈妈摇头，"胃里的毛病一定要让中医看看。"

她问了几个朋友，带华兰深入老城西，找一家陈姓医生坐堂的中医药房。

那位面色和善的中医奶奶把手搭在华兰的脉上，上下打量着华兰的面色，缓缓开口道："胃寒，内分泌也不正常。"

"陈医生，我女儿在读高三，每天在学校里都不知道吃什么，学习任务又重，前些天刚刚犯了一次急性肠胃炎。"陈晓静把女儿的情况翻来覆去地讲，希望眼前这位当地名医能给出"灵丹妙药"。

中医奶奶一面淡定地听，眼神扫过华兰身上的校服，一面又询问华兰一些她的日常作息，然后"嗯嗯"地应着。

仿佛不是什么大事。

"川中辛苦啊。每年都有川中的学生过来。"奶奶一边在病历上写着什么，一边感慨道，"我孙子也在川中读书，今年也是高三，每次回家都跟难民逃难回来一样。"

她写好病历，交给一边配药的助手，又对华兰说："先给你开五贴，要记得回来复查。慢慢来，吃中药调理不能急的。"

药房里的掌柜把木质算盘打得铿锵作响。华兰诧异如今竟还有人用如此古老的计算工具。

但在这儿算珠碰撞出的噼啪声似乎比电脑的嗡鸣更加合理。

老城西开发最早也没落最早，旧时是商场的店铺换成统一的五金批发。遍地是上世纪就修好的落地房，阳光照到这里都得曲折出皱纹而显老。空气浸染金属的气味，闻起来沉重又沧桑。

什么时候开始成这样的？华兰想，这里往外就是大堤和大江，在自己小时候货运也算繁忙，上中学后很少来这边，不过几个春秋竟落得这样光景。

老城中心都难掩衰颜，更何提这里啊。

这种金属的气味后来陪伴她直到六月份高考。

那天晚上，妈妈从药房拿回煎好的中药。刺鼻的味道险些让华兰吐出来，死活也喝不下去。

陈晓静叹了一口气，说："你爸当年要是听我的，好好喝中药，也不至于胃变成那个样子。"

285

华兰始终面露难色。

"要是不把胃调理好,以后怎么做那种工作?"

妈妈这句话说得飞快,蜻蜓点水,落在华兰耳朵里,却仿佛过去了一个世纪。

她不可思议地看着妈妈走到书房里去,像平时在办公室里那样干练,踩着椅子从书架最高层拿下她上次想拿下的卷轴。

那张她找了好久的立体地图终于重面人间。她用幼小手掌抚摸过的青藏高原终于又出现在她眼前。

她颤抖的手指抚过山川,沾了数年的灰尘。

爸爸在阿尔卑斯山下面贴了标签,"要带老婆和女儿去"。

这样的标签有好多,有一张反复出现。

华兰伸手拨弄那几张标签,写着"君子如兰",贴在许多不同的地点上。

吉隆坡、亚特兰大、哥德堡、新加坡、古巴。

"那些地方有世界上最好的兰花园。"妈妈沉吟片刻,"我们俩一开始给你取一个单字,就是希望你跟兰花一样,为人君子,亭亭玉立。"

"多好的花。"妈妈把眼神移开,看向不知何处的远方。

华兰知道了,幼儿园听到的,不过是搪塞小孩的借口。

她被赋予这个名字,从来都不是因为"两个字好写"。

粉饰的太平终于被人为撕裂。

而那些痛苦仍在皮肤下或是心里阵阵发作,如暗夜的幽灵不甘于蛰伏处处游荡。

但一滴真实可感的泪确实滑下。

第二十九章
人间水火

陈晓静和公司商议减少了工作，来照顾高三的女儿。

华兰本就是病没好全又高负荷学习，眼下瘫在妈妈怀里瘫了好几天。虚弱的她终于明白，为什么生物课本里把婴儿寻找母亲的乳头定义为本能的行为——她是那么需要母亲的怀抱。

需要母亲的怀抱驱赶胃痉挛的痛苦，需要母亲的怀抱抚慰休息在家追不上进度的焦虑。

需要母亲的怀抱逃避一考爆炸的事实。

那短暂的新年过去，华兰的心情平复过来。她很艰难地在六月二考的表格上把物理、生物和英语都选上了，负重五门继续考试，压力会很大。

物理、生物都砸到只有八十出头，英语只吊住了 A 线。

考了 98 分的化学被迫放掉，强哥因为她没有拿到绝对高分而可惜。

毕竟除了走过场的江潼，她原本是最有可能实现满赋的。

华兰知道这意味着什么，意味着自己无缘名校"三一"，失去了六月份高考的保底机会。

三班没几个人考得比她差。这个成绩放在整个年段里，也快接近四百名了。

考前那场大病到底还是影响了她的状态。

程敏很担心她，之前强调"首战即决战"，如今反而拿许多"一考失利二战清华"的例子来安慰她。

返校的第一天，程敏就把严重跳水的同学挨个叫到办公室里去，一个个给他们讲故事。

华兰听到的故事来源于程敏年轻的时候喜欢看的武侠小说。

"我刚开始不喜欢张无忌，觉得这个主角怎么这么窝囊，又中毒又天天被人打败，真是看得浪费时间。"程敏说，"但正是这样他最后成就神功的时候才看得爽啊。"

-程敏说，希望她把自己当成中毒的张无忌。每一个主角都要经历点磨难，才能成就自己的事业。

"你当然是大侠，不过是暂时中毒了而已。"

华兰不知道是因为自己病了看什么都柔软，还是程敏真的转性了——高三的程敏变得格外有人情味，他不再和教室里喝水的同学过不去，也不再凶神恶煞地在教室门口蹲人。

大家到了高三都变得自觉，似乎一夜之间长大。虽然私下里还是"程敏""程敏"地直呼其名，但是碰到个什么节日，程敏桌上收到的明信片总是最多的。

华兰一面淡淡地跟余倩倩嘲笑程敏这个故事不知道跟多少个学生讲过，一面又把这个故事记在自己桌上新的日历本上。

高三下学期的宿舍只剩下她们俩，有时候会只有余倩倩一个人——华兰不时要请假出去看医生。

吃中药是一件痛苦的事情，其原因不在于难以入口的苦味，而在于漫漫无期地盘问和复查，包括医生，也包括妈妈。

华兰和妈妈之间达成了一种微妙的平衡——妈妈默认了华兰打算学习地质的愿望，华兰也得顺着妈妈照顾好自己的身体。

陈晓静每天中午来学校给华兰送药膳，不定时抽查华兰在学校的饮食习惯，每周都带华兰去陈医生的药房。

来那间药房寻医问药的人有许多，每天都会排很长的队。华兰有许多的卷子和练习，都是在金属味和药材味的混杂气味里写完的。

三年来，她在川中食堂、宿舍、教室三点一线的生活被自己的胃打断。说实话，学校确实是最适合学习的地方，一旦离开教室，原本紧绷的神经就会放松下来。

班级里小黑板的倒计时换了名目，马上开始倒计时六月的高考。

为了养好自己的身体，华兰被迫调整放弃了一些学校规定的日程和原本的学习计划。

因为喝药时间和大课间跑操的冲突，她无法再跟着三班那斑斓的班旗环着校园跑过一圈一圈，无法在冲线时热烈地高喊三班的口号，只能一个人在小操场孤单地做广播体操。

苏展和刘一天依然会交替着在跑操时为班级举旗，少年还是那样风华正茂，然而她却不能再像高一夜跑的时候一样，追在他的身后。

风会吹起少年的鬓角，和着渐渐转暖的春光。在属于她的夏天散尽以后，春天将她拒之门外。

她觉得这段日子像自己每天必须喝下的中药一样，散发着酸苦的味道。

病气会消磨人的心气，这时的风并不是为她而吹。

妈妈每天给她送的药膳让她没办法再吃苏展给她带的加餐，经常性的请假让她做不完苏展帮她整理的一些资料。

一考完放手一些学科的同学，会把自己原本的资料转赠给没有放手的同学。没有放掉物理的刘一天来找苏展，被苏展无情地轰走。

　　苏展帮华兰仔细复盘了一考的物理卷子，回顾了她失误的每一道题目，说是放掉物理的他实际上没有停止物理的复习——因为华兰需要人讲题。

　　苏展不敢直言对华兰的担心，害怕给原本压力就大的她造成更大的压力。

　　但这在华兰看来，无疑是苏展承担了不必要的负荷。他原本可以轻轻松松地只学英语、生物、语文和数学，到头来却要因为她加重负担。

　　少年轻松地笑说："高考这点内容已经是我的本能了，都是拿省一的人，你看不起谁呢？"

　　高三下学期的考试，华兰还是跟先前一样名次起伏不定。有时能杀回前五十，有时只能考两百多名。这更加加重了苏展的担忧——这个症状跟华兰先前考崩一考的时候一模一样，要是六月份再崩一次怎么办？

　　所以，他被薛妈妈批议论文批得再身心俱疲，也要看一看华兰的物理练习，并帮她弄出针对性的练习。

　　桌上越叠越多的空白物理资料也加重了华兰的负罪感。

　　华兰骤而想起提前招的时候，苏展非要来关心她，那次她怀着浑身的抑郁和逃避，和他说，"谢谢你的关心，但以后不需要了"。

　　这次，她也好想带着一身的病痛跟他说："不要因为我打乱你平时的学习计划，你需要时间需要精力，去补习一直落下的语文和英语——你看看你的作文烂成什么样了？"

　　别觉得上天会一直眷顾你，就算你习惯听语文课的时候研究物理，但天底下没有那么多一心二用就能搞定的事情。

　　你看，就算是天才如林屿，也饱受没有保送资格的煎熬。就算神仙如江潼，也没办法一边牵肠挂肚，一边去打亚洲赛，他只能回来。

　　我真挚地希望你，一往无前，不要回头。

　　天地无垠，我们这条路原本走的人就不多，真的能一起走到最后的人更少。最好的祝福也许是，希望你不胜孤勇。

　　三月份的二模，华兰看着自己还算过得去的物理成绩，再看看苏展不算满意的语文试卷，跟他说："苏展，先不要帮我补物理了。"

　　她原本以为苏展会很不愿意地跟她再来回掰扯，跟她说，你这个成绩波动太大了，我怎么放心？

　　她连怎么样回绝都已经在心里想好了。

　　可是苏展没有掰扯，他只深深地看了她一眼，狭长的眼睛半眯着，轻轻说了一声"好吧"。

　　声音在华兰听起来那么沙哑，华兰趴在桌上侧着脸看他，觉得他琥珀色的眸子里难掩倦色，眼窝泛着青。本来他们就都是一边追进度一边高考，苏展跟她面临一样大的压力。

她隐约知道，苏展帮她整理资料，不乏熬夜的时候。

他也很累吧。华兰胡思乱想着，只是在等自己先开这个口。

华兰看着自己的日历，因为她隔三岔五就要离开学校而总是错过倒计时的翻页。苏展帮她翻好，像之前冲刺一考一样每天都贴好新的便利贴。

然而这些贴纸她都只是草草看过，她也不知道落下多少天没有给他写便利贴了。

以前的留言板也总是他一个人在说，不是吗？

因为作息时间的不同，他们除了几个课间没什么可以聊天的时间——然而课间也一直有杂乱的事情。

苏展不清楚华兰生病到底有多煎熬，华兰也不清楚苏展倦色的来由。

四月份，紧张的冲刺之余，川中每年的成人礼照例举行。

大约三年前的同一时间，华兰站在行政楼上，看着对面的红毯从操场铺到高三教学楼前，祝六月份的鹏程万里。

那个时候，林君玉站在她边上，调整焦距记录下几个人的笑颜。

比山花灿烂的林君玉告诉她："花哥，成年了，就是可以选择不做自己不喜欢的事情了。"

这句话是真理，也是悖论。华兰在失眠的夜里算过自己现在的名次和分数，她没有很大的把握一定能考上南大，但似乎去地大学地质绰绰有余。

那是条后路，但不是她和苏展约定过的梦想。

在泼天鞭炮炸响的时候，穿着白青校服的华兰走过"鱼跃龙门"，在另一端碰到了好久不见的林君玉，她正在举着单反拍华兰。

"笑一个！"林君玉欢快道，"你成年啦！"

华兰勾起嘴角，在林君玉给她"咔咔"拍完照以后搂上去，问："你的校招都考完了？"

"早考完了。"林君玉说，"我只考了国美和央美，剩下的时间在外面找老师一对一补习文化课呢，所以半个月前才回来。"

"为什么不多考几个？"华兰奇怪，"要是没考上的话，不是只能……"

"没考上的话，就单纯靠高考呗。"林君玉说，"我不想只当个二流的画家。"

华兰瞠目结舌，错过了快八个月的学习，林君玉还是有勇气承担一切后果。

"花哥，人不要给自己留后路，留了后路就会走后路。"林君玉转了一下镜头，又说，"合个照！笑开心点！"

相机定格下十八岁的她们，在柳絮纷飞的四月初。

鞭炮响完后的塑料纸壳落在地上，硝石的味道被风迎面吹过来，好刺鼻。

华兰这一刻开始好奇鲤鱼跃龙门这个传说的起源。

她和苏展小时候都看过一部动画片《小鲤鱼历险记》。泡泡跳跃了龙门，打败了赖皮蛇，拯救了自己的家园。

但是现实里没有赖皮蛇。

她也不知道鱼跃龙门之后究竟会怎样。

鱼为什么一定要成为龙呢？

亲爱的兰兰：

我仍然不敢相信，你已经成年了。妈妈总觉得一回头，你还在上幼儿园。前两天翻以前的相册，小时候真是可爱啊，雪团子一样。谁能想到亭亭玉立的大姑娘，是从那么小一个团子长开的呢？

你高中这三年过得真是快啊，还记得你刚考上提前招的时候开车带你来学校。你两个舅舅都说，你这么优秀，我一点不用发愁。办公室里有阿姨在说，自己的儿子才初三就早恋，成绩这么差，真是要了老师和家长的命了。

我还在想，我女儿从来没有这样的问题。从小你就很听话懂事，妈妈从来没有在学业上为你操过心。这是别人求都求不来的，但妈妈总觉得你是不是有点太懂事了，那么闷。

你这个年纪想要打扮，想要同龄人的爱慕，是不是很正常的事情？只是你从来没有过。不过怎样都好。金老师跟妈妈说，学校给你的定位是要考C9名校，妈妈一直不是很懂升学的事情。所以之前跟着办公室的阿姨买了课，想着最后也许能帮到你。

其实妈妈对你没有多高的要求。你爸爸走得早，妈妈一直希望你平平安安一辈子。办公室里的阿姨说，孩子以后去大城市读书，肯定得留在大城市发展啊，回安川干什么？妈妈倒不这么想，网上现在不是挺爱说"内卷"这个词吗？大城市那么卷，以后你要是卷不动了，回安川，挺好的。

之前你跟妈妈闹脾气，一定要读地质方向。这对于女孩子来说很危险，妈妈不想你跟爸爸一样天天满世界跑。但是这两天总梦到你爸爸，觉得爸爸要是还在，你会不会淘气一点？会不会想要什么就直接跟爸妈说，不会在学校里病成那样也不叫妈妈知道？爸爸大概不会反对你大学读这个方向吧？

妈妈工作忙，总错过很多你的事情。久而久之，不知道该怎么处理你的事情了，总是把自己认为好的东西塞给你，却忽略了你是不是真的需要。先前妈妈气坏了，觉得你的想法太天真太任性了。但是现在想一想，青春期的孩子总会跟爸妈吵架。你先前没有跟妈妈吵过架，我们就吵这一次架就行了。妈妈尊重你的选择。

前几天，金老师给我发消息，说学校即将举办成人礼，希望每位家长都要给孩子写一封信。妈妈天天用电脑，好久没有碰过纸笔了。想了好几天，总算写出一封信来，有一点词不达意，不知道你能不能懂。我的女儿，你是爸爸和妈妈的"君子兰"。祝你能在六月份考出一个好成绩，就算考不好也没有关系，你一直都是爸爸妈妈的骄傲啊。

P.S. 在学校一定要好好吃饭。

落款是"爱你的妈妈"和"天上的爸爸"。

眼泪"啪嗒"滴到信纸上，华兰将身子转过去一半。她站在队伍里，前面是余倩倩，旁边是苏展，她跟熟人回避自己哭了的事实。

转过去一半正好面对了旁边二班的队伍，她看见李丹妮埋着头红着眼。她再看余倩倩，肩膀一抽一抽的。

余倩倩转过身来，扑到华兰身上，嘟哝了一句"真受不了"。

川中的传统是，成人礼前会统一组织家长给孩子写信，信纸信封都提前印好烫金，格外隆重。

孩子会在成人礼上打开，大多数人的表情，都像李丹妮一样。

隐忍而抑制，但确实忍不住流泪，跟父母对他们一样。

大讲台上有开放麦，大家可以自行上去喊出自己想对家长说的话——这确实是一件难为情的事情，但事实是大家都在抢麦，一把鼻涕一把泪，生怕环节结束之前轮不到自己。

金炫说，高三是特别神奇的一个阶段，有许多同学平时不敢说的话会在高三说，平常听不进去话的家长也会在高三理解孩子，家庭关系会史无前例的和谐。

台上一个女生大喊："我不会让你们失望的，我要证明我不是这个家里多余的孩子，我一定会比我哥哥更优秀！"

所有人"哇哦"一声，为她鼓掌。

一个接一个，这样的掌声此起彼伏，纪念十八岁的勇敢和真诚。站在讲台旁边的程敏一直认真听着，点头不停。

华兰心里有点触动，她拉一拉苏展的衣角，却听他的声音冷静如水："我怎么觉得都是程敏安排的托啊？"

华兰这才注意到苏展一直双手插兜站着，面无表情，仿佛周遭的盛大典礼与他并无关系。

一直插兜的手，当然没有拿过那封家长的信。

"后面的应该是临时上台的，前面的都拿着纸，感觉是提前安排好的。"他顿了一下，又说。

华兰问他:"怎么了?不高兴?"

他看了她好久,才说:"没有,只是不太习惯在这样的场合袒露感情。"

华兰觉得不对劲。开放麦结束,大家三三两两地散开,在场内到处拍照。到处逛街的专业摄影师林君玉和助理肖子怀给自己班同学拍完一圈,又绕到华兰这里。

"花哥!"林君玉笑道,"我给你们拍!"

"你今天是不是拍了得有千来张照片了?"华兰笑。

"没事,内存够大!"肖子怀拉着华兰,"来嘛来嘛!君玉技术这么好,别人求之不得。赶紧站好。"

在二人的催促下,他们站到成人门下面。

"笑一下!"林君玉催促道,"怎么苦大仇深的!你是参加成人礼,又不是葬礼!"

苏展脸上冷淡的表情还没切换过来。华兰轻声对他说:"笑不出来,是不是也有什么事情没跟我说?"

苏展一愣。

"那就先笑,拍完照再跟我说,好不好?"

他微微点头。于是,林君玉的相机里终于留下了一张两个人并肩笑脸盈盈的照片。

这年他们十八岁。

拍完照的他们坐在观众席的角落里,面前拉着的横幅挡住了从上往下看的视线。

华兰先开口问:"是不是阿姨没有给你写那封信?"

"她应该不知道这件事。"苏展的声音轻飘飘的,"我也不是很想让她知道。"他偏过头,看着华兰,"她病了,乳腺癌。"

华兰一下什么话都说不出来了。

"现在在上海,我小姨在照顾她。"苏展缓缓道,"其实她早就该跟我说。"

童阿姨从去年八九月份开始就不断感冒发烧。那时候他们在一中封闭集训,什么都不知道。苏展回来,童阿姨已经租好旁边的房子,说是高三陪读,但也只待了几个星期。

"那时候她跟我说,和我爸去外地弄分公司,我还真信了。"苏展道,"其实那个时候已经在上海住院了。后来春节她也没回来,跟我视频通话,说太忙了不回来。"

苏展怨恨自己那时没注意到异常。直到上周,他回新区的房子取东西,意外发现了一本离婚证。

"我爸和我妈离婚了。"他说。

他说这句话的时候无比淡定,好像这件事不痛不痒。其实对他来说,他觉得他的父母早就应该分开。

"我爸提供不了任何我妈需要的情感支持,这次他拖累了她的身体。"苏展冷静地道,"大概去年四月份开始,我爸让我妈辞了这边的工作,帮他一起打理他那个小外贸分公司。分公司事情很多,我妈作为老板娘,也经常熬夜到凌晨。"

七八月的时候,童阿姨隔三岔五感冒发烧,经常在家休养,多次反复以后,她开始疑心自己的病并不只是感冒发烧这么简单。而叔叔没有把这件事放在心上,觉得休息两天就好了,一个成年人还照顾不好自己,整天喊苦喊累,作不作。

那时候正赶上公司迎上一笔大单,做得好,分公司就算彻底立起来了。

"等这边结束了,我帮你约个体检,约最好的医院,我们去市区检查,好不好?"

九月份,苏展的小姨从上海来看自己姐姐,陪她做了检查,查出结果是乳腺癌中期。

医生觉得情况不容乐观,务必马上联络住院治疗。

"你知道我怎么知道这些事的吗?"苏展看着她,竟然笑了一下,"我拿着离婚证去问我外婆。外婆大惊失色,原本还想着搪塞过去,但看我知道了,也没什么办法。"

苏展的外婆叹了很久的气,说:"你爸真不是人。"

如果不是为了苏尚哲的小公司,童阿姨不会那么累,不会拖着身体不去医院检查。

"如果当时不是我爸,我妈的病发现得就会更早,治疗起来也……"苏展皱了眉头,没有再说下去。

童阿姨在检查结果出来的那一刻就寒了心,她决定离婚。任凭苏尚哲怎么挽留,说孩子高三,说没了他她怎么治病,她再也不想和这个十几年来心里只有自己的男人在一起了。

纵使拖着病体,童阿姨从决定离婚的那刻起,就恢复了当初和陈晓静住对门时那份时代女性的坚韧。她和苏尚哲协商好,离婚和生病的事情都不告诉苏展,谎称自己依然和他一起在外地打理生意,直到苏展高考结束之前,都不许苏家的人来找他,影响他的考试状态。

她光速租好了房子,让苏展的外婆陪读,自己跟着妹妹,在上海联系好医院和医生,外出治病了。

"我现在就是想知道,想知道我妈到底什么情况。"苏展似是自言自语,"外婆说,她的情况现在比较稳定。让我不用管,管好自己考试。"

他的眼神落在横幅上,那么空。

华兰终于知道了，他为什么也像她一样深夜睡不好觉，为什么脸上总有比她还重的倦色。

十八岁的开端，是那么沉重。

她的十八岁充满病痛，病气消磨着心气。

他的十八岁萧瑟寂寥，没有应有的祝福。

自顾不暇，又如何能救人于水火。

体育大馆的典礼结束，他们回到班里。金炫下发样式统一的信纸和信封，让他们写一封信，给十年以后的自己。

金炫说，写完后收起来，放到一个大酒坛里，埋在后山上，等十年以后挖出来看看。

岁月是好大一坛酒，从现在开始酿，最后会不会不朽。

华兰攥着笔，在信笺的开头写下"亲爱的华兰"之后，停了好久。

照理说，现在应该问问那时候的她有没有考上心心念念的南大地质，有没有去过爸爸地图上标好的那些地方。

也许，还应该问一问身边这个少年。

十年以后她二十八岁，将近而立之年。那时候的华兰回想，一定会觉得她年少时代的大部分时间里都有他的出现，他若无其事地再次闯入她的生活，把原来的她还给她以后约定了同一个梦想。他们一起走过高二竞赛时那段难熬的时光，又一起追进度追得天昏地暗。

今年生日的时候苏展送给她南大的书针，被她放到笔筒里正对着自己。

苏展把"南京大学"写到了自己桌子上最显眼的地方。

他们一抬头就看得到约定好的梦想。

只是现在这个梦想看起来怎么这样飘忽不定？冥冥中有个声音告诉她，这很易碎。

她看着南大校徽的紫色背景和树形雕刻，用手摩挲一下，那么刺痛。

她偏过头看了一眼苏展的信纸，也是空白未写一字。他突然抬头与她的目光撞上，两人都没有来得及收回自己的目光。

那有着不确定和迷茫的目光。

下课后，他们来到五楼通往天台的那个楼梯间。

他们一起坐在最高层的楼梯上，看着下面高高低低的居民楼，在视野的尽头，小横山一如既往的清浅一横，好像中国水墨画里的"一皴"。

他们沉默着坐了好久，有一搭没一搭地扯着金炫和沈伊的八卦。据说被楼下十一班、十二班的同学看到好几次了，他们天天一起约着去吃饭。

"你说，沈伊不会真的是为了金炫才放弃继续在杭州的工作吧？"苏展道，"听平行班同学说的。"

"肖老板跟我说，沈伊原本就是清州人。"华兰回道，"而且似乎在杭州的那个学校，成绩没有川中那么好。应该也不能完全说为了金炫。"

苏展慢慢点了点头，半晌对华兰说："我不希望你因为我放弃什么东西。"

华兰很自然地回道："我也是。"

苏展意味不明地看了看她，华兰很清楚那个眼神的意思。

难堪、不舍、眷恋、内疚、无奈。

因为乳腺癌，童阿姨估计得在上海待上几年。苏展不可能撇下母亲天南地北地去读大学。

苏展也许不得不放弃一些什么，包括他们一起约定好的事情。

华兰自己也知道，因为病痛，她也已经放弃了很多。看着每次成绩条发下来时不时跳水的排名，她真的没有高二时候的勇气，觉得自己一定能考上约定好的学校。

夜深人静的时候，她确实在为自己想后路啊。

苏展和她空白的"十年信纸"，何尝不是不知道，应该在何处落笔写对方。

我觉得往后十年应当有你，可是我没有肯定的勇气。

突然之间，他们都偏移了一开始约定好的轨道。那几个写在桌上显眼地方的大字好像突然流失了原本的意义，变得干瘪，变得形销骨立，变得两个人都难以真正去相信。

那不像余倩倩桌上的"浙江大学"一样拥有被期待向往的结局。他们曾经说过来日方长，但是风云善变，言不由衷。

华兰很早就知道，命运是出尔反尔的一把好手，生生灯火，明暗无辄。

他们一起绚烂的时间太短，想得太远。午觉睡醒以后，他们盯着对面睡眼惺忪的脸就去想往后的十年八年。

川中的生活太过安逸，真的就像陈彬口误想说的"象牙塔"一样。这座大象塔罩住了他们的青春，这三年他们最是光风霁月，优异的成绩、善解人意的师友，让他们觉得世界上所有事情都像做对数学题一样简单。

不是这样的。

大象塔之外，世界上大部分事情，都比数学题要难得多。

难得的是这三年半，他们在大象塔里，肆无忌惮地沉醉于青涩桃红的梦。但残忍的也是这三年半，大象塔只给他们三年半。

他们的悲剧在于，尚没有尽欢，就站在这三年半的末尾，提前窥见了大象塔以外的世界。

"那封信，晚自习前就要交了。"华兰说，"如果写不出来，就别写了。预言和幻想都很残忍。"

"有时候留白才好，留白才显得，一切都有可能啊。"她笑出来。

他们的面色晦暗不明，一前一后走下楼梯，身后的一级一级，写着过往，写着青春，写着燎原的烈火。

面前是白茫茫的世界。

那天以后，他们默契地什么也没有提，还是照常给对方写便笺，还是帮对方看错题。苏展帮她带早饭，监督她好好吃药，不准她困了喝刺激性的咖啡。

像以前一样。

成人礼过后，冲刺模考狂轰滥炸。他们就这样寻常地度过了每一个考试和对答案的下午。高考和冲刺的口号每天都换了不同的人在喊，每一个人都在"不负六月，不负韶华"。

三班"欲与天公试比高，剑指清北浙复交"的口号，在其中最狂。

天气渐渐热起来，夏天炽热的金光洒在每一个人的眸子里，熨烫着独属于他们的金色年华。

每天的环校园跑，在每天冲向重点线的时候，好像冲过了自己的未来。

这个夏天是最后一个夏天，所有人都热血沸腾。

华兰却觉得，自己似乎回到了高一那段安静的日子，没有直面高考和竞赛的强压，生活在观测川中四季轮转中度过。就像她现在每天做广播体操的时候，观察飞鸟飞行的姿势。

她的小部员给她写"高考加油"的明信片，用当初她看李清凡的眼神看她，跟她说："这是属于你的夏天，学姐加油！"

华兰一面感谢他们，一面羡慕他们的活力。

她好不容易曾经成了那样，她以为自己一直会是那样。

川中有一本专属刊物，叫作《昔年》。上面收录往届学长学姐在高中时的青葱记忆，以及对学弟学妹们的鼓励期望。每毕业一届，这本刊物就会换新，然后新一届的高三人手一本。

一般每年首考结束，他们就会拿到那本书。透过书里学长学姐的经历，在上上下下的分数线里，试图窥探自己的未来。

华兰一直没怎么翻过《昔年》。最后停课复习的两周，她偶尔把它当作课外读物，调剂繁忙的生活。她翻到过李清凡的文章，李清凡形容自己的高三是"在尽头寻找尽头的出路"。

有好多学长学姐，都用"炽烈"来形容高三，希望他们在最热血的年纪做一个不屈的饮火者。

但是华兰的高三，从竞赛结束的慌乱与众人的期待开始，混合着药房的药味和那条街上的金属味，和对那个约定的心照不宣，收尾无比、无比平淡。

开头的热血像她的中药一样一日复一日地煎熬，似乎也称不上无疾而终。

6月6日最后一个晚自习，金炫仍然婆婆妈妈地提醒他们证件，提醒他们不要抢时间违规答题，提醒他们考场有任何问题不要擅自解决一定要举手报告老师。

那天，华兰和苏展还是在通往宿舍楼和大门的路上分别，平淡得好像第二天早上第一节还会坐在一起上Judy的课。

她好希望这种日子再长一点。

六月初，川中的蝉已经开始一个夏天的鸣叫。

它们生于安水之畔，方生方死，周而复始地为少年人鸣叫。

2022年的夏天，也不例外。

又一年的高考结束，2019年入学的他们告别了属于自己的高中时代，而新一届的高三在最后一场考试铃响的时刻正式诞生。

华兰恍惚之间听到了欢呼雀跃的声音，在监考老师示意可以离开以后，慢慢地走出了考场。

她走下那条她走过无数次的楼梯，这次她意识到也许之后她再也没有机会走上它。好多认识的同学从她身边跑过去，拍着她的肩说"考完了，考完了，我们终于解放了"。

都结束了。

她已不再高三。

她到对面实验楼的大本营收走自己所有的书，路上遇到在走廊上翻地图的肖子怀和林君玉。

她们还在准备下午最后一场地理考试。

"快走，快走！"肖子怀叉着腰凶她，"就看不惯你们这些不选地理的人。"

"奋战到最后的只有我们地理人！"

华兰一面笑，一面祝大家下午考出好成绩。

大本营里是最后一批考完生物的人，苏展比她快，已经收好书了。

"结束了。"他努力笑了一下，"我是不是该跟你说，明天见？"

"明早我想吃豆沙馅的包子。"她说。

他们都"扑哧"一声，声音消亡在彼此的注视里。

"我回宿舍收东西了。"

"好。"

华兰往宿舍走，边走边掉泪，她也不清楚自己究竟是哭什么。

余倩倩没有考生物，昨天就已经考完收拾东西回家了。华兰确实是这间宿舍最晚走的人。

她把东西收好，最后一次，拖着行李箱从宿舍楼梯上下来，穿越生活区和教学区。身后是铺天盖地的阳光和夏天炽热的风，风干了脸上的泪痕，好像在祝她前程似锦。

她忽然想起，三年前自己刚来川中的时候，也有这样一阵风，只不过那时的风在吹宿舍外一株极大的铁树和旁边的玉兰花，却始终没有吹动。

那阵风让她意识到自己身在川中。而今天的风，吹散了她仓促而焦灼的高三，吹散了她的高中时代。

一切都有始有终。

"兰兰，恭喜你都结束了！"

妈妈在校门口捧着花等她，她脸上已经没有一滴眼泪了。

华兰回头看了一眼，"安川中学"四个鎏金大字跟她刚来那天一样闪亮，好像第二天她还是会照常走进来上学，桌上会放好苏展给她带的早餐。

豆沙馅的包子。

第三十章
每个人都有后来的故事

店内的灯光很柔和。东湖旁边有情调的咖啡店很多，但是华兰只喜欢这一家。大抵是第一次来这里的时候遇上了很巧的时间，恰好看到了落日沉入珞珈山。湖对岸的高楼在落日时分像以前林君玉画阴影一样被一应抹黑，剩下曲折玲珑的线条。

根据季节的不同，落日会分别降落在珞珈山和湖对岸的高楼之间。东湖上烟波浩渺，水色氤氲着漫天霞色，晚霞缥缈梦幻。

有段时间，她喜欢一个人在这条南望山路上散步，散步的时候总想起以前。

"呀，什么时候这么有文艺情调了？"身后一个朗朗的笑声传来。李清凡看了一圈复古的装修和书架上放着的英文书，"现在不做大地的掌握者，改做文青了？"

"清凡师姐！"华兰梳着蓬松的丸子头，穿着亚麻色的短衬衣，看起来还真有点文青的意思。

华兰赶紧给她一个大大的熊抱。眼前的清凡师姐比起她上次见的时候，又换了风格，头发剪短挑染了银灰，穿着偏中性，很潇洒。

她抱的时候还迟疑着确认了一下。

"哎，我记得，我们俩上次见面，还是在湖那边吃浙江菜呢。"李清凡坐到她对面，"那家难吃死了。"

"咱们俩这三年在武汉，也就见过两次。"华兰想了想，"第一次是我来武汉读书，第二次是送你出国交换。"

"这不是我在武大你在地大嘛。"李清凡要了一杯拿铁，"要是在一个学校，天天都请你吃饭。"

"得了吧，高中的时候也没有见你天天请我吃饭。"华兰又问李清凡，"你不是天南海北地在玩吗？怎么又来武汉？"

清凡师姐去年拿到了推免资格，九月份开学就在清华读研一了，这两天正满世界玩。她学的金融，华兰大一那年她大二，正好是最忙的时候。她大三又出国交换了一年，两个人最多的交流还是在网上。

"来和男朋友分手。"李清凡特别洒脱，"现在应该是前男友了。后天就从天河飞西藏散心去。"

"没有你飞的地方多。"李清凡双手托着下巴，盯着华兰道，"好不容易遇到你待在武汉，顺便来见见——最近怎么样？"

华兰"哟"了一声，想起几天前在朋友圈看到清凡师姐的忧郁文案，没想到是为情所困。

她感慨一句，情感生活真丰富。

"刚刚结束夏令营。"华兰抿了一口咖啡。现在的她能喝咖啡这种刺激性的东西了，期末周的时候靠这个续命。感谢高考结束后那三个月的暑假，陈奶奶帮她调理好了胃，胃痉挛后来再也没有发作过。

好像脱离了高三就脱离了苦难。

"系里和隔壁珠宝学院研究生开了个联合项目，老师让我留下来学习学习，见见世面。"华兰道，"我正好也在考虑保研还是出国。"

上个学年的综测和绩点正在第二轮公示期，结合前两年的成绩，推免资格应该是十拿九稳了。华兰在考虑最后跟研究哪个方向的导师。

李清凡眼里流露出欣慰，她看了自己这个学妹清秀的脸半天，最后说："好在结果好——我一直觉得你呀，当初的分数报地大还是亏了。"

"也没什么亏不亏的，"华兰道，"我也不后悔。"

当初的她几乎没有犹豫。高考后参加南大强基未果，看着自己尴尬的成绩，她最后无怨无悔地把地大的地质学填在了志愿的第一顺位，纵使她后来知道，自己比专业的分数线高了十来分。

按李清凡的话说，其实报武大或者浙大的一些专业完全没问题。华兰看得淡，毕竟她是专业为先。为了这条路，高中的她和妈妈别扭了快一年——自己选的，不回头。

妈妈当初提醒过她，女生学地质这个方向很辛苦。对于华兰来说，倒不在于专业知识有多难，只是她直面一个问题——行业对于女性从业者比较苛刻，所以在研究生的具体方向选择上，需要再想想。

真切地进入了这个世界以后，她才发现做大地的掌握者，也有好多种方式。

甚至地科院和珠宝学院这个联合项目，也是一种方式。

华兰来地大的第一个学期，就把玉晶灵扫荡了一遍。地大专属珠宝店里各种颜色的玛瑙、玉髓、水晶、翡翠和相应制作的戒指、耳环、手链应有尽有，价格也都亲民——毕竟在他们看来，这些东西都可以统一叫作"矿石"，只是数量多少的区别。

当时的她站在流光溢彩的柜子前，手上还戴着妈妈高中时送给她的红底四叶草手链。

柜子里有一条设计极为相似的红玉髓手链，切割好看成色完美。

她看着两位数的标价，心里对梵克雅宝只剩下华而不实的印象。

有一些事情和真相，随着阅历得到增长，看到的角度也不一样。

那红底四叶草明明也就是几块红玉髓，却圈住了当时的她和妈妈。

"我记得你们那届考得很好，浙大都有百来个，92率都快接近80%了。"李清凡回忆起当初朋友圈推送疯转的盛况，还有自己在武大迎新时见到一个不情不愿说自己掉过来的川中学弟。

"所以你们班后来怎样？"李清凡问。

"基本上都是985高校，清华三个，北大两个。"华兰喝了一口咖啡，这样说。

她回忆起三年前的夏天，川中放榜的时候，那时的三班可以用"群星璀璨"来形容。

那块大红榜贴在高三一楼的橱窗里，换掉去年李清凡那届的那张。红榜的前列先写北大再写清华。清华那部分，第一行是保送的江潼，然后就是考进全省前十勇夺清州状元的林屿。

他们那届创造了多项历史，比如终于有人考进了全省前十，比如新高考以来文科班终于有人考上了北大，比如有史以来最高的92%录取率。

三班复旦、交大有好几个，余倩倩、王岩开这多数同学都去了浙大，刘一天在东南，考得最差的同学也在211。

录取结果出来以后的那个暑假，朋友圈被各大高校的迎新推送占领。大家从川中这个单调疲劳的笼子里放出来，原本黑白颜色的鸟儿扑腾向广阔的天空，忽然都各自有了五彩斑斓的羽毛。

余倩倩一个暑假换了三种颜色的头发，现在又染回了黑色。她学医，遇上的老师有点古板，估计被说怕了。

刘一天恋爱谈上了天，一个暑假就换了两个女朋友。大学的时候桃花不断，每年一回安川就说自己失恋了，拉着他们在KTV唱《就让这大雨全部落下》，现在疑似单身。

林屿和江潼，嗯……倒是很稳定。华兰大二的时候，有个国庆访学项目去了清华，他俩一起来接她，那几天她刷他俩的卡把南园、玉树、芝兰、清芬食堂的饭都吃了一遍。

其实后来的事情，谁也想不到会怎样。华兰看了一眼窗外的东湖，夏季昼长，晚上六点，天色才见了点暗。

那次国庆访完学之后，华兰坐了十几个小时硬座去杭州，沿途拍摄了东经

120度的秋景。北京层林尽染,杭州似乎还没从夏天挣脱出来,遍地都是金发碧眼的外国人,亚运色着满钱江,空气里桂花的香气倒是沁人心脾。

林君玉把她背着背包站在国美前的狼狈神色速写下来,说很有当代大学生特种兵的特点,自己要拿去参加展览。

"这索尼镜头一般啊。"林君玉把玩了一下华兰的相机,"攒钱换个阿尔帕吧,要是想搞地理摄影的话。"

华兰当时也没有真的想要开始弄地理摄影,她只是单纯地觉得记忆不可信,想用相机把见过的风景记录下来,还能印一份烧给老爸。

手上的索尼是高考之后和余倩倩、李丹妮等人一起开补习班挣出来的。

李丹妮去了北外,周知遇在外交学院。他们俩感情稳定到华兰觉得他们一毕业就会结婚——以后一个翻译官,一个外交官,言情小说都没有的顶级配置。她也是佩服周知遇,真的把李丹妮的心抓得死死的,毕竟曾经追李丹妮的人真的从这里排到意大利。

当初也没有专业人士指点,在某平台上看了两篇笔记买来拍着玩,华兰本来就在看国家地理的杂志,经林君玉一提点,她还真去了解了地理摄影,加入了学校的社团,后来每逢放假就约着出去拍照。

她的装备当时跟社里的各位是没法比的。她也不在意成片怎么样,纯粹是想看看世界。后来奖学金、家教费,再加上妈妈的一点赞助,她攒了一年多的钱,终于升级了装备,买了个国家地理摄影师同款的阿尔帕。这个暑假拍得正开心。

因为这件事,她跟林屿交流很多,他要做天文学家,爱好搞深空摄影。

川藏线、新疆、内蒙古、科罗拉多峡谷、阿尔卑斯山……

她现在想想,确实已经去过了好多地方。一年到头除了在学校上课,她就是在外面旅游。朋友圈五彩斑斓,隔段时间就有大自然的质感照片。

很多人以为她是富二代,有空就周游世界。华兰通常回"谢邀,家在山沟"——她自己知道做攻略省钱穷游多辛苦。

但世界这么灿烂,她骨子里就热爱风景。

她要去看看爸爸没来得及看的地方。

面前的李清凡听她细数高中同学的近况,感慨了一句"我们俩到底还是谁都没去做化工"。

"哎,"李清凡琢磨过味来,"你的那个小弟呢?他人在哪儿?你们俩——"

"在交大。"华兰顿了顿,干脆地说,"我们俩很早就分手了。"

苏展高考以后通过名校"三一"上了交大。

他们俩好久没有联系了。

华兰说这句话的时候,比预想的平静。

华兰想起来，自己跟苏展也有将近三年没见了。三年对于他们来说好像一个固定的周期，本来就是熬过初中三年又见到他，拥有高中三年以后又分别。

这回应该没有下个三年了。毕竟只有中学时代可以用三年来计算，当初见证过的人也都已经各奔东西。

他们都长大了。

没有人还留在安川，留在川中那座大象塔里。三班迄今为止没有办过一次全体到齐的聚会——每年寒暑假总有人散落在天南海北。

苏展从来没有到过场。

他基本不回安川了。

算起来，2022年仲夏的那次毕业旅行，是他们最后一次齐聚，就连在少年班的赵欣怡和安培都回来了。

班级讨论过后，他们决定包一辆大巴车去安川下属的一个小镇里旅行，当天就可以来回。

小镇名叫宁泰，上云江在这里入海，守护着安川那一点儿破碎曲折的海岸线，证明安川不完全是山沟沟。

这里的海域没那么波澜壮阔，但是对于结束高中牢狱生活的少男少女们来说，无疑是辽远自由，好像此后即将启程的大好人生。

尤其是成绩还没出，浪得几日是几日。

他们大清早从市区坐大巴来宁泰，后半段村路颠簸得不行。

华兰和苏展坐在大巴后排的连座上。一大早，她睡眼蒙眬地靠在窗玻璃上，被道路颠簸背刺以后，有人托着她的脑袋让她靠在自己肩上，接着问她是不是硌得慌，最后把她搂在自己怀里。

少年的怀抱滚烫，身上衣衫有阳光干燥的味道。本来睡得迷迷糊糊的华兰被搂过去的那一刻完全清醒了，睁眼就是他半眯着的琥珀色双眸。

"睡醒了？"

华兰心里腹诽，我哪睡得着。她顺了顺刚刚弄乱的头发，没好气地跟他说："你扰人清梦。"

"我们好像，有点明目张胆？"华兰把目光从"落寞"的安培身上移回来，落到少年干净的脸上。

他们脸上都没有高考前的那种沉重，毕竟出来玩，最重要的是开心点。

"大小姐，你毕业了，程敏和高压线都管不到你了。"苏展刮了一下她的鼻子，又说，"我有东西给你。"

他递过来一个滴胶的项链。通透的坠子里嵌着一朵白色的蝴蝶兰，嫣红的花蕊优雅大气。

"哪里买的？"

"自己做的。"苏展尾音上扬，"看来手艺还可以，我要不去开个网店？"

"真的假的？"华兰看看坠子又看看他，"造了多少兰花？"

"你男朋友手艺很好好吗？"他眉梢一扬，"当然就这一朵！"

确实最后实操的时候就废了这一朵蝴蝶兰，之前十次实验都用的是楼下花坛的苜蓿草，合理的变量替换。

华兰戴上项链，满意地笑了一下，然后从包里拿出一个牛皮纸包，对苏展说："本小姐觉得还可以，这个赏给你了。"

"谢主隆恩。"苏展配合道，他打开纸包，裹着的原是本相册。

相册里有好多照片，要么和三班有关，要么和他们有关。

照片来源有金炫这三年的朋友圈、学校公众号，以及林君玉的硬盘。

虽然风格各异，但是好歹提前招到高三，都能找出那么几张来。

几天前，她一边找，一边追忆似水年华。一想到要把这本相册送给苏展，她还有点不舍，但好在照片她可以印好几份，自己再做好几册，给朋友们都送一送。

"所以，相册不止我有咯？"苏展正在翻，骤然停下来问。

"你的是首次发行，第一本。"华兰顿了一下，又补充，"而且照片最多。"

苏展这才继续翻下去。

"但是！"华兰捏着那枚坠子，蛮横道，"这个你以后不准做给别的人！"

"好，都依你。"他眉开眼笑。

后来，车开到子宁泰的海滩。海滩边上是之前联系好的店家，有太阳浴有沙滩排球，带了泳衣乐意下水的也有救生员。

大家欢呼一声四散开去，玩得相当尽兴。白天在各种项目和集体游戏里度过——华兰和余倩倩堆了好大一个沙堡，把男生摁进去当"沙雕"。

夜幕降临的时候，他们在海边烧烤，燃起篝火，开篝火晚会。

好像大家都有点上头。天色完全黑尽了，篝火明艳，不知道是谁提议玩真心话大冒险，说玩不起的等会儿跟带过来的那箱烟花一起上天。

正好有人带了盒装卡。大家围着篝火坐成一圈，以矿泉水瓶代替花，用击鼓传花的方式决定哪个倒霉蛋抽卡。麦霸刘一天一曲歌尽，第一轮的矿泉水瓶留在王岩开手里，一帮人起哄着让他抽大冒险。

"推爷！真心话没意思！"

于是，王岩开抽了一张大冒险，卡上写：现场有你喜欢的异性吗？如果有，吻她。

王岩开愣了两秒，笑着说："那我可以逃过一劫了——咱们班女生哎。这卡怎么写的？这么霸道。"

大家哄笑一圈说没意思没意思，这卡应该让展哥来抽。

但是抽过了就只能放到"已抽"的另外一堆里面去。

他们又过了好几轮，抽到最后大家都在争着拿话筒唱歌。华兰不痛不痒地答了两个真心话，苏展没中招。在真心话大冒险变成海滩演唱会之后，以刘一天为中心的男生开始群魔乱舞。

林屿和江潼在研究怎么把那些烟花送上天。苏展牵着华兰的手往远处走，渐渐远离了篝火。他们赤着脚站在海水里，风从身后吹向大海。荡漾的浪涛迎上来又退去，脚踝被挠得酥酥麻麻。

夜风有点凉，好在苏展给她披了件衣服。

她说："真是太遗憾了，刚刚刘一天怎么努力花都传不到你手里。"

苏展说："你这么想让我中招一回？"

她打了他一下，说："我想看你学大象在沙滩上转圈圈。"

"学大象倒是没机会。"他拿出一张卡，"不过其他大冒险倒是有机会。"

华兰接过那张卡，远处明灭的火光，让她看清楚那张卡上分明写的是"现场有你喜欢的异性吗？如果有，吻她"。

"华兰，我想大冒险。"

腰被揽住，华兰抬眼就能看到远处的火光倒映在他的眸子里，那火星离自己越来越近，落成嘴唇上清浅的覆盖。

那个时候，岸上的林屿和江潼刚刚把一箱烟花送上天，在深蓝的夜幕中绽成万朵斑斓。

烟花倒影碎在大海里，人间从此有了星河。而这星河里的一片影子，属于合二为一的他们。

年年岁岁，他们又有烟花相似。

华兰后来想起揽住她的那只手的温热，和跳动着火花和金光的双眸，想着那大抵就是一眼万年，大抵就是岁岁年年。

她不会比那个时候更喜欢他。

后来的华兰才知道那个吻有多酸涩，因为那是她生命里最后那么喜欢苏展的时刻。

苏展在那次旅行以后就去了上海，直到志愿填报和开学，都没有回来。

童阿姨和苏叔叔离婚了，安川的家也就没有回的必要。

说来也巧，她和苏展第一次分开就是因为他搬家，第二次分开还是因为他搬家。

第一次身不由己，第二次言不由衷。

两次分开，他们后来经历的风景都各不相同。

大二暑假，华兰去欧洲访学，在剑桥遇见一个金发碧眼的英国帅哥，于是有了一场日不落的短暂爱恋。

不得不说，英国帅哥的吻很偷心。

她大半夜和余倩倩打越洋电话，对面打趣她跟初吻比怎么样。

她"啧"了一声，想了很久初吻的感觉，最后说："吻技反正肯定很差。"

"吻技很差也阻止不了当时你那么喜欢他。"余倩倩"喊"了一声，表示老娘二十年了还没碰过男人的嘴。

华兰笑过以后，从阳台望去深黑的天空，好像从前在哪里也见过。

是啊，她那个时候那么喜欢他。

"所以，你们真的就那样分手了？"对面李清凡嘬了最后一口咖啡，扬眉问，"熬不住异地？"

"对。"华兰轻轻回答，"熬不住异地，就熬了半年多。"

那年，苏展没能选上自己喜欢的大物类专业，接受调剂进入了金融大类。后来，他参加了学院的辩论队，一路打进了校队，经常模辩到半夜。

"我还奇怪，为什么他没有加入篮球队。"华兰说，"之前我们两个话都不算多。但我觉得也好啊，总是新奇的人生体验。"

好多次打电话的时候，苏展都在模辩，手机里总是传来他队友的声音。一个甜美的女声因为辨识度和出现频率，引起了华兰的注意。

而地大和华兰专业的特殊性，都决定了华兰所在环境悬殊的男女比——一个班的女生凑不齐一个宿舍。

华兰是经历过三班"八朵金花"时代的人，不觉得在一群男生当中有什么不自在——但是苏展不自在。

"我们之间突然变得很不信任，如果在照片里看到异性或者打电话的时候听到异性的声音，都要问很久。"华兰摇着调羹，"每次打电话，打上一会儿就要开始掰扯了，好累。"

说实话，华兰一开始也不想问那个甜美的女声。但是这个东西就好像潘多拉魔盒，一直在蛊惑人心。

她在卓依缦的朋友圈里第一次看到那个甜美的女声的长相。卓依缦在复旦的辩论队，友谊赛对上交大。结束后，卓依缦发了一张所有人的大合照，说对面整体颜值好高，都可以一起出道了。

这个女声的主人长相也很甜美，但在辩论圈里的攻击力可不弱。她是三辩，苏展是二辩，都很会拆对面的台，是相当默契的搭档。

华兰一边感慨"依缦都挑战辩论了，大家上了大学还真是不一样，印象里依缦上班级讲台竞选的声音都在颤抖呢"，一边把那张照片放大缩小了十几次。明明是四个人的组合，为什么她感觉二辩和三辩就是站得更近呢？

后来，他们不可避免地谈起自己身边的异性，不可避免地说"这么晚了你还和她/他在一起啊"，然后不可避免地吵架。

华兰看着李清凡不可思议的眼神，仿佛在说"你们俩还能因为这种事情吵架"，然后无奈地说："其实这都是小矛盾，但这样的小矛盾一直都有，又要一次一次地解释，会很累。"

华兰想了想，又说："因为对方没有及时回消息而变得疑神疑鬼，喜欢推测对方朋友圈的照片。我闲的时候他忙，他忙的时候我闲。彼此也不知道对方在忙什么，忙得甚至连打电话的时间都没有。"

"电话频率从每天变成三天，从三天变成一周，从一周变成半个月。"华兰的声音低沉，"微信的聊天记录从无话不谈变成'早安''午安''晚安'的重复，后来连找个共同话题都难。"

他有他精彩的大学生活，她也有她的。只是他们拥有的不是一段共同的日子了。

她要习惯早餐没有他来带，她要习惯武汉的豆沙馅包子不是川中后门的那个味道。

她要习惯身边不是坐着他，要习惯没有人给她带加餐，没有人每天往她桌子上贴便笺。

她要习惯好多东西，说到底是要习惯没有他。

异地恋是精神的内耗，太多东西在消耗那份情感，年年岁岁的喜欢最后可能会湮灭于日复一日的误会解释。

"那段时间在知乎搜异地恋怎么熬下去，大部分的答案都在劝分手。"华兰自嘲地笑一笑，"后来就真的分手了。"

"那个问题我也搜过。"李清凡深深看了她一眼，"因为我和高中结束后第一个男朋友，也是这样分手的。"

"你见过的，那个和我一起把竞赛资料留给你们的学长。"李清凡歪着脑袋，"没想到把资料留给你们的同时，把坏运气也留给你们了。"

"他在广州，我在武汉，1022公里。"李清凡笑意浅浅的脸掠过了一丝苦涩，"高考结束的时候很黏糊，后来天天发微信，但是也不过就那几个月。"

华兰的眼神闪烁一下，半晌又说："师姐，把你这咖啡换成红酒是不是更妥当？"

"多大点事？"李清凡摇摇头，"我能理解。后来秦浩还追过我呢——都是青春里的美好回忆，能带给你成长就好。"

"啊，秦浩？"华兰又吃到了一个陈年老瓜。

"重点错了！"李清凡剜了她一眼，说自己有正事要讲。

李清凡大三去哥伦比亚大学交换了一年，在那里认识了几个玩摄影的朋友，看了不少艺术展。

"他们最近在筹办一个摄影展，主题是'The Endless Sunset'。

"无尽晚霞，或者说，晚霞尽头。"李清凡把 iPad 从包里拿出来，给华兰看他们的企划书，"他们想要世界各地的晚霞，所以联络的表格里有世界各地去哥大的留学生。中国这边找上我了，我觉得你好合适，要不要加入试试？"

"他们前天晚上刚跟另外一些常青藤盟校开完会，"李清凡眨眨眼，"最后很有可能变成学校之间的联合大型展览,优秀作品有奖金的。"

华兰划拉着 iPad,看着密密麻麻的英文,原本还想说,自己就拍着玩玩,跟专业的应该比不了。

但是她看到了晚霞。

那种自然风光很早就在她心里种下了执念。

她无疑是热爱晚霞的人啊。

她让李清凡把资料发她一份,她考虑参加。

第三十一章
/ Your Heart

华兰跟李清凡喝完咖啡,又在黄鹤楼边吃吃逛逛,一起玩了很久。华兰到宿舍楼下的时候,已经过了零点。四周很静,只听得到夏蝉的鸣叫。她抬头一看,月色明亮。

华兰打开手机,朋友圈里李清凡已经把今天晚上的照片发出来了。华兰低笑一下,坐在阳台上挑了半天照片都不满意,索性抬头拍了张今晚的月亮,配文"我们又在月色下相逢了"。

"清凡师姐"贡献了首赞,接着是一个没有备注叫"Nicknames"的人。他评论——月亮好像在说晚安。华兰有点奇怪,戳进去一看,是个全黑的头像,再点进去看聊天记录,只有去年添加好友的时候打招呼的消息。

她回想,之前偶尔也会出现这个点赞的消息。这两年社团活动和到处摄影加上的账号实在太多,列表里有两千来个人,确实会有几条漏网之鱼没有备注。

于是,她问:不好意思,之前没有给你备注,请问你是?

Nicknames 回:学姐,之前摄影协会办活动的时候我加上你的,我是23级地科院的,你不记得了吗?

华兰回了个"不好意思"的表情,还没来得及问这个人叫什么,丁宁的消息便连珠炮似的弹出来。

丁宁:小华兰,藤校和英国高校明年的留学通知都出来了,你看了没有?

华兰有点蒙。

丁宁甩过来一堆的链接,说:我以为这么晚你不睡是在等通知呢。

丁宁大华兰两届,是本校的研究生。当初华兰加入地理摄影协会的时候,她是影协的负责人,念的也是地质学。难得遇见嫡系的学姐,华兰便很快与她熟络起来。几次活动以后,她发现性子很合得来——过去两年里,丁宁总是让她想起李清凡。

华兰最初叫过她"丁宁师姐"。但是丁宁性格直爽,不喜欢华兰这么按资排辈地叫,一直让她直接喊名字。

华兰先前跟丁宁提过,自己在出国和保研之间摇摆。丁宁热心,帮她留意了一下。

一大堆密密麻麻的英文冒出来,华兰稳准狠地先找到奖学金板块。她不想给妈妈添太多负担——她这种浑身上下积蓄约等于手头阿尔帕的学生,如果奖学金不够丰厚到给她兜底的话,留学的经济压力还是挺大的。

丁宁说:我还以为你会直接选剑桥呢,你不是在那儿谈过一个外国帅哥吗?

华兰发了个白眼,心情不知为什么越发烦躁起来。

丁宁接着攻击:哟,我记得人家对你念念不忘啊,后来不是还有明信片寄到影协来吗?

华兰反向攻击她每年影协她收到的明信片最多,然后无语地把手机拍在了桌上,眼睛很酸痛。

她有点没控制住力气,本来就满满当当的书架因此震了一下。她起身扶了一下歪出来的书,却没想到歪出来的是个硬壳牛皮纸相册。

她的手触上去,有种冰凉的质感。

啊,真是的。今天怎么好像老天都在提醒她这些陈年往事。她蹙眉,把那本相册拿下来。

她高中毕业的时候打印了好几份照片,做了好几个相册,这一本是留给自己的。当初上大学的时候,她一起带来了武汉,搬了一次宿舍也一直在书架上放着。

经年未曾翻过。

她颤动着手指翻开,第一页就是当年成人礼的时候,林君玉给她和苏展拍的那张照片。

照片里的女孩穿着青白相间的校服,扎着高马尾,清瘦朴素。林君玉的拍照技术太好,她甚至觉得照片里的女孩子有种说不上来的好看。那是只属于高中时代的好看,不加任何雕饰,充满精气神、阳光向上。心里有火,眼里有光。

要是期末周熬夜的华兰看到这张照片,肯定会更感慨吧。那时候遮瑕都遮不住黑眼圈,一双眼睛里只有怨气,哪有这样的光。

她旁边就是苏展。那一刻拍照的时候他们都笑得很开心。苏展的眼睛琥珀似的,说不上很帅,但是当他认真起来——认真打球或是学习,总有种让人看着赏心悦目的气质。

华兰想起,高中午觉醒过来的时候,看到旁边的他也趴在桌子上,脸上有一层短短的绒毛。

很有趣。

她翻下去,先看到的是几张川中的景色,教学楼、书吧、咖啡厅,砖红色的外墙,背景里墨色浅浅的后山。然后是她的试卷、她的书本,还有三班的教室,

311

从三楼搬到五楼，又搬到另一栋楼的五楼。

接着就是提前招篮球赛的照片，同样出自林君玉的镜头，拍到了苏展，他跳起来投篮。然后是运动会，阳光、赛场和戴着红袖章的她。再往后就是大联欢，林君玉当时拍了好多照片。那个搭建得像银河一样的舞台，舞台上唱《最初的梦想》的部长们。

啊，还有一张她和苏展一起缩在摄像机旁边的照片，有点糊，显然是林君玉拉了倍镜拍的。

原来这么早林君玉就在八卦她了。

相册明明才翻了几页，华兰却不敢再翻下去了。她觉得心口堵得慌，鼻子竟然有点发酸。她以为事情过去太久了，自己不会有波澜。

但怎么可能啊，华兰。

骗骗别人也就罢了，你自己难道不知道，你还一直喜欢他吗？

不然怎么连相册，也不敢翻下去了？

你怕掉眼泪吗？

　　大二暑假，她遇到的那个外国帅哥叫斯蒂文，在剑桥念地理专业，很风趣。华兰最开始经常跟他聊天，是因为想要锻炼自己的口语。聊着聊着发现，斯蒂文很博学。他去过的地方很多，对欧洲每一区域的人文地理都很熟悉。

像莫桑石一样颜色的眼睛，在那两个月里代替"琥珀"照顾她。他们在访学的假期周末一起去欧洲各处玩。就是在那段时间，华兰去爬了爸爸想要去爬的阿尔卑斯山，去了很多欧洲有名的兰花园。

斯蒂文身上有英国绅士的谦逊有礼。华兰承认，他确实是个很优秀的恋人。

但是在华兰回国之前的那周，他们坐在剑桥的草地上，看很远很远的日落，斯蒂文突然对她说："Ran, I think you are always sad when you are with me.（兰，我觉得你跟我在一起的时候不怎么开心。）"

"Ah?（啊）"

"My heart is yours. But yours,"斯蒂文忧郁的蓝眼睛眨了眨，指指她的胸口，"is not mine.（我的心是你的，但你的心不是我的）"

当时，华兰完全傻了。

斯蒂文对她笑了笑，说："I think you love someone more.（我猜你有更爱的人。）"

后来华兰回国，异国他乡的这段短暂恋爱葬入坟墓。她和斯蒂文仍然有对方的联系方式，变成了大洋彼岸的笔友，互相分享自己见过的风景。

斯蒂文曾来信说，Wonder what your boy's like.（很好奇，你的男孩是怎么样一个人。）

华兰想了很久，还是没有跟他说苏展到底是怎样一个人。

连斯蒂文都看得出来啊,她内心深处住着别人。

华兰心里有好多话,不知道怎么说,不知道跟谁说。她看了看列表,这个点还醒着而且方便跟她煲电话粥的人,大抵只有余倩倩。

她电话打过去,对方秒接。

"我说姐姐哎,你这样很吓人的!"余倩倩的声音穿透力极强,"大半夜查岗吗?我亲妈都不这样。"

"很吓人你还接?"

"我晚上十一点才从大体老师那里回来。"余倩倩说,"刚刚洗漱完,准备上床,你这个电话打得我背后冷飕飕的。"

"这么晚了见大体老师?"

"我最近忙课题嘛,不然谁留在杭州受苦,老早回家享福了。你在武汉吧?"余倩倩问。

华兰"嗯"了一声,把相册放回书架上,却很久没有说话。

"怎么不说话啊你!"余倩倩说,"什么事?你安静得我越发害怕了。"

"没什么,就是想问问你有没有出国的打算。"华兰呼出一口气,"刚刚那些文件都下来了,我正在看。"

"出国?"余倩倩声音突然小了,"你有这个打算?"

"可能吧——看看有没有能给合适奖学金的院校。其实我也不是必须出国,但出国总能体验到很多不同的东西,看看这个世界……你说我是不是应该去留学?"华兰的话颠三倒四,她也不知道自己想要表达什么,眼前越来越朦胧模糊,有一层雾蒙上了她的眼睛。

"那就多花点时间考虑。"余倩倩注意到她的情绪怪怪的,"你看看嘛,如果只是为了旅游,那假期也可以去。怎么回事啊,说话吞吞吐吐的?"

华兰把呜咽伪装成了一个哈欠,告诉倩倩她今天又见了清凡师姐。

"说了一堆陈年往事。"华兰从阳台上望出去,已经看不到月亮了。

余倩倩沉默了,她也半天没有说话,最后说:"要么找人陪你喝点酒,要么出去散散心。留不留学是大事,别因为一时的心情就轻易决定,好不好?"

确实得出去散散心了。华兰从留学界面划出去,打开李清凡发给她的企划书。

无尽晚霞啊,到底去哪里拍呢?华兰想想,珞珈湖那边倒是很出片。但是这两天副高猖狂,空气里水汽不足,晚霞颜色的层次不会很丰富。

她问丁宁睡了没,没睡别刷B站了,帮她查查附近几个城市近半个月的天气预报,看空气湿度。

丁宁问她怎么了。她说拍晚霞。

丁宁问她是不是终于想起来她实习照片还没交。

华兰刚刚缓缓打出一个问号，就想起来了，啊，自己是在地理杂志有个实习的。

大概几个月前，华兰通过丁宁知道了这个实习的消息。丁宁当时跟她说，这个实习是自己比较下来所有实习里最有趣的，因为实习的是拍摄项目，周期比较长，时间比较自由，有一定的交通补贴，照片录上了还另有稿酬。

"四舍五入公费旅游，现在这么良心的甲方可不多啊。"

这么好的项目，当时竞争的人有很多。当时，华兰被丁宁说得脑子一热，也递交了申请的简历，把之前发朋友圈的照片原件整理成相册套了个模板当作品集，没想到和丁宁一起中标了。

后来，她知道了跟自己一起入选的同期实习生，大多数有自己专门的作品集，有好多就是摄影专业出身，华兰看一眼他们的相机就知道，跟自己这种随便拍着玩的不一样。他们实习生建了个群，有些人会约着一起去拍照——但是华兰从来没在那个群里发过言，太露怯了。

华兰的照片到现在都还没拍，丁宁也没有，她研究生课程比较忙，暑假跟没有一样，最近才空下来。华兰赶紧把哥大的那个活动转给了她。丁宁一向行动力超强，几分钟之后拉好了聊天群。群里有五个人，都是照片还没交的同期实习生。

大半夜的，看得出来都是夜猫子。夜猫子晚上脑袋最清醒，稍作讨论之后，就把情况排摸清楚了。大家的目标都集中在蜀道、川西和高原一块，至于华兰，没有固定目的地，只对黄昏的时间有要求，组团没问题。

一群人越聊越兴奋，当场就开了共享文档做计划。群策群力，到凌晨三点的时候，方案初步定好。群里有个男生据说还是会计专业在读，超会省钱，不多花的钱一分不多花。

预算刚好够。华兰疲劳地关掉了各个驴友社区和社交软件，把文件发给余倩倩，说，下周末就出发。

第二天中午醒来的时候，她看到余倩倩给她发了个大拇指。

因为有位同学在长沙，他们索性先拍了橘子洲、黑麋峰和大围山，然后一路火车向西南。同行的另外三个都是男生，先前似乎很有旅拍的经验，相处总体还算融洽。

他们的意见在云南和西藏上产生了分歧。原本定好先拍云南，但同行的几个男生先前就说已经拍过。加上原本云南的民宿一直订不到房间，所以就修改路线，一个人下川西，有两个人率先进藏。他们约定两天后拉萨会合。

有个叫阿伟的还振振有词地跟华兰说，晚霞这个东西肯定在上面拍起来更好看啊。

华兰嗤之以鼻。

但是当小舟划进草海的时候，华兰很后悔没有听阿伟的建议。

她将阿尔帕的焦距一转到底，在镜头里看到了一张熟悉的脸。他的下颌凌厉了一点，隔着好远看不见脸上短短的绒毛。

他正在与同伴说笑，脸上神情轻松。华兰想都没想，就让划船的师傅把船退了出去。

她仰躺在船里，盯着天空上一点点飘动的黄云，重重出了一口气。

过往和这个人一起看过的风景在她脑海里飞驰而过，川中的风景再次走马灯似的慢放。泸沽的晚霞不是每天都这么好看，水汽和杂质今天都恰到好处地平衡——但她没有心思欣赏了。

怎么会在这里遇到他。

怎么会在这里遇到他。

这大抵是她跟李清凡说谎的报应。

李清凡问她"你们真的就这么分手了"的时候，她没说实话。

余倩倩问过她这个问题好几次，最近一次在半年以前，大三上学期结束回安川过年的时候。

川中每年寒假都会有学长学姐返校宣讲。

其实就是宣传各自的大学。省内高校川中每一届去的人多，所以一般都是当年录取的同学回校。

川中去地大的一届基本只有一两个，所以宣讲的时候会把前几届的学长学姐都请回来。

华兰也回去了。

好几个三班同学都被请回去给各自的大学宣讲。他们索性当天又组了个同学聚会，先趁着宣讲探望老师，再去吃火锅。

余倩倩和华兰又穿起了冬大袍，感谢校服还没有改版，她们被当高中生直接放进去。华兰进川中大门的时候甚至有点心虚——保安为什么看不出她们俩染发了？

为了防止保安叔叔突然发现，华兰走了两步就开始拉着余倩倩小跑，直到跑到"安全区域"才气喘吁吁地停下来。

"跑什么！正大光明的毕业生，保安还能把你赶走不成？"余倩倩笑着打了她一下，"好傻！"

"好傻！"华兰打回去，她们似乎又变成了高中小女孩。此时正值大课间，好多人从教学区跑来这边行政区的咖啡厅买咖啡。

冬大袍，马尾辫，他们焦急地说"等会儿又要排好长的队"。

"我怎么觉得他们的脸这么熟悉？"华兰在那儿站了一会儿，这样说，"我总感觉他们每个人我都见过。"

"学姐情感泛滥了。"余倩倩说,"你没回来过,我回得多。每次都这样觉得,越看他们越觉得自己老了。"

"特别是学医以后,整个被榨干,羡慕他们满脸的胶原蛋白。"

我们素未相识,但是又久别重逢。

华兰看了看自己身上穿着有点心虚的校服,又看了看他们的一脸坦荡,终是轻轻道:"走吧,炫哥在高三办公室等我们。"

不知不觉,他们已经离开这座大象塔三年了,金炫带的新一届学生,都已经参加完浙江首考了。

他们的夏天和他们的时代,已经成为历史,等待下一届和再下一届的川中生去超越。

华兰和余倩倩到办公室的时候,刘一天、卓依缦、安培、赵欣怡他们都已经在那儿了,华兰一进门就听到刘一天大喊一句"炫哥你胖了好多"。

金炫问:"刘一天是不是又长高了?"

余倩倩精准出击:"炫哥,他指定垫内增高了!"

刘一天一脸惊恐地转过头,道:"余倩倩,你怎么走路都没声音的?"

整个办公室开始哄笑。

华兰看金炫确实发福了一点,不知道是不是这两年结了婚的缘故,有点幸福肥。华兰大二的时候,金炫终于抱得美人归,和沈伊老师修成正果。听说沈伊老师已经怀孕了,预产期在下半年九月份。

金炫要当爸爸了。

华兰一下很感慨,他们这群见证了金炫和沈伊爱情的学生,最后竟然没人吃上结婚酒席。之前他在朋友圈发沈伊老师怀孕的消息时,他们就纷纷声讨结婚没吃上席的事情,让金炫小孩满月酒必须摆在国庆。

华兰捂着嘴笑,一点点走到金炫跟前,竟然有点"近乡情更怯"。

金炫看着她,"呀"了一声,把眼镜戴上:"这是华兰吗?哎呀,你好久没有回来了,变化这么大。越来越好看啦。"

"老师看你这两年到处跑啊,西北也去了,欧洲也去了,老师以为你寒假可能要去南半球玩玩呢——居然回来了。"金炫一下手忙脚乱,开始翻箱倒柜,指指刘一天几个,"他们经常回学校的,之前老师结婚的喜糖早就拿走了。你的还没给你——这里都只剩几包了。"

金炫拿出几个精致的纸袋子,很抱歉地跟华兰说,之前盒装完整的都发完了,只有这些了。

华兰笑嘻嘻地接过来。金炫又唠叨说她这两年一直不回学校,强哥直到退休了也没再见着她,很想她。

"这个小丫头怎么一直没有回来呢?"

316

强哥是一年前退休的,带他们那届竞赛班似乎耗光了所有的精力。送走他们以后,他接了一届高一,本来都带到高二了,竟然上课的时候突然身体难受起来。后来在医院查出来心脏出了点问题——那个学期结束后,只能提前退休。

当时华兰在欧洲,还是通过江潼知道这个消息的。江潼暑假回了安川,在强哥家里跟他聊了很久的天。他跟华兰说以前上课激情满满能从黑板这头写到黑板那头的强哥,再也不能做这种情绪波动较大的事情了。

华兰自认为不是强哥最得意的学生,毕竟她没能拿金牌也没有在大学读化学工程。

但是强哥,还是好想她啊,还是会跟当初一样,叫她"这个小丫头"。

离开川中这么多年,她穿行大千世界,好像在用尽全力弥补自己因为十八年来缩在安川这个小地方所错过的风景。

她确实单枪匹马去征战了一回人生的茫茫沙场,去看错过的世间种种。

这是大象塔当初想让她做的,也是她坦然把大象塔忘在背后的起因。

金炫跟她说,薛桃老师现在在教高二,文莎莎老师跟她搭班。朱迪老师在高三小办公室,陈晓菲老师带高一,让她有空都去看看。

华兰一一答应下来,心头发酸。

"听说咱们班同学今天好多要回来的?"金炫问。

"是的是的,有一批还在路上。"刘一天翻着手机,"我们这批是等会儿要参加宣讲的,所以到得比较早。"

"那个谁,苏展,等会儿来不来啊?"金炫问,"他也一直没有回来过啊——程敏段长之前都想起他呢。"

刘一天表情微滞,说苏展家搬去上海了,一直都没回安川。这次群里接龙,也没有他。

金炫的表情变得惋惜,说:"没良心的臭小子。"

一旁听了很久的卓依缦突然出声,说:"老师,他不回来,但是让我帮他把这个带回来,我也不知道是什么,说是给您的。"

她一边说,一边拿出一个牛皮纸包。

华兰觉得,一眼望去,怎么看起来这么熟悉?

金炫把包在外面的牛皮纸拆掉,露出一个纯色的相册外壳。

华兰呼吸骤停,这是当初她送给苏展的那本相册啊。

金炫一页页地翻,华兰屏住呼吸看下去。记忆里相片摆放的位置没错——相册她做了好几本,但只有苏展和她的那本,第一页放的是她和苏展的成人礼合照。

华兰的心瞬间凉到了冰点。

她的余光瞥到余倩倩、刘一天,还有卓依缦,他们的表情同时闪过了一丝不自然。

金炫兴致勃勃地看着,一面说"真好真好",一面说"想不到苏展这么有心"。

华兰自己都不记得她是怎么走到阶梯教室,上台向下面的学弟学妹介绍完地大武汉校区的——她还真是冷静啊。

浙大人太多了,余倩倩没有上台。华兰静静地坐在她旁边,一面看着各大高校的代表一轮轮换,熟悉的或是不熟悉的面孔上去下来,一面听余倩倩翻历史说"你看,这不之前那几班的谁吗"。

卓依缦在为复旦小语种宣讲,她对学弟学妹们说,不必用一时的成绩和排名框定自己。她最开始并不拔尖,因为竞赛的折磨曾天天和家长以泪洗面,但最后还是有好的结果。

"高中的你们可能会因为很多小事烦恼,比如人际关系等。"她适时开了个玩笑,"还有高压线早恋。但是你们一定要记住,这些都是小事,一切都是为了最后的结果,只要恒久地努力,你们想要的都会有。"

复旦的头衔很有滤镜,有人开始起哄"学姐当时是不是也有压线啊"。华兰眉头微蹙,分明是鼓励人的话,在她听来怎么那么奇怪?

她不言语,只听余倩倩小声"啧"了一声。

华兰的思绪直到肖子怀在台上侃侃而谈吉大的哲学系,才回过神来。

肖子怀问:"你们听说过恺撒的归恺撒吗?"

"下半句是'上帝的归上帝'。这句话原来是在《圣经》里诠释如何处理宗教与世俗政权的关系。"肖子怀笑了一下,"高二的时候我在议论文里写,恺撒的归恺撒,我的归我。高三知道这句话真正意思的时候,感觉当时用错了好丢脸。后来我读了哲学,发现其实这么说也没错——他们的当然归他们,我仍然可以在思考里保存精神的自留地。"

"哲学系就是,一个你思考任何事情都没有错的地方。"肖子怀说。

华兰嘴角浅浅地弯了一下,她记得当时填志愿的时候,肖老板发了一条朋友圈,大意是,这辈子最幸运的事情就是有她哥哥。分数出来后,她已经跟家长因为填志愿的事情吵了一周了,她妈妈什么话都说了,就差和她断绝母女关系。

她妈妈说要是真的读哲学,真的去东北,以后学费、生活费都别想从家里拿。肖老板愤而出走,一个人在江滨大道上坐到半夜,手机直接关机。最后被环城驱车的肖子浔找到,就跟她说了一句话——

"想读哲学就读哲学,以后你妈不出钱哥哥给你出。"

肖老板的朋友圈后来至少连续夸了肖子浔三天,恨不得直接给她的好哥哥征婚。

华兰一直很为肖老板高兴。去年华兰生日的时候奖励了自己一次单独爬泰山的行程，正吭哧吭哧爬呢，接到肖老板的庆生电话，说："我代表川中19级学生会祝19级纪检部长华兰同志二十岁生日快乐。"

华兰笑一声："感谢主席。"

山上的信号不好，华兰在信号塔旁边站了一个小时，跟肖老板聊了很多。当初学生会有很多部长，至今和自己联络密切的也就只有肖子怀。华兰想，她和子怀关系好，最初是因为彼此工作习惯合得来，后来是因为林君玉。

"最后还是因为，我和你都很理想主义。"肖子怀当时总结，"都愿意为了自己喜欢的东西牺牲。"

理想主义吗？华兰当时想，自己有很多跟现实妥协的事情，但是确实，确实是理想主义。

她一直走在追梦的路上，这条路上她跟很多人告别过。

包括苏展。

宣讲结束以后，华兰和余倩倩被一群学弟学妹围住要签名。好几个同学都带着教科书来，说"学姐，你考哪几门学科就给我签哪几本书好不好""学姐你能不能签个高考加油""学姐我也喜欢地理啊，能不能祝我地理满赋"……

亮晶晶的眼睛围绕着她，华兰一一应过。她把书接过来的时候很感慨，2022届的他们是浙江高考改革中的一届绝唱，最后的浙江卷，最后的学考自选，最后的老教材。

现在他们都换了人教版了。

纵然她现在过得很开心，但她的高中时代跟被换掉的教材一样，都已经是过去式了。

拿了签名的学弟学妹一边往教室外面走，一边恋恋不舍地回头看，对上华兰的眼神后不好意思地笑了，然后一溜烟儿跑出视野范围。

华兰歪着头，自己以前在凌筱筱眼里，是不是也是这样的？

"学姐，我也要签名。"华兰签完最后一本，听见一个熟悉的声音，她抬头迎上肖子怀坏笑的脸。

她打了肖子怀一下，笑道："大哲学家，不应该是你给我签吗？"

"哎呀。"肖子怀吐吐舌头，拉她过去，"有人想见你啊，你之前是不是一直没写过《昔年》？"

肖子怀拉着她见的女孩留着一头华兰看着熟悉的齐肩短发——发型还跟高中的时候保持一样的人很少，她竟然是一个。

自己在高中的时候，肯定是跟她打过照面的，跑操的时候？还是……

"你好啊，我叫俞梦，你还记得我吗？高中时候我应该是纪检的熟人吧。"女孩笑道，"我现在是《昔年》的主编，好多学弟学妹投稿说对地大有兴趣。我印象里没有收到过你的投稿哎，要不要考虑写一篇？"

华兰想起来在名单上见过这个名字。

俞梦之前和肖子怀是同班,现在在复旦读历史,刚才复旦宣讲的时候一直在台上站着,但是没说话。

俞梦把一本今年发行的《昔年》递给她,说可以参考参考写法。

"就是关于自己高中的所思所想,还有大学生活。嗯——其实没有什么规定。"她笑道。

华兰把那本《昔年》接过来,跟俞梦说她考虑考虑。

写高中的所思所想啊。那时候哪里有空想什么?三年半里有两年半都在忙竞赛,那是一条人很少的路,后来的一年都是争吵和病痛,心里怀着一个梦想,最后不得圆满。

还有那个人。

那个今天把相册还回来的人。

但是她,确实在川中改变了很多。

比如现在,能冷静地看那段日子了,对吧?

华兰的神色自若一直保持到晚上和三班的各位一起吃完火锅,安培说隔壁有家KTV要不要去唱歌,大家欢呼说"非得闹个通宵不可"。华兰抱歉地笑笑,说家里有事,急着回去。

走之前,她把卓依缦叫住,取出一直被她挂在背包上的兰花坠子,把它交给卓依缦,说:"缦缦,你帮我把这个带给苏展吧,有空的时候。"

"……别这样。"卓依缦推托,"我要是知道那个纸包里是那个相册,我肯定不会把它带回来的。华兰,你懂我的意思吗?"

"他也不怕我得罪你。"卓依缦急切解释,"虽然他大学的做事风格就是这样直来直去的——我刚刚还一直想,你会不会多想……"

"我知道。"华兰淡淡地道,"反正都这样了,你帮我把这个也还回去吧。"

她把那枚兰花坠子塞到卓依缦手里的时候,还在想,啊,我确实不知道他大学的风格怎样。

她在旁边便利店买了三听RIO(鸡尾酒),打车去江滨。

她走得决绝,没有看见卓依缦放好兰花坠子后,去跟众人一起唱歌时轻松的笑容。

冬天江边的晚风可想而知的冷,江滨大道上散步的行人寥寥无几,路灯冷淡昏黄。华兰身上的冬大袍已经旧了,棉絮变薄了一点,在一个石凳上坐了一会儿,拿着酒的手就冻红了。

上云江烟波浩渺,好像离开家乡才能更好地注视家乡,安川城那么小,又那么大,区区山岭和薄薄一点平原,却装了她从小到大的十八年。

她在这里出生,在这里上学,在这里与父亲共十年风雪,在这里喜欢过——

爱过一个人。

一切都像江水一样匆匆东去，好像什么都没留下，凭证都被她刚刚还回去了。

她一口灌下半瓶——她知道这个度数连微醺都不会有，在内蒙古的时候烈得多的烧酒都喝下肚过，便利店买不到度数更高的了。

"华兰！"身后石阶有人匆匆过来。

余倩倩见到她就说："你不要命了！大冬天坐在这个地方是要把自己蠢死，还是要把自己冻死？"

"怎么找到我的？"华兰把酒放下。

"看到卓依缦手里拿了你那个坠子我就知道不对了。"余倩倩横眉，"然后看见你傻了吧唧地去便利店买酒，我就让刘一天开车来追了。"

刘一天缩头缩脑地走过来，又举了一下手里的车钥匙："我爸的车，驾照刚拿到手没上过几次路，就倩姐胆子大敢当小白鼠。"

"我说花哥，咱能不在这儿喝酒吗？"刘一天说，"你不冷我都冷啊！冻出感冒来就不好了。"

"你穿个校服，在江滨喝酒，让人看到了简直败坏川中学子的形象。"余倩倩扒拉她，"别喝了！"

"你也穿个校服，在这儿劝我，路人看到了觉得好大一出戏。"华兰"嘁"了一声，"以为我们川中学子也搞青春疼痛。"

她又喝了一口，想想，自己这个样子确实挺青春疼痛的。

"那行。"余倩倩破罐子破摔，"那我陪你喝，反正都毕业了，败坏也找不到我。"

她抢过剩下的两瓶酒，正打算递一瓶给刘一天，却想起对方要开车，就霸道地把两瓶酒都抱到怀里。

"我也想不通我们四个最后怎么就变成这样了。"余倩倩让刘一天给她把酒开了，被瑟瑟江风冻得打了个寒战，"丹妮之前跟我说过卓依缦也喜欢苏展的事。我总觉得不至于吧，不至于因为喜欢上同一个人，就把关系彻底搞僵了。"

"嗯。"华兰也想不通啊，所以在毕业做相册的时候，她也给卓依缦送了一份，跟给余倩倩和给李丹妮的一样。

余倩倩停顿了一下，又说："算了，不说她了。你老实交代，之前是不是没跟我说实话？你们真的就是那样分手的？"

第三十二章
回望大象塔

他们当然不是就那样分手的。

异地恋的打打闹闹对于他们来说其实都是小事。

他们知道对方身边有好多围着转的异性当然会酸。他们确实因为奔走在不同的赛道上而疲于交流，确实有时候除了"早安""午安""晚安"说不出任何话，确实会好久打不了一次电话。

他们有时候会拌嘴，但是从没有吵过架。当时的华兰还没有意识到，这可能是一个预言。

苏展因为没上物理大类调剂到了金融，每天奔波于财会和高等数学。虽然华兰知道，凭他的脑子在这条路上走出名堂不是难事——但她还是好可惜她的少年最后没有追到属于自己的梦想。

好几个晚上，苏展在跟她打电话的时候都说："宝贝，你觉得我要不要转个专业？"

"如果你还像高中那个时候一样喜欢物理，就果断转啊。"华兰说，"凭你的能力，准备转专业考试肯定没问题吧？"

最开始被苏展叫"宝贝"的时候，她还有点不习惯，觉得好肉麻。

但是两三次电话以后，她就麻了，甚至接电话的时候脸都不红了。有一次，她一不小心点了公放，被电话过滤了显得低沉磁性的一声"宝贝"被公放在宿舍里，整个宿舍都炸了。

后来一段时间，她老是被室友"宝贝""宝贝"地调侃。

她和苏展就转专业的事情讨论过好多次。不知道是不是因为课多，他总是很疲劳，声音听上去很困。

"宝贝，我今天太困了，刚刚模辩下楼梯的时候差点摔一跤。"

华兰很心疼他，说："这么累了，要不社团少忙一点？你还有转专业呢，不要强撑。"

他总是"嗯嗯"地应着，最后有力气调笑："那你心不心疼我？"

华兰一句愤愤的"心疼死了",然后挂掉电话。

这样平淡但让人听起来就好想"姨母笑"的对话持续了大半个学期后,他们的电话开始减少。武汉的初冬,华兰在东湖旁边散步的时候再一次接通苏展的电话,对方扯了半天天气和最近的日常,然后开始讨论下次辩论的题目。

华兰并非喜欢争辩的人,但每次帮苏展看论题都能说上好多。苏展有一回跟她说:"我觉得你很适合去辩论啊,比我还合适。"

华兰说:"不行,我的嘴跟不上脑子,表达能力差。"

"这有什么不行的?"苏展声音轻松,"练练呗。卓依缦以前胆子那么小,现在都在复旦辩论队了。"

"这个事你喜欢就行了嘛,"她说,"我喜欢的事情是看你穿得好看,去跟人家打辩论,我会在台下把你拍得很帅的。"

他爽朗地笑起来,然后笑声渐停,说:"有时候我觉得留在金融,一边打打辩论,一边轻松点儿学,也挺好的。"

"啊?"华兰一时没反应过来,"你不打算转专业了?"

"没……"苏展说,"我只是,最近有点累。"

"转专业的课程和原来的课程撞得挺厉害的。"他打了个哈欠,声音不复刚才的轻松,"要转专业的话绩点还得很高,现在的课程也要好好学。好几个晚上熬夜,然后第二天上早八。"

"啊?"华兰手机都有点拿不稳了,"那你感觉还好吗?难受记得去医院。"

"没那么脆弱。"苏展说话间又打了个哈欠,"你也加油,最近是不是要出一次实地?"

华兰说:"还得有段时间。"

"我相信你能熬过去的,"华兰说,"高考都熬过来了。"

苏展长长地"嗯"了一声,却在一个星期后告诉她,他真的不打算转专业了。

因为即使转专业也是降转,白白浪费一年。而且据说下一届的培养计划要改,因为教材要换,他还得再补一些基础课程。期中考考得不错,他也不是很想浪费在这个专业第一年的绩点。

"不过可能就是,以后职业得从工程师变成投行打工人了。"他苦笑一下,"但是可能毕业年薪会更高。"

华兰那个时候很无力。她知道苏展确实有他的不得已,他确实理性了很多,得出的也算是收益最高的选择。

她只是为苏展可惜,他曾经那么喜欢物理,赌着一口气就为跟林屿争个高下,努力两年多去考那个省一。

她不知道,苏展什么开始服输了。

她知道如果苏展决定好了，再劝他也于事无补，我们习惯安慰别人"所有的选择都是最好的安排"。

像小时候苏展搬走，华兰会安慰自己，他们都是小孩，她和他都改变不了什么，笑着去迎接接下来的生活，是最好的选择。

可是，他们明明都是大人了啊。

林君玉说过，成年了，就是可以不做自己不喜欢的事情了。

为什么，苏展还是不能拥有自己最喜欢的事情呢？

其实她和苏展很早就走在不一样的道路上了。读到了心心念念的地质专业以后，她学得随心随性，好成绩和一些荣誉顺其自然就到手了。

但苏展不一样，他挺焦虑的。他在电话里很多时候都会吐槽大类招生之后专业分流得卷生卷死，很多人为了一点平时分可以把线上学习 App 的考试刷个好几次。高数上了第一节课之后，图书馆满满都是人。

类似的细节不计其数。高中时期那么洒脱的少年，也会有一天被绩点和综测反复折磨。

"宝贝，我真的没办法啊。"苏展苦笑着，"不能任性决定了，我们都不是小孩子了。"

华兰觉这句话好刺耳，但也只能简短地"嗯"了一声。她觉得，如果是高中的苏展知道了这件事，一定打死也会要转回自己喜欢的物理专业，一定会拼尽全力去追逐他们一起认定的那阵风。

他们追过同一阵风，但现在好像不是了。

他们都是大人了。

纲手，我们已经跨过了成年这道槛，我们到底长成了怎样的大人？

自己和苏展共同拥有的这些年里，先是她觉得苏展幼稚，让他别做小孩了，到现在是苏展变得比她更现实，开始劝她"我们不是小孩子了"。

她越活越理想主义，但她无可指摘苏展。好像现在这个世界里，更幼稚一点的人是她，她说什么都会拖累他。

她又连说几个"好"字，说："你觉得怎样对你的未来好就怎么来，我嘛，肯定是支持你的啊。"

她说这句话时，笑得很乏力。

对方没有听出来，后来也笑着挂了电话。

那天之后，彼此又都变得很忙，关心停留在微信问候上。华兰迎来"脏兮兮工装实地阶段"，出去地勘了两次——其实大一哪能勘出什么名堂来，就是一班人借着上课的由头出去玩。

最后一次实勘结束，一班人去吃饭团建纪念。班里的男生挺好事，叫了一箱酒开始拼。

华兰象征性喝了一点，安安静静坐在角落里跟另外一个女孩子说话。

只是有几个男生喝着喝着,就开始嘴上乱七八糟起来,也不管现场有两个女生,讲了点荤段子。虽说坐得远,华兰听到还是皱了眉头。

当那个男生又开始发表"这个专业女生都出不了头,哪个女生会去跑外勤啊,吃不了那个苦,用不了两年就会熬成黄脸婆"的高谈阔论并表示兄弟们找女朋友都应该去隔壁学院的时候,华兰终于忍不住喊了一声"你把你的嘴闭上没人把你当哑巴"。

男生似乎才看到她,笑了两声说抱歉:"真对不住了啊,我自罚一杯给咱班女生请罪。"

他罚了一杯,白的,然后笑容灿烂地对华兰说:"兰姐,我可真心实意地道歉啊,你要是真的原谅我呢,也陪一杯呗?行不行?"

跟华兰坐在一起的那个女孩子,见此竟然轻快地笑起来,说:"他道歉得倒是诚恳。"

他旁边的男生手疾眼快地递上来一杯一样的白酒。华兰不可思议地看了一眼旁边的女生——你是哪里听得出他诚恳的?

华兰骑虎难下,全部的人都在殷切地注视她,说"兰姐豪爽"。片刻之间,她脑海里想了很多之前肖子怀在作文里讽刺群体盲目性的片段,想起之前自己很讨厌徐志超怪声怪气的一句"兰姐"。

但她还是仰头干了。

大家都在叫"兰姐好酒量",然后笑嘻嘻地继续吃饭。

白酒很烈,接触到的那一刻只觉得喉咙要被烧干净了,接着觉得自己的胸口在烧。华兰坐了一会儿,晕乎的劲儿就上来了。她要感谢自己是一个喝醉了不会上脸的人——冷若冰霜的脸帮她避开了多少不怀好意的目光。

散席以后,她到卫生间吐了个干净。那一刻,她好想苏展,如果她的少年在,她肯定会有勇气朝那个大不敬的男生大喊——滚蛋,女生肯定也做得好勘,你信不信我实地得分一定会比你高?

华兰忽然很愧疚,因为没有及时地维护伴随了自己这么多年的梦想。

那杯酒真是好恶心。

餐厅外下着大雨,他们站在路边等车。华兰拒绝了同班女生陪她一起来卫生间的提议,同时之后三年都拒绝了对方考前借笔记的请求。

华兰站在后面,想让冷风吹醒自己的脑袋。

呼,她吹了一下自己的刘海,武汉的风没有浙南冬天那么刺骨湿冷。

她拿起手机,拨通了苏展的电话。

一声倦倦的"喂",华兰揉着酸痛的眼睛,叫了一声"苏展"。

苏展听出了她声音的嘶哑,道:"怎么了,生病了?"

"没有。"华兰顿一下,又说,"喝酒了。"

"喝酒了？"他的声音紧张起来，"跟同学在一起吗？还是只有自己一个人？"

"有人吧，"华兰泛着红的眸子垂下来，"但是跟一个人也差不多。"

"怎么突然喝酒啊？喝了多少？"

"白的，一杯。"华兰揉了下酸痛的眼睛，把情况简单地跟苏展说了一下，"我真的很生气，但当时我真的一时想不到怎么撑回去……"

苏展打断她："不用争辩。你换杯啤酒或者什么也好。如你所说当时情况骑虎难下，但是在这种场合争辩你也改变不了什么——你觉得那个男生给你道歉是真心的吗？你到底是女孩子，这么多男生在的环境，怎样都不太安全啊。"

"不。"华兰很坚定地说，"不争辩我会有种受辱的感觉，就像现在一样。我坚持了这么多年的事情——我总觉得，刚刚过去的那一刻，我爸爸对我好失望。"

华阳州会不会想，自己的女儿竟然这样纵容专业对自己的偏见。

苏展沉默了一会儿，然后说："兰兰，你知道，其实地勘行业外勤女生是很少，那个男生说的在一定程度上确实是事实。叔叔即使对你失望，也只会失望在你的不冷静。换句话说，你觉得叔叔看你这个样子，他会开心吗？"

华兰一下愣了。

你觉得叔叔看见你这个样子，他会开心吗？

苏展怎么能对自己说出这种话？

餐厅外的大雨越发大了，华兰真担心1998年的特大洪水在武汉长江段复演。她看着最后几个同学上了网约车，餐厅外已经空无一人。她步子有点发虚地向外走去，雨水砸在地上的声音特别大。她敢肯定苏展那头肯定听得到，但他没有问。

但他没有问。

很早开始，他们之间的状态就是，你的城市下雨了，但是我不敢问你有没有带伞。

苏展不再是她的同桌，不再能像高中时那样撑一件外套陪她跑，不能像高中那样闹个小别扭偏一偏头就能把她哄好。

这都是小事，最重要的是，他不再是跟她一起把"南京大学"写在桌子上最显眼地方的少年，他会考虑好多事情，变得现实，变得理智，但是不考虑高中时候的他自己。

曾经他们可以不顾一切地向一个地方奔跑，可以为了仅仅一阵风跑到天涯海角，但现在不行了。

因为他们长大了，而且长成了完全不同的大人。

华兰觉得自己喉咙里的气息一下子变得特别冷，她道："苏展，我不知道我爸会不会开心，但我确实知道自己不满足。我对这个世界上阻碍自己走向地质学的东西通通不满意，我也知道之前的你一定会对现在的状态不满意。"

"那你开心吗，苏展？"华兰的语气好刻薄，"你真的觉得当前的状态满足吗？"

她好累，脑海里这半年以来的克制和隐忍，曾经她以为的小事——都在脑海里一一闪过，成为他们走到这个地步的预言。

苏展沉默了好久好久，华兰觉得他有好多话想说，但最后他还是道："我很开心，兰兰。"

"兰兰，很多事情都没有以前那么简单了。"他深吸一口气，"高考是一场赌博，我们都不算大赢家，所有后果都要自己承担。"

"就像你最后决定专业为先，我决定学校为先。"他道，"虽然不是最好的结果，但是命运最好的安排，有些时候不得不妥协。

"别幼稚了好吗，宝贝？"

华兰咬着嘴唇，不知道什么时候已经发白僵麻。她理解不了苏展，苏展也理解不了她。

他们到底不一样。

年少时候吹过的风，吹着吹着，就散了。

还没来得及轰轰烈烈。

"……我好失望，你知道吗，我好失望。"她喃喃道，声音混着沙沙的雨声。

过往或是隐蔽或是坦荡的爱意好像在高考结束后海边烟花下的那一吻里就已经毁灭，剩下的时间里他们不断自修旧课，不断自我感动，实际上在安川、在大象塔里的那份情早已不复从前。

命运向来是出尔反尔的好手，让他来到她身边，挽救彼时深陷渊薮的她，然后又用林林总总的事情把少年意气抹去，把她喜欢的那个他再次夺走。

她呼出一口气，空气中还有又烈又冲的白酒味。一瞬间，她好像有了决断的勇气，这份飘忽不定、全靠电话和想象维持的感情是应该有结果了。

她颤抖着撕碎了想象和记忆里的少年，一字一句地说："苏展，不要再叫我宝贝了。"

长久的沉默刺穿耳膜，她的魂灵仿佛回归宇宙大爆炸的伊始，在万千星辰光碎的抚慰里得到了解脱。

她看到了好多人，发现无理数的希帕索斯和被架在火刑架上炙烤的布鲁诺，看到了爸爸，以及她自己。

对方最终说了一声"好"，就像高中的时候她让他别帮她补物理了，他没有接着掰扯，只深深看了她一眼，狭长的眼睛半眯着，轻轻说了一声"好吧"。

连语气都一模一样。

没有大吵大闹，没有歇斯底里，说明他们的分开水到渠成，他们都累了。就算今天苏展没有冒犯她和她的父亲，来日也会爆发相似的矛盾。隐忍和克制只是减缓感情衰败的保鲜膜,他们之间早就没有与日俱增的爱意。分开正好利落而干脆,都很体面。

电话挂断。

华兰的世界里只剩泼天大雨。偶像剧里主角失恋在大雨里奔跑的画面没有发生在她身上,她冷静地把苏展的电话、微信等一切联络方式全部拉黑,眼泪才一点点流出来。

大雨来得正好,想象中的观众看不到她脸上的挣扎。

大概几个星期后,华兰和余倩倩打电话的时候说起过这件事,她轻轻一提,谈笑风生,余倩倩的天仿佛塌下来了。

华兰还笑她,大惊小怪。

其实华兰仍然深陷当初的旋涡,痴傻到每次接到顺丰快递都以为是苏展寄的,以及每次别人问起分手的原因,她总不愿意提那场大雨,而是把感情终结的原因归结在异地恋的鸡毛蒜皮。

就让那个洒脱的少年活在自己心里吧,也算一份念想。

就算他不去追风了,我还要继续找。绕地万里,也要去找。

因此,兰花坠子被她改成挂件挂在包上,只是没想到对方连念想都不想留,把相册借别人之手还了回来。

"我总觉得,他不喜欢我了,也不喜欢他的高中时代了。"华兰把空酒瓶扔进垃圾桶,思绪从过去回到现在,看着表情凝重的余倩倩和刘一天,勉强地笑了一下。

余倩倩没有评价,她只是把华兰的手拉过来,握在手里,说:"你看你的手指都冻红了,再坐下去要冻伤了。"

有些事情变了,但余倩倩永远能抱住华兰,像高中的时候一样。

余倩倩和刘一天还是劝动华兰离开了天寒风大的江滨。刘一天从长虹街兜了一圈回来,把华兰送上楼,之后送余倩倩回家的路上却没有继续沉默。

他说:"倩倩,这个事情应该没那么简单。"

"我也觉得。"余倩倩皱了皱眉,"但是苏展这几年和我的联系也很少,我总觉得……"

那个相册的影子一直敲击着她的大脑——以及她看到的,卓依缦拿着兰花坠子时脸上的笑,还有卓依缦早上讲的话。

联想起高中的时候,听李丹妮说卓依缦租房时特意选的苏展家的对门,她不得不往坏处想。

她听刘一天又开口:"我跟展哥的联系也不算多——他非常忙,家事和学业。但是有些事情是他告诉我不让我告诉花哥的,我考虑了一下,还是得跟你说。他们两个不至于到现在这个地步。"

"展哥从来没有对自己的状态满意过。"
……………

　　车窗外的冬季夜色这样黑，可余倩倩从黄色路灯下边看见了光折出的虹霓，跟半年多以后华兰的小舟从云南草海里退出来的时候，看到水里所倒映的一模一样。

　　不同的是，华兰比半年多前那个冬天冷静多了，那个大雨夜的泪水已经好好埋葬。刘一天和倩倩把她送回去以后，她就冷静下来——她这些年确实绕地万里，确实一直做梦寻风。

　　她当天晚上就写了一篇《昔年》，然后又删删改改，月余之后交给了俞梦。

　　她体会了很多年少不可知，体会了很多年轻不敢为，她见过好多好多的风。她先是被大象塔托举，走出大象塔以后，靠自己飞。

　　这是她向往的生活啊。

　　她有什么值得后悔。

　　"嘶——"

　　华兰在拍完照以后，又感觉自己的身体在隐隐作痛。那时候天色已经黯淡下来，盛大的晚霞走向收场。

　　她爬上和丁宁一起租的车，丁宁一边开车，一边在前面絮叨她的反常，刚才那个角度有多好，感觉错过了一个拿国际摄影师大奖的机会。

　　华兰一面"嗯嗯"地搪塞，一面回看相机里的照片。丁宁开了十几公里路到她们租的山间民宿，华兰躺在山间民宿的小床上，却觉得意识越来越涣散。

　　她原以为是因为自己见到了故人心痛，后来却发现，自己这压根儿不是心痛，而是告别很久的"老朋友"又找上门来。

　　华兰面如土色，丁宁大惊失色，问："你的胃病有多严重？"

　　"我以为很久之前已经痊愈了。"华兰有气无力，"但可能是因为海拔或者饮食不惯，又复发了。"

　　她们订的民宿在山里，为了第二天早上再拍个日出，算上山路，最近的医院要开至少三十多公里。

　　"我刚才看到山下好像是有药房的。"华兰说。她在聊天框里打了几款之前吃的胃药的名字，发给丁宁，请丁宁再开车下山。

　　丁宁开车下山了。躺在床上的华兰越发觉得疼痛难忍，或许跟这两天空调吹猛了、凉水喝多了也有关系，她爬起来，刚把房间里的热水壶插上电，所有电器却一下罢工。

　　停电了？还是跳闸？

　　华兰皱着眉头打电话给房东，不知道是不是因为信号问题，两人一直对不上号。

房东那边很嘈杂。这个民宿半自助,房东也不在山上。

屋漏偏逢连夜雨,叫天天不应叫地地不灵。

华兰挣扎了半天,给房东发去一条消息,叫他赶紧过来处理。之后,她从床上坐起来,捂着胃摸向公共区域的电闸——靠人不如靠己。

她靠手机手电筒的光,回忆着高中电路题留下的知识,刚刚伸手,却听到黑暗中传来个低沉的男声:"我来吧。"

第三十三章
/ 好久不见

华兰的手抖了一下,手里的手机差点掉在地上。片刻之后,她反应过来,应该是其他的客人。

电闸在公共区域,想来对方也是因为联系房东无果,来亲自修电闸的吧。

黑黢黢的一片,华兰看不清对方的身形,贸然拿手电筒照对方脸好像也不太礼貌。

刚刚华兰用手电筒照过,这个电闸箱打开以后,里面的开关外有一层保护的玻璃罩,需要用螺丝刀拧开。

于是,她对那个黑影说:"这个好像需要螺丝刀。"

"噢?"隔着几步远,他问,"你看看是十字还是一字?"

华兰又照了一下,说:"一字。"

"那还好。"他说,"用卡片可以试试把它顺开。"

音色低沉年轻,有点哑,有点悦耳。

甚至,有点熟悉。

不经意间,华兰握紧了拳头,黑暗中看不清手指骨节的泛白。对方向电闸箱靠过来,对她说:"劳驾帮我打个手电光。"

华兰感觉自己的眼皮跳了一下,手腕有点发虚。不知道为什么,她刻意避开了旁边那人的身影,精准地把所有的光覆在了面前的玻璃罩上。

但她还是看见了他身穿的白色短袖,还是看到了有一部分影子映在旁边的墙上,被拉得好长好长。

华兰不去看那影子,但看得见他修长分明的指节——

对方从容地从兜里掏出房卡,卡进一字螺丝钉的"一"字里,皓净的手腕一转,螺丝钉随之开始松动。

他伸手去接拆下来的那颗螺丝钉,然后开始拆第二颗、第三颗。

"当啷,当啷——"接连两颗螺丝都落在了电闸箱里,像两拳砸在华兰的心上。她没有说话,空气静得听得到旁人的呼吸。

彼此都听得到。

最后一颗有点生锈，不那么好拆。他似乎有极致的耐心，而华兰的手已经举得有点酸了，再加上隐隐的胃痛，她忍不住咳嗽了几声，手里的手机拿得也不稳了。

墙上的光抖了一下，视野开始晃动。

"你感冒了吗？"他停下手里的动作，微微侧过身来。

华兰弄不清自己算有心还是无意，她把手机一歪，仍然把那个身影留在黑暗里。

"给我吧。"他说，随后把手机从她手里接过去，慢慢地、慢慢地拧下了最后一颗螺丝，之后玻璃罩也"咔嗒"落下。他把手机贴近最大的那个开关，不大不小地"哦"了一声，说，"只是跳闸。"

他伸手要去推那个开关。

在他的手搭上开关的时候，华兰终于忍不住了，轻轻斥了一声："别动！"

她从未这样害怕周围亮起来。

搭在开关上的手顿住，华兰听得到他似乎重重地呼了一口气。

她特别怕他现在发疯一样地把手电筒照到自己的脸上，特别怕他做出某些意想不到的举动让她去面对。

好在他没有。

空气保持着静默，华兰的呼吸里掺着几声咳嗽。她能感觉到那不是因为胃痛，而是因为对未知的害怕和紧张。

"还好吗？"

墙上的光晃了晃，对方似乎本能地靠近她，本能地伸出手想拍在她的背上，但她后知后觉地退了两步。

于是，两人又恢复了沉默。

黑暗中复杂的情绪在涌动，华兰仅凭站位，就知道稍微抬头一点，她一定能直接看着他的眼睛。黑暗是最明显的神迹，那些言不由衷、百转千回、欲言又止通通淹没在这条光影世界的隐蔽河流里，上下浮沉，真情或是假意都被淘洗过一遍，然后坦然等着真相大白的一刻。

比如，黑夜总是有让人思绪万千的能力。

她不知道对方正在用怎样一种眼神注视着自己——心疼、眷恋，还是可怜和嘲弄？她可以想象千百种情绪，只要灯不曾亮起。

就像她曾经可以一厢情愿地把那个意气风发的少年留在自己心里，只要对方趁着黑暗赶紧退场，那一切都不会变。

别说话，走吧。她向神明祈求，如果真有的话，请延续这个神迹。

对方似乎无奈地笑了一下，说："生病了要吃药，有电了才能烧热水喝药啊。"

音色温润起来，她愈加熟悉。

她张张嘴，声音颤抖地说："如果你真的开灯了，我们可不可以不说好久不见，直接笑一笑就各自回去？"

对方把手机塞回她手里，又沉默了一阵，说道："可以。只要你答应我，不出国，好不好？"

华兰的心被揪了一下，她的手在握住自己手机的那一刻瞬间被对方的手拉住。

先是手腕，再是拿着手机的手心，都被一阵温热包裹。

"你说过的。"他的声音轻下去，"以后都让牵的。"

两只手僵在半空，华兰噎住了。她说不出什么刻薄的话，做不到像狗血青春偶像剧里的女主角一样把这只手甩开，然后转身留下一句"我们早就结束了"。

她迟疑的瞬间，被牵着的手便遭了一道力，对方不由分说地把她拉过去，手臂的温度覆在她背后。

"抱一下好不好？"他说，"趁现在还黑着，我怕等会儿开灯了，你就反悔了。"

分明是先斩后奏。

这个怀抱她以前待过，干燥、温暖、充满阳光的味道。她在被拥进去的那一刻害怕它变得冰冷——但是竟然没有。

所以，她生了眷恋，没有办法挣脱。

她有点意外。

对方把头深深地埋到她的肩窝里，那份独属于他的阳光气味扑面而来，华兰竟然有一点想哭。

手机的消息提示音响起来，但她无暇去顾了。

他抱得好用力。他在她耳边轻声说："我好想你。"

那热气附在她耳边，华兰觉得自己的耳朵肯定红了。她不知道说什么，"嗯"了一声。

"过去的几年，一直都在想你。"

"嗯。"

"开灯好好吃药好不好？"他问，"别躲着我。"

"……嗯。"

华兰答应了这一声以后，才发现被这厮套路了。

他不肯松手，单手把电闸再拉上去。刺眼的灯光乍现，她眨了很久的眼，才把眼前那团黑晕给眨掉，看清了他的眉眼。

一如往常，只是更深邃了。

好久不见，苏展。她还是在心里这样说。
真的好久不见。
"感冒，还是发烧？"他问。
"……胃病。"她说。
苏展"啊"了一声，又问："痉挛了？"
"暂时还没有。"华兰道，"就是疼。"
他点点头，回房间拿了个小药箱出来，说："随车带了个药箱，本来以为没用的。"
"似乎药性不是很重，不知道是不是你吃的那种。"他挑挑拣拣，拿了几包胃药出来，抬眼，"我以为你已经不再犯胃里的毛病了。"
"嗯，是很久没犯过了。"华兰揉着胃，"可能是水土不服，又犯了。"
她接过那几包药，看了一眼，有总比没有好。
他"嗯"一声，然后问："走得动吗？你躺着去？我给你泡药？"
华兰迟疑地答了一声"好"，又到床上缩着了，后知后觉竟给了他进入自己房间的准许。
在那烧水泡药的几分钟里，华兰看了一眼刚才冒出提示音的手机，不是丁宁，竟然是刘一天源源不断地发来消息。
她解锁之前，不会知道自己将会把一个辽远而震惊的真相下咽。
几分钟后，他小心翼翼地捧着药进来，坐在她床边亲眼看着她喝下去。他把空碗放到旁边，问她有没有好一点。
"嗯。"她鼻子有点酸，"但还是疼。"
"药效发作要时间的。"他哄道，"如果有个热水袋焐着会不会好一点？"
她点点头，于是他去公共区域翻箱倒柜，真的找到了一个热水袋，灌上热水，递给她。
她一面滑动手机，一面分神注视眼前人。
他留在她身上的温度渐渐散下去。手机里不再有新消息冒出，她把手机扣在床上，逐渐恢复冷静。她看着他良久，看暖黄色的灯光在他琥珀色的眼睛里流转，映出这三年的许多往事，百转千回，只是凭借他们两个的默契，似乎又能一眼窥尽。
"之前，我……"
他开口，却被华兰打断："你是不是早和倩倩他们商量好了？否则你也不会知道我在云南，也不会知道我住这家民宿。"
"……嗯。"他点点头，有点局促不安，不敢正眼看她。
"这三年过得好吗？"她停顿了一下，这样问。
"……挺好的。"他进入自己的节奏，"大学生活嘛，哪有不好的？"
华兰看着他，丹唇轻启，轻轻吐出两个字："说谎。"

苏展有些震惊地抬起头，却发现华兰看他的眼神陌生又熟悉。

有一种神祇的悲悯与眷顾。

她不再蜷缩着，而是坐起来，敲了敲自己的手机，对他说："我想听你自己说。"

苏展歪了歪脑袋，他看了一眼自己的手机，大概知道了里面的关窍，问了一声："刘一天？"

华兰迟疑了一下，在心里说了一声"对不起"，然后点了点头。

"狗儿子。"他摇摇头，嗤笑一声，随之眼里亮起来，托着脑袋对华兰说，"好吧，那我就跟你讲讲我。"

上海的春天按时令来说，来得比浙南晚一点，但升温却比浙南快。交大一年到头这个杯那个杯的辩论赛横亘四季，但苏展对金院春季的赛事印象最是深刻。

因为两年前的那个春天，他打了第一场没有跟华兰讨论过辩题的辩论。本来校队那边就已经很忙，他又被朋友拉过来临时救场，指望他能带飞。

刚开学没多久，好多事情都堆在他头上。他格外烦躁。那场辩论他一反常态，气场特别凶，对手攻辩女生差点被吓哭。因为气质太冷血，他又摆了一副臭脸，被扣了印象分。

第一次被扣印象分。点评阶段，评委一边点评，他一边烦躁地扯着自己的领带，真是勒得好紧。

还好那场辩论的其他部分他们都完成得很完整，攻辩虽然凶但是把对面拆得很干净，成功进入了下一轮比赛。朋友本以为这就是他的辩风，下场后还招呼他"不愧是展神，一起庆功去啊"。

却被他一句"有事"给堵了回去。

苏展是应邀去当评委，朋友在院里待了两年成了辩论队的老人，终于能在辩论赛的评委席上摆上写着自己名字"徐海峰"的铭牌。

"我去物院以后，金院辩论队这么凋零了？"苏展懒懒地在他身边坐下，"评委都要叫外援了？"

"跟你同届的要么像我一样在给院里当牛做马，要么在忙结题、忙保研，学弟。"徐海峰无语地看了他一眼，"虽然你降转了，但金院永远是你娘家。"

苏展笑一笑，低头看了一眼自己的手机。今年春季赛搞得排面很大，徐海峰会来事，跟自己在复旦外院的同学商量了一下，增加了胜者组校际联谊赛的环节。

苏展看见了老熟人。

复旦这支队伍是卓依缦带来的，他们打过招呼，她和她的同学也一起坐到了评委席上。四个评委，两校对半分，显得公平。

新生的辩论，都是初生牛犊不怕虎，打得有气势，把对面唬住了，对面听不出你的逻辑错误，基本也就压住了。
　　平心而论，复旦是经验更丰富一点。
　　苏展还挺喜欢看新生比赛的，因为气势很强观点新颖，像刚开始打辩论时候的自己，那个时候和华兰打电话碰撞观点，扯两个小时聊到天黑都会很开心。他正在签评分表，想到这里的时候，手顿了一下。
　　场灯闪烁，比赛结束。所有队员都从台上走下来。
　　徐海峰说，得请友校同学吃个便饭。
　　"苏展，我要你的饭卡。"卓依缦隔着徐海峰，对他招了一下手。
　　徐海峰意味深长地看了苏展一眼，苏展摸了一下口袋，很抱歉地说自己没带。
　　苏展其实一直很难把打辩论时的卓依缦跟以前中学时性格内向的女孩联系在一起。她的辩风很难形容，和他组队过的女生们大多在比赛的时候声音比较沉稳，这样才适合冷静输出自己的逻辑观点。
　　但是卓依缦的声音很细，语速又快，让人听起来有点难受。之前在校队一直跟他搭档的尹梦怡曾在打完联赛以后刻薄地评价"真是烦透了对面结辩，声音像值日生用指甲刮玻璃"。
　　不过苏展觉得，这是因为尹梦怡在质询阶段被卓依缦反将一军，她无端记仇上了。
　　后来只要对上卓依缦，尹梦怡都撺掇二队三辩上去替她。苏展从组队开始就知道她有点公主脾气，看什么不爽了一定要株连九族，模辩时也是一样。她因为长相甜美、攻辩能力又强，上一届的带队学长学姐批评起来也总是很委婉。
　　被这样的对手质询的时候能不输分毫，可以看出卓依缦的水平。
　　卓依缦中学时沉默寡言，确实是天生不适合辩论，最后达到这个程度，不容易。
　　因为校际之间的辩论赛，他和卓依缦确实经常能见面。他和卓依缦初中是同桌，又一起考了川中的提前招，最后选了竞赛分在一个班。有段时间一起工作过，后面高三的时候又正好在校外租到了对门的房子。
　　现在，他们又一起选了上海的学校。
　　从前的苏展没有留意过这样人生道路上的重合。在那次辩论赛结束以后，苏展说对方结辩是他高中同学，尹梦怡"哼"了一声没有继续说下去，他才回想起来这些事情。
　　说实话，当时看来这种缘分挺奇妙的。

　　那个大雨夜的电话过后，他感到身心俱疲，觉得自己生命里最澄澈的那部分好像一下子被抽走了。

他也不知道为什么突然就对华兰说出那种话了。

上海那天没有下雨,是个干燥的冬夜,光线在寒冷的空气中不断拉长、再拉长。他揉着酸痛的太阳穴从瑞金住院部的高层望下去,觉得自己的世界也天旋地转。只是世界不会真的为他驻足停留,妈妈半夜又浑身疼起来,他得一直在旁边陪护。

高考结束的毕业旅行之后,苏展就来了上海照顾妈妈。妈妈用"恢复稳定"的理由瞒了他那么久,其实情况并不乐观,其中好几次进程中的化疗原本都看到希望了,可是情况又反复。

那两个月,他往返瑞金医院和小姨家,完成了成绩出来以后的志愿填报,看妈妈的病历、医嘱、X光片,看到自己觉得自己都能去学医的地步。

因为妈妈,最后自己还是选了"三一"锁档,上了高中的时候从来没有设想过的专业。整个大一奔波在学业、辩论和陪护里。他的运动手环测出每天的睡眠不足五个小时,比高考的时候睡得还少。

他疲惫的灵魂会在跟华兰的电话里得到暂时的栖息,他们相隔689.5公里,他那时候只要听一听她的声音就觉得开心。

他叫她宝贝,情难自禁。

他说不清楚从什么时候开始喜欢华兰,但对华兰的照顾和喜欢似乎已经成了一种本能。见证的东西有很多,比如他们一起读过的小学,比如看过的《火影忍者》,比如他写过的留言板。

再比如川中种种。

他习惯照顾她,所以总不愿跟她说自己有多累。他像妈妈告诉他那样告诉华兰,一切都好,治疗稳定,只是学校里的课业和活动很忙,自己挤不出很多时间来跟她聊天。

他也庆幸华兰打来电话的时间总是错开了自己去医院的时间,听到的都是辩论队深更半夜的模辩或者跟同学的课业讨论——好像这样自己能够显得不那么狼狈。

在某种角度上,他已经跟高中的自己渐行渐远,但至少让她印象里的自己仍然游刃有余、光彩熠熠,而不是每天疲于奔命,考试低空飞过。

他不是没有为转专业拼过。物竞省一的他其实对物院第一年的课程都烂熟于心。只是因为各种杂事,他大一的期中考得非常差,期末提前结课的那几门成绩更低。转专业不仅要考试,还要绩点。那个情况下确实已经被提前宣判死刑。

其实他比华兰更早意识到他们两个走到了完全不同的路上。华兰有她的生活,有她的风景要去看,她眷恋理想和叔叔留下的地图的同时,他被迫学会权衡利弊,学会效益最大化,被迫放下高中时写在课桌上的东西。

被迫更快长大。

至于这些，他很难跟她提起。自己已经习惯光鲜，她也习惯看着自己步履青云。

他很难说清楚自己意识到这个点之后，跟华兰聊天都怀着一种什么心理，也许正是因为这个原因，后来才连找个话题都难。

才有了后来那个雨夜。

那天妈妈情况稳定下来已经是凌晨，他疲倦却没有一点困意。在妈妈睡着以后，他独自在空无一人的医院园区里跑步，不知尽头，不知归处。

他丝毫没有惧意，只有惶然。

他想了很多，想了自己复杂的现状，还有未知和迷茫的前路，想了很久很久自己应该多努力才能和华兰的未来轨迹有下次的重叠。

他在那个片刻也发现了他们生命里"三"的诅咒和周期，不禁去想自己和她有没有下个三年。这一年不到的时间里发生的波折太多，颠覆了他过去还算平静的整整十八年。

失去了小城，也失去了喜欢的姑娘。

兰兰，你十岁刚刚出头的时候，是不是也这么难挨？

他看着漆黑的天，这样想。

命运总是喜欢跟他们开玩笑。一起绚烂的时间太短，她把世界收在相框里、感受生命灿烂图景的同时，他疲于奔命，被陷于命运的最底端。

像她曾经经历过的那样。

是不是华兰没有自己，会有更精彩的往后余生？

他抑制不住这样想。

他在园区里跑了不知道多久，手机里发来一条消息，原是卓依缦。

卓依缦问：苏展，怎么凌晨三点了你的微信步数还在增加？你是要跟我抢第一吗？

苏展发去一个问号。

对方跟他说，自己和同学要去爬佘山，等着看日出。

他说：好兴致。

她问：那你呢？你在干什么？

后来的苏展不止一次地想，如果那个时候卓依缦不询问自己，自己是不是也会找刘一天或者林屿说，刚刚华兰和自己分手了。

但是当时，只有卓依缦问，只有卓依缦在。

后来，他陆陆续续跟卓依缦说过很多事情，比如妈妈病情的反复和学校课业的繁重。

那些面对华兰不忍说开和戳破的事情，有一些他说给了卓依缦和刘一天听，并叮嘱他们，别和华兰提。

刘一天说他尻，说他钻牛角尖，临时买票从南京到上海想把他骂醒。

但是哪有这么容易？梦早就醒了。

卓依缦还是高中时候的样子，知道了他们俩已经互删以后，跟他说：苏展，需要我帮你关心花哥的现状吗？

苏展硬着嘴说不用，他要试试戒了她。

但他还是从卓依缦那里知道了华兰的生活，华兰到处飞到处转，到处见不曾见过的风景。

还有后来，日不落的短暂爱恋。

没有自己她果然能过得很好啊。苏展想。

心却好痛。

卓依缦为他担忧，跟他说过：苏展，虽然我也很可惜你们俩，但这么久了，花哥看起来已经走出来了。你在情感上这么低落，不如也去谈个恋爱吧。

她嘻嘻笑，说：我觉得那个跟你一起打辩论的三辩就挺好的，看起来对你也有意思。是不是叫尹梦怡？

苏展当时因为听到了尹梦怡的名字一脸惶恐，以为对方在跟他开国际玩笑。

他没想过，对方的每一句话都是经过精心设计的。

自助餐厅里，卓依缦在他对面坐下，从包里拿出一个他无比眼熟的兰花坠子。

"苏展，花哥说让我带给你。"

苏展拿起那枚兰花坠子，当初这朵蝴蝶兰是在外婆家摘的。外婆之前很喜欢打理花草，全力照顾他高三以后，家里很多花草都送人了，只剩几盆心爱的，一起带到出租屋里。

他没有告诉过华兰，高三的时候他一直侍弄那盆蝴蝶兰，花盆就摆在书桌的对面。

他以前送过她很多礼物，比如一只第一眼看起来憨态可掬，第二眼看起来万分清醒的玩具熊，比如南大的书签，比如她喜欢用的笔，比如数不清的明信片和便笺。

但这盆蝴蝶兰总有不同的意味，多看一眼都缱绻。直白如他，当时第一想法是做成标本，但总觉得哪里怪怪的。

后来，他刷到一个做滴胶的视频。他拿小区楼下花坛里野生的苜蓿草试了十来次，才敢小心翼翼地挑一朵盛放的蝴蝶兰摘下。

他的女孩气质如兰。

眼前嵌在滴胶里的白色蝴蝶兰一如初摘时，嫣红的花蕊还是那么优雅大气。

经年不变，一如以往。

看起来华兰换过坠子上的线，它从一条项链变成了一枚挂坠。

她大概天天戴着吧。

想到这里，苏展笑了一下。对面的卓依缦眼里闪过了一丝错愕，然后又微微低头，嗓音里带着遗憾："寒假里回川中宣讲，遇上花哥、倩倩她们。晚上一起唱歌的时候，花哥就把这个给我……"

苏展把坠子接过来，爱惜地摩挲了一下，然后开口打断："依缦，我觉得你也蛮累的。"

"啊？"卓依缦微愣，又局促道，"累倒是不会，顺手带一下的事情，但夹在中间还是挺尴尬的。"

她的心里开始微笑——苏展冷静、理智、淡定——这很好，说明那份感情已经淡了，他可以不在乎了。

但为什么他的眼神里有一丝玩味，或者说嘲弄？她曾设想过苏展看到这枚坠子以后的所有反应，但怎么会有一个嘲弄的眼神？

她知道他们俩当年轰轰烈烈，结束得破败不堪，分开的这些年狠心又痴缠——她分析过种种可能，但苏展的反应怎么会是这样？

她脸上伪装好的尴尬困惑保持得恰到好处。片刻后，她听到对面说："依缦，华兰在《昔年》的那篇文章，是不是你压着不让发的？"

她瞳仁猛地一缩。

对方低头摆弄手中的坠子，语气仍旧施施然："我的相册，最后那几页的牛皮纸是有字的，只不过要用铅笔拓一拓。"

"因为我在大二降转之前想要给她写信，一边翻相册一边写，最后那几张纸上留下了痕迹。"他的声音像流水一样缓缓，"你模仿的时候落下了。"

卓依缦手脚发冷，她明白了那个眼神的含义。

原来是在嘲弄自己。

可是她竟然一点都没有被拆穿的难堪，反而只觉得可惜。就像高中的时候做数学题解二次方程的时候，忽略了另外一个根，只要稍微写一写就能满分了。

怎么会差在这里。她紧握着拳头，明明都到这个地步了。

明明看着他和华兰互删，明明听着他说异地恋里的艰辛，明明知道他提华兰的次数越来越少，明明清楚他知道华兰新恋情的时候难受中带着平淡和接受。

她拿尹梦怡试探过他，但发现对方的态度不尽如人意。

她真的得添把火。她先前告诉自己——需要一个契机。

俞梦就是这个契机。大二的时候，卓依缦在复旦认识俞梦，知道俞梦在给《昔年》当主编，想要做一期老物品的推送，拜托她帮忙收集上海这边同学一直带在身边的高中旧物。

她欣然答应，告诉苏展自己的旧相册找不到了，想要借他的摆拍一下。

"是《昔年》的主编要求的，其他人的东西我已经拿到手了，就是借那本相册拍个照。"她当时这样跟苏展说。

相册拿到手后，她第一时间拍下了所有页面。为了防止苏展起疑，仅仅六个小时后，她就给他同城快递了回去。然后，她用某宝上找出来的同款相册，制作了一本新的。

最后在《昔年》公众号上的照片也没有破绽。俞梦因此非常感谢她，她趁机提出能不能来《昔年》编辑部，俞梦这个跟高中时一样留着齐肩短发的女孩大大咧咧地说"好啊"。

因此，卓依缦能第一时间知道华兰有没有来稿。

那篇透露着淡淡忧伤的稿子，题目是"做大地的掌握者"，夹着几张旧时的照片，露出了兰花坠子，露出了那些明信片和便笺。

当然，这篇文章被卓依缦压了下来。她怎么可能让这样的文章再去勾起谁或谁的念想。

她恍然抬头的时候，发现苏展正冷峻地看着自己。

她已尽己所能做了一切，只可惜眼前人仍然没有喜欢上自己的可能。她中学的时候努力考出好成绩、考上提前招、搞生物竞赛，甚至在找出租房的时候找到了苏展家对面。考上了复旦以后听说他喜欢辩论，她就一头扎进了复旦的辩论队——

但最后竟然只能得到这样一个眼神啊。

好像高中的时候拼尽全力写最后的导数题，她已经把自己所知道的都写在了答题卡上蹭分，但最后还是没有得到分数，被判了"不合格"。

她沉默了。她想要争辩但无从争辩，觉得委屈但是显然没有人会听她哭。她隐忍至今，处处蛰伏，这一刻甚至想直接跟苏展说，对，我觊觎你很久了，你别喜欢她了，喜欢我吧。

但那个眼神，什么都不可能。

"怎么知道的？"她忍住眼底的晶莹，笑着故作洒脱。

却只得到苏展凉凉的一瞥，和一句"你自重"。

她知道的很多，不知道的也很多。

比如苏展不再跟她提起华兰，跟她说要戒了华兰，却在好多个深夜上瘾般地翻看过去。

比如苏展跟华兰互删，却在去年的时候用小号加回了她。

比如刘一天会觉得这件事情有猫腻，在那天之后特意回去找金炫又看了一眼相册，直接和苏展摊牌了。

比如先前高中的时候，余倩倩因为林君玉认识了肖子怀，肖子怀、林君玉、俞梦都是十一班出来的好朋友。卓依缦在《昔年》的苦心经营，其实余倩倩早就知道了。

苏展沉默地回想起，当时刘一天和余倩倩疯狂微信和电话轰炸他，然后前言不搭后语地拼凑真相的样子。他其实很想让卓依缦体面些，毕竟都是同学，他不想让人在情感上难堪——只要对方不拿那个兰花坠子来刺激自己。

兰花坠子和硬壳相册，是他们俩最后的眷恋，是不能让人触碰的底线。

分手后的许多日子，他忙碌于各种各样的杂事，一遍一遍让自己狠心不去想当初的梦想。辩论场上他的输出逻辑分明，实则自己过得浑浑噩噩，不知道在争什么、不知道在抢什么。

进入大学后，他就变成了自己一个人的厮杀。那种一群人向一个方向努力的气氛不复，在多少个自己模辩、独自在医院和学校之间往返的夜里，他想起那时候在川中夜跑。

那群人四散零落，而自己背叛了曾经和自己一起书写梦想的女孩。大一下学期的他逐渐适应这样忙碌的生活，学业也平衡了过来。他不断用七七八八的事情填充自己的生活——忙碌占满他的脑子以后，他就没空想她了。

他设想华兰以后走上研究员或者地理摄影师的理想道路，细数了这个专业以后跟她产生交错的可能性，大做年少有为百万富翁的白日梦。

比如收藏世界上所有相机，把相机卖给她。

够傻的。

到底要怎么说出好久不见。

他因为这么多事正痛苦的时候，妈妈也正值化疗最痛苦的阶段。坚强的时代女性因为化疗而掉光头发，曾经健康粉嫩的肤色变得病气苍白。坚持了快一年的保守治疗，妈妈最终决定动手术。

手术的成功率不高。苏展一直劝妈妈好好想想。

"妈妈要勇敢一点啊。"妈妈虚弱地说，"勇敢一点。"

他们家这种性格是遗传的。苏展想，妈妈也是一旦决定不会改变的人。这么多时光以来他心疼他的母亲，因为不忍心看她这么难受，每次来陪护都是坐得远远的，削苹果、看片子。

最后，他还是一个人签了手术同意书。

好在手术很成功。妈妈算是彻底摆脱了这一年的折磨，头皮又变青，掉光的秀发又长了回来。

苏展进入大二的时候，妈妈正式出院了。

那句"勇敢一点"深埋在苏展的心底。

既然癌症可以痊愈，那么他也可以做到一些事情。

在和妈妈商量以后，大二上学期，他降转了。他确实需要改变和适应很多东西，但每一处变动，都是向着那个更熟悉的自己转变。

因为是三班唯一一个降转的同学，他做了名副其实的学弟，甚至能在物院碰到川中23届的学弟。跟小一岁的同学们在一起学习他会有更大的压力，他和朋友圈的各位明显处于不一样的阶段，他只能用力去追。

用力再成为华兰记忆里意气风发的少年。

那些时候,他很想华兰。所以通过刘一天转发的推送,他用小号混在了地大影协的活动群里,重新加上了华兰的微信。看她天南海北地飞、做项目,看不定期更新的自然地理风光大片。

他的女孩比想象中还优秀,让他觉得不忍心打扰,远远注视着,就很好。

等哪一天,等哪一天自己觉得优秀到足够再次站在她面前的时候,苏展决定,义无反顾地回去找她。

曾经她最黑暗的那段日子,他错过了她的生日,于是在空间留言板上自说自话了三年。如今他走了一段时间的歧途,就让他在她身后走,再用几年时间,默默守护她走向自己最初的梦想。

很早以前,他就跟她说过,不必为了他放弃什么。他曾经一时糊涂,但这句话一直都是真的。

灯火轮转,年年岁岁,我们有烟花相似,你记得吗?

"但是我等不了了。"苏展看着华兰,"上半年的事情让我知道误会大了,虽然倩倩和小天都表示愿意帮我沟通,但我觉得这件事需要自己来找你说。"

"还有,倩倩告诉我你有考虑出国。"苏展踌躇一下,迟疑地说,"我怕我再不来,你就要去找那个外国人了。"

他琥珀色的眸子里闪过一丝狡黠。

华兰心里被触动了一下,这个瞬间好想直接答应他——好,我不出国了。

第三十四章

/ 你是我年少做梦时寻的风

华兰抱着膝盖,顺着柔柔的灯光看向他。苏展讲话时低着头,她只能看到他侧脸的弧线和愈加分明的下颌。

方才灯亮得晃眼,她总觉得眼前人好不真实。看他委委屈屈地缩在床边沙发上,她一点点打量,才能看清楚这三年给他留下的痕迹。

其实对他们任何一个人来说,讲自己的经历都是很难为情的事情。从很小的时候开始,他们就是各自领域里的强者,有一点别人无法理解的自尊,不习惯示弱,不习惯依赖,哪怕面对对方。

他们都太要强了,都不肯低头。

所以一僵好多年。

"那可不行。"华兰偏偏嘴硬,"我才把雅思考了 7.0,不出国不是浪费了吗?"

"人家都给我写好推荐信了,"华兰弯着眉看他,"最高学府非常欢迎我再去深造。"

苏展不可置信地抬起头,轻轻"啊"出一声,然后强装镇定:"行,那我准备准备,下半年把雅思考了。你准备去剑桥还是牛津?"

华兰注视着这张眼角眉梢都更成熟的脸,却觉得跟高二时说"陪你考考"的时候别无二致,忍不住"扑哧"笑出来。

这才是苏展。

这才是她的少年。

"我认真的。你笑什么?"苏展眼里带了一分着急,破罐子破摔道,"你去哪里我就去哪里,反正我降转了,主动权在我手里。你留哪个学校,我都敢直接追过去。"

像现在追来云南一样,你绕地万里,我就陪你绕地万里。

这一次我再不会失约,我的梦想里有一部分是你啊。

"那我要是真去找斯蒂文呢?"华兰逗他,"学弟,你又不跟我同级,我先去留学一年哦。"

她像幼儿园老师般循循善诱："一年很长的，可以发生很多事情的。"

她特意强调了"很长"和"很多"。

"爱情游戏，公平竞争。"苏展看着她，狠狠吸一口气，"那我会像怨妇一样，费尽心机把你们拆散。"

他的眼里流光转了再转，声音还委屈起来，他上前坐到华兰床边："兰兰，你想清楚。我觉得这个人吧，可能人种优势个头还行，但长得也没有那么帅，谈谈恋爱也许挺浪漫的，但是文化差异还是很大的，你总不能……"

总之话里话外，没有他好。

怎么这么像一只摇着尾巴的小狗啊。华兰看着他，又很想笑。

"你先告诉我，哪个是你小号，藏得挺好啊。"华兰拿起手机，把刘一天的那一排消息刷下去，打开几千个人的列表，没有备注的人一堆，脑袋有点疼。

此人潜伏在她列表里那么久，怎么她从来没有发现异常呢？

对方满不在乎地耸了耸肩，说："那只是你日理万机没空注意，我可从来没有换过头像。"

最后，他还加了一句挑衅似的"学姐"。

华兰的脑子高速运转，飞快捕捉到了一个全黑的头像。她给气笑了，拿枕头打了一下他："欺骗我的感情，还23级地科院，我还真当你是直系学弟呢！"

他笑着挡住："你真的太让我失望了，以前川中有首下课铃叫 *Nicknames*，你还很喜欢的，忘了吗？"

以前川中的下课铃每月一换，每次歌单里有十几首不同的英文歌，从早上起床换到晚上晚自习都不带重样的。如果哪首英文歌特别好听，华兰那个月就会很希望那节课快点来。

Nicknames 是高三某段时间下午第一节课的下课铃。两个歌手都是很特别的烟嗓，"rightnow"的歌词荡开，会让昏昏欲睡的她想站起来大声唱歌。

好久没听过了。不是因为不喜欢，上大学以后，川中的下课铃还是她的跑操必备歌单，只是 *Nicknames* 很早就收费了——大概是那个大雨夜之后几天吧，她一起把往事株连了，连黑胶都没充。

"嗯……没有。"她坚决否认，"我现在想听，你有没有会员？"

苏展说当然，川中下课铃好多都收费了，就是为了听那几首歌充的会员。他把耳机递给她一只，"We used to give each other Nicknames……（我们曾经给彼此取昵称……）"立刻涌入耳道。

华兰想起一件奇妙的事情——他们没有在高中用MP3共享过一副耳机的经历，但是眼下却在深山老林里补齐了遗憾。

蓝牙耳机，让两个人保持了一点距离，总是比有线耳机差了点什么。

那个时代过去了。

她把脸埋在膝盖上，偷偷看坐在她旁边的苏展。他正在低头摆弄手机调参数，这个位置好像以前午觉醒来，侧望过去懵懵懂懂的模样。

"水还热吗？"苏展问，"要不要重新给你换一袋？"

华兰点点头，掏出怀里那个热水袋递给苏展。看着苏展站起来去烧水的背影，她莫名觉得很踏实又靠谱。

她对着这个背影小声说了一句："笨蛋，我不会出国去找别人的。"

其实和以前一样。

他还是和以前一样。

离开大象塔以后有好多不得已，他们各自垂首再垂首，与世界周旋斡调、对峙僵持。大象塔要他们学会的是坚持，和不懂的题死磕到底，而塔外世界的大多数事情需要围魏救赵和曲折前进，就像年少的我无法同时拥有梦想和你。

苏展会妥协、会软弱、会退缩，其实她又何尝不是。只不过她是因为病气消磨了高三的热血，而苏展是因为各种各样的事情在大学一点点偏移了轨道。

我不想你心疼我，因为我爱你。你的人生应该先交给自己痴心妄想好多年的事业，我希望在这条路上没有长一点荆棘，你吹一阵和煦而温暖的春风，走的是一眼望得到尽头的坦途。

一往无前，我希望你不胜孤勇。

那样我看着你，会比看着我自己还要欢喜。

年少的风里有勇敢的基因，吹过无尽的远方和无数的人们。

在我绕地万里之后，再次扑面而来。

苏展把新换的热水袋递给她，他们就这样听着川中下课铃的歌单，一句话也不讲。似乎按照他们的默契，可以在这种沉默里，默默走完对方的三年。

这个周期还是来了，没有辜负。华兰眺望着漆黑一片的窗外，那是一眼望不到尽头的原始森林，高大的亚热带乔木遁入黑夜，看不见翠绿葱郁的丛丛树叶，只能看见不知多少棵树木的树梢交叠在一起的曲线。

已经很晚了，民宿里其他的租户大抵已经熄灯睡觉，他们亮着暖黄色灯的房间好像苍茫林海里的小小灯塔，而他们是塔里独独两个守夜人，在这里见过无数的滔天巨浪，但还是决定奔赴更凶险的山海。

迷迷糊糊地，华兰总觉得起风了，但窗户并没有开。

苏展问她："还疼吗？"

"还有点……"她低低地答，耳机里的音乐还在放，困意越来越浓，大概是吃了药的缘故。

"那我不走了？"苏展小心翼翼地问，"你这样我不放心。"

"嗯……"她好像答应了一声，也不知道到底听没听到，就侧着身子歪进被子里去了。

她有半截身子没盖好被子,苏展伸手去给她掖好,然后抬手关了灯,就坐在床边,听着身边传来均匀的呼吸声。

世界彻底没入黑暗,却莫名让人很心安。

黑夜里看久了手机屏幕,他的眼睛有点酸,窗外原始森林的曲线也变得模糊。他眼睛半眯不眯,黑夜中手机屏幕又亮了一下,备注"狗儿子"发来了一条消息。

一个猫猫头的表情包,加上一句"进展如何"。

他无声地笑了一下,说:凌晨一点了,你还不睡,等着我找你算账吗?

对方发了个"年轻人这个点怎么睡得着",然后发了一张照片,看起来在酒吧喝酒,旁边好像有一只女孩的手。

狗儿子:找我算什么账啊?我不是担心你临阵脱逃吗?

苏展:……

狗儿子:那效果怎样?花哥有没有心软?

狗儿子紧接着又发了一条:不对啊,你如果真和花哥在一起,怎么有时间回我消息的?

苏展:她睡着了。

狗儿子:那你呢?

苏展:在她旁边。

对方没有秒回。

沉默长达整整一分钟,对方才发过来一条:在床上?

苏展觉得基本可以想象到他的表情了,但他现在无比想捉弄一下自己这个狗儿子。

他回了一个"嗯"。

对方的沉默震耳欲聋,半晌发了一个"棒"的表情,然后说:还得是你们俩。早点睡吧,不要让花哥明天早上起来发现你有两个黑眼圈,行不行啊。

苏展在心里骂了一句什么玩意儿,然后说:收起你那点本就不足的小脑好不好。她生病了,喝了药睡着了,我在她旁边守着。

这回对方秒回:你是不是男人?都一张床了,你一点反应都没有?

然后,他又迅速撤回了,之后再发:刚才那个是余倩倩,跟本人无关。

苏展再打开之前的那张照片,原来这只手是余倩倩的啊。

苏展回复:凌晨一点了,你们俩在哪儿喝酒呢?

狗儿子道:来杭州玩了,正好和余倩倩碰头,集体观摩你们俩复合。

狗儿子问道:你们俩以后结婚,二拜高堂知道要拜谁吗?

苏展淡淡敲下几个字:那麻烦高堂先在一起。

第二天早上八点,民宿的大门被"砰"地打开。一个年轻女孩面色憔悴,手里拎着一个黑色的袋子，三步并作两步地跑进来。

她原本打算刷卡开房门，却发现房门根本没锁。她本能地叫"华兰"，下句话原本打算跟上"你还活着吗"，但周遭的安静让她噎住了。

她们订的这间房在不同的两个拐角放了两张床。昨天丁宁和华兰商量了一下，外面这张正对着门的丁宁睡，华兰的床要走到拐角。

正厅干净整洁、空无一人，丁宁轻手轻脚地绕过拐角，就被眼前的景象惊了个彻底。

这张床上有两个人。

一个是她平日里文静乖巧的学妹，还有一个是她不认识但看起来皮囊还不错的男人。男人半个身子倚在床背上，只披了一点被子。

两个人盖着同一床被子，他一只手臂揽着身边的华兰，面色柔软。

丁宁大脑过载，愣了一会儿才冷静下来。她的第一反应是这男的这个姿势，怎么睡着的？

然后，她发觉床上的两个人虽然动作暧昧，但衣服都穿得很完整，只是看起来有点凌乱。

但眼前这个场面还是让人浮想联翩啊。

脑子想不通事情的原委，于是，她抬手拿只剩一丝丝电的手机拍了个照，然后蹑手蹑脚地走到华兰这边——她也不清楚自己为什么会有撞破什么而做贼心虚的感受——明明遭罪的是她啊。

明明是她昨天晚上费尽千辛万苦颠簸了十几公里山路下山给华兰买药，心急如焚地跑了好几个药房才买齐，返程却在半途遇到了车胎漏气，山路上叫天天不应叫地地不灵，好不容易打通了急救电话，人家到山上也还要几个小时。

车上有备用轮胎，但竟然没有工具。她只能靠边停车，一边希望有装备齐全的越野车经过，一边默默给华兰发消息，关心她的状态。信号时好时差，丁宁消息也发不出去，华兰的回复更是一条都没收到。

她缩在车上看着孤独黑暗的原始森林，不知是不是幻听了几声狼嚎，一夜心惊胆战。好不容易挨到早上五点天光蒙蒙亮了，终于有车经过，下来几个看起来经验丰富的男女帮她换上了备用轮胎。她马不停蹄地开车回来找华兰，以为人家夜里疼得不行了才一句消息也没有，结果发现人家睡得香甜，身旁竟还躺了一个不认识的男人。

丁宁从桌上放着的梳妆镜里看到了自己的狼狈不堪，非常想把华兰从床上拎起来问问是怎么回事。

丁宁伸手捏了一把华兰的脸，华兰皱了皱眉。她又捏了一下，华兰才惺忪睁开睡眼。

华兰脑子一片空白，眼前凶神恶煞的丁宁差点儿把她吓得鲤鱼打挺，接着她感受到了腰上有个东西压着。

她低头一看,熟悉的手臂。她缓缓转过头去,看到睡着的苏展,然后再转过头,是瞪着眼的丁宁。

一瞬间,她觉得自己好像有种跳进黄河都洗不清的风险,把眼睛闭上了。

丁宁揣着手问:"他是谁?"

啊,回答前男友,还是现男友呢。

丁宁敲敲自己的手机屏幕,华兰看到了那张照片,旖旎万千。

"你知道我昨天晚上经历了什么吗?"丁宁咄咄逼人,"我为了给你送药,车坏在山路上听了一整夜的狼嚎,你竟然跟一个男人躺在一张床上?"

"你听我解释。"华兰挣扎着从床上坐起来,揽在她腰上的手滑下去,手的主人终于在战争爆发前苏醒。

三个人面面相觑,世界大战前短暂的和平。

苏展试探地叫了一句:"学姐你好。"

丁宁差点把枕头拎起来砸到他头上:"哪儿来的啊你?叫谁学姐呢?"

太尴尬了,明明清白得很,怎么有种被人捉奸在床的感觉。华兰揉了一下太阳穴,把两个人都赶到桌子旁边去,在事态进一步恶化之前,告诉丁宁说:"这是……以前的男朋友,我们之前发生了一点误会。"

"那现在呢?"苏展的手指敲着桌子,歪头看着她,"你不打算给我个名分?"

行吧。华兰破罐子破摔,"啧"了一声,又说:"……现在也是我男朋友。"

苏展满意地笑了一下,伸手摸了摸她的头。

"丁宁,事情有点复杂。"华兰认真地看着对面。

丁宁沉默了,她看着面前两人,觉得比这更荒诞的事情已经很少见了。她咬牙切齿地说了一句"那你说说看有多复杂",然后听两个人从非常古早的2019年开始讲。

苏展提出异议,认为故事的叙事应该从小学开始。

华兰白了他一眼,在接下来的故事里进行了倒叙。

场面一度非常抽象,刚才还喊打喊杀的三个人算是和和气气地围在桌边,苏展很贴心地去烧水。丁宁的愠色慢慢舒展开来——人类听八卦的真实反应,何况是听八卦主人公亲自讲述。

如果从2019年开始数,这两个人到现在已经第六年了。

如果从孩提时代开始算,华兰二十一岁的人生里都有他。

这个师妹藏得很好,这么一段刻骨铭心的恋爱,愣是从没跟她说过。

可见之前心里有多疼啊!

华兰看着丁宁冷静下来,小心翼翼地说:"丁宁,我也没想到他昨天晚上就追到这里来了。让你半夜在野外露营,确实挺对不起你的,但是……"

丁宁差点就心软到直接说，没事，我不怪你。反正这也不是我第一次在野外露营了，多讲点你们俩的事情。

但她还是端着架子，说了一声"嗯"。然后，她高高在上地喝苏展给她倒的水，喝完以后，看着外面说了一句："今天早上的拍摄算是泡汤了，感觉今天的日出应该还不错。"

金海奔腾的原始森林，因为一晚命运曲折离奇的巧合，还是错过了。

但命运已经把该还给她的，还给她了。

华兰向苏展看去，发现对方琥珀色的双眸格外温柔。

"学姐，"苏展道，"那你们接下来原本有什么计划？"

"接下来就是进藏了。"丁宁睨了他一眼，"一起？"

七岁的时候，华兰在父母和一群叔叔阿姨的陪伴下登上了世界第一高原，那时候的她不会想到，第二次来的时候，身边带着自己最喜欢的男生。

会合的时候，所有人都吓了一跳，怎么凭空多出来一个大活人。听说是华兰的男朋友，大家更是大跌眼镜。

"这哥们儿怎么像石头缝里蹦出来的一样？"

"怎么她突然就……"

两人对于议论一笑了之。

眼下正是夏天，拉萨的旅游旺季。为了减少拍摄的干扰，他们通常是凌晨起来，占据有利地形，连续摄影很久。期间有很多漫长的等待时间，华兰都在和苏展的闲聊里度过。

他们裹着厚衣服蹲在山崖或是一望无际的平原上扯东扯西，好像高中的时候坐在那个楼梯间里一样，又有说不完的话。

万里层云千山暮雪就在他们眼前，双手合十就可以向布达拉宫和大小昭寺求来生，鹰隼盘旋在一望无尽的苍穹上，他们在金乌倾泻的晨光里接吻。

风从四面八方吹来，万物盛大到无穷。

盼了好多好多年。

苏展问华兰，为什么她不着急像同行的同学一样拍摄。

"我在等日落。"华兰拢一拢被风吹乱的头发，"我要拍的是晚霞，最好看的晚霞。"

这趟集体拍摄旅行对于华兰来说，就是等待日落的过程，她在等待恰到好处的水汽和铺天的晚霞，可以被收进镜头的转瞬即逝。

不知道从什么时候开始，她就觉得日落比日出更好看，觉得一场盛大的结尾比盛大的开始更令人回味无穷。

苏展问她："最好看的晚霞？"

她说对，最好看的晚霞。

他"啧"了一声,一脸玩味地说她真傻。

"你有没有试过那里?"

他们彼此望过去,看到对方心底的答案。

在高原行结束以后,两人买了票,曲曲折折,目的地是安川。

那个海岸破碎、山岭占了大部分面积的小城。他们各自出走,一个从不回来,一个很少回来。他们的生命轨迹似乎都与这座县城脱轨,漂浮周游向繁华的大千世界。

只有当再回到这片土地的时候,他们才意识到高高低低的千杉山岭和奔腾东流的上云江,无时无刻不在自己生命里发出浅唱低吟与召唤。

华兰绕地万里,见过许多明媚雄伟的风景,却始终难以找出一个形容词来形容安川。

它是那么特别。

华兰原本打算在上云江畔拍摄,但是苏展却让她跟他走。

他们坐公交车到华兰以前从没有到过的一个小站头,仰头就是矮矮绵延的小山岭,国道从头顶盘旋而过。

苏展辨认出一条人迹罕至的山路,一边扶着华兰一边往上爬,到了某个点,开始环山。

华兰愈加清楚了苏展的想法。

这山岭的一段,是川中的后山。后面的国道,有一段从川中后面而过。

他们通常叫这一段山"君子山",川中每年给优秀毕业生颁发的奖项,叫"君子山奖",在遥远的 2022 年,他们都有那个设计成山形的奖杯。

华兰和苏展站在一个平坦的山坡上,山下熟悉的教学楼、操场和宿舍尽收眼底,还有几栋他们不曾见过的新建筑。

2019 年的开头,华兰记得,她和倩倩第一次游荡后山,只是她们从未从校外的这一侧上来过。

"以前有人说翻越后山逃学,真的是有这条路线的。"苏展道,"我研究出来了,以前从来没试过,现在试一试。"

他指指一条隐藏着的小路,显然从这里就能翻进川中的校园。

过去有很多他们不确定和不敢尝试的事情都在后来有了答案。比如翻越后山逃学的路线,比如川中一到冬天就会刮起的阵阵怪风——大一她做地形分析的时候,知道了这是一种狭管效应的分支,还拿模型模拟出了那种鞭子抽打般的声音。

他们身上好像都有一种不可战胜的东西,一种冥冥之中安川或者说大象塔对他们的召唤,烙在他们的脊梁上,烙在许多许多离开安川的学子的脊梁上。

他们都身负奇才,会飞得很远很远去追梦。

远方无尽，故土无痕。

华兰深吸一口气，落日已按照约定到达记忆里的位置，沉在操场主席台的背后，洒出满天澄粉的颜色，一点点浸透视野的画布。

华兰知道，在教学楼里，现在肯定有一批人趴在栏杆上看日落，然后揉一揉酸痛的眼睛，回教室继续做题。

这会是他们这辈子看过，最好看的日落。

永远有人继承他们的年轻。

她调整焦圈，镜头里装了两个甲子，装了川中人望向日落的辛苦和深情。

"起风了。"苏展站到上风口，歪着脑袋对她说。

"嗯，起风了。"

"我刚打电话给我妈，"她摁着快门，"说我回来了，她让我带你回去吃饭。"

"噢？"他低低笑了一声。

华兰的余光能看见晚霞里少年的肆意与张扬和被风吹起的头发，以及琥珀色双眸里的温柔。

她伸出手指感受，丝丝清凉穿指而过。

她确信无疑，这就是当初他们寻找的那阵风。

番外

/ 云江十年，见字如面

华兰走进酒店，迎面写着"安川中学 22 届十周年聚首（安川主会场）"的巨大立牌。两边礼仪小姐微笑着伸出手示意她向左。她迎面便撞上几个面熟的男男女女，女生妆容精致，男生穿得正式，一见她便"嗨"起来，但是显然双方都想不起对方的名字。

华兰的笑容保持得很好，猜想大概是以前一班或二班的同学，在走廊上见过。扯了两句"你们来得这么早啊"，对方也热络地回答"是啊是啊"，直到拉着她手的那个女生说了一句"你去看看程敏，在最中间那桌，现在抓着人聊天呢"，两个人脸上的笑容这才变得熟悉起来，心照不宣，仿佛又回到当年说"段长请喝茶""姐妹你懂我"的时候。

大厅中间有一块巨大的电子屏，写着"云江十年"，角落里摆了几个老酒坛子。几个老校领导和程敏、几位老师，就坐在电子屏下面最中间那桌。在想到这里的时候，华兰犹豫了一下这个排名顺序，因为程敏去年底刚升了校长，当时朋友圈大家都在转发，称自己也算是当了校长的学生。

苏展当时发朋友圈：安川第一学府，宇宙第一校长［大拇指］［大拇指］。

程敏有白头发了，但是跟以前相比威严不减。看这个场面，华兰就知道今天的菜式会是很标准的安川酒席菜式，毕竟程敏就这审美。当初清一模请进步学生吃饭也是在这儿，说不定还有几道菜跟十年前一样呢。

"花哥！"余倩倩挥手叫她，"这里！"

华兰回头，余倩倩坐在正对电子屏幕的右面，离程敏有点距离。桌边已经围了好几个三班同学。他们早都在班群里沟通过，今天八朵金花有一半在安川主会场，男生大约有十来个——回家过年嘛，跟一线城市比起来，小县城安川没什么娱乐活动，也算是提前春晚了。

"花哥！人机转人工成功喽！"

"欢迎留美学子归国！"

立刻就有人起哄，华兰笑着过去，把围巾解下来搭在椅背上。

· 353 ·

"今天我们班老师都来了啊。"徐鸣说，又坏笑道，"等会儿看到金炫就拉过来我们这桌喝酒算了啊。"

"那沈伊来不来？他们不会带自己小孩来了吧？"吕天明说，"到时候我们这桌还要带孩子。"

"他孩子今年多大了来着？"

画风立刻跑偏，大家开始对炫炫同志的婚姻生活津津乐道起来，终于成了自己小时候最讨厌的三姑六婆。

"沈伊老师来了当然是让她坐十一班、十二班那桌去呀。"王岩开走过来，冲大家"嘿"了一声。

"推爷！"

华兰真的是好久没见到王岩开了。虽然三班每年都组织聚会，但她和苏展这两年都在美国读博士，明年才毕业。每年来回的机票贵，加上两边节假日都不一样，一般只有暑假回来，和三班同学怎么都碰不上，每年以视频的方式线上出现一下。

当初苏展跟她说，我们总要一起去看一次世界吧，于是就决定一起留美了。

今年她特别想回安川过年，尤其是这个程敏提前一年就在组织的十周年聚首。

王岩开整个人变化还挺大的，成熟锐利了许多，完全跟当初那个沉闷的后排男生联系不到一起去。要不是倩倩那句"推爷"，她还真没认出来。

大概是工作了的缘故吧。王岩开大学学的食品类，研究生毕业以后进入了行业巨头公司。

三班这群人，谁还在读书，谁已经工作了，区别是特别明显的。

等会儿刘一天来了就更明显了。

"哎，二位女士，你们的家眷呢？"吕天明开始好奇宝宝，"怎么没一起出现啊？"

"他们啊。"华兰跟余倩倩对一眼，"还在路上，说是一起过来，但不知道干什么去了。"

"小明啊，人家证都领好了，你女朋友找到没有啊？"徐鸣笑吕天明，"等着吃狗粮，没人陪你一起哈。"

华兰坦然地笑了一下，其实她都习惯了。每次聚会情侣都是被调侃的首选，更何况是夫妻。她和苏展的证领在去美国留学之前，只是婚礼没办，从此就迈入已婚人士行列了。

华兰本来没什么想法，大概是三年前，苏展被李丹妮和周知遇刺激了一下，后面这件事情就提上日程了。

她对"结婚"这件事情没有什么实感，他们之间见父母的流程都省了。

当时妈妈看着她，半含着眼泪说她的人生翻篇了——"我们家兰兰居然要嫁人了"——她还堵着妈妈的嘴,不让妈妈说呢。

领证三年,除了每天早上醒过来的问候从"宝贝"变成了"老婆",手上多了一枚硌人的钻戒,她也不觉得有什么变化的地方。

现在她面对这种场合,早就有了自己的一套方法。

她心说一声"Sorry",推了推余倩倩,坏笑着转移了矛盾:"倩倩和刘总还没领,你们催她。"

余倩倩立刻一副"又来"的表情,抬手给了华兰一击:"你跟李丹妮两个人真是烦死人了,不就是个证吗,天天催。不知道的以为你跟她是民政局的托呢,你们有 KPI(绩效)啊?"

华兰笑而不言。高中宿舍夜聊的时候,她们讨论过谁会最先结婚。

当时她们还鄙夷办婚礼,花钱找罪受,约定好了以后谁结婚就给剩下的发大红枣,省钱也省事。

结果,李丹妮之前在北京办婚礼的时候办得跟联合国会议一样,彩排都排了三次,华兰把大红枣塞进红包,纪念彼此一杯可乐就满足的少女时代。苏展要跟她领证的时候,华兰就说婚礼等读完博士再说吧,看李丹妮办婚礼真是累得要命。

余倩倩和刘一天的感情呢,波折也多。

余倩倩本来 5+3 读完打算直接回安川人民医院工作的,小三甲嘛。但是几年前那起轰动社会的医闹事件对她影响特别大,硕士规培的时候选了心内,为了再进一步,读书生涯又加长了三年,和班上另外几个学医的同学一样,还要接着苦一段。

刘一天呢,这个刘总算是越当越稳。他和几个大学同学一起创业,和三年前比,稍微好了一点,但依然辛苦。

在这条路上,刘总面对的坎坷和诱惑都很多,倩倩心疼和让他滚蛋的时候相应地也增多。这两个人纯粹是"家国大业未定,怎好谈论儿女情长"。

刘总在听说倩倩想读博的时候,非常支持,说过一句话:"我们俩之间,钱我挣就足够了。"

半夜去给倩倩送夜宵、时不时送点礼物什么的,刘总都很在行。倩倩有一次自己吐槽,说医学博士的含金量大家懂得都懂,读书跟坐牢也没什么差别。

"在川中学竞赛的时候,过得就是这种坐牢的日子。"倩倩说,"当时是我妈隔着学校栏杆给我送物资,现在是刘一天给我送。我怕是第一个把男朋友谈成妈的。"

华兰快笑岔气了。

等倩倩毕业,他们四个吃饭就是三个博士和一个本科,简称三带一。

身后的大屏幕一阵响动,华兰转身,"云江十年"的封面撤掉了,北京分会场和上海分会场的视频被分别接了进来。

"哎，是君玉哎！"余倩倩兴奋地拉了一下华兰。

屏幕右下角，是安川主会场的画面，直播机位目前正对着程敏的大肚子。

林君玉第一句话就是："这是什么玩意儿。"

大家都大笑起来。

林君玉是上海分会场的负责人，上海那边有百来号人，包了一家烤肉店，魔都的气息扑面而来。

大美女国美本科毕业以后就出国留学了，后来回到上海工作，在一个工作室画了两年画，就去追求诗和远方了。她现在是一个旅行画家，热衷于在旅游的同时写生，在社交平台上有千万的粉丝，去过的地方比华兰还多，过得自由又潇洒。

她现在的男朋友就是旅游的时候认识的。对方是一个公司的老板，最初看中她的网络影响力，想要谈合作。后来凭借长得帅俘获了林美女的芳心。

上海分会场的画面里有好多老朋友。林君玉旁边就是肖子怀。肖老板本科哲学，硕士的时候转向社会学，中间又出国交流了两年。后来因为实在痛恨国内哲学研究的环境，放弃了留高校的机会，目前投身于女性主义和公益事业。

"我这两年真是越来越讨厌男人了。"肖子怀和华兰聊天的时候吐槽过，"越学社会学就越对几千年到现在的社会形态反感。"

华兰看到一张熟悉的脸，还没说什么，余倩倩就拉着她说："你看，卓依缦。"

卓依缦在跟镜头打招呼。华兰这两年零星听君玉说过一点卓依缦的事情，说她研究生毕业以后，从事翻译工作。

"她大学认识了一个沪少学长，姓白，不知道算不算认真的，但是学长家里不同意，学长的妈妈还比较强势，你懂的啊。"

中间卓依缦不停地申请出国出差，沪少就不停地两头吵架，中间搭飞机出去追过好几次。两个人分分合合，最后也没个定数，听起来挺崎岖、挺轰轰烈烈的。

余倩倩曾经很刻薄地评价过，就是她自己选的。

"自己选的剧本，从青春偶像剧变豪门宅斗剧，她自己演完呗，别拉上别人就行了。"

经历过当年那些事情，华兰对卓依缦的好感算是一点都没有了。但也谈不上恨对方，从童年的风风雨雨走过来，要恨的话，有一箩筐的人比卓依缦可恨。

但都不值当，因为时间是最好的良药，身边的人最值得珍重。从时间茫茫的沧海泅渡过来的她，早就已经不屑于去恨了。如果可以，华兰甚至还很希望看到卓依缦和那个沪少的结局。

年少的我们犯过蠢、犯过傻，用过所谓的心机和谋略，也痛快地爱过恨过，我不止一次好奇，那样的我们究竟会拥有怎样的结局。

程敏跟上海那帮人问好，北京那帮人就叫唤起来。

"段长段长！"

"叫什么呢，现在是校长校长！"

大家笑得更厉害了。

北京分会场的主持大概是文科班的同学，十一班那桌欢呼得格外厉害。华兰看到李丹妮和周知遇，又只看到江潼，说是林屿这两天不在北京，跟着导师在外面做项目。

他们两个都是国家的栋梁之材。

华兰还看到赵欣怡和安培。赵欣怡的专业是生物药学，安培也像自己高中时候说的那样，在研究机器人。

中科大提前招的两人现在都在合适的研究所工作。

三班到现在，有三十五个硕士，如果大家都能顺利毕业的话，又将诞生十二个博士。这其中一大半人都从事了广义上的科研行业，成为祖国科研事业里一枚小小的螺丝钉。

当年他们刷过竞赛练习册上无数的题，也许未来某一天，有人会真的成为往书上写新定理的人。

剩下的人，也各自都以满意的方式，拥抱了生活。

"如果是十年前，"华兰歪着头，跟余倩倩说，"我们肯定在说明天考试或者小测，然后要考得最好的那个滚蛋去帮潼哥画黑板报，顺便骂骂程敏。"

"所以屿哥才天天帮潼哥画黑板报。"余倩倩笑道。

"现在的我们坐在一起，就是吐槽老板、导师、上司。"华兰笑道，"除了像你们家那个一样自己当老板的。"

"那也天天吐槽甲方。"余倩倩翻了个白眼。

华兰喝了一口倒好的果汁，轻轻呢喃了一句："我们怎么突然就长这么大了呢？"

这十年山高水长，我们都卸去了刚刚离开川中时的稚气，成了当初自己想要成为的大人。

很棒的大人。

"想什么呢？"有人拍了一下华兰的肩，把一束蝴蝶兰递到她面前。

苏展今天穿了简单的黑色大衣，看起来是一路冲进来的，裹了一身的风，在她旁边坐下来，眼里含笑看着她。

好像一只立了大功要主人摸摸的小狗。

在美国的时候，因为两个人租的公寓旁边有家花店，苏展就天天搞这一套，每隔三五天都要给她带一束花。

她的生命从名字开始，就嵌着花。

立刻就有人起哄，跟公鸡打鸣似的"喔喔喔"。

华兰只是笑，说这束蝴蝶兰配得很好。

"刘一天呢？"余倩倩问。

"在这里，在这里。"刘一天跑过来，骚包的刘老板手上捧着一把盛开的红玫瑰就过来了，华兰看余倩倩侧过去的背影，感觉她头发有发直的迹象。

华兰都看傻了，她小声问苏展："刘老板是要求婚吗？

"你们就是因为这个才来晚的吧。"

苏展给了她一个"嘘"的手势。

大家公鸡打鸣的声音更大了，引得隔壁几桌都转过头来看，余倩倩被哄得满脸通红，打了一下刘一天，问他为什么是玫瑰。

"好土啊。"

"哎呀，倩倩你往里面看看啊，玫瑰花苞大，里面好藏钻戒嘛。"有人说。

余倩倩有点蒙，她对刘一天做了个口型"你别搞我"。

刘一天回了个口型"没搞"。

"求婚还不得再规划规划。"他笑道，"就一束玫瑰还是不够正式。"

大家还在没消停地讨论着那束玫瑰里到底有没有钻戒，那边程敏就开始讲话了，三个会场都安静下来，开始听程敏的十周年演讲。

"各位同学，今天，我们相聚在这里……"

苏展在桌子下面小动作一堆，知道程敏大概是感慨万千，华兰听了第一句话就没有接着听了，光顾着在桌子下面和苏展拉拉扯扯。

二十八岁的人了，其实某些方面来说，跟当初十八岁的时候没有差别。

"你们十八岁成人礼的时候，学校让你们给十年后的自己写一封信，封在酒坛里，埋在后山上。"程敏示意大家看台上，已经有人把酒坛都搬到电子屏幕前了，"我们前段时间把酒坛挖出来了，今天，就是我们重新开坛的仪式！"

大家瞬间都不平静了，电子屏幕那头也吵闹起来。上海、北京分会场闹腾得很，华兰手机里瞬间涌入几个同学让她帮忙邮寄信件的消息。

程敏喊各班派代表上来把自己班级的信件拿走，大家当然起哄班长夫妇去拿。当时一个班捆成了一束，找起来还挺容易。

苏展和华兰一起把手上的信件发下去，像当时一起发作业一样。华兰把要自己帮忙寄出去的信件分出来，分着分着，手上最后两份就是她和苏展的。

当时他们一定是一起放进去的。

"你们看看，十年前自己对自己的期望有没有实现，你们到底成了怎样的人，你们对自己满意吗？"程敏说，"相信在离开川中的这十年当中，你们有笑有泪有爱有恨，你们徘徊过，你们迷茫过。也许现在的你依然处于这个阶段，那么，就请向十八岁的你借一点勇气吧。"

程敏示意大家打开。

华兰打开贴着火漆章的信封，信纸已经发皱了，岁月和着泥土的味道一下子扑面而来。

二十八岁的华兰：
　　你好。我是十八岁的你，见字如面。
　　我不知道到时候你会在哪里，希望你已经像我现在想的这样，考上了南京大学。你去看过很多地方了吗？像爸爸期许的那样。我现在好累啊，好想去环游世界。

华兰笑起来，除了高考，她都没有辜负十八岁的她。

　　川中的一切都很好，有时候我会不怎么想高考，想着这里的风，这里的雨，这里的所有人。但时间和高考都不会等我，像上次肖老板对我说的那样，未来在你没有察觉到的时候，就已经到来了。
　　多愁善感，是她那时候的心情。
　　最近发生了一些事情，其实我和苏展心里都很清楚。但希望这些事情不要影响到我们，希望我们一切都好。就这样，二十八岁的华兰，也祝你一切都好。

比想象的要短，华兰翻过来，没有其他的了，只剩一句 best wishes to everyone。

她回想，确实是这样。那会儿她没有心情写一封精美的信，只能用尽全力祈祷她和苏展的未来都会变好。
他们的命运都是从那个时候开始转折的。
她刚想问苏展写了什么，却发现他只是把那封信收起来，并没有打开。
"你怎么不打开呢？"华兰问。
"因为我记得很清楚，当时我什么都没写，本来写了'南京大学'四个字，后来也都划掉了，问了一句'你还好吗，兰兰还好吗'，就这样。"
十八岁的苏展看不到未来，那时候他们都被命运戏弄了，一个纠缠于怎么也考不好的七选三，一个被突如其来的家庭变故扰乱了心神。
他们曾经以为那是根本无法面对的打击，但在现在的他们看起来，简直小得不值一提。大象塔给了当时的他们最好的庇护，但也是当时他们无法突破的生命围墙。
现在他们已经足够强大，苏展眼里全是和她的未来。
最好的年少不必在过去，只在现在，在她的眼中。
华兰往苏展侧脸上亲了一下。

我们长得很大，我们见过了很多的风景，但是一提起最热爱的人们，还是在这里。

在川中，在19级22届3班。

而我，还是像十八岁一样爱你，见字如面。

后记
风会再走八万里

华兰、苏展、倩倩、一天、君玉、子怀……我在写这里每一个人的时候都想起从前,想起我辉煌又落寞的高中时代,想起那些我爱和爱我的人。我的能力有限,写到最后,我仍然觉得词不尽意言不由衷,因为一个人无法同时拥有青春和对青春的感受。我身上的故事也许在高考最后一门地理打铃时就流失了。借用张爱玲老师的句式,我会说:"他们不是彻底的,但他们终究是完成的。"

你在读的时候,如果觉得他们彻底,那你一定是结合了自己的青春,他们也正是因为你而得到圆满。

这是我写这本书最幸运的事情了。

高中那段经历对我来说刻骨铭心,用《绮梦》里的话说,那是我的黄金时代。它仍然在鼓励大学阶段为了绩点保研焦头烂额的我。常有句话说"幸福的大学在高中的幻想里",二十岁上下的我们在软弱的时候可以朝十七岁借一点天不怕地不怕的勇气——这是我想写大象塔的原因。

华兰和苏展,在年少最初的文章里,他们还不叫这个名字,但华兰那时已经有了家庭矛盾线以及一考爆炸的故事线,苏展也有一点模糊的面目。后来,因为我的一位中学好友,给我讲述了她的故事,我才得以把男女主的感情线给补齐。那是一个因为异地和理想不同而分开的伤感故事,现实生活中的中学好友并没有和前男友复合。她是我见过的最坚韧、意志最坚定的女孩子,学竞赛很努力,我在年级二三百名游荡的时候,她在前一百名突破自己的上限,好几次看榜的时候,她的名字都在第二位。她清楚地知道自己要什么。

小说不会那么伤感。所以我给他们安排了"绕地万里,终不及你"的结局。寻风的故事到这儿,但华兰和苏展还有大好的前程与未来。可能哪一天你们会碰到他们吧,一个大学物理教授娶了地质学家,在某个城市白头偕老。日常的生活除了严谨地探讨各种学术问题,还有普普通通的打情骂俏,再生个理科天分爆表的娃。嗯,想想也挺开心的,对于他们来说,风远不止于此,坐地日行八万里,风的距离也是这样。

我感谢我高中时代的朋友们,他们是我热爱和写作的起源。在他们身上,我会看到大象塔的烙印,看到十七岁的落日与晚霞,看到真诚的、想到什么就能写什么的我自己。

风会再走八万里——写在《寻风》的最后,写在大象塔的最初,同时也祝看故事的你,我们《绮梦》再见。

萧墨颜